ANKE GREIFENEDER

Das bisschen Sünde

Buch

Wenn die eigene Mutter dir eine Freundschaftsanfrage auf Facebook schickt, wird es höchste Zeit, dich abzumelden. Vor allem, wenn Mamas neue Freunde *deine* einstigen Schulfreunde sind und du froh bist, dass der Kontakt zu ihnen für immer und ewig abgebrochen ist … Das denkt zumindest die junge Apothekerin Annie Fischer. Aber weil ihre Mutter weiß, dass Annies Kunden nur Hämorridensalbe oder Psychopharmaka benötigen, anstatt ihrer Tochter den Hof zu machen, spielt sie Fortuna und versucht, Annie zu verkuppeln. Und zwar mit dem neuen Tierarzt. Doch der entpuppt sich als niemand Geringeres als Max Wolf – der einst arroganteste Kerl der Schule. Und Annie verhält sich, ohne es zu wollen, ihm gegenüber wieder wie eine Sechzehnjährige. In diesem Gefühlswahnsinn hilft ihr nur ein radikaler Einschnitt: der Gang ins Kloster …

Autorin

Anke Greifeneder, Jahrgang 1972, wurde im Schwarzwald geboren. Sie studierte Jura, beschloss aber, Karriere in der Medienwelt zu machen, statt in einer Kanzlei zu arbeiten. Nach Jobs bei MTV in London sowie Viva und Comedy Central ist Greifeneder als Programmdirektorin bei Turner Broadcasting in München tätig. In ihrer Freizeit schreibt die Grimme-Preisträgerin Liebesromane – für ihr Buch »Das bisschen Sünde« ging sie zu Recherchezwecken sogar ins Kloster. Neben dem Schreiben ist die Musik ihre große Leidenschaft: Sie singt, komponiert und spielt Klavier. Anke Greifeneder lebt mit ihrer Familie in München.

Von Anke Greifeneder bereits erschienen:

Flurfunk (E-Book 15759)
Klatschmohn (E-Book 15760)

Anke Greifeneder

Das bisschen Sünde

Roman

blanvalet

MIX
Papier aus verantwortungsvollen Quellen
FSC® C014496

Verlagsgruppe Random House FSC® N001967
Das FSC®-zertifizierte Papier *Holmen Book Cream*
für dieses Buch liefert Holmen Paper, Hallstavik, Schweden.

1. Auflage

Dieses Werk wurde vermittelt durch die Literarische Agentur
Thomas Schlück GmbH, 30827 Garbsen.
Umschlaggestaltung © Johannes Wiebel | punchdesign,
unter Verwendung von Motiven von Shutterstock.com
Redaktion: Lisa Bitzer
Herstellung: sam
Satz: Buch-Werkstatt GmbH, Bad Aibling
Druck und Einband: GGP Media GmbH, Pößneck
Printed in Germany
ISBN: 978-3-442-38420-4

www.blanvalet.de

Für Hannes – den besten Grund,
nicht ins Kloster zu gehen …

KAPITEL 1

Ärgere dich nicht darüber, dass der Rosenstrauch Dornen trägt, sondern freue dich darüber, dass der Dornenstrauch Rosen trägt.
Arabisches Sprichwort

»Ich hab die Masern«, rief Lasse beim Öffnen der Tür und streckte mir mit stolzem Gesichtsausdruck die roten Pusteln entgegen. Dann ließ er mich in die mit Plastikbaggern, Barbiepuppen und Teddybären übersäte Vierzimmerwohnung eintreten.

Hinter ihm tauchte meine beste Freundin Johanna auf, bereits in festliche Abendrobe gehüllt, und sah mich flehentlich an. »Sag bitte, dass du die Masern schon hattest! Nils bringt mich um, wenn wir die teuren Karten verfallen lassen müssen.«

Lasse spiegelte sich in der Wohnzimmervitrine und stellte freudig fest: »Cool, ich sehe aus wie das Sams!«

Johannas Augen füllten sich mit Tränen.

Beruhigend tätschelte ich ihr die Schulter, eine Umarmung wagte ich angesichts des samtroten Rüschentraums nicht. »So ein paar rote Punkte schrecken mich nicht ab. Keine Angst, ihr seht euch heute Carmen an, ich kümmere mich um Lasse und Maja.«

Ihr erleichtertes Seufzen ließ erahnen, wie dringend sie diesen Abend brauchte. Auf einem kleinen Trampelpfad, der sich durch das auf dem Parkett herumliegende Spielzeug schlängelte, bewegte sie sich auf die Tür zu. »Du bist die Rettung! Maja habe ich eben ins Bett gebracht. Sie müsste durchschlafen, bis wir zurück sind. Wenn du nicht bereits Lasses Patentante wärst, würde ich dich nachträglich dazu ernennen.«

Natürlich würde sie das – wie alle aus meinem Freundeskreis. Wenn es ums Babysitten, Schleppen tragen oder Verlobungsringe mit unfähigen Freunden aussuchen ging, war ich unschlagbar. Was die Anzahl schiefgelaufener Verabredungen anging, allerdings auch. Und so kam es, dass ich mit meinen einunddreißig Jahren an einem Samstagabend im Mai einen Vierjährigen auf die Toilette begleitete, anstatt einen aufregenden Mann ins Kino. Dass sich dieser triste Samstagabend in meiner Heimatstadt Freiburg ereignete, in die ich vor zwei Jahren nach verschiedenen Umwegen wieder zurückgekehrt war, machte es leider nicht besser.

Lasse schien sich von den Masern nicht aus der Ruhe bringen zu lassen. Kaum war er von der Schüssel gestiegen, zeigte er hocherfreut auf meinen Laptop, den ich im Flur zwischen einer kopflosen Puppe und einer Plüschgiraffe mit umgeknicktem Hals abgestellt hatte. »Suchst du wieder Männer?«

Mist. Wenn bereits ein Vierjähriger begriffen hatte, dass ich mich auf Männersuche befand, war ich offensichtlich verzweifelt.

»Nein, *einen* Mann. Ich suche nur *einen* Mann«, erwiderte ich und fügte leise hinzu: »Und das ist schon schwer genug.«

Vielleicht hätte ich meine Online-Dating-Profile beim letzten Mal erst besuchen sollen, nachdem ich Lasse ins Bett gebracht hatte. Was er wohl seinen Eltern erzählt hat?

»Papa ist auch ein Mann«, versuchte er zu helfen.

Nett gemeint, aber bevor ich Nils mit seiner hohen Fistelstimme und der noch höheren Stirn in Betracht zog – dank Johanna wusste ich zudem, dass er unter Krampfadern litt und deshalb im Sommer stets lange Hosen trug –, suchte ich mir lieber ein anderes Hobby. Ganz davon abgesehen, dass er Johannas Mann war. Das wäre nicht nur eine verhängnisvolle Affäre, das war eine absolute No-Go-Area. Falls ich jemals anfangen sollte, Nils oder den Männern meiner anderen Freundinnen nachzusteigen, würde ich mich wegschließen lassen. Freiwillig. Für immer. Schließlich wollte ich nicht als Glenn Close enden und Kaninchen vergiften, um schließlich mit verlaufenem Kajal in der Badewanne zu enden.

»Aber dein Papa hat schon eine Frau. Die Mama«, erklärte ich und kam mir dabei sehr pädagogisch vor.

Lasse überlegte einen Moment. »Also bekommt jeder Mann nur eine Frau?«

»Ja.«

»Und jede Frau nur einen Mann?«

Äh, ja, meistens zumindest. Aber wenn man nicht schnell genug war, bekam man anstelle des Mannes eine Katze, eine Wärmflasche und eine Menge Spleens als kostenlose Dreingabe, bis die zweite Runde eingeläutet wurde und alle geschiedenen Exemplare Modell Nummer zwei suchten – realistischer, verarmter und mit genauem Plan in der Hosentasche, wer an welchem Wochenende die Kinder bekam.

»Ja, in der Regel kriegen sich immer nur zwei Leute. Bei mehreren wird's kompliziert«, sagte ich.

Man konnte nicht früh genug anfangen, es dem männlichen Geschlecht einzutrichtern. Am eigenen Leib hatte ich miterleben dürfen, was passierte, wenn man sich (wie im Falle meines Vaters) nicht an diese einfache Regel hielt und (wie im Falle meiner Mutter) eine Rachegöttin auf den Hals gehetzt bekam. Von ihr hatte ich früh genug gelernt, mich nicht von einem Mann abhängig zu machen, sondern immer auf eigenen Füßen zu stehen. Sie wusste, wovon sie sprach, schließlich hatte sie uns beide ohne einen männlichen Ernährer durchbringen müssen. Diese Erfahrungen hatten mich geprägt und waren ein Grund, weshalb ich ein gutes Abitur und ein noch besseres Pharmaziestudium abgelegt hatte und mich in der Rosengarten-Apotheke abschuftete, in der Hoffnung, meinen Chef, Herrn Metzler, zu beerben – der, kinderlos und bald im Rentenalter, seit geraumer Zeit Andeutungen mir gegenüber machte, dass ich einmal seine Apotheke übernehmen dürfe.

Davon träumte ich seit dem Studium. Mein eigener Chef zu sein, die Apotheke nach meinem Geschmack einzurichten, mehr auf Naturheilverfahren zu setzen und genug Zeit für eine anständige Beratung der Kunden einzuplanen. War ich ehrlich zu mir selbst, war ich nicht nur auf der Suche nach einem Mann, sondern im Idealfall nach einem Mann mit Apotheke. Notfalls wollte ich auch nur die Apotheke nehmen, wenn der Mann sich als Niete entpuppte, denn erst kam die Pflicht und dann die Kür.

Nachdem ich Lasse unter vielen Nachfragen und einem prophylaktischen Fieberzäpfchen ins Bett gesteckt hatte, machte ich es mir auf dem mit Joghurt und Schokoflecken eingesauten Sofa bequem, das vor Lasse und Maja einmal hellbeige gewesen war, und klinkte mich in das WLAN von Johanna und Nils ein. Mal sehen, wer mir heute ins Netz gegangen war. Effizient, wie ich war, hatte ich mich bei drei Agenturen gleichzeitig angemeldet. Die erste machte auf elitär und akademisch. Die zweite war groß und von Stiftung Warentest als gut bewertet worden, und bei der dritten gefiel mir einfach die Werbung, in der junge hippe Menschen im strahlenden Sonnenschein auf einer Wiese im Park rumlagen und flirteten. So schön konnte Partnersuche sein …

Bei der elitären Agentur war mal wieder ein Unternehmer Anfang sechzig aufgetaucht, der sich selbst als aktiven Genussmenschen beschrieb, was übersetzt bedeutete: Er trank und aß zu viel, hatte wahrscheinlich einen Bauchumfang bis nach Finnland, wollte trotz allem noch überdurchschnittlich viel Sex, sich aber bitte nur hinlegen und den Rest Viagra und die Dreißigjährige machen lassen, die sich von ihm aushalten ließ.

Danke, der Nächste, bitte! Wieder einmal beschlich mich der Verdacht, dass sich Akademiker nicht für gleichaltrige Frauen interessierten. Überhaupt sollte ich mich bei dem blasierten »Von und Zu«-Portal besser wieder abmelden. Über eine Bekanntschaft dieser Art würde sich im Zweifel höchstens meine Mutter freuen, die sich immer – ich zitiere – »ein besseres Leben« für mich wünschte, was ich ihrem mitleidigen Unterton nach zu urteilen ziemlich nötig hatte.

Als ich die mickrigen Ergebnisse meines Beutezugs begutachtet hatte, schaute ich noch bei Facebook vorbei – und wurde blass, als ich die Freundschaftsanfragen anklickte. In diesem Moment vibrierte mein Handy. Es war meine Kollegin Shakira. Zwei Menschen konnten nicht unterschiedlicher sein als wir, was wahrscheinlich der Grund war, weshalb wir uns so gut verstanden.

»Du glaubst nicht, von wem ich eben eine Freundschaftsanfrage bekommen habe!«, rief sie etwas zu laut in den Hörer, den ich reflexartig vom Ohr weg hielt.

»Von meiner Mutter?«, fragte ich.

Der kleine Moment der Stille verriet, dass sie nicht mit meiner Antwort gerechnet hatte und ich ihr die Überraschung verdarb.

Ich ahnte Schreckliches. »Sie hat dir also auch eine Anfrage geschickt. Hast du ihr Profil gesehen? Ein öffentliches, für jeden einsehbar!«

»Schau mal unter Fotos nach – aber vielleicht spendierst du dir vorher ’nen Obstler«, warnte Shakira, die viel zu alt war, um ihren Namen der Sängerin zu verdanken, sich aber trotzdem oft genug doofe Sprüche anhören durfte und regelmäßig von ganz originellen Spaßvögeln zum Bauchtanz aufgefordert wurde. Da machte es keinen Unterschied, dass sie mit Nachnamen Wendel hieß.

»Das hat sie nicht gewagt«, zischte ich durch die zusammengepressten Zähne.

Shakiras Ton wechselte von sensationshungrig auf mitfühlend. »Ich fürchte doch. Schau dir die Seite in Ruhe an. Und klingle durch, wenn du seelischen Beistand brauchst. Wo bist du eigentlich?«

Wo wohl, wenn ich nicht gerade auf einem miesen Date war?

»Babysitten bei Johanna. Nils führt sie in die Oper aus. Lasse hat Masern.«

Shakira lachte kurz auf, merkte aber schnell, dass ich es nicht lustig fand. »Annie, es wird Zeit, dass du von der Straße kommst. Sonst hast du bald alle Kinderkrankheiten durch, ohne je selbst geworfen zu haben. Warum impft Johanna ihre Brut eigentlich nicht? Ich finde das unverantwortlich.«

Ich verkniff mir einen Kommentar. Meine Konzentration wurde längst von der Profilseite meiner Mutter gefangen genommen, was Shakira nicht entging.

»Lies mal in Ruhe. Bis später!«

In Ruhe las ich bestimmt nicht, bei dem, was ich allein schon beim Überfliegen sehen konnte. Das Profilbild, viel zu aufreizend für ihr Alter, war absolut peinlich und Fremdschämgarant pur. Zu viel Ausschnitt, zu viel Make-up, zu viel Haar ... *zu viel Mama* und eben so, wie man die eigene Mutter definitiv nicht sehen wollte.

Bei ihrem Status stand »Single«, garniert mit einem humorigen Seitenhieb an alle Männer: »Der erste Hodenschützer wurde 1874 im Hockey benutzt, der erste Helm erst 1974. Das bedeutet, dass es nur einhundert Jahre gedauert hat, bis Männer gemerkt haben, dass sie auch ihr Hirn brauchen.«

Wenn Eltern auf Facebook auftauchten, wurde es höchste Zeit, die Plattform zu wechseln. Vor allem, wenn sie wie meine Mutter offenbar vor allem Menschen als neue Freunde hinzufügten, die sie hauptsächlich aus *meiner* dreizehnjährigen Schulkarriere kannten. So konnte ich live mitverfolgen, dass Irene Fischer jetzt mit der gesamten Welt, insbesondere meinen alten Freunden aus der Oberstufe, anbandelte.

Als ich zu ihrer Bildergalerie surfte, wusste ich, wovon Shakira gesprochen hatte. Inmitten ihrer Party- und »Ich-wäre-gerne-nochmal-17«-Aufnahmen waren auch Schnappschüsse von mir zu finden. Zwischen den Hochzeitsfotos meiner Cousins und Cousinen lachte ich als fünfjähriges Pummelchen in die Kamera, außerdem war ich mit rosa Brille und Meckifrisur während der Pubertät zu sehen, und als Krönung auf einem aktuellen Foto beim Sonnenbaden im Bikini auf dem Balkon meiner Mutter mit dem Kommentar: »Meine wunderschöne Tochter Annie, immer noch Single. Da verstehe einer die Männer!«

Atemlos wählte ich Shakiras Nummer, die sich gar nicht erst mit einer Begrüßung aufhielt, sondern gleich japste: »Das Bikini-Foto, richtig?«

»Na klar, was meinst du denn? Kinderfotos, geschenkt. Meine Optik in der Pubertät kann mir inzwischen auch nichts mehr anhaben, aber ein Bikinifoto mit dem Hinweis, dass ich immer noch Single bin?«

Shakira, die meine Mutter und ihre exzentrische Art zur Genüge kannte, wusste genau, wovon ich sprach. »Du musst ihr sagen, dass sie die Inhalte ihres Profils besser verbergen muss, das Foto kann wirklich jeder Hanswurst sehen. Sag Bescheid, wie es lief. Wir sehen uns Montag in alter Frische!«

Nach einer halben Stunde der Verzweiflung, einer mittelschweren Panikattacke und zahllosen Versuchen, meine Mutter zu erreichen, gab ich auf. Sie ging weder ans Festnetztelefon noch an ihr Handy und stellte sich vermutlich einfach tot, wohl wissend, dass ihre Tochter Grund zur Beschwerde hatte. Im Internet konnte ich mitverfolgen, wie sie ihr Profil ständig bearbeitete und »verschönerte«. Ihr letztes Status-Update lautete: »mag junge Männer, die wissen, was sie wollen«.

Ich war versucht, in meine Statusleiste einzugeben: »mag sterben«.

Johanna und Nils kamen früher zurück als gedacht. Die Sorge um Lasse war Grund dafür, dass sie den zweiten Akt der Oper sausen ließen, obwohl ich Johanna bei ihren telefonischen Nachfragen mehrfach versichert hatte, dass er schliefe und alles gut sei, während ich im Hintergrund empörte Opernbesucher hören konnte, die kurz davor waren, sie und ihr rotes Rauschekleid vor die Tür zu setzen. Erst als sie sich selbst davon überzeugt hatte, dass Lasse und Maja selig im Land der Träume weilten, schien sie sich zu entspannen. Es wurde Zeit für mich, nach Hause zu fahren.

»Ich pack's dann mal. Tut mir leid, dass ihr den Abend nicht richtig genießen konntet, wo du dich so darauf gefreut hast.«

Johanna sah müde, übernächtigt und frustriert aus, als sie sich neben mir aufs Sofa fallen ließ. »Das ist mein Alltag. Einer ist immer krank. Maja schläft zwar besser, aber lange noch nicht durch. Nils und ich sind nur damit beschäftigt, uns gegenseitig die Kinder abzunehmen, damit der andere mal ein paar Minuten für sich hat. Sex kenne ich nur noch vom Hörensagen. Das letzte Mal war, glaube ich, als wir Maja gezeugt haben.«

Ich nickte verständnisvoll. Keinen Sex hatte ich auch. Dafür brauchte ich noch nicht mal einen Mann, geschweige denn Kinder.

»Aber es ist uns sogar egal, dass wir nicht mehr miteinander schlafen«, fuhr Johanna seufzend fort. »Wir sind chronisch müde, obwohl ich manchmal Nils im Verdacht habe, die Bilder aus dem Kreißsaal nicht verdrängt zu haben – er ist doch so sensibel und etepetete. Und zugegeben, appetitlich ist das nicht, gerade für einen Schöngeist. Hättest mal sehen sollen, wie angewidert er geschaut hat. Die Hebamme war kurz davor, ihn rauszuwerfen.«

Hallo? Das wollte ich nicht wissen! Und selbst, wenn es so war, konnte sie unmöglich mir, einer Frau um die dreißig, die sich nichts sehnlicher wünschte als eine Beziehung und Kinder, diese abschreckenden Informationen anvertrauen.

»Aber wenn sie dich dann anlächeln und dich umarmen ist es all die Arbeit und Opfer wert, oder?«

Johanna nickte automatisch, so als ob man das machen müsste, wenn man Mutter war, und ihre Lider wurden mit einem Mal so schwer, dass ich ihr gerade noch die hochhackigen Pumps von den Füßen ziehen konnte, bevor sie samt Rüschenkleid in den Tiefschlaf fiel.

KAPITEL 2

Eine Frau ohne Geheimnis
ist wie eine Blume ohne Duft.
Maurice Chevalier

»Ich würde Ihnen abraten, die Hämorridencreme für die Augen zu benutzen. Ich weiß, dass das immer wieder als Faltentrick der Stars in Zeitschriften steht, aber viele Frauen, die das versucht haben, haben Ausschlag bekommen und, als die Wirkung nachließ, zugeschwollene Augen.«

Vor mir stand eine in sich zusammengefallene Endvierzigerin mit hängenden Schultern und einem Selbstbewusstsein, das sich vom Boden abkratzen ließ. Ihre Enttäuschung sprang mir über den Verkaufstresen hinweg förmlich ins Gesicht. Gewartet hatte sie, bis keiner mehr in der Apotheke war, dann hatte sie schüchtern und mit leiser Stimme nachgefragt. Die Frau, die einen praktischen Kurzhaarschnitt trug und offensichtlich nicht viel Zeit für ihr Erscheinungsbild aufwendete, seufzte tief und herzzerreißend, als ob ihr von Anfang an klar gewesen wäre, dass die Hämorridencreme eine Schnapsidee war und ihre Probleme auch nicht lösen würde.

Vorsichtig begab ich mich in die Gefahrenzone. »Aber wenn Sie wollen, kann ich Ihnen ein paar Produkte empfehlen und ein paar Pröbchen mitgeben.«

Sie nickte müde und blickte mich schüchtern an. In ihr

steckte so viel Energie wie in schockgefrostetem Brokkoli, aber langsam taute sie auf. Während ich ihr einige Naturpflegeprodukte zeigte und verschiedene Cremes zum Probieren reichte, erzählte sie, dass sie ihre Mutter, die an Demenz erkrankt war, seit einigen Jahren pflege. Ihre Tochter feiere am Samstag Abiball und wolle, dass die Mutter sich zurechtmache.

»Sie sagte wortwörtlich: ›Bitte gib dir Mühe, das ist mir wichtig.‹ Als ob sie sich für mich schämen würde.«

Sie klang verletzt und tat mir wahnsinnig leid.

»Ach, Sie wissen doch, wie Mädchen in dem Alter sind. Die Hormone spielen verrückt. Oberflächliches Gehabe und Gruppenzwang sind in der Pubertät viel stärker. Das meint sie bestimmt nicht so. Sie sollten sich aber vielleicht wirklich mal was Gutes tun und den Abiball als Anlass nehmen, sich etwas zu gönnen.«

Sie senkte den Blick. »Ich schlafe so schlecht und bin öfter deprimiert, weil mir das mit Mutter zu schaffen macht«, redete sie sich ihren Kummer von der Seele. Es war, als öffnete sich bei ihr eine Schleuse – eben noch war sie ein vertrocknetes Mauerblümchen gewesen, dessen beste Jahre bereits hinter ihm lagen, nun zerfloss sie in Selbstmitleid.

»Wollen Sie nicht mal Johanniskraut versuchen? Das ist rein pflanzlich und hilft bei depressiven Verstimmungen und Schlafstörungen«, schlug ich vor. »Trotzdem ist es wichtig, dass Sie jemanden haben, mit dem Sie über Ihre Probleme sprechen können. Wie sieht's mit Ihrem Mann oder einer guten Freundin aus?«

Sie schüttelte den Kopf. »Am Anfang war da ein gewisses Interesse. Aber irgendwann hatte ich das Gefühl, andere zu nerven, weil ich nur noch das eine Thema habe.«

Während sie erneut seufzte, kam mir eine Idee. Ich lief

hinter den Tresen, zog einen Ordner aus einem der Regale darunter hervor und blätterte darin, bis ich eine Adresse fand, die ich ihr auf ein Blatt Papier schrieb. »Das hier sind Freiburger Selbsthilfegruppen für Angehörige von Alzheimer-Patienten. Vielleicht wollen Sie das mal ausprobieren?«

Zögernd nahm sie den Zettel entgegen, aber wenn mich nicht alles täuschte, sah ich ein leichtes Lächeln ihr Gesicht erhellen. Als sie mit Make-up, einigen Pflegeprodukten für die reife Haut und einer Jahrespackung Johanniskraut im Gepäck die Apotheke verließ, drückte ich ihr innerlich die Daumen, dass sie es schaffen möge, zur Selbsthilfegruppe zu gehen und vor allem sich selbst mehr Zeit zu schenken.

Shakira, die sich dezent im Hintergrund gehalten hatte, kam nach vorne und grinste. »Na? Konntest du dein Kräuterzeug mal wieder an die Frau bringen? Lass das bloß nicht den Metzler sehen. Du weißt, dass er skeptisch ist, was Heilkräuter angeht, und glaubt, mit konventionellen Mitteln mehr Geld verdienen zu können.«

Entnervt schüttelte ich den Kopf. Es war ja nicht so, als ob ich eine dogmatisch verblendete Anhängerin von pflanzlichen Wirkstoffen wäre. Zu gut kannte ich ihre Grenzen. In meinen Augen waren chemisch hergestellte Medikamente ein Segen und eine große Errungenschaft unserer Zeit. Nie wäre mir in den Sinn gekommen, eine Lungenentzündung mit Kamillenblüten zu heilen. Allerdings hatte ich im Apothekenalltag gemerkt, dass bei harmlosen Krankheiten, die mit einem Hausmittel und etwas Schonung in den Griff gebracht werden konnten, schnell zu Chemiekeulen gegriffen wurde. Mir ging es darum, dass Menschen sich mehr mit ihrem Körper und ihrer Gesundheit im Ganzen vertraut machten und durch eine vernünftige Lebensweise und Aktivierung ihrer Selbstheilungskräfte auf die geballte Pharmapower verzichteten.

»Du kennst meine Argumentation sehr genau. Ich verkaufe eben lieber ein Produkt, das genauso gut wie ein chemisch hergestelltes wirkt und dabei ohne Tierversuche auskommt.«

Shakira ließ nicht locker. »Hoffentlich fällst du nicht auf die Schnauze mit deiner Kräuternummer. Außerdem tendierst du in letzter Zeit wieder zu einem Helfersyndrom. Ich dachte, du wärst seit deinem Einbruch in dieses Schweizer Tierlabor kuriert?«

Sie sprach einen wunden Punkt an: meine Vergangenheit als Tieraktivistin. Meine Freunde konnten ein Lied davon singen, schließlich hatte ich bis vor nicht allzu langer Zeit ständig irgendwelche Mäuse, Hamster und Katzen mitgebracht, die nach den Einbrüchen ein neues Zuhause suchten. Auf diesem Weg waren auch Kaspar und Hauser zu mir gelangt. Die beiden waren in ganz erbärmlichem Zustand gewesen, als wir sie befreiten, und so dankbar, dass ich sie behalten musste. Dank meiner Pflege hatten sie sich prächtig entwickelt. Mein letzter »Rettungsversuch« lag allerdings bereits ein paar Monate zurück. Beinahe wäre ich geschnappt worden und hätte damit meine Existenz aufs Spiel gesetzt. Das war mein ganz persönlicher Weckruf gewesen, denn bis dato hatte ich vor lauter Tierliebe und Robin-Hood-Enthusiasmus verdrängt, dass es sich bei meinen Einbrüchen um illegale Taten handelt, auch wenn sie moralisch von vielen Seiten begrüßt wurden.

Zum Glück hatte meine Mutter nie etwas von meinen Aktionen mitbekommen – ein weiteres Indiz, dass ihre hellseherische Gabe reines Wunschdenken war, ansonsten hätte sie mir vor jedem Labor aufgelauert und mich sofort wieder ins Auto gezerrt.

»Was hat denn bitte eine Beratung auf Basis von Naturheilverfahren mit Tierbefreiung zu tun?«, wollte ich von Shakira wissen.

Sie zog die Augenbrauen hoch. »Na, dass du dich wieder wie Mutter Teresa fühlen kannst!«

Was war schlecht daran, sich mit Leidenschaft für eine Sache einzusetzen? Wäre es verkehrt, hätte Mutter Teresa wohl nie den Friedensnobelpreis bekommen und wäre auch nicht heiliggesprochen worden. Nicht, dass ich mich mit ihr auch nur im Ansatz vergleichen würde. Die einzigen beiden Dinge, die uns verbanden, waren die Größe (ich war gerade mal eins vierundfünfzig groß) und die Tatsache, dass ich vor Jahren überlegt hatte, nach Indien zu gehen – allerdings nicht, um Lepra zu heilen, sondern um meiner Mutter zu entfliehen. Indien war eines der Länder, in das sie bestimmt nie freiwillig reisen würde. »Wer weiß, was man sich da alles einfangen kann, ganz abgesehen davon, dass da inzwischen die Terrorcamps boomen, und es gibt überall Kinderarbeit!« Dass die Terrorcamps, wenn überhaupt, eher in Pakistan zu finden waren, störte meine Mutter wenig. »Sehen eh alle gleich aus.«

In Gedanken versunken, machte ich mich daran, eine neue Lieferung an Medikamenten in die Schubladen der Rosengarten-Apotheke einzuräumen. Ich liebte den kleinen Laden, den es seit über einhundert Jahren gab und dessen Inventar von früher fast vollständig erhalten war. Das schöne alte Fischgrätenparkett, das an vielen Stellen knarzte, die dunkelbraunen Apothekerschränke aus der Jahrhundertwende, die hell getünchten Wände, die alte Bilderrahmen schmückten, hinter deren Glas getrocknete Pflanzen zu bewundern waren.

Schon als kleines Kind war ich in die Rosengarten-Apotheke vernarrt gewesen. All die braunen Gläser mit in schöner Schreibschrift versehenen Aufklebern, all die in den Ausziehregalen fein säuberlich geordneten Medikamente. Nicht zu vergessen der Apotheker, Herr Metzler, der in seinem gestärkten Kittel Gummibärchen und *Apotheken Umschauen* verteilte und beinahe wie ein Teil des Bühnenbilds wirkte. Während meines Pharmaziestudiums hatte ich hier mein Praxissemester verbracht, und nach dem Studium wurde ich von Herrn Metzler direkt eingestellt. Wir pflegten ein vertrautes Verhältnis, obwohl wir uns nach wie vor siezten. Herr Metzler – ganz alte Schule – hatte mich als Jugendliche geduzt, nach meinem Abitur aber mit den Höflichkeiten angefangen und bestand weiterhin darauf, mich zu siezen.

Trotz aller gegebenen Höflichkeit hoffte ich sehr darauf, die Apotheke bald übernehmen zu dürfen. Herr Metzler, dessen Ehe kinderlos geblieben war, beabsichtigte, bald in Rente zu gehen. Meiner Beobachtung nach schien er sich auf seinen Ruhestand zu freuen und mich im Verborgenen als Nachfolgerin genauestens unter die Lupe zu nehmen. Meinen direkten Fragen wich er zwar aus, aber immer mit einem zweideutigen Kommentar und der Aufforderung, ich solle mich noch etwas in Geduld üben. Die Taten aber sprachen für sich. In den letzten Monaten hatte er mir peu à peu das Zepter übergeben, genau wie die Wochenend- und Abenddienste sowie die Überstunden. Die Mehrarbeit hatte mir zwar nichts ausgemacht, war aber nach und nach an die Substanz gegangen. Ein paar Wochen Belastung waren der Rede nicht wert, aber da ich von Anfang an hatte zeigen wollen, dass ich das Zeug hatte, die Apotheke zu übernehmen, war ich bereits seit meiner Einstellung vor zwei Jahren im Ausnahmezustand. Das Wort »Urlaub« war aus meinem aktiven Wortschatz gestrichen worden, und da zuhause niemand auf mich wartete, wurden die Ausziehschubladen der Apotheke meine Heimat. Leider hatte Herr Metzler den personalen Engpass vor ein paar Monaten selbst bemerkt und gehandelt, indem er vor einigen Wochen für Unterstützung gesorgt hatte. Die neue Kollegin hörte auf den affigen Namen Loretta Schöne und fing in ein paar Tagen bei uns an, was zwar eine große Hilfe sein würde, denn Shakira durfte als Apothekengehilfin nicht alle Medikamente anmischen und verkaufen, für meine Zukunftsplanung aber eine latente Gefahr darstellte. Konkurrenz zu diesem Zeitpunkt brauchte ich so dringend wie Mundfäule. Natürlich hatte ich geplant Verstärkung einzustellen, aber erst *nachdem* ich die Apotheke übernommen hatte.

»Annie, hast du wieder diese flachen Treter an? So klappt das nie mit einem Freund! Bei diesen Gesundheitslatschen würde ich als Mann auch Reißaus nehmen.«

Dieser Satz konnte nur von meiner Mutter stammen, die gern unangemeldet in die Apotheke schneite. In ihrem Job als Medium war sie relativ erfolgreich, was mich immer wieder verwunderte, denn zumindest im Alltag konnte ich nicht viel Einfühlungsvermögen bei ihr entdecken – es sei denn, es ging um sie selbst. Auch heute sah sie wieder aus, als ob sie jeden Moment zur weißen Tigerparade nach Las Vegas durchbrennen wollte, mit goldenem Leopardenshirt, hochtoupierter dunkler Mähne, viel zu großen goldenen Kreolen, die an ihren Ohrläppchen baumelten, rot lackierten Krallen und einer Leggings, die sie definitiv nicht mehr tragen konnte. Weder in ihrem Alter noch bei ihrer Figur. Dazu hatte sie sich in High Heels gezwängt, mit denen sie nur kleine Trippelschritte machen konnte. Ich wusste, dass sie das Laufen in diesen Folterinstrumenten zuhause übte und als sexy empfand.

Kühl musterte ich sie, als ob ich sie nicht kennen würde – die Facebook-Aktion musste geahndet werden. »Wie kann ich Ihnen weiterhelfen? Wir hätten Diskretionspillen im Angebot, und der ›Ich-höre-auf-meine-Tochter-verkuppeln-zu-wollen‹-Saft ist ebenfalls runtergesetzt. Da wir heute die Aktion ›Kauf zwei, bekomm drei‹ haben, bekommen Sie die ›Hände-weg-von-sozialen-Netzwerken-aller-Art‹-Salbe dazugeschenkt.«

Meine Mutter verstand natürlich, worauf ich auch nicht gerade dezent anspielte, war aber Profi genug, sich nicht davon beeindrucken zu lassen. »Nachdem deine Dates immer in einer Katastrophe enden, lässt du mir ja keine andere Wahl. Du solltest im Übrigen viel aktiver auf Facebook sein. Wusstest du, dass die meisten Menschen jemanden heiraten, der aus ihrer Gegend stammt? Sie finden sich über soziale Netzwerke wieder. Habe ich kürzlich erst gelesen.«

Ja, die Studie hatte ich auch gelesen, allerdings war es da nicht ums Heiraten gegangen, sondern um die Tatsache, dass sich Affären viel leichter über Facebook als im Real Life beginnen ließen.

Mutter ließ sich wie immer nicht beirren. »Du musst dein Profilbild austauschen, ein paar Bikini-Fotos hinzufügen und deinen Beziehungsstatus von einem verzweifelten Single-Status in ›Es ist kompliziert‹ ändern, das klingt interessanter. Vor allem aber musst du wirklich höhere Schuhe anziehen, sonst denken alle, dass Metzlers Patenkind hier Praktikum macht.«

Innerhalb von wenigen Sekunden hatte sie mich wieder auf hundertachtzig gebracht. »Mama, ich steh hier nicht zur Dekoration herum! Und da ich bis zu zehn Stunden pro Tag auf den Beinen bin, trage ich lieber flache Schuhe. Außerdem ist mein Job keine Kontaktbörse, okay?«

Mutter schnaubte verächtlich. »Wie denn auch? Wenn du dich hinterm Tresen versteckst! Und überhaupt, hatten wir nicht ausgemacht, dass du mich in der Öffentlichkeit Irene nennst?«

Sie schaffte es immer wieder, mich innerhalb von kürzester Zeit bis auf die Knochen zu blamieren. »Nein, das hast du mit dir ausgemacht«, giftete ich sie an. »Ich nenne dich weiter Mama, das bist du nämlich, und nicht meine Freundin oder Schwester oder entfernte Verwandte. Keine Ahnung, was dich da geritten hat, als du das beschlossen hast. Neuer Mann?«

Sie blickte ertappt zur Seite. »Fabio. Habe ich auf Facebook kennengelernt. Eine ganz offene Seele.«

Aha, daher wehte der Wind! Vermutlich hatte sie dieses Mal ein so junges Exemplar an Land gezogen, dass sie lieber nicht zugeben wollte, Mutter einer dreißigjährigen Tochter zu sein, weil es sie älter wirken ließ. Mit zarten siebzehn Jahren hatte sie mich bekommen. Ein Unfall, aber der beste ihres Lebens, wie sie mir bis heute stets versicherte. Mein Vater – kaum älter als sie – hatte es eine Weile mit ihr und mir ausgehalten und versucht, den Anforderungen der jungen Familie gerecht zu werden, dann aber überfordert aufgegeben, als ich zwei Jahre alt gewesen war. Unglücklicherweise war er dabei untreu geworden, was meine Mutter nie wirklich verwunden hatte. Sie war danach jahrelang allein geblieben und hatte mich mithilfe meiner Großeltern aufgezogen. Verrückt oder leicht exzentrisch war sie von jeher, sie sprach, wie ihr der Schnabel gewachsen war, aber sie besaß ein großes Herz, und wir waren ein eingeschworenes Team, so peinlich sie mir manchmal auch war. Seit über einem Jahr jedoch plagte sie die Erkenntnis, ihre Jugend verpasst zu haben. Zwar machte sie mir deswegen keinen Vorwurf, sie liebte ihr einziges Kind wirklich sehr und würde mich für nichts hergeben wollen, doch leider hielt sie das nicht davon ab, die »verlorene Zeit« auf höchst peinliche Weise nachzuholen. Absolute Priorität hatte in ihren Augen aber mein Liebesglück, damit ich, wie sie sagte, ihrem eigenen Schicksal als alleinstehende Frau entrinnen könne.

»Um noch mal auf dein neues Hobby Facebook zurückzukommen, würdest du bitte *sofort* die Bikinifotos von mir aus deinem Fotoalbum löschen und aufhören, meine Freunde zu adden?«, forderte ich sie auf.

Zu meiner Überraschung nickte sie kurz, um dann direkt die Marschrichtung zu ändern. »Hast du jemand Netten kennengelernt?«

Nein. Und wenn doch, würde ich es nicht sagen, bevor ich sein polizeiliches Führungszeugnis, seine Familie und sein Wohnung kannte. Man glaubte ja gar nicht, was alles frei herumlaufen durfte.

»Hängst du etwa immer noch an Max?«

Und da war sie wieder! Die Mutter mit dem Einfühlungsvermögen eines elektrischen Handrührgeräts. Ich konnte einfach nicht fassen, dass sie ihr Geld als Hellseherin verdiente, wo sie es doch vor allem liebte, in meiner Vergangenheit herumzukramen …

Meine ganze Jugend über war ich in Max Wolf verliebt gewesen. Er war der Star an meiner Schule und ich ihm vollständig erlegen, und zwar nicht nur während, sondern peinlicherweise auch noch nach der Schulzeit. Grund für meine jahrelange Sehnsucht war ein einziger Kuss. Es war *der* Moment meines Teenagerlebens – Max hingegen löste nur eine verlorene Wette ein. Vielleicht sollte ich dazusagen, dass die Pubertät bei mir eher spät eingesetzt, dafür aber umso heftiger zugeschlagen hatte. Aber ich war bis heute sicher, dass der Kuss auch ihm gefallen und die Welt für eine Sekunde stillgestanden hatte. Na ja, was Frauen halt so alles taten, wenn sie nicht der Wahrheit ins Gesicht blicken wollen …

Natürlich war Max nicht der einzige Mann in meinem Leben gewesen. Was Mutter unterschlug, wenn sie mich hinstellte, als wäre ich eine verknöcherte Jungfer, war die Tatsache, dass ich erst seit zwei Jahren Single war. Davor hatte ich sehr glücklich mit Robert zusammengelebt, bis ich ihn auf einer Uniparty mit einem Erstsemester, der – ich schwöre – haargenau wie Leonardo di Caprio aussah, betrogen hatte. Immerhin war ich betrunken gewesen. Peinlich allerdings war die Tatsache, dass ich zu diesem Zeitpunkt bereits exmatrikulierte Studentin gewesen war, mich aber der alten Zeiten wegen mit meinem abgelaufenen Studentenausweis und einigen ehemaligen Kommilitonen auf die Party geschmuggelt hatte. Der Höhepunkt war gewesen, als mich Roberts Cousine knutschend erwischte, ein Beweisfoto schoss und Robert das Foto von meiner Missetat per SMS schickte. Robert konnte und wollte mir nicht verzeihen, er meinte, er würde mich nicht mehr kennen, und wenn ich ehrlich war, war ich mir auch vollkommen fremd geworden – auch wenn es nur ein Kuss gewesen war. Aber diese Aktion sah mir überhaupt nicht ähnlich, zumal vor meinem geistigen Auge die Hochzeit mit darauffolgenden Kindern schon in greifbarer Nähe gewesen war.

Natürlich hatte meine Mutter Robert vom ersten Tag an nicht leiden können. »Banker! Wer traut sich denn heutzutage noch, Banker zu werden? Dann doch lieber Leichenwäscher oder Fußpfleger. Das sind immerhin ehrenhafte Berufe im Vergleich zu diesen windigen Kerlen!«

Und natürlich hatte meine Mutter immer schon geahnt, dass der Apfel außen schön und innen faul war, und bevor ich es mich versah, kündigte sie an, dass sie sich ab jetzt persönlich um mein Glück kümmern werde. Dass der faule Apfel in dieser Geschichte die eigene Tochter war, übersah sie großzügig. Ihrer Meinung nach war Roberts Verhalten, mir nicht verzeihen zu können, ein weiterer Beweis seiner Kleinlich- und Spießigkeit. Der Drohung, mich zu verkuppeln, folgten eine Menge furchtbarer Dates, die sie immer wieder mehr oder weniger geschickt einfädelte.

Bevor sie heute weiter in meinem mickrigen Liebesleben herumstochern konnte, kam Herr Metzler aus dem hinteren Bereich der Apotheke nach vorn. »Ach, die Frau Mama! Na, was macht das werte Befinden?«

Mutter ließ sich natürlich nie eine Gelegenheit entgehen. »Mir geht es bestens. Nur um Annie mach ich mir Sorgen. Sie arbeitet immer noch so viel, dass sie gar nicht dazukommt, sich ein vernünftiges Privatleben aufzubauen. Verstehen Sie mich nicht falsch, die Apotheke ist ihr Ein und Alles, aber die ganzen Fläschchen halten sie nachts auch nicht warm. Höchstens, sie schmeißt sich was von diesen Happy-Pills ein!«

In den Peinlichkeitscharts von »etwas unangenehm« bis »Boden, tu dich auf!« war dieser Vorstoß nur schwer zu toppen – geschweige denn zu kommentieren. Also schwieg ich und zermalmte mir das Kiefergelenk bei dem Versuch, die Zähne zusammenzubeißen. Meine Mutter meinte es ja gut – nur war der Zeitpunkt für ihre »Fürsorge« nicht gerade günstig, denn ich wollte meinem Chef schließlich beweisen, dass ich die Apotheke locker allein schmeißen konnte.

Herr Metzler nickte verständnisvoll. »Ja, das habe ich mir schon gedacht. Wir haben sehr gut wirkende Präparate gegen Stress, aber Annie möchte die nicht nehmen. Na ja, die neue Kollegin Fräulein Schöne wird sich bestimmt gut anstellen und Annie etwas entlasten. Hoffen wir, dass sie sich schnell einarbeitet, sodass wir ihr bald mehr Aufgaben geben können, und dann hat Annie so viel Zeit, dass Sie sich wünschten, sie wäre öfter in der Apotheke«, sagte er, lachte jovial und nestelte dabei an seiner randlosen Gleitsichtbrille herum.

Ja, er meinte es gut mit mir. Über die Jahre war eine Vater-Tochter-Beziehung zwischen uns entstanden, trotzdem hatten wir unterschiedliche Ansichten, wie man eine Apotheke führen und vor allem in welche Richtung man die Kunden beraten sollte.

Meine Mutter gab sich geschlagen. Sie kaufte (bei Herrn Metzler, natürlich) eine Packung Aspirin, weil die laut eigener Aussage bei Kater immer noch am besten halfen, und verließ unter großem Tamtam die Apotheke.

Shakira, die meine Mutter stets als unterhaltende Bereicherung im tristen Apothekerdasein empfand (wohl auch, weil sie nicht mit ihr verwandt war), kicherte amüsiert: »Bei deiner Mutter freut man sich immer zweimal! Das erste Mal, wenn sie kommt – und das zweite Mal, wenn sie wieder geht!«

KAPITEL 3

Die Normalität ist eine gepflasterte Straße,
man kann gut darauf gehen – doch es wachsen
keine Blumen auf ihr.
Vincent van Gogh

»Dann hat sich die Wunde entzündet und geeitert. Die mussten den Abszess öffnen. Das hat vielleicht gestunken, sag ich dir.«

Der Abend lief definitiv nicht nach Plan. Vor mir saß Bertram, laut eigener Online-Aussage eine gute Partie. Auf dem Foto hatte er nett ausgesehen, seine Angaben hatten normal geklungen, und er arbeitete in einem Architekturbüro, das ich vom Namen her kannte. Wir hatten uns im *Pane* in der Wiehre verabredet, einem netten Italiener mit rot-weiß karierten Tischdecken, rustikalen Holztischen und traditionellen Gerichten, wobei mir bei Bertrams Ausführungen die Pasta im Hals stecken blieb. Mir war der Appetit in den vergangenen Minuten vergangen, zumal meine Ravioli in Gorgonzolasoße optisch durchaus mit seinen Abszessschilderungen korrespondierten. Unauffällig schob ich den Teller zur Seite und wechselte das Thema.

»Du schreibst in deinem Profil, dass du naturverbunden bist und gern kletterst. Das finde ich spannend. Erzähl doch mal!«

Bertram sah kurz erfreut aus, dann verfinsterte sich seine Miene. Was war denn jetzt wieder nicht in Ordnung?

»Ich geh nicht mehr klettern. Das ist aus und vorbei«, grummelte er wie ein beleidigtes Kind und verschränkte tatsächlich die Arme vor der Brust.

»Äh, und warum schreibst du es dann in dein Profil?«

Ich hätte nicht fragen sollen – aber das merkte ich wie immer erst hinterher.

»Das Klettern habe ich mit Melli angefangen, meiner Exfreundin.«

Nachtigall, ick hör dir trapsen! Natürlich ging es im folgenden ausufernden Exkurs nicht mehr um sein Hobby, sondern um die geldgierige, durchtriebene Exfreundin, die ohne Grund von heute auf morgen Schluss gemacht hatte.

»Stell dir vor, die ist einfach ausgezogen, ohne ihren Anteil des Haushaltgelds für den Monat dazulassen. Ich meine, mit dem Geld habe ich doch gerechnet, und die Miete musste ich ganz allein bezahlen!«

Ohne diese Melli je kennengelernt zu haben, beschlich mich der Verdacht, dass sie eine wahnsinnig sympathische Person sein musste und mit ihrem Auszug das einzig Richtige getan hatte.

»Wie groß ist denn eure Wohnung?«, fragte ich, mehr um irgendetwas zu sagen als aus Interesse. Den Nachtisch würde ich ausfallen lassen. Nichts wie weg von Eiter-Bertram!

»*Meine* Wohnung. Ich hab vorher schon allein darin gewohnt. Die hab ich noch aus meiner Studienzeit. Zwei Zimmer, fünfzig Quadratmeter. Nicht ganz so groß, aber ich schmeiß das Geld doch nicht einem Vermieter in den Rachen.«

Anstatt zu antworten, nickte ich nur und schielte nach Salvatore, dem Kellner. Zu Beginn meiner Partnersuche war er stiller Beobachter der desaströsen Dates gewesen, dann eingeweihter Zeuge und schließlich Freund und Helfer. »Ich sehe gleich, ob der Typ was taugt«, hatte er mich eines Tages wissen lassen, nur leider war sein Daumen bislang fast immer unten geblieben. Wenn ganz üble Typen auftauchten, half er mir auch schon mal mithilfe des ein oder anderen Vorwands aus der Klemme.

Bertram redete sich in Rage. »Ihr war ja alles nicht schick genug, es musste immer das Beste für die Dame sein. Aber warum muss ich Butter essen, wenn Margarine genauso schmeckt und viel günstiger ist? H-Milch hält sich länger als frische, die musst du nie wegwerfen, weil sie gekippt ist. Meine Mutter sagt auch, dass die Frauen heute nicht mehr wissen, wie man haushaltet. Sind alle verwöhnt. Hat ja auch keine mehr ’ne schwere Zeit mitgemacht. Die würden ja in der Not alle nicht überleben, sagt meine Mutter.«

Ja, Bertram – oder sollte ich lieber Norman Bates zu dir sagen? Ich hatte verstanden: alles Schlampen außer Mutti.

Zum Glück sah mich endlich Salvatore und kam an unseren Tisch. Er blickte betrübt auf meinen halbleeren Teller. »Hat es nicht geschmeckt, Signora?«

»Doch, ausgezeichnet wie immer. Ich habe heute aber einfach keinen Appetit. Ich fürchte, ich bekomme einen Infekt«, log ich und hüstelte affektiert.

»Dann kein Dessert für Sie? Einen Espresso, Grappa vielleicht?« Praktischerweise stand Salvatore hinter Bertram und machte zu seiner Frage eine vielsagende Geste: beide Daumen nach unten. So eine Überraschung.

Panisch schüttelte ich den Kopf. Bertram, der bestimmt die Kosten für unser Essen heimlich zusammenrechnete und es für eine maßlose Verschwendung hielt, sich einen Espresso oder gar ein Dessert zu genehmigen, lehnte ebenso ab.

Stattdessen legte er noch einen drauf. An Salvatore gewandt, fragte er: »Packen Sie mir dann bitte ihr Essen ein? Wäre doch jammerschade, die teuren Nudeln wegzuwerfen.«

Salvatore machte mir ein Zeichen, dass er Bertram für verrückt hielt.

Ach was!

»Wollen die Herrschaften dann bezahlen?«, half er mir aus der Patsche und trug meinen Teller mit den vier übrig gebliebenen Ravioli Richtung Küche.

»Ja, bitte«, rief ich einen Tick zu erleichtert und erklärte Bertram, der überhaupt nicht mitbekam, was gespielt wurde, dass ich mich besser gleich ins Bett legen wolle.

Salvatore brachte den Bon und legte ihn Bertram hin.

Der warf nur einen kurzen Blick drauf. »Teilen wir am besten, oder?«

Von jemandem wie ihm wollte ich mich bestimmt nicht einladen lassen. Ich schnappte mir die Rechnung und knallte den gesamten Betrag mit ordentlich Trinkgeld obendrauf auf den Tisch. »Du bist eingeladen. Ich muss los. Bis dann«, verabschiedete ich mich in Überschallgeschwindigkeit vom verdutzten Bertram und machte mich, so schnell ich konnte, vom Acker.

Kaum aus dem Restaurant rausgestolpert, wählte ich Johannas Nummer, die meine Datingbemühungen stets interessiert verfolgte. »Und?«

»Wenn das so weitergeht, gehe ich ins Kloster. Im Ernst! Lieber atme ich bis ans Ende meiner Tage Weihrauch ein, als mir weitere Krankheitsgeschichten von einem gestörten Muttersöhnchen anzuhören.«

Den Heimweg nutzte ich, um meiner lachenden Freundin von Bertram, Melli und der garstigen Schwiegermutter zu berichten, die die potenzielle Neue an Bertrams Seite erwartete. Aber eigentlich war mir nicht zum Lachen zumute. Zwar versuchte ich, meine Suche nach einem Mann mit Witz zu überspielen, aber eigentlich fand ich das ganze Theater ziemlich anstrengend und nicht gerade schön. Nachdem ich die absurdesten Verkuppelungsversuche meiner Mutter hinter mich gebracht hatte, hatte ich mir geschworen, selbst einen Mann zu finden – was leider leichter gesagt als getan war. Die meisten steckten inzwischen in Familien oder Beziehungen, und ich war auch nicht mehr an der Uni, wo es täglich wechselnde Menüs und Chancen ohne Ende gab, jemanden kennenzulernen. Ein Kunde aus der Apotheke kam natürlich nicht infrage. Selbst wenn mal einer gut aussah, kaufte er im Anschluss garantiert Hämorridensalbe oder Psychopharmaka. Meine Vernunft sagte mir, dass es Sinn ergab, auf den Datingportalen angemeldet zu bleiben. Denn auch im Freundeskreis waren fast alle vergeben, und beim Online-Dating konnte man zumindest davon ausgehen, dass das Gegenüber eine feste Partnerschaft suchte und nicht Kind und Kegel im Eigenheim sitzen hatte. Es sei denn, man versuchte auf *Cheater.de* sein Glück, so wie Shakira.

Wann war es so schwer geworden, einen Mann zu finden, der sich auch eine Familie wünschte? Dem es nichts ausmachte, sich festzulegen, eine Beziehung einzugehen, sich eine gemeinsame Zukunft aufzubauen, und der beim Wort »Kinder« nicht Schnappatmung bekam und das Weite suchte? Leider waren meine Begegnungen über die Datingportale bislang nicht von Erfolg gekrönt gewesen. Es waren zwar auch ein paar vielversprechende Kandidaten dabei gewesen, aber entweder funkte es bei mir nicht oder bei den Männern.

Schlimm war mein Abend mit Oskar gewesen. Auf Anhieb hatten mir seine widerspenstigen Haare und lustigen Sommersprossen gefallen. Spannend erzählen konnte er, und zu meiner Überraschung schien er völlig normal – er lebte zumindest nicht bei Mutti und sprach entspannt von der Ex, mit der ihn ein gutes Verhältnis verband. Als Reisefotograf übte er einen spannenden Job aus, und ich dachte wirklich, dass aus uns was werden könnte. Vollständig von Hoffnung erfüllt ging ich nach Hause, nur um herausfinden zu müssen, dass Oskar unseren Abend offenbar komplett anders empfunden hatte. Zumindest löschte er mich sofort aus seinen Kontakten und sperrte mich, damit ich ihm überhaupt keine Nachricht mehr schicken konnte. Seither überlegte ich immer wieder, ob ich mich abmelden sollte, aber bislang war mir keine bessere Alternative eingefallen, und meinen Lebenstraum einer Familie wollte ich allen Widerständen zum Trotz nicht aufgeben. Was aber vielleicht auch nur eine Frage der Zeit war.

»Wieso ›Bauernhof‹? Der Lärm im Hintergrund sind Tiere. Ich bin mit Kaspar und Hauser beim Tierarzt. Du hast doch selbst den Termin für mich ausgemacht.«

Es war zum Mäusemelken. Meine Mutter vergaß nie zu betonen, dass sie meine Katzen nicht ausstehen könne. Vermutlich deshalb, weil in Zeitschriften oder Filmen immer wieder das Klischee alleinstehender Frauen mit haarigem Anhang bedient wurde und sie fest davon überzeugt war, dass meine Chancen auf dem Heiratsmarkt durch sie geschmälert wurden. Was natürlich beides nicht stimmte. Denn einerseits erwähnte ich meine Katzen bei einem Date nie, andererseits war meine Mutter im Grunde ihres

Herzens in die zwei Racker vernarrt und fand, dass sie zu ihr als Medium viel besser gepasst hätten. Wahrscheinlich war das der Grund, warum sie sich ständig in die Erziehung der beiden einmischte. Weil sie außerdem der Überzeugung war, ich würde vor lauter Arbeit nichts auf die Reihe bekommen, machte sie immer wieder Friseurbesuche oder Arzttermine für mich respektive für Kaspar und Hauser aus. Dass sie es dieses Mal so eilig mit der jährlichen Impfung gehabt hatte, gab mir dennoch Rätsel auf.

»Ich muss auflegen, die schauen alle schon so komisch«, flüsterte ich in mein Handy. Wie unangenehm, zumal ich zum ersten Mal bei Dr. Wolf angemeldet war. Meine langjährige Tierärztin hatte mit Anfang vierzig Zwillinge bekommen – ja, es gab Hoffnung für uns alle! – und die Praxis vorübergehend an eben genannten Dr. Wolf übergeben. Seltsamer Name für einen Tierarzt.

Ronit, die Sprechstundenhilfe, war zum Glück geblieben. Ich mochte sie gern. Sie war zwar leicht wunderlich (sie sprach eindeutig zu viel mit Tieren), aber dabei ganz reizend und immer gut gelaunt.

»Kaspar und Hauser, bitte!« Ronit rief stets die Namen der Tiere auf, nie die der Besitzer. Nur recht und billig, wie ich fand, schließlich ging es auch um die tierischen Patienten, nicht um die menschlichen.

Mit meinem Katzenkorb bepackt, ging ich ins Sprechzimmer, sehr gespannt darauf, wie der neue Tierarzt mit meinen Schätzchen umgehen würde. Dr. Wolf saß mit dem Rücken zu mir und hämmerte auf die Tastatur eines weißen Computers ein. Das war neu, der PC im Sprechzimmer. Überhaupt war der Raum verändert worden, er war moderner, aufgeräumter, männlicher, und es hingen auch keine Tierposter mehr an der Wand. Selbst die von Kindern gemalten Bilder waren abgehängt worden. Das war ein dicker Minuspunkt, das musste er erst einmal wieder wettmachen, dieser Dr. Wolf. Viel erkennen konnte ich außer einem breiten Rücken, der in dem weißen Arztkittel steckte, nicht. Das war übrigens auch neu. Seine Vorgängerin hatte immer Grün getragen. Ich sah außerdem braune gewellte Haare, die Dr. Wolf offenbar gern etwas länger trug. Das war alles.

Wie lange wollte er mich eigentlich noch warten lassen?

Als hätte er meine Gedanken gelesen, drehte er sich in diesem Moment schwungvoll zu mir um. Ungefähr da setzte mein Herzschlag aus, im gleichen Augenblick begann ich mit der Schnappatmung. Dann fiel mir die Kinnlade mit Karacho herunter, und ich schwor meiner Mutter ewige Rache.

Natürlich hatte diese Mistkröte es gewusst und deshalb auf den Termin gedrängt: Dr. Wolf war niemand anderes als Max, Schwarm meiner gesamten Gymnasialzeit! Vor mir saß der Mann, den ich angehimmelt hatte, seit ich denken konnte. Aus der Ferne natürlich, denn er war ja zwei Jahre älter und mit den hübschesten Mädchen aus seiner Stufe zusammen gewesen. Max war drei Jahre lang Schulsprecher und auch der Grund gewesen, weshalb ich der Schülermitverwaltung beitrat, obwohl ich mich überhaupt nicht für deren langweiligen Kram interessierte. Er kam ohne Pickel durch die Pubertät, zu allem Übel mit guten Noten, glänzte aber leider immer wieder als arrogantes, eingebildetes Arschloch, das sich seiner Wirkung und Position ziemlich bewusst war und über Schüler am unteren Ende der Nahrungskette spottete. Die Schulsprechertätigkeit war für ihn eher Mittel zum Zweck, um beim Lehrerkollegium gut dazustehen und auf Schulfreizeiten neue Freundinnen zu rekrutieren.

Obwohl ich mir seiner charakterlichen Mängel Zeit

meiner unerwiderten Liebe (oder was ich dafür hielt) völlig bewusst war, hatte mich das Begehren mit voller Breitseite erwischt, als ich ihn zum ersten Mal sah. Damals, vor dem Schülerkiosk in der großen Pause. Seit diesem Tag träumte ich ständig von Max, von der Fünften bis zur Dreizehnten, jeden Monat, jeden Tag, morgens, mittags, abends, sommers wie winters, im Frühling, im Herbst und zur Weihnachtszeit. Keine Ahnung, ob mich Max, der die englische Aussprache seines Vornamens übrigens seiner britischen Mutter verdankte, was ich damals als den Gipfel seiner Coolness betrachtete, je bewusst zur Kenntnis nahm. Unsere Berührungspunkte waren eher gering. Ich meldete mich stets für Fleißarbeiten, auf die keiner Lust hatte, um, wenn schon nicht attraktiv, so doch wenigstens nützlich zu sein. Max nickte mir zustimmend zu, wenn meine Hand in die Höhe schnellte, um wieder eine der ungeliebten Arbeiten zu übernehmen, wie im Oberstufenkeller sauber zu machen, einen Kuchen für die Schülervertretung zu backen, den stinkigen Physiklehrer Herrn Fritze zum naturwissenschaftlichen Stammtisch einzuladen, und schenkte mir manchmal sogar ein kleines Lächeln, was mich für den Rest des Tages außer Gefecht setzte. Ansonsten war ich auf seinem Radar nicht vorhanden, denn leider hinkte ich, was die körperliche Entwicklung anging, schwer hinter meinen Schulkameradinnen her. Während meine Freundinnen bereits BHs trugen und Kurven bekamen, wurde ich im Freibad zum halben Preis reingelassen, weil der Kindertarif bis acht Jahre galt.

Erst in der Zehnten machte ich endlich einen Schub. Zwar wuchs ich nicht mehr viel in die Höhe, aber ich wurde eindeutig zur Frau und bekam (neben einem Busen) plötzlich Verehrer, mit denen ich (wie mit dem Busen) nicht umzugehen wusste. In diese Zeit fiel auch der besagte Kuss, den Max mir völlig überraschend auf einer Engtanzparty bei Susanne gab und mich damit beinahe ins Koma beförderte. Ein Jahr später wurde ich zur Miss Keppler-Gymnasium gewählt – ein völlig verunglückter Titel, aber damals bedeutete er mir nach all den Jahren als unscheinbares Aschenbrödel die Welt. Leider hatte Max meine Entwicklung von der Raupe zum Schmetterling nicht mehr mitbekommen: Sein Abitur in der Tasche, hatte er sich nie wieder am Keppler-Gymnasium blicken lassen.

Jetzt allerdings schaute mich Max skeptisch an und runzelte die Stirn. »Kennen wir uns von irgendwoher?«

Mist! Am liebsten wollte ich alles abstreiten, allerdings bestand die (zugegeben sehr geringe) Chance, dass er sich an meinen Namen erinnerte. Dumm war er nicht. Außerdem lag die Karteikarte mit meinen Personalien vor ihm auf dem Schreibtisch. Also Arschbacken zusammenkneifen, und los!

»Annie Fischer, vom Keppler-Gymnasium. Ich war in der Schülervertretung, als du Schulsprecher warst«, nuschelte ich und wich verlegen seinem Blick aus.

Max fing an zu grinsen. Es schien ihm zu dämmern, wer ich war. Hoffentlich war er inzwischen netter als damals.

»Mensch! Na, gewachsen bist du nicht mehr viel seit damals«, sagte er und grinste dabei frech.

Okay, er war immer noch nicht so nett, dafür standen ihm die zehn zusätzlichen Jahre leider ausnehmend gut. Das hatte er nicht verdient. Und ich auch nicht! Wollte ich diesem eingebildeten Schnösel ernsthaft meine Katzen anvertrauen?

In diesem Moment fiel mir ein, dass er ursprünglich Humanmediziner hatte werden wollen. Den Studienplatz hatte er seinerzeit bereits in der Tasche gehabt, die Zukunft als Chirurg im Visier. Die Tatsache, dass Max Wolf Arzt werden wollte, wo Weiß ihm ohnehin fantastisch stand, hatte mich damals einer Ohnmacht nahegebracht. Er würde Menschen heilen, was bedeutete, dass er kein Arsch sein konnte. Weshalb sonst würde sich jemand durch Leichen, vermurkste Blutabnahmen und endlose Semester samt Doktorarbeit quälen? In meiner Max-Wolf-Bibel, einem verschließbaren Tagebuch, hielt ich alle Informationen um seine Person inklusive meiner ersten Signaturversuche als Frau Dr. Annie Wolf fest.

»Wolltest du nicht Arzt werden? Also, ich meine *richtiger* Arzt, so mit Menschen? Was ist denn da schiefgelaufen?«, versuchte ich es mit einer Retourkutsche.

Leider war ich für solche Gemeinheiten nicht geschaffen. Mein Spruch fühlte sich nämlich nur total deplatziert und falsch an und traf bei Max anscheinend eine empfindliche Stelle, denn sein Gesichtsausdruck verdüsterte sich in Sekundenschnelle. Als Antwort bekam ich ein eisiges Schweigen. Ich hatte einfach nicht die richtige Konstitution für solche Spielchen, und ich glaube auch nicht, dass ich in der Rolle der fiesen Cheerleaderin überzeugte. Zumindest kaufte Max sie mir nicht ab.

»Was ist denn mit deinen Katzen?«, schlug er einen professionellen und, wie ich mit leisem Bedauern feststellte, distanzierten Ton an.

»Äh ja, die müssten, äh, beide … geimpft werden«, stotterte ich verunsichert.

Da war ich eine erwachsene Frau geworden, und völlig unerwartet holte mich die Vergangenheit ein, und ich fühlte mich tatsächlich wieder wie der unsichtbare Teenager, der ich einmal gewesen war! Fehlte nur noch das rosafarbene Kassengestell von anno dazumal. Meine Verunsicherung durfte ich mir auf keinen Fall anmerken lassen. Was war nur los mit mir?

Schweigend nahm Max Kaspar und Hauser aus ihrem Tragekorb. Seltsamerweise protestierten sie nicht und fauchten auch nicht. Da sollte noch mal einer behaupten, Tiere hätten einen sechsten Sinn für unsympathische Menschen. Na gut, Max fasste die beiden sehr behutsam und ruhig an und strahlte eine Souveränität aus, die ihn eventuell hätte sympathisch erscheinen lassen – wäre da nicht unsere gemeinsame Vorgeschichte gewesen. Sorgfältig untersuchte er die Katzen, nahm Kaspar Blut ab und impfte die beiden schnell und routiniert.

»Wieso hast du ihm Blut abgenommen?«

Max sah mich an. In seinem Blick lag etwas Undefinierbares. »Sein Fell gefällt mir nicht, ich will nur mal die Blutwerte überprüfen. Kein Grund zur Sorge.«

Kein Grund zur Sorge? Für wen hielt sich dieser aufgeblasene Kurpfuscher eigentlich? Ich hatte diese beiden Geschöpfe völlig verstört aus einem Versuchslabor befreit. Ihre Augen waren knallrot gewesen, ihr Fell zerrupft und mit großen kahlen Stellen. Aneinandergekauert hatten sie in ihrem Käfig gesessen. Ihr Anblick hatte mir das Herz gebrochen. Ich hatte mir damals geschworen, alles Unrecht, das den beiden widerfahren war, wiedergutzumachen. Kein Mensch würde heute noch vermuten, in welch armseliger Verfassung sich die beiden damals befunden hatten. Gut, nur die Namen gaben Hinweise. Aber mit Passionsblumenkraut und Melisse bekam ich die beiden stabil, was die Psyche anging. Ha, das sollte Max Wolf erstmal schaffen. Und überhaupt! Ich war Apothekerin, also quasi vom Fach, eine Kollegin, wenn man so wollte. Mit mir konnte man reden!

»Ich will wissen, was du vermutest. Zum Spaß nimmst

du bestimmt kein Blut ab.« Wenn ich ehrlich war, plusterte ich mich nur so auf, weil ich Angst hatte, wieder in die Rolle der kleinen Annie zu fallen. Wie peinlich ich klang, merkte ich in dem Moment, in dem ich sagte: »Ich bin Apothekerin, ich weiß Bescheid!«

Max fiel meine Unsicherheit leider auch auf. Er zog die Augenbrauen über seinen grünen Augen hoch, diese Augen, deren Farbe ich in meinem Tagebuch mehrere Seiten an Vergleichen gewidmet hatte. Grün wie ein Bergsee, wenn die Sonne draufscheint, grün wie die Augen meines liebsten Take-That-Mitglieds Robbie Williams, grün wie die Patina eines alten Kupferdachs, grün wie eine verblichene Polizeiuniform … und so weiter.

»Warum sagst du das nicht gleich?«, fragte er spöttisch. »Das ändert natürlich alles. Ich denke, es könnte sich um eine CNI handeln. Die Ursache eine idiopathische interstitielle Nephritis. Was schlagen Sie vor, Frau Doktor?«

Er sah mich herausfordernd an, und ich stellte fest, dass er tatsächlich dasselbe Arschloch wie früher war – nur eloquenter.

»Dass ich zu einem Tierarzt wechsele, der etwas mehr Mitgefühl hat«, brachte ich gerade noch hervor und packte wutentbrannt meine beiden Katzen ein.

Max Wolf grinste und machte eine scheuchende Geste. »Na dann: Husch, husch! So schnell die kurzen Beinchen tragen!«

Ein unartikulierter Aufschrei war alles, was ich antworten konnte. Völlig außer mir stürmte ich aus dem Sprechzimmer an Ronit vorbei, die wissen wollte, was passiert war.

»Wie kannst du mit diesem Widerling zusammenarbeiten? Jedes Inkassounternehmen hat mehr Herz!«

Ronit sah mich verständnislos an. »Du sprichst von Dr.

Wolf? Der Freundlichkeit in Person? Den lieben alle hier! Die Patienten samt Herrchen und Frauchen sind total begeistert von ihm.«

Fassungslos schüttelte ich den Kopf. »Und wer ist dann der Typ da drin? Bestimmt nicht der Dr. Wolf, von dem du sprichst«, rief ich und stapfte aus der Tierarztpraxis.

KAPITEL 4

Ein Mädchen sollte aus Liebe heiraten
und damit weitermachen, bis es sie gefunden hat.
Zsa Zsa Gabor

»Was bist du denn so gereizt? So kenne ich dich ja überhaupt nicht!« Shakira sah mich kopfschüttelnd an.

Völlig grundlos hatte ich sie angeblafft, nur weil sie im Weg gestanden und zu spät bemerkt hatte, dass ich durchwollte. »Wenn du Max Wolf kennen würdest, wüsstest du, warum ich gereizt bin«, keifte ich einen Tick zu laut. Ich hatte mich noch nicht wieder beruhigen können, seitdem ich wutentbrannt aus der Tierarztpraxis gestürmt war.

»Max Wolf? Wie war es bei ihm? Habt ihr euch verabredet?« Hinter dem Aufsteller mit den Vitaminpräparaten schnellte die toupierte Frisur meiner Mutter hoch.

Wohnte sie inzwischen hier?

»Musst du nicht arbeiten und Kontakt zu Toten herstellen, anstatt deine Tochter in fiese Fallen laufen zu lassen? Das war echt ’ne üble Nummer, und sag jetzt nicht, du wusstest nicht, wer Dr. Wolf ist«, überging ich ihre Frage unwirsch.

Völlig unbeeindruckt tippelte sie auf mich zu. War das ein Knutschfleck am Hals, den sie amateurhaft abzudecken versucht hatte?

»Muss ich mich als deine Mutter rechtfertigen, wenn

ich meine einzige Tochter besuchen möchte, und das zudem als *Kundin?*«

Gott bewahre, aus der Nähe betrachtet war ich sicher, dass der Bluterguss an ihrem Hals ein Knutschfleck war.

»Jetzt doch wieder ›Mutter‹? Sollte ich dich nicht vor ein paar Tagen nur noch Irene nennen?«, gab ich Paroli und stellte fest, dass es guttat, die aufgestaute Wut, die Max Wolf verursacht hatte, an anderen auszulassen. Vor allem an meiner Mutter, die mir die ganze Sache eingebrockt hatte.

Sie sah mich milde an und lächelte – ein Zeichen, dass sie etwas wollte. Und tatsächlich schnurrte sie plötzlich sanft: »Spatz, lass uns nicht streiten. Ich dachte, du freust dich, Max nach all den Jahren wiederzusehen. Sein Vater hat mir von seiner Rückkehr und der Praxisübernahme erzählt, da wollte ich ein bisschen Fortuna spielen. Du musst ja nicht mehr hingehen, wenn es so schlimm war. Aber einen Versuch war es allemal wert, schließlich wirst du nicht jünger. Der eigentliche Grund, aus dem ich dich heute aufgesucht habe, ist jedoch professioneller Natur. Kannst du mir etwas gegen Blasenentzündung geben?«

Der Knutschfleck und die Blasenentzündung waren ein sicheres Indiz, dass meine Mutter – pardon, *Irene* – einen Lover hatte, der sie sexuell sehr zu fordern schien. Nicht umsonst wurde die Krankheit im Englischen auch als Honeymoon-Zystitis bezeichnet. Allein die Vorstellung verursachte bei mir Würgereiz. Ich beschloss, weder auf die Ursache von Mutters »Gebrechen« noch auf den Knutschfleck näher einzugehen, und gab mich stattdessen professionell.

»Hier, das sind Cranberrytabletten und ein Teegemisch mit Isländischem Moos, Bärentraube und Myrte. Trink, so viel du kannst, und wenn es morgen nicht besser wird, musst du zum Arzt.«

Widerwillig nahm sie die Tabletten und den Tee entgegen. »Kannst du mir nicht einfach ein Antibiotikum geben?«

Typisch. Sie hatte einfach keine Geduld.

»Wenn du willst, dass ich meine Zulassung verliere, gern. Außerdem ist ein Antibiotikum kein Kaugummi – das sollst du nur im Notfall nehmen. Im frühen Stadium kannst du eine Blasenentzündung eventuell noch abwenden, wenn du dich an meine Ratschläge hältst.«

Meine Mutter seufzte entnervt und machte ihren typischen Schmollmund, der durch den dunkelroten Lipgloss erst richtig zur Geltung kam. »Du klingst wie deine Großmutter, die Kräuterhexe. Gott hab sie selig. Die wollte mir auch immer irgendwelches Gewächs andrehen. Nur leider nicht die Sorten, die ich gerne geraucht hätte.«

Ich verdrehte die Augen. Wie lange dauerte ihre »Ich-muss-alles-nachholen«-Phase wohl noch an? Dieser Generationentausch, der mir das Gefühl gab, ich sei die strenge Mutter kurz vor der Menopause und sie die verzogene Tochter im Rausch der pubertären Hormone, war so überhaupt nicht nach meinem Geschmack.

»Von Oma habe ich mein ganzes Wissen. Wie man Kräuter bestimmt, trocknet und haltbar macht. Ich bin ihr sehr dankbar dafür«, sagte ich mantramäßig. Dann senkte ich die Stimme. »Nimmst du bitte das hier für Frau Holinder mit? Sie hat vorhin angerufen, dass sie noch zu krank ist, um selbst zu kommen.« Ich hielt meiner Mutter eine Packung Tabletten hin. »Brauchst du sonst noch was, oder sind wir hier fertig?«

Meine Mutter hielt einen kurzen Moment inne, dann fiel ihr leider noch etwas ein. »Ja. Was ist denn nun mit

Dr. Max Wolf? Wie sah er aus? War da noch ein Funke zwischen euch? Siehst du eine Zukunft, oder hast du deine besten Jahre für nichts und wieder nichts an ihn vergeudet?«, sagte sie einen Tick zu laut und zu theatralisch.

Zum Glück waren weder Kunden noch Herr Metzler da, nur Shakira, die interessiert näher kam.

»Wenn die Zeit von dreizehn bis achtzehn neuerdings als die besten Jahre gilt, hab ich sie verschwendet, denn Max Wolf und ich sind uns so sympathisch wie die Schlümpfe und Gargamel. Der einzige Funke, der springen wird, ist der meines Feuerzeugs, der alle Erinnerungen an Max Wolf endlich in Flammen aufgehen lassen wird. Immerhin hat mich die Träumerei vor anderen Dummheiten bewahrt«, sagte ich mit einem bedeutungsschwangeren Blick auf meine Mutter.

Ha! Dagegen konnte sie nichts sagen, denn wenn sie mir in meiner viel zu spät gestarteten Pubertät etwas gepredigt hatte, dann, sich vor dem Abitur bloß kein Kind andrehen zu lassen.

Da sie den Laden jedoch nicht verlassen würde, bevor sie bis ins letzte Detail erfuhr, wie mein Aufeinandertreffen mit Max verlaufen war, und auch Shakira deutliches Interesse an der Geschichte signalisierte, erzählte ich kurz von meiner unschönen Begegnung.

»Was für ein blasierter Idiot!« Shakira war sofort auf meiner Seite.

»Ein Arzt, er ist Arzt. Lasst uns das bei allem nicht vergessen«, erwiderte meine Mutter, die sich ihr Leben lang einen Mediziner für sich oder mich gewünscht hatte. Als »Frau Doktor« angesprochen zu werden kam in ihren Ohren einer Offenbarung gleich.

»Mutter, er ist Veterinär. Lass die Kirche gefälligst im Dorf.«

Diesen Einwand wischte sie mit einem »Doktor ist Doktor!« weg und überlegte laut weiter. »Da sind doch noch Gefühle, sonst wärst du nicht so ausgerastet. Ist er verheiratet? Konntest du Kinderfotos auf dem Schreibtisch entdecken?«

Fassungslos schüttelte ich den Kopf. »Wenn du mir richtig zugehört hättest, wüsstest du, dass ich den Tierarzt wechseln und Dr. Max Vollidiot Wolf nie wieder sehen werde! Es ist mir völlig egal, wie sein Privatleben aussieht.«

Meine Mutter tätschelte mir die Wange, als ob sie gütig Nachsicht walten ließe. »Schatz, viele Optionen hast du nicht mehr. In deinem Alter … Zum Glück hast du die Unterschrift als Frau Dr. Annie Wolf bereits früh geübt.«

Bevor ich eine Tablettenschachtel nach ihr schmeißen konnte, sah sie zu, dass sie die Apotheke verließ.

Shakira sah mich mitleidig an. »Wir können uns unsere Eltern eben nicht aussuchen. Max Wolf klingt genau wie der Typ Mann, weswegen ich bei Cheater bin.«

Das ließ ich lieber unkommentiert, denn Shakira wusste, was ich von ihrer Freizeitgestaltung hielt. Seit sie vor einigen Jahren festgestellt hatte, dass ihre langjährige große Liebe sie nach Strich und Faden betrogen und zudem eine ihrer besten Freundinnen geschwängert hatte, war sie nicht mehr in der Lage, sich auf eine normale Beziehung einzulassen. Sie vertraute keinem Mann mehr und war Mitglied bei einer Seitensprungagentur. Dort gab sie an, verheiratet und Mutter eines Kindes zu sein, und traf sich in unregelmäßigen Abständen mit Männern, meist verheiratet, zum Stelldichein – alles ohne Verpflichtung. Shakira fand nicht, dass diese Art, ihr Privatleben zu gestalten, selbstzerstörerisch war, sie nannte ihren Lebenswandel vielmehr realistisch und fand es naiv und süß von mir, bei jedem Date zu hoffen, die große Liebe zu finden. Nun ja, immerhin war ich nicht so dumm zu glauben, dass man mit fingierten Seitensprüngen langfristig glücklich wurde im Leben …

Plötzlich stupste Shakira mich an, zeigte unauffällig Richtung Hinterzimmer und flüsterte: »Mir scheint, der gute Metzler hat sich auf seine alten Tage auch noch bei Cheater angemeldet. Oder wie erklärst du dir das?«

Neugierig schielte ich in die angedeutete Richtung. Im Hinterzimmer der Apotheke stand Herr Metzler mit einer auffallend gut aussehenden jungen Frau, die ihn bewundernd anlachte und immer wieder am Arm berührte, was dem Chef auf seine alten Tage tatsächlich zu gefallen schien, zumindest seiner geröteten Gesichtsfarbe nach zu urteilen.

Herr Metzler bemerkte unseren konspirativen Plausch und rief uns zu sich und der Unbekannten. »Darf ich vorstellen? Das ist Ihre neue Kollegin, Loretta Schöne«, rief er uns sichtlich aufgekratzt aus dem Hinterzimmer zu.

»Und Metzler ist, wenn du mich fragst, schwer verknallt. Kein Wunder, wenn man seine verknöcherte Heidemarie kennt«, zischte Shakira durch die zusammengepressten Zähne.

Interessiert gesellten wir uns zu den beiden. Lorettas schwarze lange Locken hüpften grazil, als sie sich auf meine Begrüßung hin umdrehte. Ich sah auf eine kerzengerade, perfekt gebleichte Zahnreihe. Schöne – hier war der Name noch Programm. Herausfordernd guckte ich zu Metzler, der völlig neben sich stand und einen Moment brauchte, um sich von ihrem Anblick loszureißen.

Loretta, das musste man ihr lassen, verschwendete ihr Lächeln nicht nur an Männer. Nein, auch mir wurde die Charmeoffensive zuteil, nur eben ohne Anfassen und extra

Wimpernklimpern. Sie zog sich den Apothekerkittel über und schwebte nach vorn in den Laden. Weiß stand ihr umwerfend. Man durfte Frauen, nur weil sie schön waren, nicht gleich diskriminieren, sagte ich mir, aber was mir Bauchschmerzen bereitete, war mein Eindruck, dass Herr Metzler, unser sachlicher, etwas verknöcherter Herr Metzler, dieser Loretta verfallen war. Und das, obwohl sie gerade eben erst reingeschneit war.

»Mir gefällt die nicht. Irgendwas an ihr ist faul.« Shakira musterte die Neue argwöhnisch, die gemeinsam mit Herrn Metzler die Heuschnupfenecke begutachtete und, wenn sie über seine steifen Altherrenwitze lachte, den Kopf zurückwarf und ihm ihren schlanken Hals präsentierte.

Mit einer Handbewegung wischte ich Shakiras Argwohn beiseite und sagte, mehr um mich selbst zu beruhigen: »Du immer mit deinem Misstrauen. Lass sie uns als Entlastung betrachten und versuchen, kollegial zu sein. Warum findest du jede Frau erstmal doof? Erinnere dich zurück, mich konntest du am Anfang auch nicht leiden. Hast gedacht, ich hätte Hintergedanken – dabei wollte ich mich nur gut mit dir verstehen.«

Shakiras Argwohn gegenüber Männern übertrug sich inzwischen immer mehr auch auf Frauen, was es ihr und ihrer Umgebung nicht gerade leicht machte.

Loretta sah rüber und schenkte uns ein Lächeln, das ich reflexartig erwiderte. Vielleicht war Shakira auch nur eifersüchtig oder befürchtete, ins Abseits zu geraten? Eine Dreierkonstellation unter Kolleginnen war nicht immer leicht. Meine Sorge hingegen galt eher meiner beruflichen Perspektive in dieser Apotheke. Dennoch, es gab keinen Grund, der Neuen zu misstrauen. »Nun los. Sei nett!«

»Lieber kaue ich Metzlers Fußnägel ab. Die ist falsch

und schleimt sich nur ein. Das merkt man nur, wenn man wie ich auf der Straße aufgewachsen ist.«

Was Shakira eigentlich meinte, war, dass sie in einem Stuttgarter Wohnviertel mit zwei Hochhäusern ihre Jugend verbracht hatte, nicht in den Slums von Rio de Janeiro. Sie fand ihre angebliche Ghetto-Vergangenheit aber schick. Und ich hatte heute einfach nicht die Kraft, um ihr zu widersprechen, und natürlich hoffte ich, dass sie sich täuschte.

Drei Stunden später schloss ich müde die Tür zu meiner Dachgeschosswohnung auf. Heute war einfach nicht mein Tag gewesen. Ich verdiente ein Glas Rotwein, ein wirklich großes Glas Rotwein. Vielleicht eher eine Flasche. Schließlich stand in einem meiner vielen Ratgeber, dass man auch mal gut zu sich selbst sein sollte, und Rotwein war bekanntlich gut fürs Herz.

Doch vorher bekamen Kaspar und Hauser ihr Futter, wofür sie mir dankbar schnurrend um die Beine strichen. Normalerweise ging ich nach dem Heimkommen als Erstes an den Rechner, um zu sehen, ob sich ein vielversprechender Kandidat auf einem der drei Dating-Portale gemeldet hatte. Heute aber führte mich mein Weg zu einem alten Lederkoffer, den ich aus dem weißen Einbauschrank im Schlafzimmer zerrte und öffnete. In diesem Koffer lag meine gesamte verkorkste Teenagerzeit, in der ich unsichtbar durch die Schule gewandelt war, immer auf der Suche nach Max Wolf. Alte Fotos, Tagebucheinträge und Musikkassetten verwandelten mich innerhalb von Sekunden in Klein-Annie mit der rosa Plastikbrille und dem nicht wachsen wollenden Körper. Gedankenverloren legte ich eine der Kassetten in meinen alten Kassettenrekorder ein und drehte *Take on me* so laut auf, dass ich die Klingel erstmal gar nicht bemerkte. Dann aber war das penetrante, stoßweise Geräusch nicht mehr zu überhören. Wenn das meine Mutter war, würde ich explodieren. Ein Besuch pro Tag reichte dicke.

Genervt drückte ich den Summer für die Haustür und riss kurz darauf die Wohnungstür auf, nur um in das grinsende Gesicht von Staatsfeind Nr. 1 zu blicken. Anstatt mich zu begrüßen, legte Max die Stirn in Falten und sagte ehrlich verwundert: »Sag nicht, dein Musikgeschmack hat sich seit den Achtzigern nicht weiterentwickelt. Du hörst immer noch A-ha?«

War denn der grausame Tag noch nicht zu Ende? Wenigstens steckte ich nach wie vor in meinen Arbeitsklamotten und war noch nicht zum gemütlichen Teil des Abends übergegangen, der sich derart äußerte, dass ich ein verwaschenes »New York ♥ me«-T-Shirt mit einer ausgebeulten Dreiviertel-Jogginghose kombinierte und mir die schulterlangen Haare zu einer Palme auf dem Kopf zusammenband.

»Was machst du denn hier? Woher weißt du überhaupt, wo ich wohne?«, schrie ich fast, denn die Musik war wirklich zu laut, wie auch Herr Wiesner eins unter mir fand, der ein beherztes »Himmeldonnerwetternochmal!« zu mir hochschickte.

Ohne eine Antwort von Max abzuwarten, hastete ich ins Schlafzimmer, um die Musik auszustellen. Dabei merkte ich nicht, dass er sich selbst einlud und mir folgte – direkt zu den peinlichen Erinnerungsstücken meiner Jugend, die auf meinem Bett verstreut lagen.

»Ach, das machst du also so abends«, lachte Max und zwinkerte mir zu. Ausnahmsweise war es ein nettes Lachen – anscheinend fand er meine Zeitreisen putzig.

Mir hingegen stockte der Atem, als ich seinem Blick auf

die vor uns ausgebreiteten Sakramente meiner unerfüllten Liebe folgte. Die Situation war selbsterklärend, Leugnen zwecklos. All die Fotos von ihm, mit Herzchen ummalt, bedurften keiner großen Erklärung. Ich entschied mich für den Angriff, die beste (und in meinem Fall: einzige) Verteidigung. »So, jetzt weißt du, dass ich damals in der Schule für dich geschwärmt habe! Warum ich das getan habe, weiß ich heute auch nicht mehr.«

Max sah mich für einen kurzen Augenblick mit besagten grünen Augen, zu denen mir leider auch nach all den Jahren immer noch viele hübsche Vergleiche einfielen, nachdenklich an. »Dass du in mich verknallt warst, wusste ich schon. War ja schwer zu übersehen, aber irgendwie auch süß. Aber was soll der kleine nostalgische Ausflug in die Vergangenheit?«

Tja, wenn ich das so genau wüsste …

»Keine Ahnung. Ich hab mich heute nach unserem Zusammentreffen gefragt, was ich je in dir gesehen habe«, erwiderte ich ehrlich. »Wahrscheinlich habe ich deshalb die Fotos rausgekramt, um herauszufinden, ob ich meine gesamte Schulzeit an einen gefühllosen Idioten vergeudet habe.«

»Und? Hast du?«

Äh, Moment, was sollte das denn bitte? Überhaupt, was machte er hier?

»Was willst du? Dich entschuldigen?«, ging ich zum Angriff über.

Max sah mich erstaunt an, als ob er nicht wüsste, wovon ich sprach. Ungefragt setzte er sich auf mein Bett und holte eine schmale und in Leder gebundene Agenda aus der Tasche. Mit der rechten Hand bedeutete er mir, mich neben ihn zu setzen. »Mein linker, linker Platz ist leer, da wünsch ich mir die Annie her.«

Das beeindruckte mich natürlich kein bisschen. Ich blieb mit vor der Brust überkreuzten Armen stehen.

»Um deine Fragen zu beantworten: Deine Adresse steht in der Patientenkartei, leider aber keine Telefonnummer, warum auch immer. Wie ich heute Morgen bereits sagte, hatte ich einen Verdacht bei Kaspar, der sich leider bewahrheitet hat. Wir haben einen Schnelltest im Labor gemacht, und er scheint eine beginnende Niereninsuffizienz zu haben. Es sieht so aus, als ob wir die Krankheit sehr früh erkannt hätten, was bedeutet, dass er noch lange damit leben kann. Um sicherzugehen, solltest du am Montag in die Praxis kommen, dann machen wir einen Urintest und ein paar andere Untersuchungen.«

Nun musste ich mich doch setzen. Mit puddingweichen Knien ließ ich mich neben Max auf die Bettkante sinken. Kaspar, der wohl spürte, dass es um ihn ging, kam hereinstolziert und strich unserem Besucher um die Beine. Der Schock trieb mir die Tränen in die Augen. Kaspar und Hauser waren meine Lieblinge, ich hing so sehr an ihnen.

Max war Reaktionen wie meine offensichtlich gewohnt, zumindest schien er nicht besonders verwundert. Stattdessen legte er sehr vorsichtig seine Hand auf meinen Arm und sah mich fest an. »Vielleicht war ich wirklich nicht der netteste Typ, in den man sich als Mädchen verknallen konnte, und falls du eine Entschuldigung verdient hättest, dann für unsere gemeinsame Schulzeit. Du musst mich auch heute nicht mögen, aber eines sag ich dir: Ich bin ein ganz passabler Tierarzt, und deinen Kaspar bekommen wir wieder hin. Also kein Grund für Tränen, okay?«

Den letzten Satz hatte er leise und sanft gesagt, beinahe zärtlich. Sollte Dr. Max Wolf etwa ein Herz besitzen? Das hatte ich ihm zumindest zu Schulzeiten unterstellt, als ich gehofft hatte, es irgendwann einmal zu erweichen. Vielleicht gab es ja doch etwas Gutes in ihm?

Schniefend nickte ich und brachte ein »Danke« raus, während ich Kaspar unentwegt streichelte.

»Mit dem Gekraule machst du seine Niere nicht gesund, das ist dir schon klar, oder?«, sagte Max und schob sich dabei eine seiner haselnussbraunen Strähnen aus dem Gesicht.

So eine Haarsträhne besaß ich übrigens auch, fiel mir siedend heiß ein. Sie klebte auf einer Seite in meiner Max-Wolf-Bibel. Zu meiner Schulzeit war es Mode gewesen, sich als Zeichen der Verbundenheit gegenseitig ein Büschel Haare zu schenken – was auch immer wir uns damals dabei dachten. Die Glückliche, die als einziges Mädchen der Schule im Besitz einer Locke von Max Wolf gewesen war, hieß natürlich nicht Annie, sondern Susanne, und ging in meine Klasse. Als Max mit ihr Schluss machte, weil er für den bevorstehenden Frankreichaustausch frei sein wollte, lud Susanne die Mädchen ihrer Klasse ein, um alles von ihm in einer großen Trauerzeremonie zu verbrennen. Drei Briefe, die ich zu gern gelesen hätte, ein Freundschaftsbändchen, eine Kassette mit selbst aufgenommenen Liedern und ebenjene weiche glänzende Haarsträhne sollten ins Fegefeuer wandern. Ohne dass die anderen es merkten, organisierte ich eine Schere, schnitt mir einfach eine eigene Haarsträhne ab – Max und ich hatten eine ähnliche Haarfarbe – und schmuggelte meine ins Feuer. So gelang mir der Coup, in den Besitz von Max' Haarsträhne zu gelangen, die natürlich einen Ehrenplatz in meinem Tagebuch gefunden hatte.

Höchste Zeit, ihn aus meiner Wohnung zu bugsieren.

»Ich würde am Montag in meiner Mittagspause gegen eins in die Praxis kommen. Geht das bei dir?«, fragte ich höflich und machte damit klar, dass unser Treffen vorüber war.

Max nickte, dann stand er auf und reckte sich, womit er seinen sportlichen Körper mit nur minimalem Bauchansatz eindrucksvoll in Szene setzte. Bestimmt spielte er immer noch Hockey und Basketball.

Passenderweise fiel mir dazu ein glorreicher Moment meiner eigenen sportlichen Laufbahn ein. Beim alljährlichen Sommerschulfest hatten alle Schüler, egal welchen Alters, gemeinsam Völkerball spielen müssen, um sich kennenzulernen und die Schulgemeinschaft zu stärken. Max als Schulsprecher war natürlich Kapitän der einen Mannschaft gewesen und hatte mich damals mit dem Kommentar »Ich nehme Annie, die trifft so schnell keiner!« in die Mannschaft aufgenommen, was natürlich auf meine Größe und die dünnen Arme und Beine bezogen gewesen war und mich seinerzeit im Erdboden hatte versinken lassen.

»Was machst du am Wochenende?«, riss mich Max aus der Vergangenheit.

»Ich habe ein paar Dates«, antwortete ich reflexartig und wollte mir im selben Moment auf die Zunge beißen.

»Echt, du bist auf der Suche?«, fragte er überrascht, und ich glaubte am Zusammenziehen seiner Augenbrauen zu erkennen, dass er damit nicht gerechnet hatte.

Anstatt einen Seelenstriptease hinzulegen, antwortete ich nach diesem langen ätzenden Tag nicht souverän, sondern auf Krawall gebürstet: »Ja, ich scheine kein glückliches Händchen mit Männern zu haben. Aber das wissen wir ja bereits seit meiner Schulzeit.«

Max schluckte und sah kurz betroffen aus. Allerdings machte er diesen Eindruck schnellstens zunichte. Ganz der Alte, revanchierte er sich umgehend. »Dass du Single bist, sieht man an deiner Wohnung. Kein Typ würde diesen Blütentraum in Pastell mitmachen. Kleiner Tipp: Falls das Date gut läuft, geh besser mit zu ihm.«

Mir blieb fast die Spucke weg – aber nur fast. »Danke, ich werde deinen weisen Ratschlag beherzigen, Dr. Love. Du hast so was natürlich nicht nötig. In deiner schicken Jugendstilvilla wartet bestimmt schon deine liebende Frau, die dir die Hausschuhe bereithält.«

Max sah mich an, als ob ich nicht alle Tassen im Schrank hätte, und verzog gespielt angewidert das Gesicht. »Nee, lass mal. Solange sich die Frauen nach mir umdrehen, überlass ich den Pärchenscheiß gern den anderen. Einer der Vorteile, ein Mann zu sein: Man kann das Kinderkriegen nach hinten schieben. Die Möglichkeit hast du leider ja nicht. Also, das Hühnerbrüstchen raus, den Bauch rein, und immer schön lächeln beim Date mit dem potenziellen Kindsvater.« Er tätschelte mir väterlich den Kopf und ging.

Stumm stand ich da und beschloss, bei nächster Gelegenheit meine Tagebücher samt Haarlocke von Max Wolf zu verbrennen. Was wohl aus Susanne geworden war? Die käme bestimmt gern dazu.

KAPITEL 5

Unkraut nennt man die Pflanzen,
deren Vorzüge noch nicht erkannt worden sind.
Ralph Waldo Emerson

Nach nur einem Tag schien sich Loretta bereits bestens eingelebt zu haben. Sie stand am Tresen und beriet und verkaufte, als ob sie noch nie etwas anderes gemacht und schon immer zur Rosengarten-Apotheke gehört hätte. Sie fand sich bemerkenswert schnell zurecht. Zu schnell für meinen Geschmack. Wenn sie in diesem Tempo weitermachte, konnte sie mich bereits in einigen Wochen vertreten. Dass sie mit den männlichen Kunden gern flirtete, merkte ich gleich, da es denen aber zu gefallen schien und sie sich von Loretta mit Freuden zu größeren Packungen und zusätzlichen Produkten überreden ließen, hatte Metzler natürlich nichts dagegen. Wie war das doch gleich: Die Stimmung steigt, das Niveau sinkt?

Der Tag plätscherte dahin, bis Loretta aufgebracht nach hinten in den Aufenthaltsraum stürmte, wo ich mit Metzler und Shakira einen Kaffee trank, weil nichts los war. »Herr Metzler, da ist so eine verrückte Alte, die im Laden herumschleicht und alles anschaut, ohne etwas zu kaufen. Die sieht total gestört aus. Ich glaube, das ist eine Kleptomanin. Ich hab sie gefragt, ob ich ihr helfen kann, und da sagte sie Nein, sie würde kurz warten und sich umsehen.

Die lugt die ganze Zeit hinter den Aufstellern hervor, als ob sie sehen wollte, ob ich mitbekomme, dass sie sich die Taschen vollmachen will!«

Das klang nach Ärger. Sofort kamen wir mit in den Laden, um der neuen Kollegin zu Hilfe zu eilen. Die verrückte Alte lugte hinter den Arzneitees hervor … und war natürlich niemand anderes als meine Mutter.

Peinlich berührt, klärte ich die Situation auf. »Äh, Loretta, das ist meine Mutter. Sie wollte sicher nur auf mich warten.«

Loretta sah verdattert drein. »Ähnlich seht ihr euch aber so gar nicht.« Und zickig fügte sie hinzu: »Warum hat sie das denn nicht gleich gesagt?«

Eins war klar: So charmant Loretta sein konnte, man sollte sich nicht mit ihr anlegen, denn dass bei ihr schnell Schluss mit lustig war, durften wir gerade am eigenen Leib erfahren. Sie verzog sich ins Lager, um ein paar Medikamente zu holen, und sagte leise, aber laut genug, dass ich es hören konnte: »Bekloppte Alte!«

Ich nutzte die Gelegenheit, um meine Mutter zur Seite zu nehmen. »Was hast du gemacht?«

Sie wirkte verärgert. »Ich war ganz normal. Ehrlich! Keine Ahnung, was die sich hier so aufspielt. Schöne Frauen machen nur Ärger. Denk daran! Das ist immer so.«

Shakira, die das Gespräch mitgehört hatte, protestierte. »Heißt das etwa, Annie und ich sind nicht schön?«

Mutter sah sie mitleidig an. »Nein, Schätzchen. Ihr seid hübsch, attraktiv, gut aussehend und voller Esprit. Aber diese Loretta ist eine Schönheit, und die Karte spielt sie voll aus. Sie gehört zu den Frauen, die nur mit dem Popo wackeln müssen, und alle Welt rollt den roten Teppich für sie aus. Ich wette, dass sie sich noch nie anstrengen musste, um ihren Willen zu bekommen.«

»Genau. Und weil sie so gut aussieht, muss sie auch auf den Scheiterhaufen«, schloss ich und rollte mit den Augen. »Denn schöne Frauen sind Hexen, die zu viel Macht haben. Mensch Mama, Loretta hat immerhin ein Pharmaziestudium abgeschlossen, also scheint sie ein wenig mehr als ›nur schön‹ zu sein. Gut, sie hat eben überreagiert, das fand ich auch daneben, aber sind wir mal ehrlich: Wer dich nicht kennt, kann dich auch erstmal, sagen wir, ›speziell‹ finden.«

Meine Mutter zog beleidigt eine Schnute und machte auf dem Absatz kehrt. »Wehret den Anfängen! Du wirst schon sehen.«

Bevor ich etwas erwidern konnte, rief Herr Metzler aus dem hinteren Bereich der Apotheke nach mir. Mit schnellem Schritt ging ich in unser Büro. Er saß gemeinsam mit Loretta über einem Lieferblatt.

»Frau Fischer, irgendwas stimmt nicht mit der Ulianzopin-Lieferung. Sehen Sie mal, wir hatten eigentlich hundert Packungen bestellt, verkauft wurden siebenunddreißig, müssten also eigentlich noch dreiundsechzig auf Lager sein. Tatsächlich sind es nur siebenundfünfzig. Fräulein Schöne hat nachgezählt, jetzt ich noch mal, und ich komme auch nur auf siebenundfünfzig. Seltsam, oder?«

In der Tat, ich konnte mir keinen Reim darauf machen, Shakira ebenfalls nicht, und auch ich kam beim Nachzählen auf siebenundfünfzig. Es fehlten sechs Packungen.

»Hm, reserviert oder zur Seite gelegt hat es auch niemand? Vielleicht waren es auch nicht hundert Packungen bei Lieferung?«, dachte Herr Metzler laut nach.

»Nein, das Paket habe ich selbst entgegengenommen, da war alles da«, sagte ich.

Mit hochgezogenen Augenbrauen musterte er mich. In seinem Blick lag Besorgnis. »Und Sie sind sich ganz sicher, Annie? Sie wirken schon seit einiger Zeit übermüdet und etwas fahrig. Sie wissen, dass Sie dringend Ihren Urlaub nehmen sollten?«

Ja, genau, damit die perfekte Loretta die Gelegenheit bekam, allen zu zeigen, dass sie den Laden locker allein schmeißen konnte und dabei um Welten besser aussah und auch noch mehr Umsatz machte! Angriff ist die beste Verteidigung, dachte ich mir und legte los: »Ich bin mir hundert Prozent sicher! Ich habe nicht falsch gezählt.«

Metzler schien mir zu glauben und sprach unsicher eine andere Vermutung aus. »Einen Einbruch gab es in letzter Zeit nicht. Vielleicht die neue Reinigungsfirma? Sonst war niemand hier hinten, oder?«

»Außer meiner Mutter und Ihrer Frau fällt mir niemand ein.«

Loretta lachte laut los. »Hoffen wir bloß, dass deine Mutter das Zeug nicht eingenommen hat, das würde sie vermutlich noch seltsamer machen. Dr. Jekyll und Mrs. Fischer – Gott bewahre!«

Ulianzopin war ein Mittel, das bei manisch-depressiv Erkrankten verschrieben wurde. Gegen meinen Willen musste ich grinsen. »Meine Mutter ist eigentlich schwer in Ordnung. Sie hat mich quasi allein aufgezogen und war immer für mich da. Sie mag ein wenig verrückt wirken, aber sie hat ein großes Herz und würde wie eine Löwin für mich kämpfen.«

Loretta schaute verlegen zur Seite und sagte etwas leiser: »War nicht so gemeint. Und unsere Familie können wir uns ja nicht aussuchen.«

Ich ließ es darauf beruhen. An Metzler gewandt, schlug ich vor: »Vielleicht sollten wir endlich die Videoüberwachung anbringen lassen, von der wir schon so lange reden. Das ist zwar eine Investition, aber ich denke, eine notwendige.«

Bevor er darauf antworten konnte, meldete sich Shakira zu Wort, die bis dahin geschwiegen hatte. Sie sah Loretta misstrauisch an und sagte dann in aller Seelenruhe: »Irgendwie doch seltsam. Wir hatten noch nie Probleme mit Lieferungen oder verschwundenen Tabletten, dann tauchst du auf, und plötzlich fehlt was. Zufall?«

Loretta schnappte empört nach Luft, während ich sie anhielt und gespannt zu Metzler schielte. Es war Shakiras Glück, dass er zur Sorte konfliktscheuer Männer gehörte und ihre Vorwürfe als Stutenbissigkeit abtat, die sich bestimmt bald legen würde. »Also, Frau Wendel, jetzt beruhigen wir uns mal wieder.« Er tätschelte dabei Shakiras Schulter, was aber eher unbeholfen wirkte.

Meine Kollegin sagte nichts, sondern starrte Loretta unverwandt an, die ihr Offensivlächeln anknipste und abwinkte. »Schwamm drüber! Sie ist nicht die erste Frau, die so auf mich reagiert.«

Das glaubte ich sofort.

Metzler lächelte erfreut. »Annie, deinen Vorschlag mit der Videokamera finde ich gut. Das ist wirklich schon lange überfällig«, nickte er zustimmend, dann blieb sein Blick an Loretta hängen, die sich gerade gekonnt durch die Haare fuhr wie in einer Shampoo-Werbung. Er sah auf ihren bloßen Hals und wandte sich dann einen Tick zu schnell ab.

Na, das konnte ja heiter werden.

Ronit strahlte erleichtert, als sie mich in der Praxis sah. »Ich hab mir schon Sorgen gemacht, dass Sie den Arzt wechseln – da bin ich aber froh!«

Freundlich lächelte ich zurück und behielt für mich, dass ich nach wie vor mit dem Gedanken spielte, die Biege zu machen, sobald ich wusste, wie es um Kaspar stand.

Max war noch bei einem anderen Patienten, und so

wurde ich in den zweiten Untersuchungsraum gebeten. Das war *die* Gelegenheit, sich in aller Ruhe umzuschauen. Das Behandlungszimmer war ebenfalls sehr modern und puristisch gehalten, alles strahlend weiß mit Designerstühlen, futuristischen Lampen und schicken Möbeln mit glänzenden Oberflächen. Auf dem schnörkellosen Schreibtisch an der Wand standen drei weiße Bilderrahmen. Ungewollt kam mir Mutters Frage in den Sinn, ob ich beim ersten Besuch Kinderfotos auf seinem Schreibtisch gesehen hätte. Neugierig marschierte ich auf die Bilderrahmen zu und warf einen Blick darauf. Das erste zeigte Max mit seiner Familie und war bestimmt ein Geschenk seiner Mutter zur Praxiseinweihung gewesen. Auf dem zweiten war er lachend auf einem Segelboot abgebildet, Arm in Arm mit einem Freund an der Reling stehend. Das dritte …

Ich stutzte. War das die Möglichkeit? Ich traute meinen Augen kaum. Auf dem dritten Foto erkannte ich Max auf einem Gruppenbild, umringt von lauter Nonnen, und nein, es war kein Karnevalsfoto mit verkleideten Studentinnen, die sich als prüde Gottesbräute interessant machen wollten. Auf dem Bild sah ich *echte* Ordensfrauen und im Hintergrund Klostermauern. Es handelte sich auch nicht um eine Fotomontage, was bedeutete, dass Max sich freiwillig dort aufgehalten haben musste. Sein entspanntes Lächeln zeugte davon, dass es ihm gut ging.

Der Mann gab mir Rätsel auf. Was machte er in einem Kloster, und warum stellte er das Foto auf seinen Tisch? War der Ablasshandel wieder eingeführt worden, und ich wusste nichts davon? Konnte man endlich wieder nach Herzenslust fies sein und als Buße einfach ein Nonnenfoto auf den Schreibtisch stellen?

Als das Räuspern ertönte, fuhr ich vor Schreck zusammen.

»Fotos scheinen ja eine wahnsinnige Anziehungskraft auf dich auszuüben, und die Privatsphäre anderer wohl auch«, spottete Max halb amüsiert, halb verärgert.

»Sagt der Mann, der einfach so in mein Schlafzimmer marschiert ist, als er mich uneingeladen zu Hause besucht hat?«, schnappte ich.

Ich hatte nicht bemerkt, dass er ins Zimmer gekommen war. Wie lange stand er schon da? Und wieso tat sich nicht der Boden vor mir auf, um mich zu verschlucken? Warum beamte mich das Universum nicht in die Parallelwelt, in der ich Max Wolf völlig überlegen war und er sich einen Ast abfreute, wenn er mir die Autotür aufhalten durfte?

»Und überhaupt«, legte ich nach. »Dass du zwischen willigen Frauen, die sich dir an den Hals schmeißen, und Nonnen pendelst, ist ja auch eher ungewöhnlich. Kein Wunder, dass man da zweimal hinschaut.«

Es war ein lahmer Versuch abzulenken. Das wusste niemand besser als ich. Na ja, doch: Max.

Er blickte skeptisch. »Was willst du damit sagen?«

»Dass ich mit allem, aber nicht mit einer Schar Pinguine auf einem Foto auf deinem Schreibtisch gerechnet hätte.«

Er schien nicht überrascht. »Tja, und da ist sie wieder ins Wanken geraten, die heile Welt der Annie Fischer. Taschentuch?«

Mist, wieso hatte er immer das letzte Wort? Normalerweise war ich doch auch nicht auf den Mund gefallen! Lieber schnell das Thema wechseln. »Was ist mit Kaspar?«

Max nahm ihn wieder behutsam und ruhig aus dem Tragekorb und tastete ihn ab. »Ich würde ihm gern eine Infusion legen, mit einem Präparat, das die Nierentätigkeit unterstützt. Das dauert so ’ne Stunde. Kannst du ihn so lange hierlassen?«, fragte er in völlig normalem Ton, wie es ein guter Tierarzt eben tun würde.

»Ja, ich wollte ohnehin Mittagspause machen und irgendwo was essen gehen.«

Er sah auf. »Das trifft sich ja gut. Ich auch. Wollen wir schnell zum Imbiss?«

Weil mir keine Ausrede einfiel und Max ausnahmsweise nett gewesen war, sagte ich zu – selbst überrascht, wie schnell sich mein Widerwillen gegenüber seiner Person in Luft aufgelöst hatte. Kaspar kam in ein ruhiges, abgedunkeltes Zimmer und ließ die Infusion geduldig über sich ergehen. Einen Kater wie ihn, der schon so viel gesehen hatte, schockte so schnell nichts. Als ich ihn zum Abschied streichelte und sagte, dass ich bald wieder zurück sei, schnurrte er sogar leise.

Beruhigt ging ich mit Max, der mir zu meiner größten Überraschung sogar die Tür aufgehalten hatte, in Richtung Imbiss. Gut, ich hatte den Moment nicht genießen können, weil ich damit gerechnet hatte, er würde mir die Tür vor der Nase wieder zufallen lassen. Was er nicht getan hatte. Manieren, zumindest nonverbale, hatte er. Jedenfalls wusste er theoretisch genau, was der Knigge vorschrieb – was man vor allem immer dann merkte, wenn er etwas wollte.

Die Praxis lag in der Wiehre, einem der alten Freiburger Bürgerviertel, in einem hübschen Jugendstilhaus. Max selbst wohnte nur ein paar Straßen entfernt. Wir gingen die Reichsgrafenstraße entlang, deren Gehweg auf beiden Seiten von rosa blühenden Kirschbäumen gesäumt wurde. Ein leichter Wind ließ die Blütenblätter in Zeitlupe durch die Luft wirbeln, auf der Straße und dem Bürgersteig sammelten sich bereits einige pinkfarbene Blätterhaufen an. Ich liebte diese Zeit im Mai, in der alles blühte und die Natur sich herausputzte. Für einen Moment vergaß ich, dass Max neben mir lief, so gefangen war ich von der Blütenpracht.

»Schön, nicht?«, bemerkte er.

Ich nickte.

»Kannst du dich noch an das Kirschblütenfest erinnern, das wir damals mit Frau Schnabel organisiert haben?«

Natürlich erinnerte ich mich. Meine Max-Wolf-Bibel bestand zu fast einem Drittel daraus. Frau Schnabel war Deutschlehrerin an unserem Gymnasium gewesen und mit einem Japaner verheiratet. Sie führte damals die schöne Tradition ein, zur Kirschblüte ein Fest an der Schule zu feiern. Max als Schulsprecher und ich als hilfsbereites und hoffnungslos verknalltes SMV-Mitglied arbeiteten wochenlang an diesem Projekt. Mit Dauergrinsen schwebte ich durch die Schulgänge, lag nachts wach und träumte davon, wie wir nebeneinandergesessen hatten, um den Ingwertee- und Sushirollenverbrauch pro Kopf auszurechnen.

Der absolute Höhepunkt war das Fest selbst gewesen. Ich weiß nicht, ob Max an dem Tag besonders gut gelaunt war oder sich auf diese Art einfach bedanken wollte, auf alle Fälle brach er, als keiner zusah, einen kleinen Kirschblütenzweig ab, steckte ihn mir ins Haar und sagte: »Steht dir richtig gut. Solltest du öfter tragen.« Dann ging er mit schnellen Schritten davon und ließ das glücklichste Mädchen der Schule mit einem Kirschblütenzweig im Haar stehen.

Max schien sich knapp zwanzig Jahre später erstaunlicherweise ebenfalls an diesen Moment zu erinnern, denn plötzlich grinste er, brach einen Zweig ab, steckte ihn mir ins Haar und sagte: »Steht dir immer noch gut.«

Ohne dass ich es hätte verhindern können, pochte mein Herz schneller. Verlegen nahm ich den Zweig aus dem Haar und roch in einer Art Übersprungshandlung daran. Ich musste mir eingestehen, dass ich es schwerer fand, mit dem netten Max umzugehen, als mit dem kratzbürstigen. Wenn man so klein ist wie ich und lange Zeit der normalen körperlichen Entwicklung hinterherhinkte, hat man nur zwei Möglichkeiten: sich für immer verkriechen und unsichtbar machen oder eine große Klappe bekommen. Ich hatte mich für Letzteres entschieden und konterte seither alle fiesen Kommentare von Max mehr oder weniger erfolgreich. Doch nun fehlten mir wieder einmal die Worte.

Der Imbisswagen stand, seit ich denken konnte, am Waldrand und wurde seit Generationen von Familie Schneider betrieben. Es war ein bunter alter Anhänger, hauptsächlich aus Holz gebaut, in dem verschiedene Arten von Flammkuchen und Schupfnudeln angeboten wurden. Die alten Holztische und -bänke unter den blühenden Apfelbäumen erinnerten an einen kleinen Minibiergarten. Max bestellte für uns Flammkuchen und selbst gepressten Apfelsaft.

»Jetzt will ich aber wissen, was es mit dem Nonnenbild auf sich hat. Hast du zu oft die Dornenvögel gesehen, oder ist das deine neuste Masche?«, fragte ich neugierig.

Max schüttelte den Kopf, während er seinen Flammkuchen kaute. »Was du so von mir denkst! Dass ich auch eine andere Seite habe, die besinnlicher und leiser ist, kommt dir nicht in den Sinn, oder?«

Ehrlich gesagt: nicht im Entferntesten. Und genau so schien ich zu gucken, was Max dazu brachte weiterzusprechen.

»Das Bild ist in einem Kloster in Bayern aufgenommen worden. Ich war da mal ein paar Tage auf einem Veterinärseminar, schließlich haben die im Kloster genug Bedarf und freuen sich, wenn sich ein paar Ärzte kostenlos ihre Tiere anschauen.«

Die einzige heilige Stätte, die ich persönlich kannte, war

das Kloster Schönbruchthal außerhalb Freiburgs. Früher hatten meine Mutter und ich Radtouren dorthin unternommen, weil die Aussicht auf den Schwarzwald einfach atemberaubend war und man in dem kleinen angrenzenden Biergarten die wahnsinnig leckeren klostereigenen Produkte hatte essen können. Frischgebackenes Brot mit Butter, Kaiserschmarrn mit Eiern aus dem eigenen Hühnerstall und selbst gemachtem Apfelkompott und die besten Käsespätzle überhaupt. Der von den Nonnen gekellterte Apfelsaft war auch nicht von schlechten Eltern gewesen, genau wie der Holunderblütensirup, den es als erfrischende Schorle gegeben hatte. Doch irgendwann hatten die Nonnen den Biergarten schließen müssen, weil er sich nicht mehr rentierte, und auch die Herstellung von den Lebensmitteln hatten sie auf ein Minimum reduziert, sodass sie gerade noch ihren Eigenbedarf decken konnten. So war das Kloster als beliebtes Ausflugsziel bei den Freiburgern in Vergessenheit geraten – auch bei mir. Doch die Erinnerung an die köstlichen Leckereien zauberte mir ein Lächeln aufs Gesicht.

»Was gibt's denn da zu lachen?«, interpretierte Max mein debiles Grinsen vollkommen fehl. »Die waren einfach schwer in Ordnung, die Ladys, deshalb das Erinnerungsfoto!«

Mit Erstaunen stellte ich fest, dass ihm das Kloster und die Nonnen tatsächlich etwas zu bedeuten schienen. Seltsam. Hatte der Mann etwa Gefühle? Am Ende gar wirklich … ein Herz?

»Wo in Bayern ist denn das Kloster, und was ist das für ein Orden?«, fragte ich interessiert nach, was ihn offenbar milde stimmte.

»Benediktinerinnen. Das ist auch ein Grund, weshalb sie so offen und gastfreundlich sind. Das ist eine der Regeln des heiligen Benedikts. Das Kloster liegt in Alpennähe, in einem so kleinen Ort, dessen Namen du bestimmt noch nie gehört hast.«

Konnte es sein, dass Max Wolf – ich wagte kaum, den Gedanken im Geiste zu formulieren – religiös war? Verbarg sich hinter seinen fiesen Sprüchen und seinem selbstverliebten Getue etwa ein Mensch, der heimlich Gutes tat?

»O Gott. Schau dir mal die da hinten an!«, zerschlug sich mein Verdacht in Sekundenschnelle. »Die hat Krampfadern so dick wie ein Abflussrohr, und natürlich trägt sie ’nen kurzen Rock. Als ob man das im 21. Jahrhundert nicht ganz einfach beheben lassen könnte.«

Nein, Max blieb Max. Alles andere war reines Wunschdenken. Dennoch blieb mir sein Verhältnis zu den Nonnen ein Rätsel.

Ohne auf seinen Krampfaderkommentar einzugehen, lenkte ich das Thema wieder auf das Kloster. »Weißt du, was wirklich witzig ist? Jedes Mal, wenn es mit einem Typen nicht klappt oder ich kurz vorm Aufgeben bin, sage ich im Spaß: ›Wenn das so weitergeht, gehe ich ins Kloster.‹«

Max, der gerade von seinem letzten Stück Flammkuchen hatte abbeißen wollen, hielt inne. »Lass mich raten. Den Spruch sagst du öfter?«

Ich musste ihm zugutehalten: Es klang mehr nach einer Feststellung, nicht nach einer Beleidigung.

Er schob sich den Rest des Flammkuchens in den Mund und sprach kauend weiter: »Von deinem Zwergenwuchs abgesehen, bist du doch ganz passabel. Auf den Kopf gefallen bist du nicht, dein Charakter ist, soweit ich das beurteilen kann, in Ordnung, und du bist nicht nervig. Also muss es an dir selbst liegen, denn die Auswahl an Männern sollte groß genug sein. Wenn ich auf Frauen wie dich stehen würde, wärst du durchaus ’ne Option.«

Hatte ich mich verhört, oder war da zwischen all den Beleidigungen ein Kompliment zu hören gewesen?

»Du kannst ja geradezu nett sein«, platzte es aus mir heraus.

Max lachte und sah dabei gelöst und entspannt aus. Er sollte viel öfter lachen, das machte ihn beinahe sympathisch. »Sag's bloß keinem weiter, das bleibt unser Geheimnis«, flüsterte er und beugte sich zu mir hinunter, was mir unwillkürlich eine Gänsehaut im Nacken verursachte. Hoffentlich hatte er das nicht bemerkt ... Aber Max war bereits am Zahlen für uns beide.

»Danke«, sagte ich höflich.

»Setz ich dir auf die Rechnung«, kam es sofort zurück, was ich eine Sekunde lang glaubte und ihn fassungslos ansah.

»Mann, war ein Witz!«, knuffte er mich in die Seite.

Im stillen Einvernehmen gingen wir zurück zur Praxis. Kaspar war allem Anschein nach froh, dass ich wieder auftauchte und ihn mit nach Hause nahm. Max kraulte ihn zum Abschied und steckte mir eine Karte mit den nächsten Terminen für Kaspars Infusionen zu, die Ronit bereits vorbereitet hatte. »Hat Spaß gemacht, unser Mittagessen«, sagte er bei der Verabschiedung.

Ich wartete auf die Ironie, den Haken, den bösen Seitenhieb – aber nichts dergleichen geschah. Er ließ es einfach so stehen, ohne seinen Satz zu korrigieren oder ins Lächerliche zu ziehen. Seltsam. Schon wieder.

KAPITEL 6

An der Vergangenheit festzuhalten ist gefährlich.
Man muss einfach weitermachen.
Robert Redford

»Kannst du mir bitte kurz den Tesafilm geben?« Vor Shakira lagen eine Mundharmonika, ein Tamburin, buntes Papier, eine Schere und Unmengen an Geschenkbändern.

Wortlos reichte ich ihr den Abroller und sah ihr beim Einpacken zu. »Wem schenkst du das denn?«

Sie grinste zufrieden. »Meinen beiden Neffen.«

Die Kinder ihrer Schwester waren die reinsten Energiebündel und sehr niedlich, was man von ihrer Mama nicht gerade behaupten konnte. Die hielt sich für die Reinkarnation von Inge Meysel, spielte sich gern als Mutter der Nation auf und lag seit ihrer Heirat und der Geburt der Zwillinge bei Shakiras Eltern hoch im Kurs, was sie die ältere Schwester (ihres Zeichens kinderlos) nur zu gern spüren ließen.

»Da wird Mrs. Perfect Augen machen«, kicherte Shakira gehässig und band eine Schleife um eines der Geschenke. Mit hoher Stimme äffte sie ihre Schwester nach: »Du weißt überhaupt nicht, was dir ohne Kinder entgeht. Du kannst doch nicht glücklich sein. Was ist denn bitte der Sinn deines Lebens?«

Mir fiel ein, dass Shakira zum Geburtstag der Zwillinge

ins traute Familienheim ihrer Schwester eingeladen war. Das erklärte zumindest in Teilen die schlechte Laune, die sie seit Tagen versprühte.

»Mal sehen, wie glücklich sie sein wird, wenn Fredi und Fritz den ganzen Tag auf der Mundharmonika und dem Tamburin Krach machen werden«, freute sie sich diebisch und rieb sich die Hände.

Irgendetwas kam mir bekannt vor. Mir fiel ein, dass Shakira genau diese Kombination kürzlich schon mal verschenkt hatte. »Haben Lasse und Maja das nicht auch von dir bekommen? Seit wann kannst du Johanna nicht leiden?«

»Na ja, bei Johanna war es ein Versehen. Da wusste ich noch nicht, wie ausdauernd Kinder Krach machen können. Das durften wir dann ja alle beim Kaffee erfahren. Und jetzt schenke ich es mit voller Absicht allen Müttern, die ich nicht leiden kann.«

Loretta, die etwas Abstand zu Shakira hielt, weil sie die Antipathie deutlich bemerkte, hatte unser Gespräch mitbekommen. »Das heißt, wenn ich von dir zum Geburtstag 'ne Mundharmonika bekomme, weiß ich es zu deuten«, schlussfolgerte sie und stellte ihr 300-Watt-Lächeln an.

Ich lachte, nur Shakira zog beleidigt eine Schnute. »Sehr witzig. Euch will ich sehen, wenn ihr nur danach bewertet werdet, ob ihr verheiratet seid und Kinder habt.« Sie sah auf und stöhnte. »Na wunderbar! Da kommt der Wagner. Viel Spaß die Damen, ich bin dann mal weg.«

Loretta sah mich verwundert an. »Wer ist der Wagner?«

Der Lackaffe versuchte gerade seinen Angeberschlitten einzuparken, was mir Zeit gab, Loretta aufzuklären. »Joachim Wagner ist Pharmavertreter der schlimmsten Sorte, beehrt uns alle paar Wochen und hinterlässt dabei jedes Mal eine solche Schleimspur, dass du Gefahr läufst, dir bei erstbester Gelegenheit das Genick zu brechen. Stell dir vor, ein Wiener Heiratsschwindler und eine Scheckkartenbetrügerin bekämen ein Kind, dann hast du ungefähr den Wagner. Künstlich wie Shakiras Extensions, ehrlich wie meine Mutter, wenn sie nach ihrem Alter gefragt wird, und so süßholzraspelnd, dass man von seinem Gelaber sauer aufstoßen muss. Natürlich hält er von Heilpflanzen nichts, schließlich bekommt er seinen Bonus von der Pharmaindustrie.«

Loretta reckte ihren hübschen Hals, um einen Blick auf ihn zu ergattern. »Klingt ja sympathisch. Sieht er wenigstens gut aus?«

»Also, wenn du auf gebleichte Zähne, Bräune aus der Klappkaribik und Haare im Wetlook stehst, könntest du gleich den Jackpot knacken.«

Kaum hatte ich den Satz beendet, stand er auch schon in der Tür. Mit dynamisch-federndem Schritt, perfekt sitzendem Anzug und dem breitesten Lächeln, das anatomisch möglich war, marschierte er mit großem Hallo in Richtung Tresen, dabei machte er ausladende Gesten und warf einige angedeutete Handküsse in den Raum. In seinem österreichischen Kaffeehausdialekt legte er singend los: »Annie Fischer! Bleeendend sehn 'S aus! Jedes Moi a wenig strahlender ois zuvoar. Und wer bidä is denn die bezaubernde neiche Kollegin, die no mehr Gloanz in die Rosengarten-Apotheke bringt?«

Loretta streckte ihm die Hand hin. »Schöne. Angenehm.« Bevor sie weitersprechen konnte, wurde sie von Wagner unterbrochen, der beinahe zu hyperventilieren anfing. Kein Wunder, Loretta war mit ihrer Größe und der Modelfigur samt langer dunkler Mähne ein wahrer Hingucker. Von den großen Rehaugen über die feine Nase bin hin zum vollen geschwungenen Mund passte einfach alles zusammen.

»Nomen est omen, wie wir Lateiner sagen! Bezaubernd, wirklich goanz bezaubernd«, säuselte er, dabei tätschelte er unentwegt ihre Hand, was meine Aufmerksamkeit auf den goldblauen Adelsring mit Familienwappen zog.

»Herr Wagner, haben Sie einen neuen Ring? Muss ich Sie jetzt ›von Wagner‹ nennen?«

Geschmeichelt spielte er an dem Schmuckstück herum und ließ sich natürlich nicht zweimal bitten. »I hob mi in den letzten Monaden endlich mit meim Familienstammbaum oauseinandergsetzt. I find es enorm wichtig zu wissn, aus welchem Stoall man kummt. Meiner Recherchn nach wurde mein Ururgroßcousin in den Adel berufen – samt Wappen. Des Wappen bestoand aus aan Wognradl und aan Fisch, weil mein Ururgroßcousin auf sa Gut a Fischzucht betrieb. Langer Rede, goar kaa Sinn«, er lachte über seinen eigenen schlechten Witz, »i hoab mir aan Ring mit unserm Familienwappen mochn lassen, um immer daran erinnert zu werden, woher i komm.«

Zufrieden sah ich zu Loretta mit einem Blick, der besagte: »Na, hab ich zu viel versprochen?« Sie verstand, nickte und verdrehte unmerklich die Augen. Ein Fisch im Wappen passte zum aalglatten Wagner.

Da ihm keiner applaudierte, wandte er sich dem eigentlichen Zweck seines Besuchs zu: verkaufen. Wir bekamen oft Besuch von Pharmavertretern. Die meisten waren reizend, kompetent und nicht aufdringlich. Man pflegte eine jahrelange Geschäftsbeziehung und wusste, was man brauchte und wollte, und was nicht. Wagner besuchte uns erst seit ein paar Monaten, die fehlende gemeinsame Zeit überspielte er aber umso einprägsamer mit seinen kuriosen Auftritten. In einem früheren Leben hatte er ebenfalls Pharmazie studiert, um Apotheker zu werden, doch leider wurde sein Vater krank und zum Frührentner. Wagner musste das Studium abbrechen, weil er keine Unterstützung mehr bekam, vor allem aber Geld verdienen musste, um seinen Eltern zu helfen – zumindest erzählte er das immer. Anfangs tat er uns leid – trotz seiner schleimigen Art. Aber dann nahm der gesunde Menschenverstand überhand. Wir schüttelten uns jedes Mal, wenn er mit seiner gespielt unterwürfigen Art versuchte, uns über den Tisch zu ziehen. Man bekam ihn kaum los. In einem fort schwärmte er, wie besonders die Rosengarten-Apotheke war und dass er am liebsten den ganzen Tag in diesem von Geschichte durchdrungenen schönen Laden verweilen würde. Gott bewahre.

»So, de Damen, heit hob i a Weltneuheit für Sie dabei. Sie sans die Ersten, denen i es anbiete, aan Wellnessdrink, den i söbst entwickeln und padendiert hab lossn: ›Relaxia‹, der Cocktail für gestresste Führungskräfte, Mütter, Studenten, Arbeiter – einfach olle, die Entspannung und Erholung brauchen.« Stolz holte er zwei Fläschchen aus seinem Koffer und hielt sie uns hin wie ein Sommelier einen Bordeaux Rothschild 1920.

»Was ist denn da drin?«, fragte Loretta vorsichtig. Ich konnte ihr ansehen, dass ihr das Gebräu aus Wagners Hexenküche nicht ganz geheuer war.

Er schraubte das Fläschchen für sie auf. »Des riachns glei, nur die besten Zudaten: Granatoapfel, Kombudscha und Ginko. Und des oalles in Foarm eines trendy Babbeltees. Des miassat jo sogoar der Frau Annie gfoin.«

Im Prinzip also alles, was in jedem dahergelaufenen Multivitaminsaft steckte. Damit konnte ich ihm den Wind aus den Segeln nehmen. Auf die im Hinterzimmer selbst gepanschten Drinks von Joachim Wagner verzichtete ich allzu gern.

»Herr Wagner, selbst wenn wir Ihren Drink in unser Sortiment aufnehmen würden, wo sollten wir ihn denn aufbewahren? Das Produkt bedarf, wenn ich das richtig verstehe, der Kühlung – dafür benötigen wir ein Kühlregal oder einen Kühlschrank. Erstens wäre das eine Investition, die wir mit dem Verkauf Ihrer Getränke nicht so schnell wieder reinholen könnten. Was, wenn wir darauf sitzen bleiben? Und zweitens haben wir schlichtweg die Verkaufsfläche dafür nicht, wie Sie selbst sehen.«

Wagners Dauergrinsen schlug sofort um in aufeinandergepresste Lippen und verengte Augen. Dahin war sie, die aufgesetzte Freundlichkeit. »Was is mit de Dampons und dem goanzen Kreitateezeig? Das braucht doch kaa Mensch, die wirken doch eh ned. Außerdem krieg i des oalles in der Drogerie um de Eckn, oba vü bülliga. Und schon hams Ihre Verkaufsflächen!«

Eine bodenlose Frechheit, dieser »Vorschlag«, zumal Wagner weder Ahnung hatte, was sich verkaufte, noch was wirkte. Ich kannte seine Haltung, dass nur Chemiekeulen etwas taugten. Wozu einen Fencheltee bei Verdauungsproblemen trinken, wenn es eine Tablette dagegen gab? Weshalb pflanzliche Mittel bei Schnupfen und Heiserkeit nehmen, wenn man auch ein Antibiotikum schlucken konnte? Schon oft hatte ich mit ihm diskutieren müssen, wie viel mehr Profit wir mit der Apotheke machen würden, wenn wir den ganzen Pflanzenkram, der viel billiger als die chemischen Präparate war, aus dem Sortiment nehmen und dafür ein paar Pharmaprodukte mehr anbieten würden. Dabei gab es so viele einfache Beispiele, wie man mit einem Hausmittel genauso gut heilen konnte. Bindehautentzündung war zum Beispiel hochansteckend und gerade bei kleinen Kindern immer wieder Thema. Aber anstatt antibiotische Augentropfen zu verschreiben, erzielte man mit den Gerbstoffen des Schwarztees genau dieselbe Wirkung. Dazu musste man nur zweihundert Milliliter Wasser aufkochen, zwei Teebeutel Schwarztee zwanzig Minuten ziehen lassen und dann mit Wattepads alle ein bis zwei Stunden aufs entzündete Auge träufeln. Die Gerbstoffe des Tees wirkten antibiotisch. Kostete quasi nichts, hatte man immer zuhause, und Nebenwirkungen waren auch keine bekannt.

An sich hatte ich überhaupt keine Lust mehr auf Diskussionen mit Wagner, vor allem ließ ich mich nicht in die dogmatische Ökoecke drängen. Mir ging es eben einfach um den vernünftigen Umgang mit den herkömmlichen Medikamenten und alternativen Möglichkeiten im Wechselspiel. Aber heute ging er zu weit. Er überschritt eine Grenze, und da verstand Annie Fischer gar keinen Spaß.

»Herr Wagner, ich denke, es genügt. Bitte, wir müssten dann auch wieder weitermachen.« Mit der Hand zeigte ich zum Ausgang. Klarer ging es kaum. Unhöflicher auch nicht.

Sofort setzte er seine Maske auf, entschuldigte sich kriechend und schleimend, wünschte uns noch einen ganz besonders schönen Tag und katzbuckelte in Richtung Tür. »Denkens in Ruhe amoi drüber nooch, wenn i biddn diaft, gö?«

»Unangenehmer Typ«, schüttelte sich meine Kollegin, als Wagner verschwunden war, und sprach mir damit aus der Seele.

Wir verstanden uns inzwischen ganz gut. Zwar blieb ein leichtes ungutes Gefühl, was daraus resultierte, dass Loretta einfach beängstigend perfekt den Job machte und Metzler und die Kundschaft gleichzeitig um den Finger wickelte, auf der anderen Seite war sie aber ebenfalls Single und verstand meine Frustration, was Männer anging, auch wenn bei ihr die Probleme anders gelagert waren. Sie litt darunter, dass Männer sich mehr für ihr Äußeres interessierten als für ihre Person, erzählte sie. An Angeboten mangelte es ihr nicht, aber an Typen, die über die langen Beine hinweg und in ihr Herz sahen.

Gerade, als sie mir von einem verkorksten Date mit einem Kindergärtner erzählen wollte, der ihr den ganzen langen Abend nur auf die Brüste gestarrt hatte, schneite ein älterer Herr herein, den ich nur allzu gut kannte. Es war Wolf senior, Max' Vater, der heute vorbeikam, um ein paar Impfstoffe zu besorgen.

Er sah aus wie eine ältere und strengere Version von Max. Früher hatten alle immer ein wenig Angst vor ihm, und wenn ich ehrlich war, galt das an schlechten Tagen auch heute noch für mich. Er praktizierte nach wie vor als Internist und war eine Respekt einflößende Erscheinung. Meine Mutter war seit vielen Jahren Patientin bei ihm. Daher wusste ich, dass er ein sehr guter und gewissenhafter Mediziner war. Vielleicht ein bisschen ernst, was in seiner Fachrichtung aber auch angebracht war. Man wollte bestimmte Diagnosen wie Geschwüre, Tumore oder suspekte Herztöne ja nicht mit einem lässigen Schulterklopfer und flapsigen Spruch überbracht bekommen, getreu dem alten Ärztewitz: »Ich habe eine gute und eine schlechte Nachricht für Sie. Die schlechte: Sie haben Hämorriden, die gute: Ich hab heute Nachmittag frei.«

Ich nutzte die Gunst der Stunde und sprach ihn auf seinen Sohn an, auch wenn meine Frage eher als Smalltalk denn als tiefgreifender Gesprächseinstieg gedacht war. »Freuen Sie sich, dass Max wieder in Freiburg ist?«, erkundigte ich mich so beiläufig wie möglich.

»Wieso sollte ich mich freuen?«, meckerte Wolf senior los. »Er zog aus, um Chirurg zu werden, und kam zurück, um Wüstenrennmäuse zu retten!«

Was witzig hätte klingen können, troff vor Bitterkeit. Man musste kein Medium sein, um zu erahnen, dass das Verhältnis zwischen Vater und Sohn nicht zum Besten stand.

Gut, mein Vater war nun auch nicht gerade ein klassischer Vorzeigepapa gewesen. Allerdings hatte er mir trotz seiner Überforderung, so jung Vater geworden zu sein, immer seine Liebe gezeigt – auch nach seinem Auszug bei meiner Mutter und mir. Wolf senior hingegen sprach mit einer solchen Kälte und Distanz vom eigenen Sohn, dass Max mir anfing leidzutun. Das konnte niemandem gleichgültig sein. Wer wusste es schon, vielleicht hatte er anhand des Vorbildes seines Vaters gelernt, Gefühle zu verbergen oder ins Lächerliche zu ziehen.

Schnell wechselte ich das Thema und dachte wieder darüber nach, warum wohl Max sein Medizinstudium geschmissen hatte. Keiner wusste das so wirklich, und Freiburg war beileibe keine anonyme Großstadt. Dr. Wolf senior ließ sich dazu bestimmt nichts aus der Nase ziehen – hätte ich es mich denn getraut zu fragen. Es musste etwas Gravierendes geschehen sein, sonst hätte Max nicht das Studienfach gewechselt. Seit der Schule war für ihn klar gewesen, Mediziner werden zu wollen. Im Gegensatz zu vielen anderen Mitschülern klang das bei ihm auch sehr überzeugt und nicht als ein von den Eltern eingeflüsterter Berufswunsch. Nein, Max hatte immer Arzt werden wollen, daran hatten auch Pubertät, Freundinnen oder Partys nichts geändert. Zu gern würde ich wissen, was passiert war.

Nach Dienstschluss, der für mich heute etwas früher ausfiel, weil Loretta die Abendschicht übernahm, fuhr ich zu meiner Mutter. Endlich konnte man wieder das Rad nehmen und an der frischen Luft durch Freiburg fahren, vorbei an all den schönen Gärten, die mit Maiglöckchen, Tulpen und Krokussen grüßten. Meine Mutter wohnte und arbeitete am Stadtrand in dem Haus ihrer Kindheit, das sie nach dem Tod meiner Großeltern geerbt hatte. »Hexenhäuschen« wurde es in der Nachbarschaft liebevoll genannt, weil es nicht sehr groß war und mit seinem kleinen Schornstein und dem spitzen Dach einer aus einem Märchenfilm entsprungenen Requisite glich. Meine Mutter behauptete immer, dass das verwunschene Häuschen für ihr Image als Medium perfekt sei, da es sie mit einer noch geheimnisvolleren Aura umgebe. Sie schaute eindeutig zu viele amerikanische Serien. Doch auch, wenn es wie ein Relikt aus vergangener Zeit wirkte, war es gut in Schuss, denn meine Großeltern hatten sich nie lumpen lassen, wenn es um ihr »bestes Stück«, wie sie zu sagen pflegten, gegangen war, und meine Mutter kümmerte sich ebenso aufopfernd um das Kleinod. Sogar den Kräutergarten meiner geliebten Oma pflegte sie, wenn ich nicht da war oder keine Zeit hatte, weil sie wusste, dass mir der kleine Flecken Erde am Herzen lag. Unkraut jäten, säen, düngen, die Kräuter trocknen und zu Tees, Salben und Aufgüssen verarbeiten – es gab nichts, was ich lieber tat.

Ganz im Gegensatz zu meiner Mutter. Seit ich denken konnte, beschäftigte sie sich mit Horoskopen, Karten legen, Séancen und Übernatürlichem. Sie war überzeugt davon, *die Gabe* zu haben, und sie erinnerte sich und ihre Umwelt immerzu an die wenigen Male, bei denen sie mit einer Prophezeiung richtiggelegen hatte – ihre restlichen

Unkenrufe ließ sie einfach unter den Tisch fallen oder verdrängte sie. Was meine Aussichten auf einen Mann anging, sah sie trotz selbst diagnostizierter hellseherischer Fähigkeit allerdings schwarz – um genau zu sein: nichts. »Bei dir bin ich zu befangen und zu nah dran«, erklärte sie ihre Blackout stets.

»Ach, die kleine Annie! Schön, dass wir uns mal wiedersehen.« Frau Witmer, bereits seit zwei Jahrzehnten Stammkundin meiner Mutter, kam mir am Gartentor entgegen.

Ich grüßte freundlich. Frau Witmer war eine drollige ältere Frau, die mit den Jahren Speck angesetzt hatte, was sie noch gemütlicher aussehen und ihren ganzen Körper eindrucksvoll vibrieren ließ, wenn ihr lautes Lachen ertönte. Sie war eigentlich religiös, aber insgeheim abergläubisch, weshalb niemand offiziell wissen durfte, dass sie meine Mutter aufsuchte.

Sie kam näher und senkte ihre Stimme vertrauensvoll zum Flüsterton. »Deine Mutter hat einfach die Gabe! Was sie heute wieder alles gesehen hat … Ich bin ganz von den Socken. Leider kann ich ja nicht öffentlich darüber sprechen, die Kirchengemeinde wäre entsetzt. Aber ich glaube, dass Gott deiner Mutter ihre Befähigung gab, um den Menschen zu helfen.«

Wenn Frau Witmer wüsste, dass das Talent meiner Mutter vor allem darin bestand, seit fünfundzwanzig Jahren jeden Mittwoch mit Frau Witmers Nachbarin in die Gymnastik zu gehen und sich von dem alten Tratschweib alles, was im Hause Witmer vor sich ging, brühwarm erzählen zu lassen – sie würde staunen.

»Ihre Mutter hat den siebten Sinn, sag ich immer.«

Ja, wenn es um Geld ging, ganz bestimmt. Aber das war eben einer der Vorteile, wenn man über die Menschen in seiner Umgebung Bescheid wusste. Zumindest, wenn man als Medium arbeitete.

Ich versuchte, höflich zu bleiben. »Am besten ist es immer noch, wenn wir unserem Verstand und dem Bauchgefühl vertrauen. Denken Sie mal darüber nach!« Zugegeben, besonders geschäftstüchtig war ich nicht … Jedenfalls, was Mamas dubiose Dienste anging.

Langsam schlenderte ich durch den Vorgarten und sah nach meinem kleinen Gewächshaus und den Heilkräutern, die im Frühling hinter dem Haus wuchsen. Bärlauch, Brennnesseln, Schlüsselblumen, aber auch Löwenzahn gediehen hier prächtig und konnten hervorragend zum Entschlacken verwendet werden. Meine Großmutter hatte mich einst beim gemeinsamen Unkrautjäten in die Geheimnisse der Kräuter und Pflanzen eingeweiht.

»Gerade im Frühling wachsen unheimlich viele Pflanzen, die für eine entgiftende und kräftigende Kur die beste Unterstützung sind. Viele Menschen wissen gar nicht, dass die wirkungsvollsten Kräuter auch immer zum richtigen Zeitpunkt im Jahr wachsen. Herbstpflanzen bauen unser Immunsystem auf, Frühlingsgewächse bringen den Reinigungsprozess im Körper in Gang und befreien uns von den hartnäckigen Winterkrankheiten. Sie verleihen uns neue Kraft und Stärke«, pflegte sie nicht nur einmal zu sagen.

Meine Großmutter war eine ruhige und besonnene Frau gewesen, die sich nicht so schnell aus der Ruhe hatte bringen lassen. Wenn sie gelacht hatte, hatte all ihre Wärme und Güte darin gelegen, und ihre Augen, die von einem klaren Kornblumenblau gewesen waren, hatten bis zu ihrem Tod, der leider viel zu früh gekommen war, geleuchtet. Da meine Mutter bei meiner Geburt sehr jung und lange Zeit ohne festen Partner gewesen war, war ich quasi von meinen Großeltern großgezogen worden, schließlich hatten wir einst alle unter einem Dach gelebt.

»Ich mach gerade Kaffee, willst du auch einen?«, rief meine Mutter, die mich durch das Küchenfenster entdeckt hatte, und riss mich aus den Gedanken.

»Gern«, sagte ich, zupfte ein paar Löwenzahnblätter und etwas Bärlauch ab, die ich mir später zu einem Salat anrichten wollte, und ging hinein. Ich liebte es, dass sich hier nie etwas verändert hatte. Das Haus hatte den Geruch von früher behalten, das Knarren des Holzbodens klang vertraut wie eh und je, und die alte Standuhr tickte leise, aber kontinuierlich vor sich hin.

Meine Mutter stellte mir eine Tasse auf den Küchentisch und begrüßte mich mit einem Redeschwall. »Stell dir vor, wen ich heute in der Stadt getroffen habe! Susanne Schmidt aus deiner alten Klasse. Sie heiratet, und du bist eingeladen. Die Einladung müsste bald in der Post liegen. Sie meinte, sie hätte dir einiges zu verdanken – keine Ahnung, was sie damit meint. Sie ist vor Kurzem erst mit ihrem Verlobten hier in Freiburg zusammengezogen. Bislang führten die beiden eine Fernbeziehung.«

Susanne Schmidt war mein Vorbild und meine Heldin in der 10. Klasse gewesen. Sie hatte es geschafft, für geschlagene vier Monate mit Max Wolf zusammen zu sein, was damals einer Silbernen Hochzeit verdammt nahekam, und die dann von ihm abgesägt wurde, als der Frankreichaustausch mit niedlichen Französinnen bevorstand. Aus ihrer verschwörerischen Brandaktion rettete ich damals Max' Locke, die seither in meinem Tagebuch klebte. Sie kam über Max die gesamte Schulzeit über nicht hinweg, und da ich sie nur zu gut verstehen konnte, waren wir früher Leidensgenossinnen, und ich bot ihr öfter meine, wenn auch schmale, Schulter zum Anlehnen an.

Nach dem Abitur verloren wir uns dann aus den Augen, weil sie ins Ausland und möglichst weit weg von Max Wolf zum Studieren ging. Später hatte es sie wieder in die Heimat zurückgezogen, wie ich über Umwege erfahren hatte. Und nun heiratete sie also. Wie schön, dass zumindest eine von uns ihr Glück gefunden hatte.

»Stell dir vor, sie lädt noch ein paar andere alte Schulfreunde ein. Halt dich fest: auch Max Wolf!«

Das war wahrlich eine Überraschung, mit der ich nicht gerechnet hatte. Und die ich mir auch nicht erklären konnte. Na ja, vielleicht waren die beiden seit Jahren wieder befreundet – die Trennung war ja auch schon lange her.

Meine Mutter, die noch ihre Arbeitskleidung trug, einen schwarzen Talar mit Plastik-Kristallen besetzt, sah mich erwartungsvoll an. »Na, freust du dich?«

»Worüber genau? Dass ich mal wieder am Katzentisch oder an der Börse der schwer Vermittelbaren neben irgendwelchen debilen Cousins dritten Grades den Abend verbringen darf, während sich alle gefundenen Töpfchen und Deckelchen gemeinsam betrinken und Walzer tanzen?«

Kaum hatte ich meine schlimmste Befürchtung ausgesprochen, wurde mir etwas klar: Ich brauchte dringend ein Date für die Hochzeit. Wenn ich da allein auftauchte, war es endgültig amtlich, dass Annie Fischer übrig geblieben war. Gerade vor meinen alten Schulfreunden käme das einem Totalversagen gleich. Wer wollte nicht (zumal wenn er, wie ich, bis zum sechzehnten Lebensjahr für einen Jungen gehalten worden war, und zwar für einen sehr kleinen) beweisen, dass aus ihm etwas geworden war, dass er es gepackt hatte. Ich wollte, dass sie sich hinter vorgehaltener Hand anerkennend zuflüsterten: »Schau sich mal einer die Annie an! Was aus der geworden ist. Sieht die toll aus – und ihr Mann erst. Erfolgreich ist sie auch, und zwei ganz entzückende Kinder soll sie haben.« In fast jeder Frau, da war ich mir absolut sicher, schlummerte eine dunkle Pubertätserinnerung. Die eine war immer noch das Pummelchen von früher, die andere die brillenschlangige Streberin, der pickelige Streuselkuchen oder eben die Unterentwickelte, die von den Jungs nicht wahrgenommen worden war.

Susanne war sehr entwickelt gewesen, mit Busen, Schminke und allem Drum und Dran. Kein Wunder, dass Max' Wahl damals auf sie gefallen war.

KAPITEL 7

Das Schicksal geht mit uns wie mit Pflanzen um.
Es macht uns durch kurze Fröste reifer.
Jean Paul

»Was riecht hier denn so lecker?«, rief Max, der in diesem Moment zur Tür hereinkam.

»Spaghetti alla puttanesca. Willst du ’nen Teller?«

»Nach Hurenart?«, fragte Max. »Genau mein Geschmack!«

Ich lachte über seinen dreckigen Witz. Das durfte ich, denn wir waren zu keinem romantischen Date, ja, noch nicht einmal einem netten Abend unter Schulfreunden verabredet, bei dem man sich zumindest einigermaßen benehmen musste. Nein, Max war von seiner Frau Mama, die mit Susanne Schmidts Mutter donnerstags Tennis spielte, ungefragt verpflichtet worden, einen Diavortrag mit Bildern von früher vorzubereiten. Da er sich nur allzu gut an unseren peinlichen Zwischenfall neulich hatte erinnern können, als alle meine alten Fotos auf dem Bett zerstreut gelegen hatten, war ich seine erste Anlaufstelle gewesen. Logisch, irgendwie. »Männer sind ja nicht so die Fotoalbumtypen«, hatte er mir am Telefon erklärt, und dann war es wie immer gelaufen. Max fragte wahnsinnig charmant, ob ich helfen könne, und bevor ich es mich versah, war Annie Fischer mal wieder für den Deppenjob gebucht, um dem großen Max Wolf aus der Patsche zu helfen. Als ich aufgelegt hatte, war mir das Muster, nach dem ich seit Jahren funktionierte, plötzlich klar geworden, und so hatte ich mir vorgenommen, zwar zu helfen, mich aber auf keinen Fall ausnutzen zu lassen.

Max wollte gern etwas von der Pasta abhaben, und so saßen wir beide wenig später an meinem Küchentisch und verschlangen in gefräßiger Stille die Nudeln, während Kaspar und Hauser uns immer wieder um die Beine strichen und sich schnurrend streicheln ließen. Dazu gab es einen wunderbaren Rotwein.

Als ich Nachschlag nahm, blickte Max kurz vom Nudeldrehen auf. »Da passt ja einiges in so ’nen kleinen Magen rein. Wo steckst du das hin? Aus medizinischer Sicht kann ich sagen: Die Wachstumsphase ist bei dir bereits abgeschlossen, das bringt nichts mehr.«

Ha, ha. Sehr witzig. Langsam nervten mich die Kommentare.

»Max, ob du es glaubst oder nicht, ich habe ein Maßband, einen Spiegel und Kontakt mit anderen Menschen. Ich weiß, dass ich keine Riesin bin, und es macht mir nichts aus, nicht *mehr*, besser gesagt. Also kannst du dir die Witze sparen.«

Zufrieden grinste er mich an. »Schau an, Annie Fischer hat ’ne Schmerzgrenze. Merkst du nicht, dass ich dich damit nur necke, weil du dich so schön ärgerst? Hör ja nicht damit auf, denn klein und humorlos ist keine gute Kombi«, setzte er noch einen drauf und grinste provozierend.

Na gut, ich würde mich nicht weiter provozieren lassen. »Wollen wir dann mal die Fotos raussuchen?«, fragte ich und schob den Teller mit Pasta von mir weg, denn was ich nie zugeben würde, war: Ich war nervös und fühlte mich überhaupt nicht wohl, allein mit Max in meiner Wohnung. Er war für mich wie ein fleischgewordenes Stigma, eine Erinnerung auf zwei Beinen und der lebendige Beweis dafür, dass ich in der Schule zu den Losern gezählt hatte. Seine Anwesenheit erinnerte mich an alles, was ich in meiner Jugend gehasst hatte – und katapultierte mich gleichzeitig zurück in die Zeit, in der ich mir für Max Wolf das Herz aus der Brust gerissen und es ihm auf einem Silbertablett serviert hätte. Niemals zuvor und selten danach hatte ein einziger Mensch eine solch widersprüchliche und höchst verstörende Wirkung auf mich gehabt.

»Gute Idee, lass uns loslegen. Und danke für das Essen. Du kochst gut«, befand Max, was mich freute, denn ich stand für mein Leben gern in der Küche und probierte in meiner wenigen Freizeit mit Vorliebe neue Rezepte aus.

Wir nahmen den Wein mit ins Wohnzimmer und setzten uns auf die Couch. Im Hintergrund lief Musik, Klavier und eine warme, weiche Frauenstimme, die mich (in Kombination mit dem Alkohol) langsam einlullten.

»Hier habe ich die Alben hingelegt, die infrage kommen. Wollen wir einfach mal durchblättern?«, schlug ich betont sachlich vor, um Max nicht wieder die Möglichkeit zu geben, einen Witz auf meine Kosten zu machen.

Er schlug das erste Album auf und lachte sich schlapp über die Haarschnitte und Klamotten, mit denen wir uns so wahnsinnig trendy gefühlt hatten. Schritt für Schritt begaben wir uns auf eine Zeitreise. Plötzlich fielen uns jede Menge Details und Begebenheiten unserer Jugend wieder ein, eine Anekdote jagte die nächste, beispielsweise der Abend, an dem Anna Frey auf der Kühlerhaube eines Opel Astra mit Matthias Flötenmacher rumgemacht und sich den Hintern dabei verbrannt hatte, weil Mattias vorher mit der Karre durch die Felder geheizt war und das Metall quasi noch glühte.

Natürlich war ich während der Geschichten nur als Statistin im Hintergrund präsent, während Max die Hauptperson als umschwärmter Held der Schule und Mittelpunkt allen (weiblichen) Lebens war. Es war absurd, die Fotos von damals anzusehen und nun ausgerechnet mit ihm auf meinem Sofa zu sitzen. Unfreiwillig verglich ich den Jungen von damals mit dem Max von heute. Das viel zitierte Grün seiner Augen hatte nicht an Leuchtkraft verloren. Ein paar Fältchen waren hinzugekommen, und die jungenhaften Züge waren einem Erwachsenengesicht gewichen, das mehr Kanten und Ecken hatte, was ihm gut stand. Ich fragte mich, wie es wohl war, eine Pubertät zu durchleben, in der alles wie am Schnürchen lief. Vielleicht lag es an der zweiten Flasche Wein, die wir inzwischen geöffnet hatten, aber irgendwann fasste ich mir ein Herz.

»Du musst doch die beste Schulzeit überhaupt gehabt haben. Dir ist immer alles zugeflogen. Mädchen, Noten, Sport, Freunde.«

Max hielt inne und sah einen Augenblick lang nachdenklich ins Leere. Dann drehte er sich zu mir und sprach deutlich leiser und langsamer, als ob es ihm schwerfiel: »Nach außen wirkte es bestimmt so. Eigentlich wollte ich es nur meinem Vater recht machen, der nie zufrieden war, egal was ich erreichte. Wenn ich gute Noten schrieb, fand er, dass ich sie nicht verdiente, weil ich zu wenig dafür getan hatte. Brachte ich ein Mädchen nach Hause, behauptete er, dass ich nur Flausen im Kopf hatte. Irgendetwas fand er immer, weshalb das Mädchen nicht genügte. Konnte ich Erfolge im Sport vorweisen, waren sie nichts wert, denn dann zählten wieder nur akademische Leistungen. Und meine Freunde wurden samt und sonders zu Taugenichtsen, Wichtigtuern und keinem guten Umgang deklariert, die nur eines im Sinn hatten, nämlich mich auf Partys zu schleppen und von sinnvollen Aufgaben abzulenken. Keiner kam gern zu uns. Es herrschte eine so heimelige Atmosphäre wie im Gefrierschrank.«

Puh. Das hatte ich so überhaupt nicht erwartet. Zwar kannte ich Max' Vater aus der Apotheke, und er wirkte tatsächlich wie einer, der einmal im Jahr zum Lachen in den Keller ging, aber dass er daheim so schlimm war, hätte ich nicht vermutet.

»Weißt du denn, warum er so ist?«, fragte ich ebenfalls leise, um Max nicht aus seiner Gedankenwelt zu holen.

Er zuckte kaum merklich mit den Schultern. »Was meinst du, wie oft ich mir diese Frage gestellt habe? Er litt selbst unter einem wahnsinnig strengen Vater, der seinen älteren Bruder anscheinend vorzog. Der durfte natürlich studieren, mein Vater hingegen musste darum kämpfen und sich Geld dazuverdienen, um während des Studiums überhaupt über die Runden zu kommen. Meine Mutter sagte mal, dass mein Vater das Gefühl habe, sein Leben lang zu kurz gekommen zu sein, was Liebe, Aufmerksamkeit und Anerkennung angeht. Angeblich wolle er nur, dass ich etwas aus meinem Leben mache, und war deshalb immer so streng und fordernd.«

Max zeigte eine Regung, die neu war und die ich bei ihm noch nie zuvor gesehen hatte. Schmerz war da zu spüren und die Sehnsucht, angenommen zu werden. Wie man sich täuschen konnte. Jeder andere Vater hätte sich gefühlt, als habe er mit Max als Sohn das große Los gezogen, aber der eigene war nicht zufrieden. Ironie oder Grausamkeit des Schicksals? Fürs Endergebnis vermutlich egal.

Er fuhr sich nachdenklich durch die Haare. »Und dann ist der Sohn noch nicht einmal Chirurg geworden, wie er es sich immer gewünscht hat.«

Sein wunder Punkt, so viel war mir inzwischen klar – aber warum, nicht. Mein Gefühl sagte mir, dass es kein guter Zeitpunkt war, um in die Tiefe zu gehen.

»Aber sieht er denn nicht, was für ein guter Tierarzt du geworden bist? Das muss ihn doch auch stolz machen«, ging ich auf Nummer sicher und fragte nicht nach dem Grund des Studienwechsels.

Max lachte höhnisch auf. »Ja, so stolz, dass er nicht bereit ist, für mich zu bürgen. Ich könnte die Praxis übernehmen, aber dafür müsste er die Bürgschaft bei der Bank übernehmen, und das will er nicht.«

Das war harter Tobak. Seinen einzigen Sohn so hängen zu lassen, obwohl Dr. Wolf senior bestimmt nicht am Hungertuch nagte. »Und deine Mutter?«, wagte ich zögerlich zu fragen.

Max seufzte leicht auf. »Sie bemühte sich natürlich, die Defizite auszubügeln, aber als Engländerin war sie auch vor allem bemüht, die Contenance zu wahren. Sie war immer sehr freundlich und höflich, aber ab einem bestimmten Punkt auch distanziert und zugeknöpft. Ich glaube, anders könnte sie meinen Vater als Mann auch gar nicht ertragen. Da muss man so unterkühlt sein, damit es funktioniert. Wahrscheinlich hat es auch nicht gerade geholfen, dass ich das einzige Kind blieb. Meine Eltern versuchten, mehr Nachwuchs zu bekommen, was aber leider nicht klappte. Zwei Fehlgeburten, danach haben sie es gelassen.«

Geplättet sah ich ihn an und wusste nichts zu antworten. Dass sich der tolle Max Wolf mit so ordinären zwischenmenschlichen Problemen herumschlagen musste oder sich nach etwas sehnte, was ihm vorenthalten wurde, auf die Idee war ich nie gekommen. Spontan fiel mir Mutters Lieblingsredewendung ein: »Unter jedem Dach ein Ach!« Wo sie recht hatte …

Es war still. Keiner sprach ein Wort, nur die Musik im Hintergrund füllte den Raum. Mein Gefühl sagte mir, dass es Max viel Überwindung gekostet hatte, sich zu öffnen, und der Tag der offenen Tür eine Weltpremiere für ihn darstellte. Ich beschloss, ihm im Gegenzug von mir zu erzählen. Das machte es bestimmt leichter für ihn.

»Weißt du, mein Vater war gar nicht anwesend. Der war mit der Situation, in so jungen Jahren ungewollt Vater zu werden, völlig überfordert und suchte nach einiger Zeit das Weite. Natürlich nicht, ohne meine Mutter vorher mit einer anderen zu betrügen. Wir haben zwar Kontakt, aber er ist für mich, wenn überhaupt, eine Art großer Bruder – auf keinen Fall ein Papa. Die Rolle übernahm mein Opa. Meine Mutter und ich sind damals zu meinen Großeltern gezogen, als mein Vater sich aus dem Staub gemacht hat. Na ja, und dann bleibt noch meine Mutter. Die war mir mit ihren extravaganten Auftritten früher natürlich extrem peinlich, und manchmal ist sie es auch heute noch. Wir sind eigentlich ziemlich eng, aber eben sehr unterschiedlich.«

Max hatte mich die ganze Zeit angesehen, ohne eine Spur Arroganz oder Spott in den Augen. »Ich fand deine Mutter immer cool. Die traute sich wenigstens was. Die war lebendig, lachte laut und zeigte Herz, wenn ich auch mit ihren Botschaften aus dem Jenseits nichts anfangen konnte.«

Max Wolf, *der* Max Wolf, beneidete mich um meine Mutter? Vielleicht hätten wir uns einfach mal früher unterhalten sollen, dachte ich. Doch die Chance, dass er in seiner Jugend mir gegenüber die Hosen runtergelassen hätte (und zwar im eindeutig nicht-sexuellen Sinn), wäre in etwa so groß gewesen wie die Wahrscheinlichkeit, dass meine Brüste über Nacht von Körbchengröße A zu C wuchsen. Also gleich null.

Das anfängliche Gefühl des Unwohlseins, das ich empfunden hatte, als Max gekommen war, wich einer vertrauten Offenheit. Plötzlich fühlte es sich normal an, mit ihm über Persönliches zu sprechen. Was auch daran liegen konnte, dass er mich nicht andauernd dazu zwang, dumme Sprüche als Schutzschild hervorkramen zu müssen. Oder der Rotwein war schuld.

Wir sortierten die Fotos aus, die wir für Susannes Hochzeit verwenden wollten, und überlegten uns Texte, und als die Pflicht erfüllt war, öffneten wir eine dritte Flasche Rotwein und tranken stundenlang. Wir sprachen über alles, unsere Vergangenheit, die Schulzeit, unsere Studien, die Gegenwart und die Zukunft. Das Einzige, was ich mich nicht anzusprechen traute, war die Frage, weshalb er Tierarzt geworden war und nicht Humanmediziner, wie eigentlich geplant. Das hing bestimmt mit seinem Vater zusammen – aber da Max damals in der Praxis so sauer reagiert hatte, als ich meinen Senf dazu abgegeben hatte, wollte ich lieber kein Risiko eingehen.

Irgendwann blickte ich aus dem Fenster und merkte, dass es draußen stockfinster war. Die Straßenlaternen waren ausgegangen – im Sommer in Freiburg nicht ungewöhnlich, denn die Stadt versuchte alles, um Stromkosten einzusparen. Ungläubig sah ich auf die Uhr, die verkündete, dass es bereits weit nach Mitternacht war. Weder Max noch ich hatten es bemerkt.

»Oh Mann! Ich muss los.« Er sprang auf und suchte

seine Sachen zusammen. Die ausgewählten Fotos packte ich ihm in ein Kuvert, er holte seine Jacke.

Als er schließlich auf dem Gang stand, bildete ich mir ein, dass er sich extra Zeit ließ, als ob er eigentlich nicht gehen wollte. Was Unsinn war. Natürlich. Annie, Annie, schimpfte ich mich. Du lernst es einfach nicht!

Einen Moment herrschte verlegene Stille.

»Also dann«, setzte er an, sprach aber nicht weiter.

»Das war ein schöner Abend«, sagte ich und meinte jedes Wort.

Max nickte und lächelte mich mit einer vorher nicht gekannten Wärme an. »Danke, du hast mir sehr geholfen.«

Das konnte man in mehrerlei Hinsicht verstehen, aber ich spürte, wie es gemeint war, und mein Herz machte unabsichtlich einen kleinen Hüpfer.

Wieder sahen wir uns an, und dann, urplötzlich, beugte er sich zu mir, drückte mich mit beiden Händen gegen die Wand und legte seinen Mund auf meinen. Er küsste mich. In der ersten Sekunde ganz zart, dann mit einer Intensität, dass ich erschrak. Seine Lippen waren warm und weich, seine Hände dagegen fordernd, gezielt und sehr geübt in dem, was sie taten. Mir wurde schwindelig. Das war der Moment mit Max Wolf, von dem ich als junges Mädchen geträumt und den ich mir in allen Farben des Regenbogens ausgemalt hatte. Das Leben gab mir die einmalige Chance, meinen Traum Wirklichkeit werden zu lassen.

Ich küsste wild entschlossen zurück. Ohne dass ich es bewusst steuerte, drückte ich mein Becken dem seinen entgegen und ließ meine Hände auf Wanderschaft gehen. Ich krabbelte unter sein T-Shirt, berührte seine warme samtige Haut und erzitterte unter seinen fordernden Berührungen. Wir küssten uns wilder, rieben uns aneinander, und ehe ich es mich versah, begannen wir uns rhythmisch zu bewegen, was ihn immer wieder aufstöhnen ließ. Gerade öffnete seine linke Hand meine Jeans, während mir seine Rechte den Nacken entlangfuhr, als es laut klingelte.

Es klang schrill und erbarmungslos.

Ein Handy. Und definitiv nicht meines.

Verwirrt hielt Max inne, holte das Mobiltelefon aus der Tasche seiner Jacke, die er achtlos zu Boden geworfen hatte, und ging ran. Da wir immer noch dicht beieinanderstanden, konnte ich die weibliche Stimme am anderen Ende gut hören. Und die war augenscheinlich nicht zu Späßen aufgelegt.

»Wo bleibst du? Ich dachte, du bist nur kurz bei diesem Zwerg, bis sie dir das Hochzeitsding erledigt hat, und dann kommst du zu mir. Ich hatte 'ne heiße Überraschung für dich vorbereitet. Die hieß Jeanette und ist jetzt gegangen.«

Max, der zu spät merkte, dass ich alles gehört hatte, wich mit dem Handy in der Hand abrupt zurück. »Das hat alles länger gedauert als geplant. Ich komme jetzt«, antwortete er und beendete schnell das Gespräch.

Bevor er auch nur einen Erklärungsversuch starten konnte, schob ich ihn völlig ernüchtert zur Tür. »Tut mir leid, dass dir ein flotter Dreier entgangen ist und du bei dem Zwerg deine Zeit totschlagen musstest, bis der endlich deine Aufgabe erledigt hat!«

Max versuchte zu protestieren, aber ich wollte nichts hören. »Verschwinde, lass dich hier nicht mehr blicken«, zischte ich, schob ihn mit aller Kraft ins Treppenhaus und schmiss die Tür mit voller Wucht ins Schloss. Auf gar keinen Fall wollte ich, dass er mich weinen sah. Erst leise, dann immer heftiger, bis ich schluchzend auf dem Sofa zwischen den Fotoalben zusammenbrach, zwar um eine Erkenntnis reicher, aber auch um eine Illusion ärmer.

»Denk daran, dich zu ducken, wenn Susanne den Brautstrauß wirft«, empfahl mir Shakira ungefragt, während sie meine Hochsteckfrisur zurechtzupfte.

»Im Gegensatz zu dir wünscht sich meine Spießerseele genauso eine Hochzeit, um hinterher samt Familie in ein Reihenhaus zu ziehen, und ja, selbst der Hund kommt in meiner Vorstellung vor«, entgegnete ich bockig.

Shakira war gekommen, obwohl Samstag normalerweise für ihre Date-Night reserviert war. Sie wollte mir bei den Vorbereitungen für den Gang nach Canossa helfen, und sie gab alles, um mich von meiner Nervosität abzulenken.

Wobei das meinen Zustand kaum beschrieb. Eine Mischung aus Hysterie, Angstzuständen und einem kleinen Schuss Wahnsinn traf es besser, was sich an dem völlig aus dem Nichts kommenden Gekicher erkennen ließ, das ich von Zeit zu Zeit ausstieß.

Seit jenem denkwürdigen Abend vor einer Woche war ich durcheinander. Völlig verwirrt, zwischen Verzweiflung und Hochgefühl, auf alle Fälle aber nicht stabil und einer erwachsenen und ansonsten ziemlich pragmatischen Frau angemessen. Nach dem Wochenende, an dem die Nacht meiner Träume nicht stattgefunden hatte, und einem Sonntag, den ich zwischen Heulattacken und Wutanfällen mehr schlecht als recht überstanden hatte, war ich unfähig gewesen, am Montag zur Arbeit zu gehen, und hatte mich das erste Mal seit Jahren krankgemeldet. Natürlich rief das meine Mutter, Shakira und sogar Loretta auf den Plan, die sich um mich sorgten. Normalerweise fehlte ich nie, selbst mit hohem Fieber schleppte ich mich, selbst wenn das völlig idiotisch war, zur Arbeit. Mein Pflichtgefühl trieb mich an, und das war auch der Grund, weshalb ich über die Jahre hinweg so viele Urlaubstage angehäuft hatte, dass ich mich eigentlich direkt in die Frührente hätte verabschieden können.

Einen Tag später, am Dienstag, stand ich folgerichtig wieder in der Apotheke und schmiss Johanniskrautkapseln wie Pfefferminzdragees ein. Max hatte mich mehrmals zu erreichen versucht, aber ich war nie rangegangen. Seine SMS hatte ich ignoriert: »Lass uns bitte reden.« Worüber? Und was sollte das auch? Entweder würde ich einen doofen Spruch zu hören bekommen oder eine lahme Entschuldigung, für die ich mir auch nichts kaufen konnte.

Das Klingeln der Türglocke riss mich aus den Gedanken. Shakira sprintete zur Sprechanlage.

»Das ist bestimmt Jochen«, rief ich ihr hinterher.

Jochen war mein Date. Na ja, okay: meine Begleitung für die Hochzeit, die mir das Schicksal zugelost hatte. Besser gesagt Shakira.

Sie öffnete die Tür und rief ins Treppenhaus: »Dritter Stock, Jochen. Komm einfach hoch!« Dann sauste sie ins Schlafzimmer zurück, um mir bei der Wahl der Ohrringe zu helfen und mich zu beruhigen. »Du wirst sehen, er ist super. Selbstbewusst, gut aussehend und witzig.«

»Verheiratet, hast du vergessen hinzuzufügen. Hoffentlich hat er wenigstens seinen Ehering ausgezogen.«

»Da kann ich dich beruhigen. Jochen ist absoluter Profi und sehr diskret.«

Jochen war, unschwer zu erraten, eine Bekanntschaft aus Shakiras Seitensprungagentur *Cheater*. Wie ich mich auf die Schnapsidee hatte einlassen können, war mir im Moment ein Rätsel. Wahrscheinlich hatte mich mein doofer Stolz dazu getrieben, auf Susannes Rückantwort »plus 1« anzukreuzen.

»Wer ist denn Jochen?«, rief meine Mutter und trat,

vom Treppensteigen keuchend, ungebeten und vor allem unangemeldet, ein.

»Meine Verabredung für heute Abend.«

Meine Mutter zu fragen, was sie hier zu suchen hatte, schenkte ich mir. Im Zweifel würde sie etwas von Ahnungen oder Auren faseln, die ihr befohlen hatten, nach mir zu sehen.

Erleichtert atmete sie auf. »Gott sei Dank gehst du da nicht als Mitleidsnummer hin! Nicht auszudenken, meine arme einsame Annie, übrig geblieben zwischen all den verheirateten Paaren. Eigentlich bin ich gekommen, um dir anzubieten, dich zu begleiten. Deshalb habe ich mich auch so rausgeputzt.«

Shakira sah meine Mutter erstaunt an. Zugegeben, es war schwer, den Unterschied zu ihrer Alltagskleidung zu erkennen. Sie hatte es nicht so mit dezenten Kleidungsstücken. Wenn nicht wenigstens Pailletten, Swarovski-Kristalle, ein Leo- oder Goldprint zu sehen war, zog sie es erst gar nicht an. Mit ihrer heutigen Aufmachung wäre sie auch ohne Weiteres zum illegalen Pokerturnier im Hinterzimmer einer Moonshinedestille oder zum Flipperautomatencontest in Tonis kleiner Kneipe gelassen worden.

»Lieb von dir, aber wir haben ja Jochen«, sagte ich und umarmte sie dankbar. Ich wusste, dass sie versuchte, mich zu schützen. Dass die Mitleidsnummer zur Lachnummer mutiert wäre, wenn Annie Fischer mit ihrer aufgedonnerten hellsichtigen Mutter auf Susannes Hochzeit erschienen wäre, schluckte ich schnell runter.

Es klingelte erneut, und dieses Mal war es wirklich Jochen, der über die Sprechanlage fragte, ob er seinen Wagen kurz im Innenhof parken könne.

»Wie sehe ich aus?« Ich schaute ein letztes Mal in den Spiegel und ließ den Blick über mein fliederfarbenes Kleid schweifen, das ein interessantes, aber dezentes Dekolleté preisgab und raffinierte Schlitze am Bein vorwies, die man erst entdeckte, wenn ich mich bewegte. Zum Glück war ich schon leicht gebräunt, und die High Heels, die mich fast einen halben Kopf größer machten, waren einigermaßen bequem.

»Heiß, richtig heiß! Aber nicht so heiß, dass es verzweifelt wirkt«, sprach mir Shakira Mut zu.

Unauffällig zog ich sie zur Seite. »Und Jochen weiß, dass da heute Abend nichts laufen wird? Flirten, bis der Arzt kommt, aber kein Anfassen, kein Küssen, rein gar nichts. Nada, niente, ja?«, vergewisserte ich mich flüsternd bei ihr, die beleidigt eine Schnute zog.

»Was denkst du denn von mir? Jochen ist doch nicht notgeil. Das ist 'n guter Typ, und als ich ihm von deiner Notlage erzählt hab, hat er sich gleich bereiterklärt einzuspringen.«

Das sollte ich glauben? Nie und nimmer!

»Jetzt mal im Ernst. Warum macht er das?«, hakte ich nach, da ich Shakira zu gut kannte, um ihr einfach so zu glauben.

»Ich fahr mit ihm dafür nach Berlin in den Kit-Kat-Club«, gab sie kleinlaut zu.

»Moment mal. Dazu habe ich eine Reportage gesehen. Ist das nicht dieser Technoschuppen, in dem alle nackt sind und poppen, also so 'ne Art auf intellektuell gemachter Swingerclub?«, zischte ich so leise wie möglich. Leider immer noch zu laut, denn meine Mutter stand plötzlich auf der Matte.

»Annie, jetzt mach mal keine Dummheiten! Ich bin ein sexuell aufgeschlossener Mensch und habe dich immer offen erzogen, aber Swingerclub, das passt doch gar nicht zu dir.«

Aaaaah. Ein absolutes No-Go: meine Mutter das Wort »Swingerclub« sagen hören.

»Gartenzwerge! Ich will nichts als Gartenzwerge. Zwei Kinder, ein Junge, ein Mädchen, einen guten Mann, einen Kombi und von mir aus auch Häkeldeckchen im Gäste-WC, wenn's denn sein muss, alles außer Swingerclubs, verheirateten Männern oder Max Wolf!«

»So ist es fein«, lobte mich Shakira und tätschelte beruhigend meine Schultern.

»Na, wo sind die Häppchen?«, rief Jochen, der gerade die Haustür aufgestoßen hatte. Er klang gut gelaunt und meinte mit den »Häppchen« wohl uns – jedenfalls hatte ich kein kaltes Büfett vorbereitet.

Er betrat den Raum. Wir sahen uns an – und mich traf der Schlag! Nicht, weil der Blitz der Liebe in mich einschlug, sondern weil er und ich uns kannten. Und zwar sehr gut.

Meine Mutter kam um die Ecke und ließ einen spitzen Schrei los. Der Typ von der *Cheater*-Website, der Bumskumpel von Shakira, war niemand anderes als Jochen Winter. Er war neben Max *der* Star der Oberstufe gewesen. Die Stufe trennte sich damals in zwei Lager. Wer nicht in Max verknallt war, betete Jochen an. Dass die beiden sich nie leiden konnten, kann man sich ja denken. Sie waren aber auch zu unterschiedlich. Nicht nur in der Optik. Jochen war der dunkle Typ mit marokkanischem Einschlag und braunen Samtaugen. Damals schmolzen sämtliche Mädchenherzen, als er als talentierter Schauspieler auf der Schulbühne den Romeo zum Besten gab, auch sein Gesangstalent war legendär. Dass er das schamlos ausnutzte und alles flachlegte, was nicht hinkte, schien seiner Beliebtheit keinen Abbruch zu tun. Im Gegenteil, das machte ihn interessanter und verwegener. Und jede glaubte, ihn monogam zu bekommen. Zu diesen naiven Groupies gehörte einst auch meine gute Freundin Johanna, die jahrelang in Jochen verknallt gewesen war und ab und zu mit ihm auf Partys knutschte, ohne je seine offizielle Freundin zu werden.

Hinzu kam, dass Jochen wie Max ein guter Schüler war, deshalb verwunderte es auch nicht, dass beide Medizin studieren wollten. Jochen war tatsächlich Chirurg geworden und praktizierte sogar in Freiburg. Trotzdem hatte ich ihn seit Jahren nicht gesehen. Irgendwer hatte mir vor einiger Zeit erzählt, er lebe völlig zurückgezogen und glücklich verheiratet außerhalb der Stadt auf einem restaurierten Bauernhof. Von wegen. Da lachten ja die Hühner!

Immerhin war er, wenn ich Shakira glauben durfte, mittlerweile wirklich geschieden – deswegen hatte er sich ja auch bei *Cheater* angemeldet. Das wäre ja noch schöner gewesen: Mit dem noch verheirateten Jochen Winter auf der Hochzeit der ehemaligen Schulkameradin aufzutauchen.

Jochen fing sich deutlich schneller als ich. Als geübter charmanter Hallodri lachte er laut los und kam auf mich zu, um mich zu umarmen. »Ich glaub's ja nicht! Mein Date ist Annie Fischer.«

Shakira sah irritiert erst Jochen und dann mich an. »Ihr kennt euch? Annie, willst du mir was sagen?«

Langsam fand auch ich meine Sprache wieder. »Wir sind auf dieselbe Schule gegangen. Schon damals war er, ähm … der Vielweiberei nicht abgeneigt.«

Jochen nahm mir meinen Spruch nicht übel. »Genau! Während Annie sich für Max Wolf aufsparte.«

Oh nein! Wenn Jochen Winter das noch wusste, musste es wirklich sehr auffällig gewesen sein. Lieber schnell das Thema wechseln. »Wir gehen übrigens auf Susanne

Schmidts Hochzeit«, erklärte ich, »und einige alte Mitschüler werden auch da sein. Falls du also immer noch mit Shakira nach Berlin willst, sollten wir uns im Taxi gleich eine glaubhafte Version überlegen.«

Zum Glück gehörte Jochen zu den Unerschrockenen und nahm diese Herausforderung mit einem gewitzten Augenzwinkern an.

KAPITEL 8

Denn ein Baum hat Hoffnung, auch wenn er abgehauen ist; er kann wieder ausschlagen.
Hiob 14,7

»Annie! Das gibt's doch nicht. Mensch siehst du …«, Susanne fiel mir um den Hals und rang nach Worten.

»Alt aus?«, schlug ich leicht beschwipst und kichernd vor, was daran lag, dass ich den netten jungen Kellner darauf abgerichtet hatte, mit jedem vollen Champagnertablett zuerst bei mir anzuhalten.

Susanne sah umwerfend aus. Groß gewachsen, wie sie war, das Brautkleid auf ihren Wahnsinnsleib mit den Endlosbeinen geschneidert, das blonde lange Haar kunstvoll drapiert und passend dazu das perfekte Lächeln einer überglücklichen Braut im Gesicht.

»Und wer ist der attraktive Mann, den du da spazieren führst?«, fragte sie und knuffte mich neugierig in die Seite.

»Kennst du ihn etwa nicht mehr? Das ist Jochen Winter. Es ist noch sehr frisch mit uns beiden, aber sehr ernst«, flunkerte ich. »Du hast doch nichts dagegen? Ich dachte, zu alten Freunden kann ich ihn ruhig mitbringen.«

Susanne kreischte auf. »Nein! Das ist ja *die* Sensation! Annie Fischer hat das Lager gewechselt.« Dann beugte sie sich zu mir und flüsterte leise, sodass nur ich es hören konnte: »Der hat ja wahnsinnig an Attraktivität gewonnen. Hab ihn gar nicht wiedererkannt.«

Mein Leihfreund war in seinem Element, versprühte Charme und verteilte an Susanne so viele Komplimente, dass ich ihn irgendwann dezent vors Schienenbein trat.

Sie war hin und weg. »Ein Prachtkerl war er ja schon immer, aber dass ausgerechnet du es schaffst, den wilden Jochen zu zähmen – Hut ab! Die Mutter von Max meinte kürzlich, dass du Single bist. Hat sie von ihrem Lieblingssohn gehört und das, wo du doch schon in der Grundschule Familie wolltest. Na, das ist mal wieder der Beweis, dass man der Gerüchteküche keinen Glauben schenken darf. Da bin ich aber erleichtert!«

Ja, und wie erleichtert ich erst sein würde, wenn diese Hochzeit endlich vorbei war …

»Apropos Max, hast du ihn schon gesehen?«, fragte mich Susanne und reckte den Hals.

»Zum Glück nicht«, rutschte es mir heraus, und sofort nahm sie mitfühlend meine Hand.

»Ach, sorry, hab ich ja total vergessen, dass er dir damals das Herz gebrochen hat. Mein Gott, was waren wir dämlich, auf ihn reinzufallen, oder? Wobei ich ja überzeugt bin, dass er dich gut fand. Heimlich, natürlich. Schwamm drüber! Jetzt schau uns an. Beide mit tollen Männern, wer braucht da schon Max Wolf?«

Recht hatte sie – auch wenn ihr Kommentar, Max sei heimlich in mich verliebt gewesen, reine Nettigkeit von Susanne war. So hatte sie immer versucht, mich aufzuheitern: mit halsbrecherischen Lügen. Schnell nahm ich zwei Gläser Champagner vom Tablett des freundlichen Kellners und stieß mit ihr an. »Auf alle Männer, außer Max Wolf«, rief ich einen Tick zu laut, sodass einige Gäste sich umdrehten.

Plötzlich sah ich aus den Augenwinkeln eine bekannte

Silhouette auf uns zukommen. Ich drehte mich um und sah direkt in Max' Gesicht. Hatte er meinen Toast etwa gehört? Du lieber Himmel, hoffentlich nicht! Sonst würde ich mich von einem Fettnäpfchen direkt ins nächste bewegen …

Halt nein. Das war überhaupt nicht Max. Der Typ sah einfach nur aus wie er. Existierte ein verschollener Zwillingsbruder? Vielleicht sogar ein netter?!

Völlig perplex sah ich zu, wie Max' Abziehbild auf Susanne zuging und sie auf den Mund küsste.

Auf.

Den.

Mund.

An ihrem Hochzeitstag.

Ich japste nach Luft.

Susanne strahlte mich an. »Darf ich dir meinen Mann vorstellen? Das ist Boris.«

Die Max-Wolf-Kopie war Susannes Bräutigam?

Unkontrolliert lachte ich los. Die Situation war aber auch zu absurd. Fiel denn die Ähnlichkeit nur mir auf? Meine alte Schulfreundin heiratete ein Plagiat von ihrer großen Jugendliebe, und keiner sagte was dazu? Von wegen, »über Max sind wir ja so was von weg«. Zum Glück war bei der morgendlichen Trauung im Standesamt nur die Familie eingeladen gewesen. Ich muss gestehen, ich weiß nicht, ob ich nicht Susanne vorher beiseitegezogen und gefragt hätte, ob sie aus den richtigen Gründen heiratete.

Peinlich berührt manövrierte ich Jochen, der seinen Job wirklich gut machte, zu unserem Tisch.

»Annilein, meine Liebe, willkommen zum Klassentreffen«, rief eine Frau, die ich nicht erkannte. Erst bei näherem Hinsehen wurde mir klar, dass es Bettina Bäcker sein musste, allerdings um gefühlte einhundert Kilo leichter.

Bettina Bäcker und mich verband eine unglückliche Historie. In der Siebten war sie ein typisches Pubertätsopfer, allerdings mit zweifacher Behinderung: dick und mit Zahnspange. So eine richtige feste, oben und unten und Gummis dazwischen, was ihr bei den Jungs wahlweise den Spitznamen Drahtesel oder Gartenzaun einbrachte. Ohne es zu wissen oder zu wollen, war ich auf einer Party benutzt worden, um der armen Bettina einen Streich zu spielen. Jeder hatte gewusst, dass auch sie in Max verknallt war. Eine Gruppe besonders origineller Mitschüler präparierte einen Muffin mit Kaugummi in der Mitte und schickte mich ahnungslos los, ihn Bettina zu geben, die gerade mit ihrem großen Schwarm sprach. Alles, was mich damals in die Nähe von Max brachte, wurde von mir nicht hinterfragt, und so überreichte ich Bettina den Muffin, den sie gern annahm – sie wog ja nicht umsonst das ein oder andere Kilo zu viel.

Man kann sich vorstellen, wie appetitlich der klebende Kaugummi samt Muffinstücken in ihrer Klammer aussah, im Hintergrund das Lachen der Partygäste inklusive Max. Bettina hatte mir nie geglaubt, dass ich nichts von dem gemeinen Streich wusste, und mich seit jenem Augenblick für das peinlichste Erlebnis ihrer Schullaufbahn gehasst.

Anscheinend hatte auch sie sich vorgenommen, heute Abend allen zu zeigen, was aus ihr geworden war, denn sie strahlte ohne Unterlass, was ihr inzwischen Hollywoodverdächtiges Gebiss eindrucksvoll zur Geltung brachte. Mit mulmigem Gefühl im Bauch fasste ich mir ein Herz und gesellte mich zu ihr. Immerhin würden wir das Essen gemeinsam an einem Tisch verbringen müssen, wie ich mithilfe der Platzkärtchen bereits in Erfahrung gebracht hatte, außerdem wollte ich die Geschichte endgültig aus der Welt räumen.

»Bettina, wie schön, dich zu sehen! Toll siehst du aus. Du, ich wollte dir noch sagen, wie leid mir die Geschichte mit dem Muffin tut. Glaub mir, ich wusste wirklich nichts von dem Kaugummi.«

Bettina zuckte kurz unmerklich zusammen, fing sich aber sofort wieder und schenkte mir ein noch breiteres Lächeln. Mit einer abwehrenden Handbewegung antwortete sie: »Ach, kalter Kaffee, Schnee von gestern! Wir leben doch im Hier und Jetzt. Wen interessieren da die ollen Kamellen?«

Erleichtert lächelte ich zurück und stellte ihr Jochen, den sie natürlich kannte, als meinen »neuen Freund« vor. Anerkennend nickte sie mir zu wie alle alten Mitschülerinnen. Sie selbst habe sich gerade erst von ihrem langjährigen Partner getrennt und sei nach Jahren der gepflegten Langweile Neusingle und sehr aufgeregt, erzählte sie mir dann.

»Da lief am Ende so gaaar nichts mehr zwischen Klaus und mir. Der hat ja unserem Flokati mehr Aufmerksamkeit gewidmet. Als ich ging, sagte ich ihm, dass er nicht traurig sein müsse, seine linke Hand würde ja bleiben«, kicherte sie verschwörerisch.

Meine Güte. Nur weil wir dieselbe Schulbank gedrückt hatten, musste ich nicht *alle* Details aus ihrem Liebesleben wissen. Jochen hingegen war schwer interessiert. Kein Wunder – er witterte ein leichtes Opfer. Als Bettina noch einen draufsetzte und erzählte, dass sie jetzt alles nachholen müsse, was sie mit Klaus versäumt habe, kletterte Jochen fast in ihren Ausschnitt.

Unauffällig flüsterte er mir kurz darauf ins Ohr: »Sag, hättest du was dagegen, wenn ich mit Bettina nähere Bekanntschaft schließe?«

Mein Blick schien Antwort genug.

»Is ja gut, is ja gut. Man wird ja wohl noch fragen dürfen.«

Das fehlte noch! Dass Jochen, den wir offiziell vom Saulus zum Paulus erklärt hatten, in aller Öffentlichkeit rückfällig wurde. Die Geschichte mit seiner Scheidung hatten wir gut verkaufen können. Sie lautete: Er hatte unbedingt Kinder gewollt, sie Karriere. Damit ging er als der Gewinner der Herzen und sie als kalte Ziege hervor. Außerdem wusste ja jeder, dass ich mir immer schon Familie wünschte und damit die perfekte Freundin für Jochen und seinen Kinderwunsch war.

Bettina, die sich mit dem Ablauf der Hochzeit bestens auszukennen schien, klärte mich auf, dass unser Tisch von Susanne zum Versammlungsort der Ehemaligen ernannt worden sei und auch Max mit Begleitung kommen werde.

Na super, mit dem und seinem Gitterfleisch an einem Tisch. Hastig schnappte ich mir ein weiteres Glas Champagner und trank es in einem Zug leer.

»Mal was ganz anderes, findest du nicht, dass Susannes Bräutigam wie ein Klon von Max aussieht?«, fragte ich Bettina.

Sie riss die Augen auf und nickte heftig. »Natüüüürlich! Ich bin fast tot umgefallen, als ich die beiden vorhin knutschen sah. Für einen Augenblick dachte ich, Susanne betrügt ihren Mann mit ihm. Ich meine, sie hat mir Boris ja vorher nie vorgestellt. Er lebte ja bislang in Frankfurt, und sie ist gependelt. Bin ja mal gespannt, was Max dazu sagt«, grinste sie mich vielsagend an.

In diesem Moment trat der Teufel, von dem wir gerade noch gesprochen hatten, in Menschengestalt an unseren Tisch. Mist, der Smoking stand ihm. Ohne es kontrollieren zu können, merkte ich, wie mein Kopf blutrot anlief, weil mir sofort seine Berührungen und Küsse wieder einfielen.

»Wozu soll ich *was* sagen?«, fragte er.

Bettina zuckte mit den Achseln und meinte: »Wart's einfach ab.«

Max sah mich an, und für einen klitzekleinen Moment meinte ich, Unsicherheit in seinen Augen aufblitzen zu sehen, was sich aber gleich wieder legte. Als sei ich ein besonders interessantes Exemplar eines Riesenkaninchens, musterte er mich und meine Begleitung in Form seines alten Widersachers und Konkurrenten seit Schultagen mit einem deutlichen Fragezeichen im Gesicht.

»Na, Liliput, willst du mir dein Date gar nicht vorstellen?«, ätzte er. »Ach halt! Musst du ja gar nicht. Das ist doch Jochen, der wahrscheinlich schon mit allen Frauen im Raum gevögelt hat. Und warst du noch übrig auf seiner To-do-Liste?«

Ohne auf seinen Spruch einzugehen, erklärte ich ihm, dass Jochen mein Freund sei und wir es ernst miteinander meinten. Jochen untermauerte meine Behauptung, indem er mir zärtlich im Nacken rumfummelte und einen Kuss gab – zum Glück nur auf den Kopf. Ha, damit hatte Max nicht gerechnet!

»So, so. Das ging aber schnell. Da soll noch mal einer sagen, es gäbe keine Hoffnung für Frauen über dreißig«, witzelte er, was, wäre Jochen wirklich mein Freund gewesen, garantiert in einer riesigen Peinlichkeit oder in einer Schlägerei geendet hätte. So aber konnte ich cool kontern.

»Wo ist denn deine Begleitung? Mussten die Eltern ihr 'ne Einverständniserklärung schreiben, weil sich Minderjährige ohne erwachsene Begleitung nach dreiundzwanzig Uhr nicht in Gaststätten aufhalten dürfen, oder konnte sie sich nicht entscheiden, welche Barbie sie für die Spielecke mitnehmen will, wenn die Erwachsenen sich unterhalten?«

Max grinste frech. »Gar nicht schlecht, du wirst besser.

Nein, Vanessa parkt gerade noch den Porsche, Geschenk von Papa. Industriellentochter, gerade neunzehn geworden. Studiert Jura und modelt nebenbei. Ah, da muss sie gerade gekommen sein. Zumindest ist das immer ein Zeichen, wenn alle Männer im Raum unruhig werden und sich den Hals verrenken.«

Seinen letzten Satz hatte ich für einen Scherz gehalten, aber Max hatte tatsächlich recht. Auf unseren Tisch steuerte eine wahr gewordene Männerfantasie zu. Hochgewachsen, mit den richtigen Kurven an den richtigen Stellen, lange dunkle Mähne, tiefgebräunte Bronzehaut, ein Raubkatzengesicht mit hohen Wangenknochen, großen Mandelaugen und einem Mund, der das Wort »sinnlich« neu definierte. Es war nicht schwer zu erraten, dass in ihren Adern südamerikanisches Blut fließen musste. Allein ihr Gang war eine Sensation. Der Raum gehörte ihr – falls es je eine Braut gegeben hatte, war sie für den Rest der Feierlichkeit abgemeldet.

»Erwähnte ich, dass ihre Mutter Brasilianerin ist?«, flüsterte Max mir zu, und bevor ich antworten konnte, fuhr er fort: »Dieses Rhythmusgefühl ist einfach nicht zu toppen.«

Wieso sagte er das? Reichte es nicht völlig aus, dass er mich bereits verletzt hatte? Warum musste er das Messer noch mal in der Wunde umdrehen? Alles hätte ich erwartet – eine Entschuldigung, Fragen, warum ich nicht zurückgerufen hatte, Blumenbouquets, Heiratsanträge – aber doch nicht *das*!

Ich war am Boden zerstört. Von Max Wolf, der sich mir geöffnet und sein Innerstes gezeigt hatte, war nicht mehr viel übrig geblieben. Wahrscheinlich war das ein Teil seines Problems. Er schämte sich wahnsinnig für das, was ich seit neulich über ihn wusste.

»Hi, ich bin Vanessa, und keiner nennt mich Vanni oder

Nessi, klar? Ich hasse das!«, stellte sich die brasilianische Prinzessin ungezwungen vor und hielt jedem ihre schlaffe, aber immerhin sehr gut manikürte Hand hin.

Jochens Speichelfluss war ab diesem Moment nicht mehr kontrollierbar. Zu viele Reize auf einmal. Er blinkte wie ein außer Kontrolle geratener Spielautomat. Zum Glück merkte es keiner der anderen Gäste, weil alle Vanessa anglotzten – selbst die Frauen.

Endlich begann der offizielle Teil des Programms. Als Max mit seiner Diashow an der Reihe war, stand er auf und schlug mit einem kleinen silbernen Löffel gegen seine Champagnerflöte. »Liebe Gäste«, begann er, als Ruhe im Saal eingekehrt war, »die Fotos, die Sie gleich sehen werden, haben das Potenzial, Karrieren zu zerstören und Ehen infrage zu stellen, aber für einen guten Lacher bin ich bereit, einiges in Kauf zu nehmen. Sie werden gleich Zeuge davon werden, dass Susanne in ihrer Jugend bereits einen exzellenten Geschmack besaß.«

Zum Beweis zeigte er das erste Foto, das Susanne bauchfrei mit fetten Plateauschuhen und pinkfarben glänzender Technohose zeigte. Ihre Tasche mit Smiley-Aufdruck und Jennifer Anistons Frisur, die sie durch die Serie *Friends* bekannt gemacht hatte, rundeten den Look der Neunziger wahrlich ab. Kommentiert wurde das Fundstück von einigen lauten Lachern und Susanne, die Max mit erhobenem Zeigefinger spielerisch drohte. Doch der machte unbeirrt weiter.

»Dieses Outfit zu überbieten war wahrlich schwer – aber dieser junge Mann schafft es spielend leicht.«

Zu sehen war Max mit schlimmstem Nick-Carter-Gedächtnis-Scheitel und einem neongrünen Pulli, auf dem groß und fett der Schriftzug einer in den Neunzigern sehr populären Kleidermarke gedruckt war.

»Krass, wie lange ist das denn her?«, kreischte Vanessa belustigt auf, die bislang nur dadurch aufgefallen war, ihr Essen nicht anzurühren und gelangweilt durch die Gegend zu schauen. Bemerkte sie erst jetzt, dass sie und ihr Sugardaddy aus unterschiedlichen Generationen stammten? Ernsthaft?

»Stell dir vor, bei uns gab es noch Telefonzellen an jeder Ecke«, erklärte ich. »Handys waren ja nicht erfunden, geschweige denn das Internet. Twix hieß Raider, es gab Cherry-Cola, für 10 Pfennig Süßes am Kiosk, und Sascha Hehn war der Schwarm aller Mädchen.«

»Und außerdem war Pluto noch ein Planet«, vervollständigte Bettina meine Liste.

Vanessa sah mich erstaunt an. »Wer ist Sascha Hehn?«

»Hast du nie von der Schwarzwaldklinik gehört?«, eilte Jochen allzu bereit zu Hilfe und versank mit den Augen in ihrem Ausschnitt.

Vanessa zuckte die wohlgeformten Schultern. »Kann schon sein. Ich glaub, meine Eltern haben mal was davon erzählt.«

Max hatte soeben unter lautem Applaus seinen Vortrag beendet und kehrte zurück an den Tisch.

Susanne kam stante pede mit Boris im Schlepptau bei uns vorbei, um sich bei ihm zu bedanken. Sie fiel Max für meinen Geschmack einen Tick zu überschwänglich um den Hals – auch in Anbetracht der Tatsache, dass sie sich auf ihrer eigenen Hochzeit befand. »Super gemacht, Max! Das war ja vielleicht 'ne Zeitreise ... Plötzlich konnte ich sogar den Geruch des Linoleumbodens im Gymnasium wieder riechen. Darf ich dir Boris, meinen Mann, vorstellen?«

Bettina und ich sahen beide gespannt Max an, der das Gefühl haben musste, in einen Spiegel zu blicken. Selbst der schönen Vanessa fiel die Kinnlade herunter. Mit offenem Mund starrte sie Boris an. Max hingegen, ganz der Ignorant, als den wir ihn kannten, schien nichts zu bemerken. Auch Boris verhielt sich normal, während die Ähnlichkeit der beiden bereits *das* Tuschelthema im Saal zu sein schien, wenn man die Reaktionen und Blicke der anderen Gäste richtig deutete.

»Bist du mit dem Bräutigam verwandt?«, fragte Vanessa Max, gleich nachdem das Brautpaar an seinen Tisch zurückgekehrt war.

Er schien verwundert. »Nein, wie kommst du darauf?«

Alle am Tisch warfen sich bedeutungsvolle Blicke zu.

»Na, weil ihr ausseht, als ob ihr geklont worden wärt! Eineiige Zwillinge, wenn man es nicht wüsste.«

Max wusste nicht so recht, ob er seinem Püppchen glauben sollte. »Das ist ja vielleicht ein Zufall«, murmelte er müde.

Genau. Oder eben Susannes sehr spezielle Art, ihren frühen Verlust des Geliebten zu verarbeiten.

Endlich wurde die Tanzfläche eröffnet, und man durfte sich erheben. Gerade rechtzeitig, denn Max wandte sich eben mit einer Handvoll spöttischer Kommentare Jochen zu, dessen Toleranzgrenze gegenüber dem alten Widersacher sehr niedrig war, wie man an seinen leicht aggressiven Antworten merkte. Schnell zerrte ich meinen Leihfreund auf die Tanzfläche.

Max rief uns hinterher: »Aber wie ihr beiden euch wiedergetroffen und plötzlich verliebt habt, erzählst du mir später bei ’nem Schnaps, ja?«

Jochen zeigte ihm als Antwort den Mittelfinger und verschwand mit mir im Getümmel. Auf der Autofahrt hatten wir zwar gemeinsam eine Kennenlerngeschichte erfunden, aber Max war schlau, und ich wollte nicht, dass er nachhakte.

Bislang hatte ich den Abend besser als befürchtet überstanden. Natürlich war es komisch, Max zu sehen, und dann auch noch mit dieser Tussi im Schlepptau. Aber immerhin war es zu keinem Eklat und keiner Peinlichkeit gekommen, und selbst mit Bettina Bäcker hatte ich endlich Frieden schließen können.

Als Jochen und ich von der Tanzfläche zurückkamen, unterhielt ich mich weiter mit ihr, und wir gingen alle möglichen Schulfreunde durch, bis wir bei Benjamin hängen blieben. Benjamin, genannt Benni, war Max' bester Freund gewesen. Unzertrennlich hatten sie alles Mögliche zusammen ausgeheckt, selbst zum Studium waren sie gemeinsam nach Heidelberg gegangen.

»Komisch, dass Benni nicht eingeladen ist. Der war doch auch mit der Susi ganz dicke. Hast du mal wieder was von ihm gehört?«, fragte ich Bettina.

Sie schüttelte den Kopf, sagte aber dann: »Ach doch! Der muss vor langer Zeit 'nen üblen Unfall gehabt haben, anscheinend hinkt er seitdem. Wer hat mir das denn noch mal erzählt? Fällt mir bestimmt noch ein. Sonst lass uns doch mal Max fragen, der müsste es doch wissen.«

Als ob Max, der nur Augen für sein kleines Spielzeug hatte, in Plauderlaune wäre!

Der viele Champagner kommandierte mich Richtung Toilette. Dort stieß ich auf Susannes Mutter, die sich freute mich zu sehen und mit der ich länger sprach. Auf dem Weg zurück zum Tisch traf ich immer wieder jemanden, den ich von früher kannte. Die Gespräche wiederholten sich, sodass ich bald das Gefühl hatte, mich in eine ewig vor sich hin dudelnde Schallplatte zu verwandeln. »Mensch, toll siehst du aus! Apothekerin? Bald gehört dir die Rosengarten-Apotheke? Glückwunsch! Übrigens auch zu Jochen Winter. Wer hätte das gedacht …«

Als ich nach einer Dreiviertelstunde endlich wieder an unserem Tisch ankam, war von Jochen keine Spur zu sehen. Vielleicht war er gegangen? Ich checkte mein Handy, fand jedoch keine Nachricht von ihm. Na gut, seine Schuldigkeit hatte er getan, und im Notfall erfand ich einen Migräneanfall, der ihn gezwungen hatte, früher zu fahren.

Susannes Brautjungfer und Cousine Dorothee freute sich ebenfalls, mich zu sehen. »Annie, das ist ja ewig her! Du, ich hab dich vorhin mit Jochen zusammen gesehen. Seine Exfrau ist eine gute Freundin von mir. Du weißt schon, weshalb sie sich getrennt haben?«, blickte sie mich forschend an.

Sämtliche Härchen in meinem Nacken richteten sich auf. »Ja, weil er Kinder wollte und sie Karriere«, log ich.

Dorothee legte verwundert die Stirn in Falten. »Das hat er dir erzählt? Nein, der Grund war, dass Jochen sich bei einer Seitensprungagentur angemeldet hatte und jede Woche andere Frauen traf. Annie, ich hoffe, du weißt, was du da tust!«

Aaah! So wurde ein Schuh draus. Jochen hatte sich also nicht *nach* seiner Trennung bei Cheater angemeldet, sondern davor – und hatte damit seine Ehe an die Wand gefahren. Na wunderbar. Ausgerechnet mit dem übelsten Schürzenjäger von allen tauchte ich hier auf. Hoffentlich war Jochen wirklich verschwunden, damit Dorothee keine Möglichkeit hatte, ihn zu stellen oder ihre Freundin zu rächen.

Die Stimmung war inzwischen sehr ausgelassen, die Musik wahnsinnig laut, fast alle Gäste angetrunken, und auf der Tanzfläche wurde geschwoft, was das Zeug hielt. Vanessa stellte Rihanna mit ihren schlangenähnlichen Salsabewegungen locker in den Schatten. Wie die mit ihrem Hintern vibrieren konnte, ließ wirklich keine Fragen offen.

Als eines meiner Lieblingslieder, eine Club-Nummer mit Trommelbegleitung, gespielt wurde, vergaß ich kurz meine Anspannung, drehte mich minutenlang im Kreis und sang lauthals mit.

Max, der in meiner Nähe stand, aber nicht tanzte, rief mir zu: »Pass auf, dass niemand aus Versehen auf dich drauftritt«, was wohl ein Versuch der Kommunikation sein sollte.

Mir reichte es. Soweit es mir möglich war, baute ich mich vor ihm auf, wobei ich aufpassen musste, nicht zu torkeln. Mir war schwindlig – vom Tanzen und vom Champagner. »Wann wirst du erwachsen und lässt deine dummen Sprüche endlich mal sein? Glaubst du nicht, ich hab längst kapiert, dass du dir nur nicht in die Karten blicken lassen willst? Deine Masche mit den Teeniemädchen, das wird immer peinlicher! Wem musst du eigentlich was beweisen?«

Hach, tat das gut. Das Schöne war, dass ich gar nicht auf neulich Abend eingehen musste, weil ich jetzt einen Alibifreund vorweisen konnte. Jochen war der Beweis schlechthin, dass ich nichts für Max empfand und cool und abgezockt mit ihm rumgemacht hatte, ohne mehr zu wollen. Es lebe Shakira für ihre bombastischen Einfälle!

Max sah mich nachdenklich an. Schließlich antwortete er: »Wer hätte gedacht, dass Annie Fischer so 'ne große Klappe haben kann? Aber vor allem, wer hätte gedacht, dass sie so plötzlich einen Freund aus dem Ärmel zaubert?«

Bevor ich darauf antworten konnte, nahm Susanne das Mikro in die Hand, um, sichtlich angeschickert, ihrem frisch Angetrauten eine verschwommene Liebeserklärung ins Mikro zu säuseln, was von einem kleinen Schluckauf begleitet wurde, der sie und alle noch anwesenden Gäste zum Kichern brachte. »Ichwolltemich beimeim wunderbaren Mann bedanken, hicks, fürsein Liebe, sein Verständnis, hicks, sein Humor und sein Güte. Unsere Liebe, hicks, is einzigartig. So … so habe ich nie zuvor, hicks, geliebt. Auf dich. Hicks. Max!«

Auf einen Schlag herrschte absolute Stille.

Nur Susanne, die ihren Versprecher nicht mitbekommen hatte, quasselte fröhlich weiter und verstand die Situation nicht. »Wasseid ihr dennalle so langweilig, hicks?«, murmelte sie ins Mikrofon und kippte sich den Inhalt ihres Sektglases in den Mund. Sie schien es auch dann nicht zu begreifen, als Boris sie plötzlich wegzog und alle Anwesenden Max anstarrten.

Und ich machte mir Sorgen, die Hochzeit könne *für mich* peinlich werden? Fast erleichtert, dass alle abgelenkt waren, holte ich mir ein Stück Hochzeitstorte – mein Magen meldete endlich wieder Lust auf Essen.

Gerade als ich überlegte, mich langsam vom Acker zu machen, tauchte plötzlich Jochen wieder auf. Nicht weit entfernt folgte ihm Bettina mit einem zufriedenen Grinsen auf den Lippen und ging sofort zu Susannes Mutter, um ihr, mit dem Blick auf mich gerichtet, etwas ins Ohr zu flüstern, was Frau Schmidt entsetzt aufschreien ließ. Bettina marschierte weiter und schien mit Vergnügen eine Nachricht zu verbreiten, die zweifelsohne mit mir zu tun hatte – und ich konnte mir bereits denken, worum es ging. Von wegen, Schnee von gestern!

Jochen kämpfte sich außer Atem und mit leicht derangierter Frisur durch die wild tanzende Gesellschaft zu mir durch. Panisch sprudelte er los. »Scheiße! Die Brautjungfer ist eine gute Freundin meiner Ex. Die kennen sich aus dem Yoga, und sie erzählt allen, was für ein Schwein ich bin und dass du echt zu bemitleiden bist, weil du an die große Liebe mit mir glaubst.«

Mir wurde schwindelig. »Und woher weiß das Bettina?«

Sichtlich verlegen rückte Jochen mit der Wahrheit heraus. Weil er Bettina so heiß gefunden hatte, hatten sich die beiden in den Garten zurückgezogen, um eine schnelle Nummer zu schieben. Laut Jochen war Bettina so ausgehungert gewesen, dass er ihrem Angebot nicht widerstehen konnte. Als sie gerade starten wollten, kam Dorothee dazwischen und warnte Bettina. Die konnte ihr Glück kaum fassen, dass mein Freund nicht nur mich mit ihr betrügen wollte, was für sie schon eine wunderbare Sache war – nein, dass er auch noch der notorische Fremdgänger war und die Kinderwunschnummer eine offensichtliche Farce, machte ihre Vendetta perfekt. Bettina Bäcker hatte ihr gesamtes Leben darauf gewartet, um mir die Kaugummiaktion heimzuzahlen, und heute war Tag der Abrechnung. Ich musste zahlen. Mit Zins und Zinseszins.

»Sei mir nicht böse, aber für mich ist die Party gelaufen. So dringend muss ich nicht nach Berlin.« Jochen machte eine entschuldigende Geste und sich dann schnellstmöglich vom Acker.

Mir fehlten die Worte. Immerhin war ich nicht geschockt genug, um nicht auch die Flucht anzutreten. Hastig packte auch ich meine Tasche und stahl mich Richtung Garderobe, als ich ausgerechnet in Max hineinlief.

Er sah mich ungläubig an. »Stimmt das, dass Jochen es gar nicht ernst mit dir meint und dich bei der nächstbesten Gelegenheit ausgerechnet mit Bettina Bäcker betrügt?«

»Na und? Du musst dich bestimmt nicht als Moralapostel aufführen mit deinen minderjährigen Hungerhaken«, gab ich wütend zurück und warf mir hastig den leichten Sommermantel über.

»Hast du davon gewusst? Hast du ihn nur mitgebracht, um mir eins reinzuwürgen?«

Treffer – versenkt.

»Sei endlich still, Max Wolf!«, zischte ich und wollte mich an ihm vorbeidrücken.

Er stellte sich mir in den Weg, berührte mich am Kinn und zwang mich, ihn anzuschauen. »Aber das ist doch völlig absurd! Ich bin ein Arsch, okay, aber du bist doch Annie, Annie Fischer. Wenn du so was machst, stimmt gar nichts mehr in der Welt.«

Mit einem Mal sah ich Enttäuschung und Ungläubigkeit in seinem Blick. Ohne dass er eine Berechtigung dafür hatte, fühlte ich mich, als ob ich sein Vertrauen enttäuschte – obwohl es sich doch eigentlich genau umgekehrt verhielt.

Plötzlich lief mir eine Träne die Wange herunter, und ich schwor mir, Max niemals zu erzählen, dass Jochen nur ein Fake gewesen war. Die Demütigung war so schon groß genug. »Ach, lasst mich alle einfach in Ruhe! Was weißt du denn schon?«

Bevor sich weitere Tränenbäche ihren Weg über meine Wangen bahnten, floh ich. Mit wackligen Knien hastete ich durch das Foyer des Lokals, sprang ins nächste Taxi und fuhr davon, hinein in die dunkle Nacht und in meine leere, kalte Wohnung, in der niemand auf mich wartete, außer zwei Kater mit den Namen Kaspar und Hauser.

Manchmal konnte das Leben echt beschissen sein.

KAPITEL 9

... und ob ich schon wanderte im finstern Tal ...
Psalm 23

»Sie steht wirklich völlig neben sich. Fast schon depressiv, findest du nicht?«, flüsterte Loretta.

Leider nicht leise genug, denn ich hatte sie gehört. Shakira und sie waren seit zwei Tagen aus Sorge um mich beste Freundinnen geworden und beobachteten mich auf Schritt und Tritt. Lieb gemeint, aber leider auch anstrengend. Ich war weit davon entfernt, depressiv zu sein, aber tatsächlich dachte ich über mein Leben nach. Das tat ich ansonsten eher selten, denn man wusste ja nie, was in der Kiste war, bei der man so fest den Deckel zuhielt.

Am Tag nach der Hochzeit war ich einfach nur beschämt gewesen, peinlich berührt, dass ich von Gesichtstransplantation bis Zeugenschutzprogramm alles getan hätte, nur um aus der Stadt zu verschwinden. Oder vielleicht doch besser die Geschichte der durchgeknallten Zwillingsschwester, die bei Verwandten auf dem Land aufgewachsen war und sich an meiner Stelle auf die Hochzeit geschlichen hatte? Ich ging wirklich jede Möglichkeit durch. Dann kamen die Enttäuschung und die Frage hinzu, weshalb es bei mir mit den Männern einfach nicht mehr klappen wollte. Selbst mit denen, die mich nur als Alibi begleiten sollten.

In einer meiner dunkelsten Stunden fiel mir dann auch noch ein, was Max damals beim Imbiss zu mir gesagt hatte: »Von deinem Zwergenwuchs abgesehen, bist du doch ganz passabel. Auf den Kopf gefallen bist du nicht, dein Charakter ist in Ordnung, und du bist nicht nervig. Also muss es an dir selbst liegen.«

Wenn ich nur wüsste, was das Problem mit mir war. Zugegeben, seit meiner letzten Beziehung hatten mir nicht viele Männer gefallen. Außer Max Wolf. Und genau das verunsicherte mich. Da wurde man erwachsen, entwickelte sich weiter und verwandelte sich vom hässlichen Entlein zum anmutigen Schwan (der eine mehr, der andere weniger), um am Ende wieder auf Max Wolf zu stehen? Das war kein Fortschritt, das war Rückschritt beziehungsweise eine Entwicklung im Kreis und zeugte von einem gewissen Hang zum Masochismus, den ich nach meiner Schulzeit und der ersten unerwiderten Jugendliebe eigentlich überwunden zu haben geglaubt hatte.

Durch die Hochzeit war in mir eine Lawine losgetreten worden, und mit ihr viele Fragen: Warum war es mir so wichtig, was mein Umfeld über mich dachte? Warum wollte ich es gerade denen aus der Vergangenheit beweisen? Wieso war ich so lange hoffnungslos in Max Wolf verliebt gewesen, den ich ohnehin nie hätte haben können? Und weshalb spukte jetzt ausgerechnet er wieder durch meinen Kopf?

Vielleicht, weil er mich immer noch nicht in Ruhe ließ. Erst gestern war wieder eine Nachricht von ihm auf meinem Handy eingetrudelt: »Wo versteckst du dich? Das macht es auch nicht besser! Zugegeben: peinlicher Auftritt, aber dank Susanne bist du nur Nebengespräch. Lass uns reden.«

Aber ich wollte nicht reden. Mir war klar, dass die Zeit

gekommen war, das Reden einzustellen und mit dem Handeln zu beginnen. Ich konnte mich nicht mehr verstecken, sondern musste mich auch den unangenehmen Fragen und Gedanken stellen.

»Starrt sie immer noch Löcher in die Luft?« Herr Metzler, der mich so ernst nicht kannte, machte sich offensichtlich Sorgen.

Ich drehte mich zu den drei Tuscheltäubchen um und sagte: »Ihr wisst, dass ich euch hören kann, ja? Ich bin einfach nachdenklich, das ist alles.«

Shakira sprach sehr behutsam mit mir, so als wäre ich ein kleines bisschen plemplem. »Du bist verändert. So kenn ich dich gar nicht. Kein Lachen, kein Helfersyndrom, nicht mal ein genervter Kommentar, wenn deine Mutter vorbeischaut. Das macht mir Angst.«

Herr Metzler nickte zustimmend, und Loretta legte mir verständnisvoll die Hand auf die Schulter. »Meinst du, du kannst so arbeiten? Willst du nicht lieber ein paar Tage Urlaub machen?«

Die sprachen mit mir, als ob ich einen an der Waffel hätte. Durfte man heutzutage denn nicht einfach mal nachdenklich und ruhig sein, ohne gleich ein Antidepressivum in die Hand gedrückt zu bekommen? Immer nur gut drauf sein müssen, ableisten und funktionieren? Was war so schlimm daran, wenn sich Annie Fischer mal eine Auszeit vom allzeit freundlichen Honigkuchenpferd nahm, das immer für alle da war?

Mit einem Seufzen quälte ich mir ein Lächeln ab. »Danke für eure Fürsorge, das ist wirklich lieb. Aber ich brauche keinen Urlaub.«

Kaum hatte ich das ausgesprochen, stürmte Frau Liedke, eine alte Stammkundin, zur Tür herein, völlig aufgebracht und mit hochrotem Kopf. »Wollen Sie mich umbringen? Das darf doch nicht wahr sein!«, rief sie und knallte mir demonstrativ eine Schachtel Tabletten auf den Tisch. Es handelte sich dabei um einen Blutgerinnungshemmer für Herzpatienten, den ich ihr am Morgen verkauft hatte.

»Was ist denn passiert? Das ist doch das Präparat, das Sie seit Jahren einnehmen.«

Frau Liedke nahm wutschnaubend die Packung in die Hand und zischte: »Ja, das dachte ich auch! Aber sehen Sie mal. Wenn Sie die Schachtel öffnen, was dann drin ist? Ein anderes Medikament! Es sieht fast genauso aus, die gleiche Schrift, dieselbe Größe, und wenn ich nicht zufällig meine Lesebrille aufgehabt hätte, ich hätte es nicht bemerkt.«

Unfassbar – sie hatte recht. Ich kannte Frau Liedke schon zu lange, um an ein Hirngespinst oder eine böse Absicht zu denken, außerdem war sie wirklich außer sich. Das konnte man so nicht spielen, wenn man nicht zufällig mit Jack Nicholson verwandt war.

Ich schluckte. Das hätte ganz schön in die Hose gehen können. Nicht nur, dass Frau Liedke auf ihren Blutverdünner angewiesen war, sie hätte, wenn sie das andere Präparat, das fälschlicherweise in der Schachtel gesteckt hatte, genommen hätte, glatt draufgehen können. Es handelte sich dabei nämlich um ein Medikament, das die Blutgerinnung steigerte. Und was passierte, wenn man bei einem Topf Pudding voller Klümpchen die Temperatur runterdrehte, konnte man sich ja lebhaft vorstellen.

Wie aber war der falsche Tablettenblister in die Verpackung gekommen? So etwas war noch nie passiert! Und da die beiden Arzneimittel nicht vom selben Hersteller kamen, war es absolut unmöglich, dass sie in der Fabrik vertauscht worden waren … Nein, der Fehler war zweifelsohne bei uns passiert. Plötzlich fielen mir die seltsamen Vorkommnisse der letzten Wochen ein. Die falschen Medikamentenbestände, zweimal hatte meine Kasse nicht gestimmt. Zwar nur ein paar Euro, aber vorher war das nie vorgekommen. Ach, und dann war mein Handy verschwunden gewesen. Ich wusste, dass ich es in meiner Tasche gehabt hatte. Es lag immer in der Innentasche. Was das betraf, war ich geradezu zwanghaft. Es war verschwunden gewesen, aber nach ein paar Stunden plötzlich auf dem Verkaufstresen aufgetaucht.

Was, wenn wir jemanden hatten, der in der Apotheke Unheil anrichtete? Bei einem Kollegen aus Herdern, den wir vom Apothekerstammtisch kannten, war vor Kurzem ein Mann vom Putzteam aufgeflogen, der sich mit verschreibungspflichtigen Präparaten eingedeckt und diese auf dem Schwarzmarkt weiterverkauft hatte. Der Langfinger war zwar aus dem Verkehr gezogen worden, aber vielleicht zählten auch Handwerker oder Hausmeister zum Kreis der Verdächtigen? Mit bestimmten Medikamenten konnte man in gewissen Kreisen eine Menge Kohle machen.

»Frau Liedke«, versuchte ich es mit einer Erklärung, »ich schaue nie vorher in die Schachtel, wenn ich sie an Patienten herausgebe – keiner von uns tut das.«

Bevor ich fortfahren konnte, fiel mir Herr Metzler ins Wort. »Bitte, liebe Frau Liedke, das ist unser Fehler, ganz klar. Wir werden ab jetzt in jede Ihrer Schachteln hineinschauen, bevor wir sie an Sie verkaufen. Und wenn ich mir erlauben dürfte, Ihnen für die Unannehmlichkeiten einen Warengutschein in Höhe von einhundert Euro anzubieten?«

Frau Liedke lenkte ein. »Von mir aus. Ich bin ja seit Jahren Kundin hier und bislang immer sehr zufrieden gewesen. Ich drücke ausnahmsweise ein Auge zu. Aber Sie, Schätzchen«, dabei zeigte sie auf mich, »Sie sollten mal eine Pause einlegen. Sie wirken in letzter Zeit etwas abgekämpft und fahrig. Urlaub machen Sie auch nie, oder? Zumindest sind Sie immer hier, wenn ich da bin. Sie wissen, dass es dieses Burn-out gibt. Bei meinem Sohn in der Firma kriegen das jetzt alle. Ist wie ein Virus!«

Super, das fehlte mir noch. Ihre Worte waren natürlich Wasser auf die Mühlen meiner besorgten Kollegen, und sobald Frau Liedke zur Tür hinauskomplimentiert war, kam Herr Metzler mit entschlossenem Gesichtsausdruck auf mich zu.

»Noch bin ich hier der Chef! Ich habe eine Fürsorgepflicht für meine Mitarbeiter, aber auch für die Kunden. Annie, Sie sind ein Schatten Ihrer selbst. Seit Jahren haben Sie nicht länger als ein paar Tage freigenommen. Es ist kein Wunder, dass Ihre Nerven blank liegen. Und wenn da noch ein traumatisches Erlebnis dazukommt, bricht der Damm. Sie sind ab sofort beurlaubt, und zwar bis auf Weiteres.«

Wie bitte? Ich hörte wohl nicht recht. Zwangsurlaub?

Aus dem Augenwinkel sah ich, wie Loretta und Shakira entschieden die Arme vor der Brust verschränkten und sich so vor der Tür zum Medikamentenlager postierten, dass ich unmöglich daran vorbeigekommen wäre.

Völlig aus dem Konzept gebracht, stotterte ich: »Äh, was heißt denn ›bis auf Weiteres‹? Und was ist mit dem Blutverdünner? Das müssen wir doch aufklären! Wie kann denn so was passieren?«

Herr Metzler zuckte die Schultern. »Ich kann es mir ebenso wenig erklären wie Sie, aber das finden wir schon heraus, während Sie zur Ruhe kommen. Bis auf Weiteres heißt mindestens zwei Monate, danach sehen wir, wie es

Ihnen geht. Annie, ich mache mir ernsthaft Sorgen, dass Sie wirklich ausgebrannt sind. Jetzt sammeln Sie sich im Urlaub und tanken neue Energie. Ich hätte Sie einfach zwingen müssen, mehr freizumachen.«

Wenn ich mich nicht täuschte, bekam Herr Metzler wässrige Augen hinter der Brille – was mich wiederum sehr rührte. Shakira und Loretta traten zu uns, nahmen mich in die Arme und sprachen mir Mut zu.

»Du solltest das als Chance verstehen und dir endlich mal ein bisschen Freizeit gönnen!«, sagte Shakira.

Chance für wen? Für Loretta, den Laden klammheimlich zu übernehmen? Ich verstand mich inzwischen gut mit ihr, aber sie war ebenso ehrgeizig wie ich und würde sich den hübschen Arsch aufreißen, um bei Metzler Eindruck zu schinden. Auf der anderen Seite wusste ich, dass ich ihr sehr viel an Erfahrung und Wissen, vor allem aber an Metzlers Vertrauen vorausgehatte. Und es stimmte, ich kroch wirklich auf dem Zahnfleisch. Immer, wenn draußen vor der Tür jemand vorbeilief, der nur ein bisschen wie Max aussah, zuckte ich zusammen. Als gestern sein Vater in der Apotheke erschienen war, hatte ich mich im Medikamentenlager versteckt. Und mein Handy nahm ich so gut wie gar nicht mehr zur Hand, aus Angst, in einem schwachen Moment auf eine der Nachrichten von Max zu reagieren, die immer noch bei mir eintrudelten.

Vielleicht war eine Auszeit wirklich genau das Richtige. Sollte Metzler doch sehen, was ich zu seiner Apotheke beitrug und wie es war, wenn ich fehlte. Hinzu kam das nicht unerhebliche Gefühl, keine Wahl zu haben, weil die Entscheidung bereits für mich getroffen worden war.

»Gut, ich mach es. Offenbar war es wirklich viel in letzter Zeit«, stimmte ich zu, obwohl ich genau wusste, dass ich nicht die Tabletten vertauscht hatte und auch nicht überarbeitet war. Ich hatte ein Problem mit Männern, und irgendwas stimmte in der Apotheke nicht. Davon bekam man kein Burn-out (obwohl Dating, das musste ich zugeben, wirklich anstrengend war). Aber im Moment nahm mich niemand ernst, und von daher war es vielleicht besser, wenn ich einfach mitspielte.

Ich zog meinen weißen Kittel aus und meine Jacke über, nahm die Handtasche, verabschiedete mich und versprach, alle auf dem Laufenden zu halten. »Wenn was ist, sind wir auf alle Fälle da«, kam unisono die Versicherung.

Artig bedankte ich mich und verließ die Apotheke.

Es war völlig ungewohnt, an einem normalen Wochentag Zeit zu haben, und so wusste ich erst gar nicht, wohin mit mir. Ich überlegte, zu meiner Mutter zu fahren. Da sie ja leider nicht wirklich über übersinnliche, sondern eher schauspielerische Fähigkeiten verfügte, konnte sie nicht ahnen, was mit ihrer Tochter los war.

Das Wetter war so schön, dass ich Lust hatte, mit dem Fahrrad zu fahren. Ich liebe die belebte Altstadt Freiburgs, die kleinen Cafés und Restaurants mit ihren Sommergarnituren und hübschen Blümchen auf den Tischen, den Markt am Münsterplatz und den herrlichen Singsang der Menschen. Ich radelte durch die Stadt und genoss jeden Meter, sog die milde Juniluft und die geschäftige Atmosphäre um mich herum auf wie ein trockener Schwamm das Wasser.

Vor dem kleinen Hexenhaus meiner Mutter parkte ein Smart. Mist, bestimmt Kundschaft. Normalerweise klingelte ich, wenn ich unangemeldet zu Besuch kam, aber wenn sie gerade eine Sitzung hatte, schloss ich die Tür auf, ohne Lärm zu machen, und schlich mich ins Haus. Leise trat ich ein, ging in die Küche und holte etwas zu trinken aus dem Kühlschrank. Auf dem Tisch lag die heutige Ausgabe der Lokalzeitung. Ich setzte mich hin, blätterte durch die Seiten und wartete, bis meine Mutter fertig war.

Seltsam, ich hörte überhaupt keine Gesprächsfetzen. Vielleicht tat sie gerade wieder so, als ob sie sich konzentrieren müsse, um Schwingungen zu empfangen. Ein Knarren war alles, was ich vernahm, doch plötzlich mischte sich eine männliche Stimme dazu, und meine Mutter rief etwas.

»Ahhhhh!«

O Gott. Da war Gefahr im Verzug!

Einbrecher schloss ich jedoch aus – hier gab es nichts zu holen, und das sah man schon von Weitem. Einer ihrer Kunden vielleicht, der sich wegen einer falschen Weissagung rächen wollte? Meine Mutter hatte sich nicht nur Freunde durch ihren Beruf gemacht. Die Geräusche wurden lauter, und ich beschloss nachzusehen. Vorsorglich nahm ich eine Flasche mit, die im Notfall als Waffe dienen musste, und tippte im Handy die Nummer der Polizei ein, sodass ich nur noch auf die Wahltaste drücken musste. Ich schlich die Stufen zur ersten Etage hoch und blieb vor der Tür zu Mutters Schlafzimmer stehen. Dann ging alles sehr schnell. Mit einem Ruck riss ich die Tür auf, die Flasche in der erhobenen Hand, bereit den Eindringling oder Psychopathen niederzuschlagen.

Was ich sah, war tatsächlich ein Bild des Grauens, wenn auch in einer völlig anderen Dimension. Meine Mutter war mit einem jungen Mann, der erschreckenderweise wie ein Bruder von Ashton Kutcher aussah, zugange. Sie hatten beide sehr wenig an. Und waren auf eine Art und Weise ineinander verschlungen, die mir den Atem raubte. Gab es eine Funktion im Gehirn, die solche Bilder für immer löschte, oder musste ich mich gleich in die Traumata-Behandlung begeben?

»Annie? Was machst du denn hier?«, kam die nicht gerade originelle, aber berechtigte Frage meiner Mutter, die sich schneller berappelte als ich.

Mein Blick wanderte von meiner Mutter zu ihrem Toyboy und wieder zurück. Hübsch anzusehen war das Kerlchen ja, und auf alle Fälle schon volljährig, stellte ich erleichtert fest. Auf Anfang zwanzig schätzte ich ihn. Sein Höhepunkt des Tages war erreicht, als ihm dämmerte, wer vor ihm stand. Er wurde rot wie eine Tomate, raffte seine Klamotten zusammen, rief mit Blick auf die Flasche in meiner Hand »Danke, ich trinke tagsüber nicht!« und stolperte in Windeseile die Treppe Richtung Haustür hinunter.

Mutter hingegen war viel zu perplex, um sich zu schämen. »Wieso bist du nicht bei der Arbeit?«

Mir fiel der eigentliche Grund meines Besuchs wieder ein. »Ich wollte dir Bescheid geben, dass ich ab heute zwei Monate nicht mehr arbeiten werde. Metzler denkt, ich stehe kurz vor dem Zusammenbruch, und schickt mich in Zwangsurlaub.«

Meine Mutter sah mich entgeistert an, während sie sich einen Bademantel überzog. »Was ist das denn für eine bescheuerte Idee? Bekommt er doch Angst vor dem Ruhestand, oder was ist da los? Du brauchst keinen Zwangsurlaub! Du brauchst höchstens einen Mann.«

Schön, dass sie meine Ansicht, zumindest was den Urlaub betraf, teilte. Weniger schön, dass diese Unterhaltung direkt nach einer In-flagranti-Begegnung der dritten Art geführt wurde und meine Mutter mit halb heraushängender Brust diskutierte.

»Das eben war Johannes«, erklärte sie, schob mich die

Treppe hinunter in Richtung Küche, drückte mich besorgt auf einen Küchenstuhl und nahm die Zigaretten von der Anrichte. Ein todsicheres Zeichen, dass sie aufgebracht war, denn sie rauchte sonst nie im Haus.

Offenbar gab es zu Johannes nichts mehr zu sagen. Auch in Ordnung. Ich gab ihr eine Zusammenfassung der Ereignisse inklusive der Unstimmigkeiten in der Apotheke und meinem angeblichen Zusammenbruch.

»Aber was soll denn das?«, rief sie ungehalten und inhalierte tief. »Jeder Mensch durchläuft mal eine Phase, in der nicht alles glatt läuft. Deshalb gleich so ein Tamtam zu veranstalten … Ich kenne meine Tochter. Du stehst weder vor einem Zusammenbruch noch vor einem Burn-out. Und wenn du sagst, dass da etwas Seltsames in der Apotheke vor sich geht, glaube ich das aufs Wort!«

Widerwillig musste ich mir eingestehen, dass ihr Zuspruch Balsam für mein angeknackstes Selbstbewusstsein war. Auf meine Mutter war einfach Verlass – sie stand immer hinter mir. Manchmal neben mir. Und in einigen ausgewählten Fällen sogar vor mir, was mir dann immer ein wenig die Sicht nahm.

»Dein Auftritt auf der Hochzeit ist übrigens überhaupt kein Thema mehr. In der Community fällt dein Name nie, ich schwöre es. Die zerreißen sich alle nur über Susannes Fauxpas das Maul«, wollte sie mich beruhigen, erreichte damit aber das Gegenteil.

»Mama, du wolltest doch aufhören, meine Schulfreunde auf Facebook zu stalken.«

Sie schüttelte energisch den Kopf. »Nein. Du wolltest, dass ich das nicht mehr mache, aber ich habe dem nicht zugestimmt. Das ist ein Unterschied.«

Aus gutem Grund war ich nicht mit allen alten Schulfreunden befreundet. Ich hatte keine Lust mitzuverfolgen, wie sie ihre Hochzeits- und Babyfotos hochluden und mich dann dazu zwangen, »gefällt mir« zu drücken. Denn was war man, wenn man das nicht tat? Eine verknöcherte alte Trulla, die niemanden abbekommen hatte und das Glück auch keinem anderen gönnte.

»Was hast du jetzt vor?«, fragte sie.

»Ich werde ins Kloster gehen«, antwortete ich so beiläufig wie möglich und gab mir Mühe, es wie die normalste Sache der Welt klingen zu lassen. So, als ob ich gesagt hätte: Ich flieg nach Mallorca und lasse mich mit Sangria volllaufen. Die Idee war mir auf dem Weg hierher gekommen, als ich einer Gruppe kichernder Nonnen begegnet war. Da war mir das Kloster Schönbruchthal eingefallen, und mit einem Mal war es mir als der perfekte Ort vorgekommen, um auszusteigen. Eine Eingebung – und seit der Begegnung mit Mutter und diesem Johannes der einzige Weg, um nicht den Verstand zu verlieren.

Meine Mutter lachte und stupste mich mit dem Ellenbogen an. »Schön, dass du deinen Humor nicht verloren hast.«

Erst an meiner Reaktion erkannte sie, dass ich es ernst meinte. Die Meinung meiner Mutter über die Kirche war mir bestens vertraut, weshalb es mich auch nicht verwunderte, dass sich ihr Gesicht mit einer gespenstischen Blässe überzog.

»Du willst im Ernst zu den Pinguinen? Diese Leute haben Hexen verbrannt! Vor einigen hundert Jahren hätten sie deine Mutter auf den Scheiterhaufen gebracht. Und da willst du hin? Was soll das denn bringen?«

Eine gute Frage, die ich spontan nicht beantworten konnte – schließlich handelte es sich bei meiner Entscheidung vor allem um ein Gefühl, eine Ahnung, dort einen guten Ort zu finden, um sich auf wesentliche Fragen zu konzentrieren, ohne sich Sorgen ums Mittagessen machen zu müssen.

»Mama, ich brauche einfach einen Platz, wo ich in Ruhe nachdenken, mir Gedanken über meine Zukunft machen und vor allem darauf kommen kann, was bei mir mit den Männern schiefläuft. Ich glaube, im Kloster bin ich weit genug weg von allem. Außerdem kann ich mir den Last-Minute-Malediven-Urlaub nicht leisten. Die Schwestern scheinen ja immerhin zu wissen, wie man ohne Männer glücklich wird, und davon kann ich mir allemal 'ne Scheibe abschneiden.«

Mutter zog die Augenbrauen hoch. »Ich kann dir sagen, wie die ohne Männer glücklich werden. Die trinken dafür einfach mehr! Ist dir noch nie aufgefallen, wie viele Klosterläden voll sind mit selbst gebranntem Likör, Schnaps oder Wein? Was meinst du, warum es ausgerechnet Klosterfrau Melissengeist heißt? Von der Wirkung des Weihrauchs will ich erst gar nicht anfangen. An deren Stelle würde ich auch saufen, so ganz ohne Männer.«

»Du meinst wohl, ganz ohne Milchbubis«, lenkte ich vom Thema ab.

Meine Mutter versuchte souverän zu wirken, aber ich kannte sie gut genug, um zu wissen, dass selbst ihr die Situation peinlich war. »Johannes ist sehr reif, anders als Männer in seinem Alter«, versuchte sie sich rauszureden.

»Da wird sich Johannes' Mutter bestimmt freuen, wenn ihr das von einer so erfahrenen Frau wie dir attestiert wird. So was wünscht man sich doch für den eigenen Sohn.« Ich hatte mir den Kommentar nicht verkneifen können, auch wenn es mir im Grunde egal war, mit wem sie sich vergnügte.

Meiner Mutter wurde die Situation sichtlich unangenehm, und sie begann sich zu winden. »Man kann wunderbare Gespräche mit ihm führen! Er ist ein aufmerksamer Zuhörer und begegnet meiner Gabe sehr offen.«

Wir wussten beide, dass das erstunken und erlogen war. Johannes machte eher den Eindruck, als ob er ihr Auto auseinanderschrauben könnte, oder wie einer, der wusste, an welcher Tanke man das billigste Bier bekam – aber bestimmt nicht wie jemand, der sich für das angebliche Handauflegen meiner Mutter interessierte. Jedenfalls nicht im herkömmlichen Sinn.

Ich seufzte. »Mama, du bist alt genug und erwachsen. Vor allem alt genug. Ich aber auch. Also kannst du dir einen jugendlichen Liebhaber halten, und ich kann ins Kloster gehen. Aber während ich über mein Leben nachdenke, darfst du auch mal einen Gedanken daran verschwenden, weshalb du unbedingt die Zeit anhalten oder zurückdrehen willst. War denn wirklich alles so schlimm in deiner Jugend, dass du auf Teufel komm raus einen zweiten Frühling hochbeschwören musst?«

Getroffen sah sie mich an. Es gab Wahrheiten, die konnten nur die engsten Menschen aussprechen, aber die trafen dann zielsicher ins Schwarze.

Sie stand auf, nahm mich in den Arm und drückte mich fest. »Hast ja recht. Ich mach mir eben Sorgen um dich. Warst immer so klein, da musste man doppelt nach dir schauen. Aber du meldest dich regelmäßig, ja? Und werde bloß nicht keusch, hörst du?«

KAPITEL 10

Der Mensch hat zwei Beine und zwei Überzeugungen: eine, wenn's ihm gut geht und eine, wenn's ihm schlecht geht. Die letzte heißt Religion.
Kurt Tucholsky

»Ich bin Annie Fischer. Schwester Trifonia hat mir gesagt, ich soll mich an der Klosterpforte melden.« Ich setzte mein gewinnendstes Lächeln auf, obwohl ich so nervös war wie vor dem mündlichen Mathe-Abi.

Schwester Trifonia war die Vorsteherin des Klosters und für den Außenkontakt zuständig, wie ich auf der Website von Schönbruchthal erfahren hatte. Ja, die besaßen wirklich eine Homepage mit Wellenrauschen im Hintergrund, kleinen Videos im Medienbereich und Kontaktformularen zum Download. Sogar eine Facebook-Fanseite und einen Onlineshop gab es, wo – ich musste meiner Mutter recht geben – neben selbst gemachtem Marzipan, Kerzen und Tee vor allem Liköre, Obstler, Weine und Klosterbier vertreten waren, was ich sehr sympathisch fand. Das Kloster lag auf einer Insel im Binnsee, einem Überbleibsel aus Gletschertagen, und war nur mit einer Fähre zu erreichen.

Genau von dieser Fähre waren Johanna und ich bei einem Schulausflug gesprungen, weil wir eine Wette verloren hatten. Frau Schnabel, unserer damaligen Klassenlehrerin, konnten wir weismachen, dass wir beim

Schwänebeobachten das Gleichgewicht verloren hätten. Die Schwestern ließen uns freundlicherweise unsere Kleider trocknen, obwohl sie natürlich blickten, was wirklich gelaufen war.

Die Nonne an der Klosterpforte, die ich auf Mitte fünfzig schätzte, sah mich freundlich an. »Wir haben Sie erwartet. Gehen Sie bitte durch das Tor und in das erste Gebäude auf der linken Seite. Das ist unser Gästehaus, wo Sie Schwester Trifonia finden. Sie wird Ihnen alles zeigen und erklären. Ab zweiundzwanzig Uhr ist die Klosterpforte verriegelt, und man kommt nur noch mit dem Schlüssel rein und raus.«

Ab zweiundzwanzig Uhr war Schicht im Schacht? Um die Zeit aß ich manchmal erst meine zweite Mahlzeit des Tages. Andere Orte, andere Sitten. Artig bedankte ich mich und holte fast zum Knicks aus. Die Worte und das Auftreten der Nonne bewirkten, dass ich mich sofort von der besten Seite zeigen wollte. Es war fast wie ein Zwang, und das, obwohl ich nicht getauft war und mit der Kirche nur bei ein paar Hochzeiten in Berührung gekommen war.

Vorsichtig stieß ich das schwere Eisengittertor zum Kloster auf und ging den weißen Kiesweg entlang zum kleineren Gästehaus. Dahinter thronte der altehrwürdige Bau der Benediktinerinnen in seiner ganzen Pracht. Der hohe weiß getünchte Kirchturm schloss mit einem dieser Zwiebeltürme ab, die ich so gern mochte. Auf dem großzügigen Gelände kamen mir geschäftige Nonnen unterschiedlichen Alters entgegen, die mir teilweise zunickten, freundlich grüßten oder, offenbar in Gedanken versunken, gar keine Notiz von mir nahmen. Mit meinem Rollkoffer machte ich einen unschönen Lärm in der Stille und ruhigen Betriebsamkeit des Klosters.

»Frau Fischer?« Schwester Trifonia begrüßte mich mit einem warmen Händedruck und führte mich in einen kleinen Raum im Erdgeschoss des Gästehauses. »Hatten Sie eine gute Anreise?«

»Ja, danke die Bootsfahrt ist ja wunderschön, und die Insel auch«, antwortete ich höflich.

Ich verschwieg lieber, dass ich beim Ablegen des Schiffes kurz davor gewesen war, umzudrehen und die nächste Fähre zurück aufs Festland zu nehmen. Mir war meine Idee, im Kloster auf neue Gedanken zu kommen, plötzlich ziemlich bescheuert vorgekommen, und nur weil mir die Alternative, zwei Monate in meiner Wohnung rumzuhängen, schlimmer erschienen war, war ich nicht zurück zum anderen Ufer geschwommen. Wie lange ich allerdings bleiben würde, das konnte ich nicht sagen.

Schwester Trifonia sah ziemlich jung aus. Ich schätzte sie auf Anfang dreißig, und sofort überlegte ich, aus welchem Grund sie hier war und ob sie jemals in ihrem Leben in einer Beziehung gesteckt hatte. Vielleicht war sie aber auch als neurotischer und schwer vermittelbarer Single hierhergekommen, auf der Suche nach Inspiration und Ruhe … Lieber schnell an was anderes denken.

»Wir haben das Zimmer Magdalena im ersten Stock für Sie vorbereitet. Das Bad ist auf dem Gang. Auf dem Schreibtisch finden Sie einen Ordner, in dem unsere Abläufe stehen. Falls Sie Fragen haben, bin ich vormittags von neun bis elf hier erreichbar, und nachmittags von drei bis vier.«

Sie überreichte mir einen Schlüsselbund und setzte sich an einen Computer. Ob sie wohl gerade ein neues Status-Update auf Facebook hochlud?

Schwester Trifonia
08. Juni in der Nähe von Kloster Schönbruchthal
Gerade hat wieder eine ungläubige, verzweifelte Mittdreißigerin eingecheckt – gebe ihr zwei Tage, bevor sie heulend wegrennt!

Ich nahm meinen Rollkoffer am Griff und hievte ihn schnaufend in den ersten Stock, um mein neues Zuhause in Augenschein zu nehmen. Es war spartanisch, aber geschmackvoll eingerichtet. Gut, die Matratze schätzte ich circa einen Meter breit, was von vornherein Übernachtungsgäste und männlichen Besuch ausschloss – eigentlich ein cleverer Schachzug. Über dem Bett hing der gekreuzigte Jesus in Holz. Noch nie hatte ich verstanden, warum man nicht den auferstandenen Sohn Gottes mit Schein, Lächeln und Glitter zum Symbol der frohen christlichen Kunde auserkoren hatte, sondern den blutenden, leidenden.

»Ich bin deine neue Mitbewohnerin. Den Putzplan häng ich später auf«, begrüßte ich ihn und zwinkerte ihm aufmunternd zu, während ich überlegte, ob ich meinen bunten Schal über ihn hängen sollte, damit er mir mit seiner Leidensmiene nicht die gute Laune verdarb. Aber dafür konnte man bestimmt rausgeschmissen werden. Es war höchste Zeit, mehr Respekt zu zeigen und in mich zu gehen.

Müde vom frühen Aufstehen, setzte ich mich an den knarrenden Schreibtisch und studierte den Ordner des Klosters. Im Prinzip war es eine Art Hausordnung. Beim Lesen musste ich einige Male schlucken, vor allem bei Abschnitten wie diesem: »Der Tag beginnt mit der Laudes und Eucharistiefeier um sechs Uhr im Chor. Wir versammeln uns viermal im Laufe des Tages zum Gebet, singen

Psalmen und Hymnen, hören Sein Wort aus der Heiligen Schrift und tragen Ihm unsere Fürbitten vor. Zwischen den Arbeits- und Gebetszeiten nehmen wir die stillen Mahlzeiten ein. Der Tag klingt im nächtlichen Schweigen aus.«

Worauf hatte ich mich da eingelassen? Ich hasste es, früh aufzustehen, hatte keine Ahnung, was eine Laudes war, und konnte keine gerade Note singen, geschweige denn eine Hymne. Am schlimmsten allerdings las sich das »Schweigen« samt »Stille«. Schon bei der Vorstellung hörte ich das Blut in meinen Ohren rauschen. Zum Glück lagen iPod und Laptop im Rollkoffer. Mal sehen, ob es WLAN gab, dann konnte ich wenigstens abends mit Johanna oder Shakira skypen.

Apropos Shakira. Panisch schaute ich auf mein Handy und fand eine Nachricht von ihr mit Fotos von Kaspar und Hauser. Die waren bei ihr in Pflege, meine Mutter hatte ich nach unserem seltsamen Auseinandergehen nicht fragen wollen. Meine Katzen schienen sich bei meiner Kollegin ganz wohl zu fühlen, und sie sich auch mit ihnen. »Tiere betrügen einen wenigstens nicht«, hatte sie mir gesagt, als ich die beiden bei ihr vorbeigebracht hatte und gar nicht hatte gehen wollen, weil ich mich nicht von ihnen trennen konnte. Kaspar und Hauser waren bei ihrer Ankunft erst mal unter Shakiras Bett verschwunden, was an sich völlig normal war für Katzen in einer neuen Umgebung. Irgendwann war ich zu ihnen unter das Möbel gekrochen, hatte sie ewig gestreichelt und dabei das ein oder andere Tränchen vergossen.

Die Glocken begannen zu läuten, was, wie ich dem schlauen Ordner entnahm, bedeutete, dass das Gebet vor dem Mittagessen – oder sollte ich besser Schweigeessen sagen? – losging. Da ich mir vorgenommen hatte, allem gegenüber aufgeschlossen zu sein, marschierte ich die Treppe hinunter in Richtung Glockengeläut. Hoffentlich würde ich nicht irgendetwas machen oder sagen müssen, denn kirchliches Wissen konnte ich dank meiner Mutter nicht aufweisen. Ob es einen Aufnahmetest gab? Welcher religiöse Typ sind Sie? Wenn sie mich nach alten Runen, Aszendenten oder Tarotmotiven fragten, kein Problem. Aber Vaterunser, Fürbitten und so weiter waren ein weißer Fleck auf meiner Landkarte des Glaubens.

Nur nicht auffallen, hieß die Devise, was sofort prima funktionierte, denn gerade, als ich hinter den Schwestern die Holzstufen zum, wie ich kurz danach lernte, Chor erklomm, klingelte mein Handy. Ich hatte vergessen, es lautlos zu stellen! Als Klingelton ertönte laut und deutlich *Sing Halleluja* von Dr. Alban, was mir Shakira als irre witziges Abschiedsgeschenk auf mein Handy geladen hatte.

Reflexartig, weil ich es anders gar nicht mehr gewohnt war, ging ich ran und flüsterte ein »Hallo?« in den Apparat.

Shakira war nicht sonderlich beeindruckt. »Warum flüsterst du? Bist du schon in der Beichte?«

»Nein, aber zum ersten Mal beim Beten«, sagte ich, würgte sie ab und lächelte, um Vergebung bittend, in die schwarz-weiße Runde. Doch die Schwestern schienen sich nicht besonders für mich zu interessieren. Puh. Glück gehabt.

Am Eingang zum Chor stand ein Becken mit Weihwasser. Die Nonnen benetzten der Reihe nach ihre Finger mit ein paar Tropfen und schlugen dann ein Kreuz auf Stirn, Brust und Schultern. Um nicht aufzufallen, tat ich es ihnen gleich und schaute mir ab, wie man klosterkonform knickste. Der Platz für Gäste befand sich gleich am Eingang links, die Stammplätze der Nonnen waren näher am

Altar. Wir saßen auf den üblichen Holzbänken mit einem niedrigen Brett zum Hinknien, wenn gebetet wurde. Anscheinend gab es eine Hierarchie des Erscheinens. Die Nonne, die Orgel spielte, hatte bereits im Chor gesessen, als die Schwestern eingelaufen waren. Dann kam der Pöbel, also ich. Zuletzt betrat die Äbtissin, die ich aufgrund des Fotos von ihr auf der Website erkannte, den Chor und ging nach vorn, um verschiedene Texte zu verlesen.

Mir fiel auf, wie routiniert und ritualisiert alles ablief. Keine Tätigkeit ging einfach so vonstatten. Immer waren eine oder zwei Schwestern verantwortlich und verrichteten den Dienst mit choreografiert wirkenden Bewegungen und Abläufen. Auf meiner Bank fand ich eine Bibel und ein Gesangbuch. Irgendjemand hatte die Stellen, die heute gesungen wurden, mit Stoffbändern gekennzeichnet. Wie aufmerksam.

Als sich die Schwestern setzten, tat ich es ihnen gleich und schielte immer wieder hinüber, um ihre Gesichter zu mustern. Ich überlegte, wie ich wohl aussehen würde ohne meine Frisur, Make-up und die modischen Kleider. Als Nonne wäre das alles vorbei, der einzige Chic wären offene Sandalen – aber nicht die Sorte Gesundheitsschuhe, die von Topmodels mit Strasssteinchen verziert wurden und dann eine Saison lang in Mode waren, sondern rein praktisches Schuhwerk. Pediküre oder Nagellack waren ausgeschlossen, alles eitler Tand. Schließlich hatte Gott auch die Hornhaut nicht ohne Grund erschaffen. Ein oberflächlicher Gedanke, ja. Vermutlich war Hornhaut egal, wenn man keinen Männern imponieren musste und sich die Frauen durch die Nonnentracht wie ein Ei dem anderen glichen. Der Habit erfüllte denselben Zweck wie Schuluniformen: Keiner musste sich durch Markenklamotten profilieren.

Tief in meine modischen Gedanken versunken, hörte ich plötzlich die Tür knarren, und zwei Damen Anfang fünfzig, beide mit angegrautem Kurzhaarschnitt, schlichen hinein, bekreuzigten sich demütig und setzten sich mit entschuldigendem Lächeln neben mich. Im Gegensatz zu mir schienen sie genau zu wissen, was zu tun war und welche Lieder wann gesungen wurden. Ihre Stimmen waren hell, glockenklar und sehr rein, und sie kannten die Playlist der Schwestern offenbar in- und auswendig, während ich meinen ersten Auftritt als Übergangs-Novizin direkt mal vergurkte, weil ich den ersten Einsatz verpasste – leider sang ich zu früh, nicht zu spät. Und dazu auch noch schräg.

Irgendwann beschloss ich, mich mehr in Zurückhaltung zu üben, und lauschte dem Gesang des Chors, der den Raum in eine ruhige, mystische Atmosphäre tauchte. Während ich das Spiel aus Licht und Schatten beobachtete, das durch die bunten Glasfenster brach, wurde ich immer müder. Doch Powernapping war nicht, denn mit einigem Erstaunen stellte ich kurz darauf fest, dass man während des Gottesdienstes oft aufstehen, sich setzen, hinknien, setzen und wieder aufstehen musste. Da war nichts mit Dösen! Das war wie Bauch-Beine-Po, nur ohne die in neonfarbige Stretchklamotten gekleidete Blondine, die einem vor der Nase rumsprang und einen anbrüllte. Wer hätte gedacht, dass Beten so anstrengend sein würde.

Als die Zeremonie vorbei war, traten die Schwestern nacheinander aus der Bank, jeweils einer anderen gegenüber, lächelten sich an, verbeugten sich voreinander und gingen paarweise aus dem Raum. Als Letztes war die Äbtissin an der Reihe, danach waren wir dran. Vorsichtshalber ließ ich die grauhaarigen Damen vorgehen, da ich vermutete, dass sie wussten, wo es zum Mittagessen ging – glücklicherweise, denn den Weg hätte ich nie gefunden.

Das Kloster war groß und verwinkelt. Die beiden Damen gingen nach draußen in die Klosteranlage und von dort in ein Nebengebäude, ich folgte ihnen auf dem Fuß, direkt hinein in den Speisesaal. Allerdings war der nicht, wie vermutet, voller Nonnen, nein, es gab einen kleinen Saal für Gäste. Langsam bekam ich den Eindruck, dass die Pinguine, wie meine Mutter sagen würde, nicht unbedingt scharf auf eine Begegnung mit uns waren.

Ich nahm mir von dem Speisewagen Teller und Besteck und setzte mich an einen der einfachen Tische. Nach wenigen Minuten öffnete sich eine Tür, und zwei Nonnen fuhren einen weiteren Wagen herein, auf dem das Essen stand. Es gab Suppe und Nudelauflauf. Da Jesus auch hier wieder gut sichtbar blutend und mit Dornenkrone von der Wand hing, war ich froh, dass uns vegetarisches Essen vorgesetzt wurde. Die Mahlzeit war einfach, aber gut zubereitet, mit vielen Kräutern und frischem Gemüse. Die beiden Schwestern sprachen ein kurzes Tischgebet, wozu wir aufstanden, wünschten einen guten Appetit und verschwanden wieder.

Verunsichert lächelte ich den beiden Damen zu. Ich wusste nicht, ob wir sprechen durften, schließlich stand in der Hausordnung, dass das Essen in Stille zu sich genommen wurde. Aber anscheinend handelte es sich dabei um einen dehnbaren Begriff, denn die Größere der beiden sagte: »Ich bin Ursel Scherz, und das ist meine Freundin Agnes Schwarz.«

»Annie Fischer«, stellte ich mich vor, froh, nicht allein am Mittagstisch sitzen zu müssen.

Ursel sah aus, als würde sie Spaß nur an Sonn- und Feiertagen verstehen, und das auch nur in einem Schaltjahr. Ihr Name, Scherz, war auf keinen Fall Programm, eher ein schlechter Witz bei den nach unten hängenden Mundwinkeln. Aber ich war ja auch nicht in einen Karnevalsverein eingetreten, sondern zu Besuch im Kloster, und mir schadete ein bisschen Ernsthaftigkeit bestimmt nicht.

Ihre Freundin Agnes hatte nicht viel zu melden, das war offensichtlich. Ursel schien für beide Frisur und Outfit zu bestimmen, und die bestachen durch strenge Einfachheit ohne jeglichen Luxus oder Schnickschnack. Vielleicht sollte ich meinen Schmuck im Kloster besser ablegen? Zwar war ich kein behangener Weihnachtsbaum wie meine Mutter, aber hier schienen ja bereits einfache Ohrstecker völlig fehl am Platz.

»Und was bringt Sie ins Kloster?«, fragte Ursel nach, wobei *fragen* es nicht richtig traf. Durchleuchten brachte es eher auf den Punkt. Es war ihr deutlich anzumerken, dass sie sich keinen Reim darauf machen konnte, wie jemand wie ich hier gelandet war. Ich war ihr suspekt, aber ihre Neugierde schien über die christliche Nächstenliebe gesiegt zu haben.

»Die Männer«, seufzte ich, und im selben Moment war mir klar, dass meine Offenheit keinen Anklang finden würde.

Ursel Scherz zog missbilligend eine Augenbraue hoch, also wagte ich eine Erklärung.

»Mit den Männern geht bei mir alles schief, außerdem bin ich anscheinend überarbeitet, und da wollte ich mir eine Auszeit an einem Ort nehmen, wo mir bestimmt keine XY-Chromosomen begegnen und ich mal in aller Ruhe über mich nachdenken kann.«

Die Etikette hätte vorgesehen, dass das Gegenüber an dieser Stelle der Unterhaltung Interesse zumindest heuchelte. Aber da hatte ich die Rechnung ohne Ursel und ihre Schattenfreundin gemacht. Sie schwiegen und starrten mich mit zusammengekniffenen Mündern an.

Also stellte ich die Gegenfrage. »Und selbst?«

Ursel antwortete so knapp wie möglich. »Wir betreiben hier unsere Exerzitien. Wir würden gern öfter kommen, aber das können wir unseren Familien nicht zumuten.«

Wie? Die beiden waren *verheiratet*? Ich meine, wenn diese humorbefreiten Vogelscheuchen Männer und Kinder hatten klarmachen können, musste es für mich doch Hoffnung geben! Doch ehe ich sie nach ihren Tricks fragen konnte, war die ohnehin eher schleppend verlaufende Konversation versiegt, und das Essen in angekündigter Stille wurde endlich eingehalten. Diese Klosterregel bewahrte mich immerhin vor weiteren Peinlichkeiten.

Als ich mein Geschirr wegstellte und mich mit einem freundlichen Kopfnicken in die Richtung der beiden Damen verabschiedete, rief mir Ursel nach: »Wir sehen uns zum Gebet um vier?«

Ergeben nickte ich. Das war keine Frage, das war ein Befehl.

Nach dem Essen war eine Stunde Rekreation vorgesehen, also Zeit, die zur freien Verfügung stand. Ich beschloss, einen Erkundungsgang zu unternehmen. Vor allem interessierten mich die prächtigen Außenanlagen. Die Gärten waren groß und wunderschön gepflegt. Nachdem ich ein Stück an Buchsbaumhecken und Rosenstauden vorbeigegangen war, steuerte ich auf ein Messingtor in der die Anlage umschließenden Mauer zu. Dahinter verbarg sich der Klostergarten.

Da das Tor nicht abgeschlossen war, ging ich hinein. Unglaublich, welche Pracht mich dort empfing! Blumenbeete mit bunt blühenden Sträuchern und Obstbäume in voller Blüte, deren Blätter vom leichten Wind durch die milde Luft getragen wurden. Außerdem gab es Gemüsebeete, Rebstöcke, ein großes Gewächshaus und den wahrscheinlich größten und vielfältigsten Kräutergarten, den ich je gesehen hatte. In der Erde steckten Messingschilder mit dem jeweiligen botanischen Namen und der Wirkung des Krauts. Ich befand mich im Himmel! Ein aus immergrünem Efeu geflochtener Gang verband die einzelnen Teile des Gartens, und an kleinen ruhigen Ecken luden Holzbänke zum Verweilen mit Blick auf den See ein. Im Hintergrund plätscherte ein Brunnen, wodurch dieser Ort noch paradiesischer wirkte. Völlig geplättet ließ ich mich auf eine der Bänke sinken und versuchte, all die auf mich einprasselnden Eindrücke zu verarbeiten.

»Ach, Frau Fischer, haben Sie sich schon eingewöhnt?« Schwester Trifonia war aus einer Ecke des Gartens gekommen, setzte sich zu mir und sah mich interessiert an. Sie strahlte etwas Vertrauenswürdiges aus. War bestimmt ein Einstellungskriterium als Nonne.

»Sie dürfen gern Annie sagen. Wenn ich ehrlich bin, ist das hier schon sehr anders im Vergleich zu meinem Leben. Ich weiß nicht, ob ich es schaffen werde, lange zu bleiben. Aber dieser Garten hier raubt mir den Atem. Das ist das mit Abstand Schönste, was ich je gesehen habe!«

Trifonia lächelte. »Ja, er wächst und gedeiht prächtig. Ich habe nur eine Bitte: Der Garten steht eigentlich nur den Schwestern zur Verfügung. Sie dürfen gern hinein, wenn eine Schwester Sie einlädt oder dazubittet.«

Typisch. Da war ich gerade mal ein paar Stunden hier und verstieß schon gegen die Klosterregeln. Aber in dem Ordner hatte davon nichts gestanden. Wie sollte ich auch damit rechnen, dass die Schwestern nicht alles teilten? Durften die das überhaupt?

»Entschuldigung, das hab ich nicht gewusst. Es ist nur so, ich bin Apothekerin und habe von meiner Großmutter einen Kräutergarten geerbt, den ich hege und pflege und damit auch gern Salben, Tinkturen und Tees herstelle.«

Trifonia lächelte. »Annie, geben Sie sich Zeit, um sich an den Rhythmus im Kloster zu gewöhnen. Ich bin sicher, Sie werden finden, was Sie suchen. Und nutzen Sie die Stille zum Nachdenken.«

In diesem Moment piepste mein Handy. O Gott, wie peinlich. Ich zog es aus der Tasche und warf einen Blick auf das Display. Es war eine SMS. Von Max!

»Nur weil du in ein Mauseloch passt, heißt das noch lange nicht, dass du dich auf ewig verkriechen kannst. Ruf mich an!«

Hatte der eine Ahnung. Und ob ich mich verkriechen konnte! Abstand und Stille, um endlich diesem Gefühlswahnsinn zu entkommen, waren die einzige Lösung. Mit Max Wolf zu sprechen wäre für mich ungefähr so heilsam, wie wenn man einen Heroinabhängigen bei der Mohnernte mitarbeiten ließe.

Schwester Trifonia sah mich so aufmunternd an, dass ich mich plötzlich gestärkt und hoffnungsvoll fühlte. Ich würde es schaffen!

»Kyyyriiieleeisooon!«

Der gleichmäßige reine Gesang der Schwestern schallte durch den Chor. Inzwischen kannte ich die Rhythmen und Tonlagen, die in verlässlicher Reihenfolge jeden Tag gesungen wurden.

Seit zwei Tagen lebte ich nun im Kloster und war sehr stolz, nicht vorzeitig abgebrochen zu haben, denn langsam machte sich eine innere Ruhe in mir breit, zu der der gleichmäßige Tagesablauf seinen Teil beitrug. Unglaublich, wie schnell man aus dem Alltag weg war, in einer anderen Zeitrechnung, einer anderen Welt, so als ob »da draußen« gar nicht mehr existierte – zumindest aber nicht wichtig war oder keinen Platz fand in dem präzise geordneten einfachen Leben, das die Nonnen hier führten. Zwar hielt ich Kontakt mit Shakira, zum einen, um nach meinen Katzen zu fragen, zum anderen, um zu hören, wie es in der Apotheke lief, aber besonders Letzteres wurde, je länger ich hier war, zunehmend irrelevant.

Meine selbst auferlegte Kontaktsperre zu Max trug ebenfalls Früchte. Inzwischen schaffte ich es sogar, mein Handy auf dem Zimmer liegen zu lassen und nicht alle paar Minuten darauf zu schielen, ob er schrieb. Ich merkte, dass mir das guttat. Endlich war mein Kopf wieder frei für neue Gedanken. Nur einmal zuckte ich zusammen, als es ein Anrufer mit unterdrückter Nummer mehrmals klingeln ließ. Netter Versuch, Max Wolf. Aber ich war ja auch nicht von gestern. Such dir ein neues Opfer!

Mein Körper gewöhnte sich an das frühe Aufstehen und Zubettgehen. Das Beten ließ ich mehr oder weniger über mich ergehen und betrachtete es als einen Teil, der eben dazugehörte, um hier sein zu können.

Das Essen nahm ich mit dem Duo infernale Uschi und Agnes ein, die wirklich enttäuscht waren, in mir keine würdige Konkurrentin gefunden zu haben, denen ich aber offenbar nicht bemitleidenswert genug erschien, um sich meiner anzunehmen. Dementsprechend beschränkte sich unser Kontakt auf das Nötigste. Was aber nicht weiter schlimm war, denn es gab genügend Möglichkeiten, sich mit den Schwestern zu unterhalten. Alle Türen standen immer offen, und wenn man sich auf einem Spaziergang traf, kam es oft zu einem kurzen Gespräch.

Bislang war mir jedoch noch nicht die zündende Idee gekommen, wie ich auf mein eigentliches Problem zu sprechen kommen sollte. »Wissen Sie, ich finde einen

Mann toll, in den ich seit der Pubertät verliebt bin, der aber auf junge Hüpfer steht. Was würden Sie an meiner Stelle tun?« Das war nicht gerade der Aufhänger, den ich mir vorstellte. Und wenn ich die Schwestern so in sich versunken und fern jeglicher Probleme, die mich so umtrieben, betrachtete, war die Vorstellung fast absurd, sie darauf anzusprechen. War es nicht so, als ob man den Blinden nach Farben befragte? Oder gab es doch mehr Nonnen, die ein Leben vor dem Kloster gehabt hatten? Auf alle Fälle wirkten die Schwestern sehr mit sich im Reinen und genau da, wo sie sein wollten.

In meine Gedanken hinein begannen die Glocken zu läuten, die Schwestern verneigten sich voreinander und verließen paarweise die Kirche. Uschi, die heilige Agnes und ich liefen wie immer hinterher in Richtung Mittagessen.

Zu meiner großen Überraschung saß im Speisesaal bereits ein älterer Mann, der still und in sich gekehrt vor sich hin betete. Erst als er geendet hatte, stellte er sich uns allen vor, wobei er unsere Hand jeweils in seine beiden Hände nahm, so wie Pfarrer das gern machten. »Mein Name ist Mathias Warminger. Ich besuche mehrmals im Jahr Schönbruchthal. Seit meine Frau verstorben ist, versuche ich noch häufiger zu kommen. Ich habe ein Zimmer im Gasthof Linde gegenüber – Männer müssen ja nach der Vesper das Kloster verlassen. Ansonsten bin ich ab jetzt den ganzen Tag hier.«

Er sprach mit einer sanften, warmen Stimme, die auf einen gebildeten und gut situierten Hintergrund schließen ließ. Er war darüber hinaus eine stattliche Erscheinung, dem das Alter ausgezeichnet stand. Ich konnte förmlich dabei zusehen, wie Uschi und Agnes zu Wachs in seinen Händen wurden. Mädchenhafte Röte stieg ihnen in die ansonsten so blassen Wangen. Ein Witwer – noch dazu fromm! Um den armen Mann musste man sich kümmern, das gebot allein die christliche Nächstenliebe. Die keuschen Schwestern gaben auch gleich alles und lächelten selig, was das Zeug hielt.

Als das Essen kam, wollte ihm jede einen Teller mitbringen, was der gute Mann natürlich nicht annahm, sondern in größter Bescheidenheit selbst aufstand und sich bediente. Da er es ernst meinte mit dem Klosterleben, bekreuzigte er sich vor dem Mahl und aß schweigsam.

Es fiel Ursel Scherz sichtlich schwer, ihm kein Gespräch aufs Auge zu drücken. Zu gern wollte sie mehr erfahren, das war ihr an der Nasenspitze anzusehen. Da sie aber auf Teufel komm raus gefallen wollte, schaufelte sie stumm das Essen in sich hinein und sah immer wieder bedeutungsschwanger in die Ferne.

Der neue Messias beendete seine Quarkspeise, legte das Besteck ordentlich beiseite und richtete zur Verblüffung der Betschwestern das Wort an mich. »Darf ich fragen, was Sie dazu bewogen hat, diesen Ort aufzusuchen?«

In seiner Frage schwang keine Sensationsgier oder Neugierde mit, wie das bei den beiden Eisheiligen der Fall gewesen war – nein, er fragte aus ehrlichem Interesse. Nur deshalb antwortete ich auch geradeheraus.

»Bei mir will es mit der Liebe nicht klappen. Ich weiß, das klingt profan«, entschuldigte ich mich sofort, schließlich war ich eigentlich der Meinung, das Kloster wäre für Menschen mit schweren Schicksalsschlägen, zumindest aber einem Mindestmaß an Gottesfurcht gedacht, und wollte nicht wie eine Schmarotzerin wirken. Bevor ich meinen Satz beenden konnte, unterbrach mich Mathias jedoch.

»Liebe ist doch kein profanes Thema. Das ist existenziell, und ich würde mir wünschen, dass sich mehr junge Menschen wie Sie die Zeit nähmen, um sich damit auseinanderzusetzen. Sie machen das genau richtig. Ich habe selbst zwei Töchter, und ich weiß, wie schwer es heutzutage mit der Partnersuche und den Männern sein kann, die alles von den Frauen fordern, aber selbst keine Verantwortung übernehmen oder sich festlegen wollen.«

Gab es einen Fanclub für Mathias, dem ich beitreten konnte? Wenn nicht, würde ich ihn sofort gründen oder ihm eine Facebook-Fanseite basteln. Gut, ich war leichte Beute und mit meiner Historie für Vaterfiguren sehr empfänglich, trotzdem war jedes Wort, das aus seinem Mund drang, Labsal – um mal im Katholikenjargon zu bleiben.

Schwarz und Scherz lächelten süßsauer und nickten zustimmend, um es sich nicht mit dem heiligen Mathias zu verderben, aber es war klar, dass sie beleidigt waren ob der Aufmerksamkeit, die er mir schenkte.

»So, die Damen. Ich werde mich dann mal am Weinberg nützlich machen und mich körperlich betätigen. Wir sehen uns im Chor zum Gebet?«

Sofort sprangen Schwarz und Scherz auf und gingen gemeinsam mit ihm zur Tablettrückgabe, um ihn in ein Gespräch zu verwickeln. Ich war so was von gespannt, welche der beiden das Rennen machen würde. Wobei, nach welchen Kriterien sollte ich bewerten? Wer seinen Teller abräumen durfte? Welcher von beiden er einen persönlichen Spruch in die Bibel schrieb oder mit welcher er seinen Rosenkranz tauschte?

Schwester Trifonia, die heute die Essensausgabe für uns betreute, beobachtete mich und grinste. Manchmal sagte ein Blick eben mehr als tausend Worte.

KAPITEL 11

Dumme rennen, Kluge warten,
Weise gehen in den Garten.
Rabindranath Thakur

»Unmöglich, diese Person. Hast du ihren Aufzug gesehen? Schämen sollte sie sich, so in einem heiligen Haus aufzutauchen!«

Die beiden Nebelkrähen saßen auf einer Bank im Gemeinschaftsteil des Gartens und zerrissen sich die Mäuler, ohne zu merken, dass ich auf einem Kissen hinter ihnen im Gras saß und zuhörte. Immerhin lästerten sie nicht über mich. Mein Aufzug war tadellos, und ich hatte den beiden Damen keinen Grund gegeben, sich derartig über mir auszulassen.

»Und dieses Organ! Eine Lautstärke ist das. Hast du mitbekommen, mit welcher Dreistigkeit sie Mathias angesprochen hat? Völlig plump und ohne Feingefühl. Ein so kultivierter Mann trifft bestimmt selten auf solch einen niederen Charakter. Mathias muss der Schlag getroffen haben.«

Schwarz, die nach außen normalerweise leiser auftrat, stand Scherz beim Lästern in nichts nach. Interessant. Hatten also auch diese beiden Ultrachristinnen den ein oder anderen Makel – abgesehen von der schlechten Frisur und der latenten Humorlosigkeit. Wer unter euch ohne Sünde ist, der werfe den ersten Stein …

»Schöne Augen hat sie ihm gemacht, diese infame Person! Zum Glück hat er es nicht bemerkt. Ich sag dir, die hat den bösen Blick. Ein Fall für den Exorzisten.«

Spannend. Zu gern würde ich die unbekannte Nebenbuhlerin sehen, die es wagte, dem umschwärmten Mathias einen verführerischen Augenaufschlag zu schenken. Abgesehen davon, konnte ich mir mittlerweile gut vorstellen, wie Scherz und Schwarz hinter meinem Rücken über mich sprachen. Wahrscheinlich besprenkelten sie mich heimlich mit Weihwasser, wenn sie hinter mir standen, und bekreuzigten sich, wenn ich vorbeiging.

Leider kam eine Schwester des Weges, worauf die beiden Lästertanten schlagartig verstummten und so taten, als wären sie in ein stilles Gebet versunken. Grinsend wandte ich mich wieder meinem Buch zu, um nur wenige Sekunden später die beiden aufgeregt schnattern zu hören: »Die ist ja immer noch da! Sie kommt auf uns zu. Schau nicht hin, tu so, als ob du sie nicht siehst!«

Neugierig blickte ich von meinem Buch auf und entdeckte die fleischgewordene Todsünde, die sich direkt auf uns zubewegte.

Mutter.

Natürlich.

Sie erblickte mich auf dem Rasen hinter den Hyänen und winkte hocherfreut. Leider hielt sie auch die Stille dieses Ortes nicht davon ab, laut zu rufen: »Huhu, Annie. Ich bin's!«

Ich musste dem bezaubernden Duo leider recht geben. Mutter klang alles andere als ladylike. Eher wie die uneheliche Tochter von Joe Cocker und Bonnie Tyler. Ihre Reibeisenstimme hatte sie sich über die Jahre mithilfe dieser langen Zigaretten, von denen sie dachte, sie würden sie verruchter erscheinen lassen, angeeignet. Was bei einer Séance geflüstert bestimmt mystisch klang, rasselte schrecklich, sobald ihre Stimme laut wurde.

Peinlich berührt drehten sich ruckartig die beiden Silberköpfe zu mir um, nur um zu entdecken, dass ich sie die ganze Zeit belauscht hatte. Immerhin liefen sie rot an, als ich lächelte und freundlich mitteilte: »Meine Mutter kennen Sie ja bereits. Das mit dem Exorzisten würde ich mir überlegen. Erstens illegal und zweitens völlig zwecklos. Meine Mutter hat vor nichts und niemandem Angst. Nicht mal vor dem Teufel. Aber im Verfluchen ist sie große klasse. Darüber würde ich mich an Ihrer Stelle mehr sorgen.«

»Äh, also, das ist doch …«, stotterten beide ertappt und verließen dann fluchtartig ihr Lästerbänkchen.

»Wo wollen die vertrockneten Rosinen denn so schnell hin?«, wunderte sich Mutter, während sie mich zur Begrüßung auf die Beine zog und fest an ihren wogenden Busen drückte. »Also, wenn du den ganzen Tag von solchen verbissenen Spaßbremsen umgeben bist, frag ich mich, wie du zu dir finden willst. Wobei dieser Mathias, das ist ja ein sympathischer Mann. Komisch, solche Männer treffe ich irgendwie nie.«

»Könnte daran liegen, dass Klostermauern nicht zu deinen Jagdgründen gehören und Männer über fünfzig seltener auf Facebook sind«, wandte ich ein, aber Mutter war gedanklich bereits abgebogen.

Mit einem Ächzen ließ sie sich zu mir ins Gras fallen und dachte überhaupt nicht daran, ihr zu kurzes Kleid, das beim Hinsetzen nach oben gerutscht war, wieder züchtig nach unten zu zupfen. Sie spielte plötzlich nervös an ihrer überdimensionierten Bernsteinkette herum, ein Zeichen, dass sie gleich etwas Unangenehmes sagen musste. Sie atmete schwer aus.

»Ich bin gekommen, um mich bei dir zu entschuldigen. Unser letztes Treffen war, sagen wir mal, eher unglücklich. Du hattest recht mit allem, was du gesagt hast. Das ist mir klar geworden. Und ich hätte Oma auch nicht im Bett erwischen wollen.«

Meine Mutter entschuldigte sich? Was kam als Nächstes? Ein weiblicher Papst, ein schwuler Bundestrainer, der Weltuntergang?

Bittend sah sie mich an. Vor lauter Überraschung brauchte ich einen Moment, bevor ich sprechen konnte. »Ich äh, also ich nehme deine Entschuldigung an.«

Erleichtert fiel sie mir in die Arme und drückte mich fest an sich. Jetzt erst fiel mir die Reisetasche auf, die sie bei sich hatte. Mit hochgezogenen Augenbrauen zeigte ich darauf.

»Ach so. Ich zieh hier ein«, sagte sie so beiläufig, als hätte ich nach dem Wetterbericht gefragt.

»Spinnst du jetzt völlig?«, rief ich ungehalten. Was hatte sie eigentlich für ein Problem? Sollte sie sich doch ein eigenes Kloster suchen.

Meine Mutter bedeutete mir, mich zu beruhigen. »Hör mal, ich muss doch nach dem Rechten schauen. Nicht, dass die dich am Ende noch bekehren und du hierbleibst.«

Meine Freude über ihre Entschuldigung wandelte sich schlagartig zu einem ausgereiften Schock. Das konnte nicht der wahre Grund sein. Sie verschwieg etwas!

Ich seufzte tief und atmete bewusst aus. »Aber, was ist mit deinem Job, deinen Kunden?«, versuchte ich es lahm, wohl wissend, dass es ein Ding der Unmöglichkeit war, Mutter von einem Entschluss abzubringen.

»Wieso? Meinen Job kann ich doch auch hier machen.«

Ich hörte wohl nicht recht. »Du willst ausgerechnet in

einem Kloster wahrsagen und Kontakt zu den Toten aufnehmen?«

Ungerührt legte sie eine ihrer hochtoupierten Strähnen zurecht. »Warum nicht? Am Ende ist das alles dasselbe, nur mit anderem Namen. Wie bei Schmerzmitteln, die heißen unterschiedlich, haben aber den gleichen Wirkstoff. Wenn es den Menschen hilft, ist es doch gut.«

Ich sah mich bereits in hohem Bogen aus dem Kloster fliegen und meine Mutter auf dem Scheiterhaufen vor sich hin kokeln. »Mama, bitte! Verhalte dich unauffällig, wenn du dich hier schon aufdrängst. Das ist mir wichtig. Wie lange willst du überhaupt bleiben?«

Beleidigt zog sie eine Schnute. »Ein, zwei Wochen? Ich dachte, du freust dich. Na ja, Undank ist der Welten Lohn!«

Na super, jetzt auf Dramaqueen machen und mir ein schlechtes Gewissen einreden. Das konnte ja heiter werden. Ich beschloss, dass es besser war, wenn sich die Gemüter beruhigten, und lenkte das Thema in eine andere Richtung. Später würde ich mit den Schwestern sprechen, was wir mit meiner Mutter anstellten.

»Was macht die Welt vor den Klostermauern?«, gab ich ihr die Chance auf eine unverfängliche Konversation.

»Ich war ja öfter mal in der Apotheke.«

Die Armen. Zu gut konnte ich mir vorstellen, wie Mutter ihr Redebedürfnis, das normalerweise ich abdecken musste, in der Apotheke stillte. Kaufte sich ein paar Bonbons und blieb dafür eine Stunde zum Schwätzchen.

»Ich soll dich von allen lieb grüßen. Du fehlst natürlich, aber ich glaube, es läuft ganz gut. Loretta ist inzwischen sehr nett zu mir und gibt mir jede Menge Pröbchen mit. Komisch ist nur der Metzler. Fragt mich immer, ob es psychische Krankheiten bei uns in der Familie gibt und ob du dich hast durchchecken lassen. Immer wieder betont er, du sollst dir alle Zeit der Welt nehmen. Keine Ahnung, was er mir damit sagen will, aber er schaut dabei sehr besorgt. Zumindest habe ich herausbekommen, dass es bislang keine weiteren Vorfälle in der Apotheke gab.«

Seltsam. Herr Metzler sprach überhaupt nicht gern über Probleme – und schon gar nicht über meine. Ein gut gemeintes Schultertätscheln war alles, was ich in den letzten Jahren hatte erwarten dürfen, wenn ich einen schlechten Tag oder eine bescheidene Woche gehabt hatte. Typisch Mann und alte Schule, blieb alles schön an der Oberfläche, nur keine Konflikte oder Gespräche über Gefühle. Machte ich wirklich einen so verwirrten Eindruck? Und schob er am Ende die Vorkommnisse in der Apotheke wirklich mir in die Schuhe, obwohl er mich so lange kannte?

»Mach dir keine Sorgen, ich hab ihm gesagt, dass es dir blendend geht und alles in bester Ordnung ist. Magst du 'nen Schluck?« Sie reichte mir eine Flasche, deren Inhalt fruchtig roch, allerdings extrem künstlich schmeckte.

»Was ist denn das?«, fragte ich und gab ihr die Flasche zurück.

»Relaxia, ein Drink mit Antioxidantien, die als Anti-Aging wirken sollen, tolle Haare machen und Kollagen aufbauen.«

Bestimmt bekam man auch gerade Zähne, die gewünschte Augenfarbe und einen größeren Busen, wenn man nur genug davon trank.

»Seit wann kaufst du denn so was? Das Zeug ist doch bestimmt sauteuer, oder?«

»Du musst es ja nicht trinken, aber ich kann nur sagen, es wirkt! Habe mir eine Ration für jeden Tag mitgebracht. Außerdem hab ich das ja nicht von irgendwo, sondern aus deiner Apotheke. Und die stellen ja wohl nichts hin, was nicht wirkt, oder?«

Mir schwante, was es mit dem Drink auf sich hatte. Der Widerling Joachim Wagner musste Loretta lange genug beschwatzt haben. Der konnte aber auch die Pest sein. Da war man einmal weg ... Kurz flammte das schlechte Gewissen in mir auf. Wenn ich da gewesen wäre, hätte ich es verhindern können. Andererseits: War ja nicht meine Apotheke. Noch nicht.

»Ach ja, Johanna hab ich mit ihren beiden Schreihälsen auf dem Markt getroffen. Ich soll dich lieb grüßen, und du sollst sie unbedingt mal anrufen. Es gibt Neuigkeiten, die sie nur dir erzählen will. Pah! Das hätte sie mir auch direkt sagen können, ich hätte es dir ausgerichtet. Ich verstehe nicht, was du an der und ihrer Spießerfamilie findest.«

Wahrscheinlich genau das. Dass sie verheiratet, Mutter zweier entzückender Kinder war, einen guten Job vorweisen konnte, nicht an Übersinnliches glaubte und bürgerliche Werte in ihrer Bestform präsentierte. Geregelt, normal und glücklich. Wenn sie sich jetzt zu allem noch einen Hund zulegten, wäre die Idylle nicht mehr auszuhalten.

In diesem Moment vibrierte mein Handy – den Klingelton hatte ich schon vor Tagen ausgeschaltet. Ein unbekannter Teilnehmer rief an.

»Tsss, der schon wieder«, rutschte es mir heraus.

»Wer ist *er*?«, fragte Mutter brennend interessiert.

Ich verdrehte die Augen. »Max ruft andauernd mit unterdrückter Nummer an und schickt nervige Textnachrichten. Ruf mich an, sei nicht so eine Mimose, rede endlich mit mir, blablabla.«

Bei Max' Namen wurde Mutter sofort hellhörig. »Hast du seit der Hochzeit nicht mehr mit ihm gesprochen?« Es schwang beinahe ein Vorwurf mit.

»Nein, habe ich nicht. Mein Interesse, gequält zu werden, lässt irgendwie nach.«

Ich kannte meine Mutter gut genug, um zu bemerken, wie sie sich auf die Zunge biss, um nichts zu sagen. Wahrscheinlich wollte sie die Versöhnung nicht aufs Spiel setzen.

Eine Ordensschwester lief vorbei und grüßte uns freundlich mit einem Kopfnicken.

»Und, wie sind die Pinguine so?«, fragte Mutter leider nicht gerade leise und dankbar, ein neues Thema gefunden zu haben.

»Mama! Das sind Nonnen, und sie sind nett.«

»Aha. Nett. Und was machst du den ganzen Tag?«

Das war eine gute Frage. Schlafen, Gottesdienst, essen, spazieren gehen, essen, Gottesdienst, schlafen. Eine wirkliche Beschäftigung gab es nicht bei der Sinnsuche – aber war das nicht Zweck des Insichgehens?

Meine Mutter, die zwar in Wahrheit kein Medium war, aber erstaunlich oft kapierte, was abging, sprach unvermittelt weiter: »Als ich vorhin herkam, hab ich mich zuerst verlaufen und diesen wunderschönen Klostergarten entdeckt. Ein Paradies! Gerade für dich. Warum arbeitest du bei diesem traumhaften Wetter da nicht mit? Hast du den Schwestern mal deine Hilfe angeboten?«

Ich schüttelte den Kopf. »Nein. Der Garten ist der Rückzugsort der Schwestern. Der ist heilig.«

Mutter machte ein verwundertes Gesicht. »Und das hält dich ab? Du verfügst schließlich über viel Wissen, was Heilpflanzen und das Gärtnern angeht. Und heißt es nicht sogar bei den Katholiken: ›Hilf dir selbst, dann hilft dir Gott?‹ Oder waren das die anderen?«

Ich hasste es, wenn sie recht hatte, vor allem wenn sie diesen »Eine Mutter weiß, was gut für ihr Kind ist«-Blick aufsetzte und das, obwohl ich schon seit geraumer Zeit erwachsen war. Mir schwante, dass mich dieser Gesichtsausdruck ein Leben lang begleiten würde, selbst noch in der Menopause.

»Weißt du, die Schwestern scheinen sich selbst zu genügen, die sind eine sehr verschworene Gemeinschaft«, erklärte ich. »Ich meine, die haben keinen Mann, keine Kinder und wirken trotzdem zufrieden. Und genau da will ich hin, damit ich im Zweifel, falls ich übrig bleibe, zufrieden lebe und mir alle Max Wolfs dieser Welt gestohlen bleiben können.«

Meine Mutter blickte skeptisch. »Die Idee an sich ist gut, und den Ansatz finde ich richtig, aber die Nonnen sind hier in einer Gemeinschaft, in der alle so leben. Du musst nicht die ganze Zeit zusehen, wie schön es ist, wenn sich ein Paar liebt oder ein Kind seiner Mutter freudestrahlend in die Arme fällt. Du kommst aber irgendwann wieder in dein normales Leben, und ich weiß nicht, wie es dir dann gehen wird. Und was Max Wolf angeht: Den bekommst du einfach nicht aus dem Kopf! Wenn selbst das Mädchenquartett in der 11. Klasse nicht gereicht hat, um ihn doof zu finden, wird es gar nichts schaffen.«

Lautstark protestierte ich. »Mit dem Mädchenquartett hatte Max nichts zu tun. Das haben Benni und Mark erfunden. Er hat nur mal mitgespielt.«

Natürlich. Dass sie sich ausgerechnet daran erinnern musste! Nichts hatte sie sich merken können, keine Termine bei der Klassenlehrerin, keine vereinbarten Uhrzeiten zum Abholen von der Schule, kein tägliches Schmieren des Pausenbrots, aber das Mädchenquartett, das hatte sie nicht vergessen. Sie sprach dabei von einem Spiel, das die Oberstufenjungs sich ausgedacht hatten. Anstatt Autoquartett hatten sie ein eigenes Kartenspiel gebastelt. Kategorien waren Körbchengröße, Gewicht, Pickelanzahl, die Bereitschaft, wie weit man mit einem Jungen ging, Sportlichkeit, Zahnspange, nervige Eltern und so weiter und so fort. 80D schlug 75A, gerade Zähne den Klammeraffen und »Schon mal gefummelt« war besser als »Unberührtes Mauerblümchen«. Für die verschiedenen Kategorien gab es Punkte, und es war nicht schwer zu erraten, wer die Niete im Quartett bei den Eigenschaften, die hier zählten, gewesen war. Blöderweise hatte es die Kategorien Hilfsbereitschaft, Naivität und »Sehnsuchtsvoller Augenaufschlag beim Betrachten von Max Wolf« nicht gegeben, ansonsten wäre ich vermutlich die beliebteste Karte im Spiel gewesen. So hatte ich eher als Niete gewonnen, mit der man keinen Stich zustande brachte.

Mutter lachte. »Ich weiß, das meinten sie lustig. Das waren pubertäre Jungs, nichts weiter.« Plötzlich begann sie in ihrer Handtasche zu kramen und zog einen Flyer hervor. »Hier, habe ich beinahe vergessen. Hat mir Susannes Mutter für dich mitgegeben. Deine Stufe veranstaltet ein Abitreffen. Das ist schon nächste Woche. Darfst du denn raus?«

»Hast du eine Fußfessel gesehen? Natürlich darf ich raus! Die Frage ist, ob ich überhaupt hinmöchte nach meinem peinlichen Auftritt auf Susannes Hochzeit. Das war ja quasi ein Abitreffen.«

Natürlich war das für meine Mutter kein Grund. Im Gegenteil. »Gerade jetzt musst du hingehen und Haltung zeigen. Wenn du nicht da bist, werden sie erst recht reden.«

Da könnte sie eventuell sogar recht haben. Nachdenklich sah ich sie an. Irgendwie wurde ich das Gefühl nicht los, dass sie nicht allein meinetwegen ins Kloster gekommen war.

»Dieses Jahr ist der Befall der Erdbeeren wirklich schlimm«, sagte Schwester Cordula mehr zu sich selbst als zu mir und blickte besorgt auf die kleinen grünen Blättchen. Sie schien zu überlegen, was man dagegen unternehmen konnte, während ich mit Unkraut jäten beschäftigt war. Schwester Trifonia, die für die Gäste verantwortlich war, hatte deutliche Worte gefunden, als ich ihr zuerst beichtete, dass Mutter ins Kloster einziehen und ich zu einem Ehemaligen-Treffen gehen wollte.

»Unser Kloster ist ein Rückzugsort, ein Ort der Besinnung und kein Motel, in das man ein- und auschecken kann, wie man möchte. Gerade in Ihrem Fall fände ich es wichtig, dass Sie ohne Ihre Mutter die Möglichkeit haben, in sich hineinzuhorchen und Antworten zu finden – ohne eine gewohnte Umgebung oder eine bekannte Person. Ich bin mir auch nicht sicher, ob es eine gute Idee ist, das Kloster für ein Treffen Ihrer alten Klasse zu verlassen. Sie sind gerade in der Findungsphase. Was, wenn Sie das zurückwirft, Sie noch nicht gefestigt sind?«

Eine gute Frage. Auch ich wusste nicht, ob es eine gute Idee war. Das Kloster gab mir im Moment Schutz und Halt. Halt, den ich dringend brauchte, denn wenn ich Schwester Trifonia beichten würde, dass Max mir erst gestern wieder eine SMS mit den Worten »Wovor versteckst du dich eigentlich? Vor mir oder vor dir selbst?« geschickt hatte, würde sie mich vor die Tür setzen und die Klosterbrücke hochziehen. Tatsächlich überlegte ich immer wieder für einen kurzen Moment, mich bei Max zu melden. Dann aber rief ich mir ins Gedächtnis, wie oft es solche Momente schon gegeben hatte, und wie sie stets endeten. Max tat es leid, weil er doof zu mir gewesen war – ich schöpfte Hoffnung auf mehr, nur um im nächsten Moment einen Dämpfer oder die neue Freundin präsentiert zu bekommen.

Schwester Trifonia sah mich länger an. Dann schien sie einen Entschluss zu fassen. »Ihre Mutter kann hier wohnen, aber wir werden sie in einem anderen Trakt unterbringen, und Sie beide werden minimalen Kontakt unterhalten. Als Gegenleistung für Ihren Ausflug nach draußen, oder nennen wir es zur mentalen Stärkung, werden Sie Schwester Cordula im Klostergarten aushelfen.«

War sie sich bewusst, dass das für mich keine Gegenleistung, sondern eine Freude war? Selbst Unkraut jäten war in diesem wunderschönen alten Klostergarten für mich eine Belohnung, ganz zu schweigen von der Pflege all der Heilkräuter, die hier wuchsen.

»Haben Sie es mit biologischen Pestiziden versucht?«, mischte ich mich nun ungefragt in den Monolog von Schwester Cordula ein. Dabei versuchte ich, betont erfahren und beiläufig zu klingen.

Sie sah interessiert hoch.

»Wissen Sie, ich habe mit Gärten und Kräutern seit meiner Kindheit zu tun«, beeilte ich mich zu sagen. »Bei Erdbeeren können Sie ein biologisches Pestizid gegen die Milben und Blattläuse spritzen, völlig ungefährlich. Es handelt sich dabei um eine Mischung aus Kräutern wie Rosmarin, Pfefferminz, Thymian und Nelke. Das Gute ist nicht nur, dass das Mittel wirksam und völlig unschädlich für Boden und Pflanzen ist, die Insekten werden dagegen auch nicht resistent.«

Mein Vortrag schien zu überzeugen. Schwester Cordula wollte mehr wissen, und ich bot ihr an, bei der Zubereitung der »Wunderwaffe« zu assistieren. Da das Eis gebrochen war, sprach ich sie auch auf ihre Heilkräuter an.

»Die interessieren mich besonders. Sie wissen ja, dass ich Apothekerin bin, und in meinem Beruf versuche ich den Menschen Heilkräuter nahezubringen, anstatt gleich ein Antibiotikum einzuwerfen. Sie haben eine bemerkenswerte Auswahl.«

Sie freute sich, in mir eine verwandte Gärtnerseele gefunden zu haben. »Wir haben unseren Heilkräutergarten nach den Aufzeichnungen von Hildegard von Bingen angelegt.«

Auch wenn ich mit dem katholischen Glauben bislang nur in Form von Thomas Mertens in Kontakt gekommen war, meinem ersten Freund, mit dem ich in der Oberstufe ganze drei Monate zusammen gewesen war und der darauf bestanden hatte, mit allem Körperlichen bis zur Heirat zu warten, hatte ich über Hildegard von Bingen viel gelesen. Nicht so sehr ihre religiösen Schriften, aber alles, was mit Heilkräutern zu tun hatte. Das hatte irgendwann auch meine Mutter mitgekriegt, die meine Feldforschungen damals folgendermaßen kommentierte: »Hildegard von Bingen war auf Drogen und der erste katholische Junkie nach Jesus!« Auf die Idee mit den Drogen war sie gekommen, weil sie irgendwo gelesen hatte, dass die gute Hildegard Alraunen konsumiert hatte. Diese Pflanzen wirken psychotisch, halluzinogen, aphrodisierend und wurden im Mittelalter auch als Narkosemittel eingesetzt. Man braute einen Tee aus Alraunenwurzeln, Maulbeersaft, Mohnextrakt, Schierling und Bilsenkraut, träufelte ihn auf einen Schwamm und hielt ihn dem Patienten so lange unter die Nase, bis er eingeschlafen war.

»Mir ist aufgefallen, dass Sie gar keinen Heilziest angebaut haben, obwohl der bei Schlaf- und psychischen Problemen gut helfen kann. Außerdem gehört er doch auch zu Hildegards Heilkräutern.«

Schwester Cordula nickte zustimmend. »Wir haben es versucht, aber er wollte einfach nicht gedeihen.«

In diesem Kräutergarten würde er es auch nicht. Heilziest mochte Moor oder magere Bergwiesen. Feuchte, basenreiche, oft kalkarme Böden an etwas wärmeren Standorten waren seine Lieblingsplätze. Das wusste Schwester Cordula bestimmt selbst. Die Nonnen, die sich um die Kräutergärten im Kloster kümmerten, kannten sich bestens mit der Pflege der Pflanzen aus.

Mir fiel ein, dass ich bei einem meiner Spaziergänge außerhalb der Klostermauer einen kleinen Teich entdeckt hatte, der von saftigem grünen Moos umsäumt war. Der größte Teil lag im Schatten, aber es gab eine Seite, die genug Sonne abbekam. Schwester Cordula kannte den Platz, als ich ihn ihr beschrieb, und schien meinen Vorschlag, es mit dem Anbau von Heilziest dort einmal zu versuchen, gar nicht so abwegig zu finden.

»Einen Versuch wäre es auf jeden Fall wert. Wenn wir ein paar Stauden einpflanzen, könnten wir bald schon die ersten Blätter für Tee und Wurzeln ernten. Sagen Sie, würden Sie mir bei diesem Unterfangen behilflich sein wollen?«

Begeistert sagte ich zu. Endlich verspürte ich wieder das Gefühl, gebraucht zu werden und beitragen zu dürfen, vor allem auf einem Gebiet, das mir so viel bedeutete.

»Wie lange wollen Sie denn noch bei uns bleiben?«, fragte mich Schwester Cordula mit blitzenden Augen und sah mit einem Mal um Jahre jünger aus.

»Ein Weilchen bestimmt noch.«

Sie schien nachzudenken. »Dann werde ich mit Schwester Trifonia sprechen. Sie werden mir ab jetzt täglich zur Hand gehen. Mir scheint, dass wir Ihre Kenntnisse gut gebrauchen können.« Sie senkte die Stimme. »Aber Ihre Mutter bringen Sie nicht mit, oder?«

Ich schüttelte hastig den Kopf. Mutter hatte es geschafft, innerhalb kürzester Zeit zum Thema Nummer eins des Klosters zu werden. Ich hatte ihr erst gestern deutlich zu verstehen gegeben, dass ich auch wegen der Stille ins Kloster gekommen war und keine Dauerbeschallung suchte. Schwester Trifonias mahnende Worte waren in mir nachgeklungen. Außerdem hatte ich sie darum gebeten, nicht in aller epischen Breite rumzuerzählen, dass zumindest ich nicht getauft war. Sie hatte amüsiert gelacht, mir beruhigend über den Kopf gestrichen und gesagt: »Keine Sorge, mach ich nicht. Auch wenn ich glaube, dass es die falsche Taktik ist. Wenn die Pinguine erfahren, dass du nicht getauft, aber freiwillig hier bist, werden sie dich erst so richtig unter ihre Fittiche nehmen. Das ist doch die größte Herausforderung: dich zu bekehren. Ein ungesalbtes Schäflein sozusagen.«

Auch wenn sie nicht sonderlich gut ankam, meiner Mutter schien es bei den Schwestern sehr gut zu gefallen. Sie blühte richtiggehend auf, was aber auch an Mathias und dem Konkurrenzkampf mit Schwarz und Scherz um selbigen liegen konnte. Mutter machte es einen Heidenspaß, mit dem Witwer zu flirten und dabei zu beobachten, wie die beiden Nebelkrähen empört und eifersüchtig die Köpfe zusammensteckten.

»Wo kommen die Pflanzenabfälle hin?«, fragte ich Schwester Cordula, während ich mir den Schweiß aus dem Gesicht rieb. Die Sonne hatte richtig Kraft, und im Kloster gab es kaum moderne Hilfsmittel, stattdessen wurde alles mit Handarbeit erledigt.

Schwester Cordula zeigte mir die Stelle und lächelte. Ich verstand mich prächtig mit ihr. Sie war von heiterem Gemüt, sehr naturverbunden, aber auch für jedes Späßchen zu haben. Vor allem war sie mit Mitte vierzig noch ziemlich jung. Mit meiner neuen Aufgabe fühlte ich mich gleich viel integrierter und nicht mehr nur wie ein

Nutznießer des Klosters. Die anderen Schwestern sprachen mehr mit mir, und Schwester Trifonia schien ebenfalls sehr zufrieden, dass ich im Garten mitanpackte. Interessanterweise trudelten mir beim stillen Arbeiten viele Gedanken durch den Kopf. Einige kehrten immer wieder, und ich merkte, wie sich in meinem Unterbewusstsein immer mehr eine Einstellung zu den Fragen formte, die mich beschäftigten.

Wie zum Beispiel, ob mein überforderter Vater Auslöser für mein momentan kompliziertes beziehungsweise nicht existierendes Liebesleben war. Ebenso nagte die Frage an mir, weshalb ich es nicht schaffte, nach all den Jahren Max Wolf aus meinen Gedanken zu verbannen. Johanna war über ihre Pubertätsschwärmerei Jochen Winter so was von hinweg. »Zuverlässigkeit ist das neue sexy!«, pries sie ihren Nils an. »Wenn du anfängst, eine Familie zu gründen und dich niederzulassen, sind diese verrückten spontanen Hallodris wie Jochen plötzlich außerhalb deines Beuteschemas. Nils mag nicht dieses Feuer in den Augen haben und auch nicht tanzen wie ein junger Gott. Aber wenn ich sehe, wie er mit den Kindern spielt und so langweilige Dinge wie Steuer und Absicherung für uns übernimmt, geht mir das Herz auf, weil ich einen Erwachsenen, einen wirklichen Partner an meiner Seite habe. Jochen Winter war eine nette Schwärmerei, Nils bedeutet tiefe Liebe, auch wenn die Haare deutlich schütterer sind als bei Jochen Winter.«

Was hielt mich gefühlsmäßig bei Max? War ich masochistisch veranlagt, oder war er gedanklicher Platzhalter, der verhinderte, dass ich eine neue Beziehung mit einem anderen, womöglich zuverlässigen Mann und potenziellen Versorger einging? Wollte ich nicht erwachsen werden? Und spielte meine Sorge, meinen Traum einer funktionierenden Familie nicht verwirklichen zu können, eine Rolle bei meiner absurden Hingabe? Woher kam das Gefühl, es immer allen beweisen zu müssen, warum war mir die Meinung anderer so wichtig? Waren das Nachwehen meiner verspätet eingetretenen Pubertät, ein Komplex gar, immer übersehen worden zu sein?

Das Gärtnern wirkte bei mir deshalb so therapierend, weil ich mit den Händen beschäftigt war, in einem gewissen Gleichklang arbeitete und keine Ablenkung erfuhr. All diese Gedanken waren in meinem hektischen Arbeitsalltag bislang erfolgreich zur Seite gedrängt worden, denn Zeit zum Nachdenken war mir in der Apotheke nicht geblieben. Ich trug die Antworten in mir – ich musste sie nur zulassen.

KAPITEL 12

Der Wein macht Spötter, und starkes Getränk macht wild; wer davon taumelt, wird niemals weise.
Die Bibel, Sprüche 20,1

»Wir erreichen in Kürze unseren Zielbahnhof. Bitte alle aussteigen!«, tönte es aus dem Lautsprecher.

Die vielen Menschen, das Stimmengewirr und die lauten Geräusche überfielen mich nach den Tagen in der Stille und Einfachheit des Klosters und überfluteten meine Sinne. So musste sich ein Braunbär fühlen, den man direkt aus dem Winterschlaf in die Zirkusmanege zerrte. Anscheinend war ich inzwischen so an die Ruhe und den überschaubaren klösterlichen Alltag gewöhnt, dass mich die Zivilisation mit all ihrer Hektik auf dem völlig falschen Fuß erwischte. Doch seltsamerweise geriet ich nicht in Stress, sondern beobachtete meine Umwelt interessiert und mit Abstand, als ob sich eine Glaswand zwischen mir und dem Treiben dahinter befände. Geräusche nahm ich wie unter Wasser wahr – gedämpft und von weiter weg klingend.

Langsam ging ich vom Bahnsteig in Richtung Tram und fuhr zur Apotheke. Ich fühlte mich bereit, beim Abitreffen aufzutauchen, und wollte bei dieser Gelegenheit meine Kolleginnen besuchen. Die Entscheidung, mich meinen Klassenkameraden von früher und den damit verbundenen Peinlichkeiten zu stellen, war nicht zuletzt durch ein Gespräch mit Schwester Trifonia gefallen. Wir hatten darüber geredet, was ich befürchtete – Max wiederzusehen, über Jochen Winter und die peinliche Lage nachdenken zu müssen, in die er mich auf Susannes Hochzeit gebracht hatte, aber auch die Reaktionen der anderen ertragen zu müssen, dass sie vielleicht schlecht von mir dachten. Schwester Trifonia hatte mir geraten, mich den Dämonen der Vergangenheit zu stellen und die Situation vom heutigen Standpunkt aus zu betrachten: Wer war ich? Wer wollte ich sein? Auf die Meinung von wem kam es mir an, auf welche nicht? Vor allem solle ich versuchen, die Teenager-Brille abzulegen – ob sie damit das rosafarbene Kassengestell meinte?

»Lassen Sie einfach alles auf sich wirken. Beobachten Sie, merken Sie sich, was Sie empfinden, welche Gedanken Ihnen durch den Kopf schwirren, und wenn Sie wieder hier sind, sprechen wir darüber.«

Das klang nach einem guten Plan, vor allem nahm er mir den Druck, die Rolle der dynamischen Annie Fischer, die nichts schrecken konnte, zu spielen und alle beeindrucken zu müssen. Hinschauen, beobachten, Fragen beantworten – das konnte ich. Sie gab mir außerdem den Tipp, meine momentane Situation nicht zu verbergen. Ich solle zugeben, dass ich vom Leben gerade eine Auszeit nehme, sowohl innerlich wie äußerlich. Das stellte ich mir schwieriger vor als das genaue Hinschauen, aber mal sehen, vielleicht würde ich tapfer genug sein.

Als ich an der Rosengarten-Apotheke aus der Tram stieg, machte mein Herz einen kleinen Sprung. Wie sie da vertraut und wunderschön vor mir lag, in dem gut erhaltenen Gebäude aus der Gründerzeit, mit verschnörkeltem Schriftzug auf dem metallenen Schild über der

Tür, merkte ich, dass die Apotheke ein Stück Zuhause für mich war und mir fehlte. Einen Moment lang sah ich von außen durch die großen Fenster hinein und empfand ein merkwürdiges Gefühl, Loretta und Shakira ohne mich bei der Beratung der Kunden zu sehen. Zu merken, dass ich bereits ein paar Wochen weg war und alles auch ohne mich seinen gewohnten Gang nahm, fast so als ob es mich nicht gäbe und ich ersetzbar wäre, berührte mich tief in meinem Inneren – und es war kein angenehmes Gefühl. Mit wackligen Beinen und einem dumpfen Druck im Magen wartete ich ab, bis der Laden leer war, und trat dann, begleitet vom hellen Glockenklang, ein. Doch als Shakira und Loretta freudestrahlend auf mich zuliefen, war das flaue Unwohlsein sofort verschwunden.

»Mensch, wie schön, dass du vorbeikommst! Wir vermissen dich ja so. Selbst die Kunden fragen ständig nach dir«, rief Shakira aufgeregt.

Loretta nickte zustimmend und begrüßte mich mit Küsschen auf die Wange. Aus dem hinteren Bereich der Apotheke kam Herr Metzler hervor, der uns nicht hatte überhören können.

»Annie! Gut sehen Sie aus. Das Klosterleben scheint Ihnen zu bekommen.« Mit einem warmen Lächeln im Gesicht gab er mir die Hand und musterte mich wohlwollend.

»Keine Angst, ich bin nicht zur heiligen Annie mutiert. Alles gut, Herr Metzler, bald komme ich wieder.«

Er hielt meine Hand fest und sah mir eindringlich in die Augen. Mir schien, als ob er dem Frieden nicht trauen wollte, auch wenn er sich allem Anschein nach freute, mich froh und munter anzutreffen. Allerdings verzog er sich nach ein paar Minuten wieder nach hinten ins Lager. Seltsam. Er hatte überhaupt nicht nach meiner Rückkehr gefragt.

Als gerade eine Kundin hereinkam und Lorettas Aufmerksamkeit auf sich zog, nahm mich Shakira beiseite. Sie sah sich mit ängstlichem Blick nach allen Seiten um, bevor sie flüsterte: »Annie, du kannst nicht länger wegbleiben! Irgendwas stimmt hier nicht. Aus irgendeinem Grund glaubt der Metzler nicht mehr daran, dass du wiederkommst. Wenn man ihn drauf anspricht, tut er, als wüsste er von nix, aber ich habe einen Vertragsentwurf für die Nachfolge der Apotheke gesehen, und zwar mit Lorettas Namen darin. Ich glaube, sie ist sein Plan B.«

Mir schwanden die Sinne. »Was? Loretta?«

»Psst!«, machte Shakira und sah sich panisch nach der Kollegin um, die jedoch keine Notiz von uns nahm. »Ich weiß nicht, ob sie wirklich weiß, was Metzler plant, aber auf alle Fälle hat sie keine Gelegenheit ausgelassen, um sich als seine perfekte Nachfolgerin anzupreisen. Du hast keinen Übernahmevertrag mit ihm gemacht, weil du dich auf euren Handschlagdeal verlässt. Mal ehrlich, wer würde sich so eine Chance entgehen lassen? Loretta ist inzwischen netter geworden, wir haben uns arrangiert, aber meine Hand würde ich nie für sie ins Feuer legen. So ehrgeizig, wie sie ist, bin ich mir nicht sicher, wie sie reagiert, wenn er ihr die Übernahme der Apotheke anbietet. Am besten gehst du gleich nach hinten und besprichst das mit Metzler, sonst hast du vielleicht bald keine Zukunft mehr in der Rosengarten-Apotheke.«

Mir stockte der Atem. Seit Jahren riss ich mir für die Apotheke den Hintern auf, hatte seit dem ersten Tag meiner Anstellung mitgearbeitet, als wäre ich die Inhaberin, hatte Urlaube gestrichen und Überstunden und Nachtdienste gemacht – und nur, weil ich nach all den Jahren mal ein paar Wochen Urlaub oder besser: eine erzwungene Auszeit nahm, verschacherte mein Ziehvater seine Apotheke an Loretta Schöne, die gerade mal ein paar Wochen hier arbeitete? Gut, sie war freundlich, kompetent und kam hervorragend mit den Kunden klar, aber das konnte er nicht mit meinem Einsatz und unserem Verhältnis nach all den Jahren vergleichen. Wurde Metzler dement, oder bekam er Panik, seine Apotheke in die falschen Hände zu übergeben?

»Danke, Shakira. Du bist eine wahre Freundin. Ich spreche gleich mit ihm.«

Mit mulmigem Gefühl ging ich in den hinteren Teil der Apotheke. Im Büro fand ich Herrn Metzler, der über der Buchhaltung brütete. Beiläufig, beinahe in heiterem Ton, brachte ich mein Anliegen vor. »Mir ist im Kloster eingefallen, dass wir den Übernahmevertrag noch nicht unterschrieben haben. Es wird höchste Zeit, meinen Sie nicht?«

Ich kannte Herrn Metzler lange genug, um seine Reaktion zu deuten. Überrascht schaute er auf – mit dem Thema hatte er offensichtlich nicht gerechnet, und tatsächlich begann er sich zu winden.

»Annie, das kann doch warten, bis du wieder zurück bist, oder? Auf die paar Wochen kommt es jetzt auch nicht mehr an. Den Vertragsentwurf muss mein Anwalt noch anschauen, und dann solltest auch du ihn in Ruhe prüfen.«

Seltsam. Wenn ich mich recht erinnerte, war diesbezüglich alles bereits erledigt gewesen – was war denn bloß los?

»Ist alles in Ordnung? Sie wissen schon, dass ich bald wiederkomme und es mir gut geht?«, entschloss ich mich für die direkte Konfrontation.

Metzler nickte und murmelte: »Selbstverständlich.« Dann widmete er sich wieder den Papieren vor ihm auf dem Schreibtisch. Das Gespräch war allem Anschein nach beendet.

Ein komisches Gefühl in meinem Bauch blieb. Metzler war eben Apotheker und kein Schauspieler. Nachdenklich ging ich zurück in den Laden.

Im Verkaufsraum war die Hölle los, wie so oft um die Mittagszeit, wenn die Menschen die kurze Pause nutzen, um schnell ein paar Besorgungen zu erledigen. Am Tresen fiel mir erst jetzt der überdimensionale Aufsteller mit den Schönheitsdrinks des Speichelleckers Joachim Wagner auf. Die Drinks schienen gut anzukommen, zumindest war der Aufsteller fast abverkauft, und zwei Kundinnen in der Schlange hielten jeweils eine Flasche in der Hand. Hm, vielleicht hatte ich mich ja getäuscht und von Wagners ätzendem Charakter ablenken lassen. Loretta war vielleicht offener und noch nicht so verbohrt, was den Buckler anging. Oder man musste eben mit der Zeit gehen und solche unsinnigen Lifestyle-Produkte anbieten, schließlich war die Apotheke ein Unternehmen und keine staatliche Institution. Da ich mit Shakira abgemacht hatte, Kaspar und Hauser besser nicht zu besuchen, da sie durch eine Stippvisite eher verstört würden, sprach ich ein anderes Thema an, das mich schwer interessierte.

»Und was macht die Liebe?«, fragte ich Shakira, als es wieder ruhiger wurde und Loretta die nächste Kundin bediente.

Shakira verdrehte die Augen. »Du weißt doch, dass ich nicht an die Liebe glaube – also zumindest nicht an die Art Liebe, die den Sex schlechter macht.«

Das klang nach keiner großen Veränderung.

»Bist du denn immer noch bei der Seitensprungagentur?«

Sie nickte.

»Ich schon. Aber stell dir vor, Jochen Winter hat sich

abgemeldet. War vielleicht doch etwas zu viel an Susannes Hochzeit.«

Interessant. Vielleicht hatte er auch nur zur Konkurrenz gewechselt?

»Aber du bist mit dieser Art Treffen immer noch happy?«, wollte ich wissen.

»Ja, und ich werde mit jedem Treffen mehr darin bestätigt, dass Männer echte Arschlöcher sein können. Ich meine, die sind alle verheiratet, auch mit Kindern, oder in einer festen Beziehung, und machen das mit selbstverständlicher Regelmäßigkeit.«

»Na ja, die denken aber alle, dass du nicht besser bist und auch in einer festen Beziehung steckst«, gab ich zu bedenken, was Shakira jedoch nur mit einem ärgerlichen Stirnrunzeln kommentierte. »Ich könnte das nicht, Sex von meinen Gefühlen abzukoppeln. Vor allem sich so oft auf jemand Neuen einzulassen. Mir passiert eh nur alle Schaltjahre, dass ich mich mal verliebe.«

Shakira zog die Augenbrauen hoch. »Und wie nah hat dich deine Gänseblümchentaktik deinem Traum von Familie und Kindern gebracht?«

Touché.

»Kann ich so los?«

Kritisch betrachtete ich mein Spiegelbild. Die Frage war eher rhetorischer Natur. Wer Schlangenlederhosen mit Leopardenstiefeln und mehr künstlichen Goldschmuck als Peggy Bundy trug, war nicht gerade mein erster Ansprechpartner in Sachen Mode. Von meiner Mutter kamen immer dieselben Vorschläge, um mein in ihren Augen langweiliges Outfit aufzupeppen: ein tieferer Ausschnitt oder kürzerer Rock, High Heels, in denen nicht mal Dragqueens laufen konnten, und alles, was glitzerte und unecht funkelte.

»Ganz nett, aber du könntest deinen Haaren mehr Volumen geben. Mit einem Kamm und Haarspray lassen sich wahre Wunder bewirken!«

Die »Wunder« kannte ich zu gut – seit meinem fünfzehnten Lebensjahr hatte ich meine Mutter daher nicht mehr an meine Haare gelassen.

Es hatte mich viel Überredungskunst gekostet, Mutter zu überzeugen, im Kloster zu bleiben und mir nicht »beizustehen«. Allerdings hatte sie darauf bestanden, mein Outfit per Facetime zu begutachten, bevor ich mich in die Höhle des Löwen begab. So hielt ich mein Handy immer wieder an meine Frisur, dann das Gesicht und schließlich an den Körper, damit sie alles sehen konnte.

All ihren erbetenen und unerbetenen Kommentaren zum Trotz, in meinem schlichten Sommerkleid mit den Römersandalen fühlte ich mich wohl, zumal mir die Gartenarbeit im Kloster den richtigen Teint und goldene Strähnchen in meine ansonsten braunen Haare gezaubert hatte. Während ich dem Outfit mit dem passenden Schmuck den letzten Schliff verpasste, meldete sich der Laptop, den Mutter mit ins Kloster gebracht hatte, mit einem nervigen »Ping«. Leider gab es WLAN im Kloster, was ihrer Abhängigkeit, was soziale Netzwerke anging, nicht gerade zuträglich war. Da ich es ernst meinte mit meiner Auszeit, hatte ich meinen Laptop in der zweiten Woche freiwillig Schwester Trifonia gegeben, um nicht in Versuchung zu geraten.

Mutter sah auf das Display ihres Laptops und wurde plötzlich kreidebleich. »Das hat sie nicht gewagt!«, entfuhr es ihr wütend.

Ich verstand nur Bahnhof. »Wer hat was nicht gewagt?«, wagte ich zu fragen und war mir nicht sicher, ob ich die Antwort wissen wollte.

Irritiert sah sie in die Handykamera. »Susanne! Sie schreibt gerade auf Facebook, dass sie sich auf alle beim Abitreffen freut und hofft, dass du es auch schaffst zu kommen, weil du doch im Moment eine Männerdiät im Kloster machst.«

Wie bitte? Woher wusste Susanne von meinem Aufenthalt in Schönbruchthal, und wie in aller Welt kam sie dazu, meine Auszeit öffentlich bekannt zu geben?

»Warum bist du immer noch mit Susanne befreundet? Und woher weiß sie, dass ich im Kloster bin?«, fragte ich scharf, während ich versuchte, trotz des Anrufs meine Facebook-App zu öffnen.

Leicht eingeschnappt sagte meine Mutter: »Ich kenne Susanne schon genauso lange wie du, und bevor du dich wieder aufregst, ich bin immer noch mit vielen aus deiner alten Klasse befreundet. Ich finde es schön zu sehen, was aus allen geworden ist. Bei wem ich richtiglag, wer immer noch blöd ist und wer sich gemacht hat. Ach, Max ist übrigens auch auf Facebook«, schickte sie etwas leiser hinterher.

Mein strafender Blick war Antwort genug. Ich hatte schon seit Längerem nicht mehr auf dem sozialen Netzwerk vorbeigeschaut. Auch ein Beitrag zur Abschottung und Stille.

»Vielleicht hat ja niemand Susannes Posting mitbekommen«, betete ich, wurde jedoch kurz darauf eines Besseren belehrt. Elf Kommentare und achtzehn »Gefällt mir« ließen vermuten, dass Susanne mit ihrem Statusupdate genau die richtige Zielgruppe erreicht hatte. Die Kommentare konnte man am leichtesten mit »erstaunter Erheiterung« zusammenfassen. Es schien, als ob es niemand so recht glauben könnte, es aber alle zum Brüllen komisch fanden, dass Annie Fischer eine männerfreie Zeit im Kloster verbrachte.

Einen kurzen Moment überlegte ich, ob ich das Treffen absagen sollte. In diesem Augenblick postete Susanne auf all die ungläubigen Fragen: »Ich schwöre, es stimmt! Bin mit ihrer Mutter befreundet. Geht auf ihre Seite, und seht selbst!«

Ich tat, was Susanne vorgeschlagen hatte, und da wurde mir alles klar. Mutter postete quasi täglich Fotos aus dem Kloster und schien reges Interesse damit hervorzurufen. Natürlich hatte sie auch ein Foto von uns beiden gepostet mit dem Kommentar: »Selbst schuld, Männerwelt! Meine Tochter hat genug von euch und nimmt eine Auszeit im Kloster.«

Das war der Moment, in dem ich aufschrie und an Schwester Trifonia denken musste, die skeptisch gewesen war, ob es eine gute Idee war, dass mir meine Mutter im Kloster Gesellschaft leistete.

Die aber wusste, was jetzt kam, und sagte hastig: »Du, ich muss los. Treffe mich noch zum Abendspaziergang mit Mathias. Ich drücke die Daumen!« Und legte dann einfach auf, ohne mir die Chance auf einen Wutausbruch zu geben.

In der *Oma*, einer Kneipe aus Abizeiten, hatte sich nichts verändert. Die Zeit war stehen geblieben, und der Laden war nach wie vor beliebter Schüler-Treffpunkt. Als Ü-30-Jährige fühlte ich mich deplatziert. Plötzlich musste ich daran denken, wie erwachsen ich mich damals gefühlt hatte – einfach lächerlich, wenn ich mich heute so betrachtete.

Annette Sander, die das Treffen organisiert hatte, winkte mir aufgeregt zu, als ich die Tür aufstieß. Kein Wunder, das Gesprächsthema des Abends (ich) war tatsächlich aufgekreuzt, da konnte das Treffen nur ein Erfolg werden.

Bekannte Gesichter, wohin ich nur blickte. Eigentlich sahen fast alle aus wie früher, nur dicker und mit mehr Geheimratsecken. Die Dynamik der Gruppe war sofort wiederhergestellt. Dieselben Leute standen beieinander und begutachteten diejenigen, die sie damals gemocht oder nicht hatten leiden können.

Susanne kam mit großer Geste und überhaupt nicht beschämt auf mich zu. »Wie schön, dass du da bist! Mensch, das ist ja ein Ding mit dem Kloster, musste gleich mal erzählen.«

Gequält erwiderte ich das Lächeln, da schaltete sich Thorsten Leidemann ein, den ich noch nie riechen konnte. Ich wusste direkt wieder, warum.

»Hast du schon mal daran gedacht, deine Eier einfrieren zu lassen? Ich glaube, das würde dir den Druck nehmen.«

Das war der erste Satz, den er nach fünfzehn Jahren zu mir sagte. Frechheit.

Zum Glück wurde ich von Johanna gerettet, die mich zu sich und zwei Gläsern Gin Tonic an die Bar zog. »Hier, für dich. Wenn ich schon mal Ausgang habe und keinen Babysabber auf der Bluse, ist das genau das richtige Getränk. Außerdem erinnert es an die gute alte Zeit, oder?«

Dankbar nickte ich und nahm einen tiefen Schluck. »Wie läuft's bei euch?«

»Eigentlich alles wie immer, nur im Moment ist es echt stressig. Eines der Kinder ist immer krank, in Krippe und Kita gehen die dollsten Infekte um. Ich hab das Gefühl, sozial zu verarmen und zu verdummen, und mit Nils läuft seit Monaten nichts, weil immer einer vor Erschöpfung einschläft. Neulich fragte er mich, ob ich was dagegen hätte, wenn er trotzdem ein bisschen Spaß mit mir haben würde, während ich penne. Meine Antwort kannst du dir vorstellen. Wenn er mir K.-o.-Tropfen in den abendlichen Entspannungstee kippt, um mal wieder zum Zug zu kommen, wundert es mich nicht.«

Während ihrer Schilderung war mir der Mund sekündlich weiter aufgeklappt. Das war die Definition von »eigentlich alles wie immer«?

Johanna nahm einen großzügigen Schluck und winkte ab. »Glaub mir, besser, er hat überhaupt noch Interesse an mir. Andere Väter wollen nur noch ihren Schlaf und sonst nichts, also muss ich froh sein, dass er mich noch begehrt und nicht nur als Gebärmaschine sieht. Viel schlimmer als das sind die Mütter auf dem Spielplatz mit ihrer Sozialkontrolle. Die einen steinigen dich, wenn du dein Kind nicht bis zur Einschulung stillst, und die anderen finden dich uncool, wenn du deinen Nachwuchs nicht schon in der Früherziehung mit Englisch und Chinesisch förderst. Du glaubst gar nicht, was für einen Riesenbuhei die veranstalten! Wenn du Lust hast, gehen wir mal zusammen auf den Spielplatz. Wahrscheinlich freust du dich danach auf das Kloster. Also, ich würde im Moment wahnsinnig gern mit dir tauschen.«

Genau, das wäre die Idee! Frauentausch à la RTL2 – ich endlich mit Kindern und Johanna allein in der Stille.

Bevor wir weitersprechen konnten, kam Jochen Winter zur Tür herein, von dem ich seit der Hochzeit vor ein paar Wochen nichts gesehen und nichts gehört hatte. Er wirkte verändert. Kein großes Hallo und Küsschen-links-Küsschen-rechts-Gehabe. Nein, er trat ein, nickte freundlich in die Runde und lief dann zielsicher auf mich zu.

»Annie! Weißt du, wie lange ich schon auf die Gelegenheit warte, mich bei dir zu entschuldigen? Ich habe dich tausendmal angerufen, aber du nimmst ja nicht ab! Ich hab irgendwann sogar meine Nummer unterdrückt, weil ich gehofft habe, dass du dann rangehst. Ich war so ein Idiot. Die Geschichte mit dir war der Tropfen, der das Fass zum Überlaufen brachte, der absolute Super-Gau, der nötig war, um mir endlich die Augen zu öffnen«, legte er ohne Rücksicht auf Ort und umherstehende Leute los. Es schien ihm wirklich unter den Nägeln zu brennen.

Perplex sah ich ihn an. Er hatte mich die ganze Zeit versucht zu erreichen? Das war ja ein Ding. Und ich war davon ausgegangen, dass es Max gewesen war, den ich da ignorierte. Schade eigentlich. Das bedeutete, so dringend war es für Max dann auch wieder nicht gewesen, mich zu sprechen. Hier und da eine SMS schicken konnte jeder. Eine bequeme Art, den treuesten Fan bei der Stange zu halten.

»Freut mich für dich, wenn aus diesem Chaos was Gutes für dich entstanden ist«, sagte ich zu Jochen und trank noch einmal von meinem Gin Tonic.

Er lächelte. »Und ob! Mir geht es jetzt richtig gut. Weißt du, am Anfang, gerade nach der Trennung von meiner Frau, fand ich es schmeichelhaft mit all den Frauen, der Bewunderung, dem unkomplizierten Sex, aber als ich mir keine Namen und Gesichter mehr merken konnte und wahllos alle mit zu mir genommen habe, wurde mir klar, dass ich eine Leere zu füllen versuchte. Kompensation vom Feinsten.«

Wurde das Ehemaligentreffen zur Gruppentherapie umfunktioniert? Überfordert warf ich ein: »Das ist ja interessant, aber wieso erzählst du mir das alles? So nah stehen wir uns eigentlich nicht.«

Jochen schlug sich an den Kopf. »Tut mir leid, Annie, ich wollte dich nicht zu meinem seelischen Mülleimer machen. Ich habe inzwischen einen Therapeuten, den ich normalerweise damit vollquatsche. Ich musste nur in letzter Zeit sehr oft an dich denken. Du hast mich ja in gewisser Weise gerettet.«

Äh … Wie bitte?

Jochen bestellte sich eine Cola und setzte sich zu uns. »Jetzt habe ich nur von mir geredet. Mensch, wie geht es dir denn?«

»Na ja, abgesehen davon, dass die anderen davon ausgehen, dass ich im Begriff bin, Nonne zu werden, gut.«

Jochen sah mich verständnislos an. Aha, er war also auch nicht auf Facebook aktiv, also klärte ich ihn auf.

Grinsend schüttelte er den Kopf. »Also, um dich wär's wirklich schade. Der Herrgott will bestimmt, dass du deine DNS weitergibst, jede Wette.«

Täuschte ich mich, oder flirtete er mit mir?

Johanna, die es nicht gewohnt war, übersehen zu werden, räusperte sich genervt. Jochen sah sie an, erkannte sie aber nicht.

Da riss Johanna der Geduldsfaden. »Mensch, Jochen, ich bin's! Johanna Leitner. Ich hab dich drei Jahre in Latein abschreiben lassen und regelmäßig auf den Schuldiscos mit dir rumgeknutscht, schon vergessen?«

Jochen starrte sie fassungslos an. »Mist, ich hab dich echt nicht erkannt. Dabei hast du dich gar nicht verändert. Darf ich das mit einer weiteren Runde wiedergutmachen?«

Dazu sagten wir auf keinen Fall Nein. Johannas Ziel war, heute voll wie eine Haubitze nach Hause zu torkeln, wenn Nils schon mal auf die Kinder aufpasste, und ich brauchte Alkohol, um die neugierigen Blicke und Fragen zu ertragen. Jochen schien sich bei uns wohl zu fühlen, zumindest blieb er stehen und stieß mit uns an.

Bevor ich es mich versah, gab es die nächste Runde. Die

Stimmung wurde ausgelassener, die Konturen verschwammen, und alles in allem fühlte ich mich prächtig. Mein Bedürfnis, mit den anderen zu sprechen, tendierte gegen null; dafür war Jochen ausgesprochen unterhaltsam. Vor allem selbstkritisch witzig. Die besten Witze machte er über sich und seine Vergangenheit. Den tadelnden Blicken der anderen nach zu urteilen, waren wir ihnen, was Alkoholpegel und Lautstärke anging, um Längen voraus – zumindest Johanna und ich. Jochen blieb seiner neuen Rolle entsprechend bei Cola. Er erzählte gerade von dem Moment, als er zum ersten Mal Blut hatte abnehmen müssen und sich dabei selten dämlich angestellt hatte, als mir jemand auf die Schulter tippte.

Ich drehte mich um. Vor mir stand Max und sah mich herausfordernd an. Der hatte Nerven! Bevor ich etwas sagen konnte, schnauzte er mich an: »Weißt du, wie peinlich du gerade bist? Voll betrunken und lachst wie 'ne bezahlte Trulla. Auf meine Nachrichten antwortest du nicht, aber du lässt dich ausgerechnet von Jochen zutexten? Nach allem, was du von ihm weißt, und seinem üblen Auftritt bei Susannes Hochzeit. Außerdem war der schon in den Neunzigern so witzig wie Wolfgang Schäuble beim Geldzählen.«

War das hier *Versteckte Kamera*?

»Jochen war schon immer charmanter und geistreicher, als du es jemals sein wirst. Leider ist mir das unter dem Einfluss pubertärer Hormonumstellungen nicht so aufgefallen«, konterte ich mit träger Zunge. »Und er arbeitet an sich, was sehr wenige Männer tun. Der Grund, warum ich hier sitze, ist simpel: Ich habe einfach keine Lust, Klosterfragen zu beantworten oder zur Belustigung der anderen beizutragen.«

Max stieß laut Luft aus. »Mann, nimm dich nicht so

wichtig! Mit etwas Humor und Selbstironie könntest du locker drüberstehen. Warum ist dir so wichtig, was andere von dir denken? Schau sie dir an! Aus denen ist doch weiß Gott nichts geworden. Alles Normalos, nichts Spannendes, und von denen lässt du dir den Abend versauen?«

Susanne, die uns aus den Augenwinkeln beobachtet hatte, gesellte sich in diesem Moment zu uns und ließ ungefragt ihren Kommentar ab. »Redet ihr übers Kloster? Annie, das ist ja so interessant! Männerdiät, ich werd nicht mehr. Du musst erzählen, wie es ist. Ich wollte dich auf gar keinen Fall in eine missliche Lage bringen. Fand das nur irre spektakulär.«

Na wunderbar. Max tat so, als ob ich die Megamimose wäre und ein prämenstruelles Verhalten vom Feinsten an den Tag legte, und Susanne gierte schon wieder nach einer Sensation. Dabei war das eigentlich Aufsehenerregende, dass sich die beiden überhaupt zusammen sehen ließen, nach allem, was an Susannes Hochzeit geschehen war. An ihrer Stelle würde ich mich nicht mehr mit Max in der Öffentlichkeit zeigen.

»Susanne, wo ist denn dein Mann heute? Wollte der gar nicht mit?«, fragte ich deshalb spitz.

Wenn mich nicht alles täuschte, warfen sich sie und Max einen ertappten Blick zu. Nur einen kurzen Moment, aber irgendwas war nicht koscher daran, da war ich mir ganz sicher.

»Boris ist dieses Wochenende bei seinen Eltern. Ihn interessiert es nicht besonders, wenn wir über alte Zeiten sprechen«, erklärte Susanne.

Das glaubte ich aufs Wort. Ich würde auch nichts wissen wollen, wenn ich nur zum Altar geschleppt wurde, weil ich ein Lookalike der ersten großen Teenieliebe war, und die Blamage von der Hochzeit reichte Boris wohl vollkommen aus.

Glücklicherweise befreite mich Johanna aus der unangenehmen Situation. Sie zog mich unter dem Vorwand, dringend an die frische Luft zu müssen, an der Hand zum Ausgang. Aufgeregt fuchtelte sie vor meinem Gesicht herum, wobei ich ihr nicht mehr so einfach folgen konnte – physisch wie intellektuell.

»Ist das nicht der Hammer? Jochen Winter wird abstinent und seriös. Zumindest versucht er es. Mensch, wie viele Jahre habe ich davon geträumt«, lachte sie.

Ja, daran erinnerte ich mich zu gut – genauso viele, wie ich von Max geträumt hatte. Schließlich hatten Johanna und ich oft genug in meinem Zimmer gesessen, den *Titanic*-Soundtrack gehört und dabei von unseren Herzbuben geträumt. Mit ein Grund, weshalb unsere Freundschaft über all die Jahre gehalten hatte: Wir waren uns bei Männern nie in die Quere gekommen.

Johanna genoss ihren freien Abend sichtlich und tratschte vergnügt weiter. »Übrigens glaube ich, dass Max was mit Susanne am Laufen hat, oder fandst du deren Verhalten vorhin nicht auch seltsam? Ich sag es dir ja seit Jahren: Vergiss Max! Aber hey, vielleicht gefällt dir der neue Jochen ja auf den zweiten Blick. Die Phase, in der die kaputten Typen spannender sind als die anständigen, lässt man eigentlich nach dem dritten Semester hinter sich.«

Da war was dran. Der Abend mit Jochen war bis hierhin wirklich sehr nett gewesen. Er war redegewandt, humorvoll, intelligent und sah zu allem Überfluss auch noch blendend aus. Außerdem dachte er, dass ich seine Erlöserin war. Wieso in aller Welt hing ich noch an Max Wolf fest, diesem arroganten Schnösel, dessen Zunge so scharf wie eine Rasierklinge sein konnte?

Um das Thema zu beenden, nickte ich, und Johanna ging vor mir her wieder in die *Oma*. Als wir durch den Windfang in den Gastraum traten, bemerkte ich zwei Silhouetten, die etwas abseits standen. Das waren Max und Susanne, das erkannte ich sofort, und beide drehten mir den Rücken zu. Da Johanna schon vorausgegangen war, pirschte ich mich an die zwei heran, um ein paar Fetzen von ihrem getuschelten Gespräch aufzufangen, was charakterlich nicht kleidsam, aber sehr effektiv war. Zur Tarnung stellte ich mich an einen Postkartenhalter und begutachtete die kostenlosen Karten mit den bunten Aufdrucken.

Susanne sah Max gerade herausfordernd an. »Also, was ist. Hast du echte Gefühle oder nicht?«

Er wand sich wie eine Schlange beim Flötenkonzert und stieß schließlich entnervt hervor: »Ja, Mann, ich hab ernsthafte Gefühle! Wie du weißt, bereits seit der Schule.«

Das war also das Geheimnis! Die beiden hatten nicht nur was miteinander, sie liebten sich sogar. Mir wurde schlecht.

Susannes Stimme klang wütend, als sie auf Max' Geständnis antwortete: »Und warum unternimmst du dann nichts? Ich mach das auf alle Fälle nicht mehr mit!«

Max zuckte mit den Schultern und drehte sich zur Seite. Um ein Haar hätte er mich entdeckt. Nichts wie weg hier. Ich hatte ohnehin mehr gehört, als mir lieb war.

Das war es also. Er stand überhaupt nicht auf seine Lolita, sondern war in Susanne verknallt, und sie, wie wir alle spätestens seit ihrer Hochzeit wussten, bei der sie seinen Doppelgänger geheiratet hatte, immer noch in Max. Sosehr es auch schmerzte, anscheinend waren die beiden füreinander bestimmt. Das musste ich wohl oder übel akzeptieren.

Natürlich waren das nur leere Worte, denn ehrlich gesagt verkrampfte sich mein Magen beim bloßen Gedanken daran, wie Max und Susanne ihr Liebesglück miteinander genossen. Der Lauscher an der Wand hört seine eigne Schand – aber eine sehr lehrreiche und heilsame Schande, das musste ich zugeben. Jetzt wusste ich wenigstens, woran ich war, und konnte mich von meinem Wolkenkuckucksheim verabschieden. Vielleicht hatte Johanna recht, und ich sollte mich mal mit Jochen verabreden, aus meinem gewohnten Muster ausbrechen und offen sein. Vor allem aber: Max ein für alle Mal vergessen.

So souverän, wie es mir dank Alkoholpegel und angeknackstem Herzen möglich war, ging ich auf Jochen zu, der gerade die nächste Runde bestellte, und hörte mich ihn fragen: »Hast du Lust, dich mal mit mir zu treffen? Ich muss einige Dinge erledigen und werde bald wieder in der Stadt sein.«

Jochen strahlte. »Das wäre großartig, wirklich. Ich würde dich gern bekochen, wenn du magst – ein Abendessen ist ja wohl das Mindeste, was ich meiner Lebensretterin zubereiten kann. Sag mir wann, und ich bin bereit.«

Mit diesen Worten zog er eine Visitenkarte aus seinem Jackett, genau im richtigen Moment, um nicht Johanna zu sehen, die neben ihm sehr auffällig beide Daumen in die Luft hob. Damit war meine Mission erfüllt. Ich wollte weg, weg von Max, weg von Susanne, und nach Hause. Ich sah Johanna an, und sie nickte mir zu. Sie hatte meine stille Bitte verstanden, also exte sie den Inhalt ihres Glases.

Ich packte gerade meine Sachen zusammen, als ein Raunen und Tuscheln durch den Raum ging. Alle Köpfe drehten sich in Richtung Tür, wo Benni, Max' bester Freund aus alten Tagen, stand. Damit hatte offenbar keiner gerechnet, nachdem er jahrelang vom Erdboden verschluckt gewesen war und nur das Gerücht von seinem Unfall die Runde gemacht hatte. Dass an dem Gerede etwas dran war, merkte ich, als sich Benni zur Theke aufmachte – das linke Bein zog er eindeutig hinterher. Es war ein seltsamer Anblick, diesen jungen Kerl wie einen alten Mann laufen zu sehen. Was war ihm nur widerfahren, damals, bei diesem ominösen Unfall? Das wusste wohl er allein. Und natürlich …

Max. Ich drehte den Kopf, dann erblickte ich ihn. Wie vom Donner gerührt, stand er immer noch neben Susanne am Eingang und starrte zu Benni hinüber. Der wandte sich gerade um und fing den Blick von Max auf. Schweigend sahen sich die beiden an, taxierten sich wie Cowboys an High Noon, den Finger am Abzug, als ob jeder abwartete, dass der andere den Anfang machte. Max wurde immer blasser und sah für einen kurzen Moment aus, als ob er etwas sagen wollte – fing sich aber wieder, machte auf dem Absatz kehrt und hastete aus dem Lokal. Daraus sollte mal einer schlau werden.

Nach der ersten Stille im Raum folgten freudige Hallos und Umarmungen, und Benni wurde wie ein Kriegsheimkehrer begrüßt. »Na, altes Haus, wo hast du dich denn versteckt?«, hörte ich eine Stimme durch den Trubel dringen. Eine Frage, die auch mich brennend interessierte. Immerhin war Benni Max' bester Freund gewesen. Sogar nach Heidelberg waren die beiden gemeinsam gegangen, um Medizin zu studieren. Dennoch, der Abend war anstrengend genug gewesen – ich wollte nach Hause.

Johanna gab mir zu verstehen, dass sie sich von den anderen noch verabschieden wollte, und weil ich sie schon seit ein paar Jahren kannte, wusste ich, dass das länger dauern konnte. Also verabschiedete ich mich von Jochen, dem ich versprach, mich bald bei ihm zu melden, und ging dann schon einmal vor die Tür, um in der lauen Sommernacht auf Johanna zu warten.

»So, du machst also die Biege, ohne deinen Mitschülern die Beichte abgenommen zu haben.«

Max, der draußen gewartet haben musste, klang wie immer leicht spöttisch und sehr selbstbewusst. Noch vor einer Stunde hätte ich mir eingeredet, dass er das machte, um sich nicht in die Karten schauen zu lassen – jetzt wusste ich, dass er es genauso meinte, wie er es sagte: fies. Die Lust auf Diskussionen oder einen fiesen Schlagabtausch mit Max Wolf war mir tatsächlich vergangen. Also erwiderte ich: »Ich bin müde, Max. Lass es gut sein.«

»Welche Laus, oder sollte ich besser sagen: Welcher Schleimer ist dir denn über die Leber gelaufen? Hat Jochen es in so kurzer Zeit geschafft, dich mit seiner unfassbaren Langeweile zu infizieren?«

»Kannst du es nicht einfach mal sein lassen?«, fragte ich genervt, drehte mich um und marschierte los.

Doch weit kam ich nicht. Plötzlich stand Max vor mir, versperrte mir den Weg und hielt mich an den Schultern fest. Dann beugte er sich zu mir hinunter, zog mein Kinn zu sich hoch und küsste mich. Eindringlich. Fest. So als wollte er mir seinen Stempel aufdrücken.

»Nur damit du nicht vergisst, auf wen du wirklich stehst«, flüsterte er atemlos, dann machte er kehrt und verschwand in der dunklen Nacht.

Der Abdruck seiner Lippen glühte noch auf meinem Mund. Ich fühlte mich gebrandmarkt. So ein arrogantes und selbstherrliches Arschloch! Warum konnte mich dieser Macho nicht endlich in Ruhe lassen? Dieses ständige Hin und Her, dieses Anziehen und Abstoßen, ich hatte es so was von satt!

Zum Glück war ich mittlerweile weiter. Max Wolf

konnte mich so oft küssen, wie er wollte, ich würde mich ab jetzt nur noch den guten Männern zuwenden – denen, die echtes Interesse an mir hatten und keine Spielchen spielten. Viel Spaß mit dem Typen, Susanne, dachte ich, er gehört dir. Hoffentlich amüsierst du dich, während er dir das Herz in Stücke reißt.

Ich war fertig mit Max Wolf.

KAPITEL 13

Ora et labora.
Mathias von Nursia

»Entschuldigung, Schwester Maria, haben Sie zufällig meine Mutter gesehen?«

Ich war am späten Vormittag wieder in Schönbruchthal angekommen. Die Nacht war furchtbar gewesen, da ich kein Auge hatte zumachen können. Zu viele Dinge waren mir durch den Kopf gegangen. In der Apotheke ging es nicht mit rechten Dingen zu. Max und Susanne liebten sich. Jochen steckte mir seine Karte zu. Und dann dieser wunderbare und zugleich furchtbare Kuss von Max …

Ich hatte das dringende Bedürfnis, mit jemandem zu reden. Natürlich hatte ich schon mit Johanna besprochen, was am gestrigen Tag alles passiert war. Die schien sich aber aufrichtig über das Chaos zu freuen, das sich irgendwie immer dann ereignete, wenn ich irgendwo auftauchte. »Endlich passiert mal was«, hatte sie noch am heutigen Morgen zu mir gesagt. »Wenn man erst mal zwischen Windeln und Windpocken angekommen ist, wird das Leben doch recht unaufregend.«

Jochen und mich betrachtete sie als spannendes Experiment – glücklicherweise war sie vollständig über ihn hinweg und missgönnte mir daher nicht, dass er sich offenbar für mich interessierte. Wenn ich sie richtig verstanden hatte, blieb einem bei zwei kleinen Kindern für Neid auf die einsame Single-Freundin auch gar keine Zeit. Sie war neugierig, ob der geläuterte Jochen tatsächlich geläutert blieb und am Ende eventuell mit der romantischen Annie eine Familie gründete. Wenn das mal kein abgefahrenes Happy End war.

Ich hingegen empfand nichts, nicht einmal besondere Freude über die neue Option, die sich in meinem Liebesleben ergeben hatte. Kein Wunder – ich war immer noch aufgewühlt wegen Max und Susanne und seinem dreisten Überfall auf mich. Leider war Max ein außergewöhnlich guter Küsser, und die Legenden, die sich seit der Schulzeit um seine Fertigkeiten in Liebesdingen rankten, waren nicht erfunden, wie ich bereits vor einigen Wochen an jenem besagten Abend in meiner Wohnung hatte feststellen müssen. Selbst sein Überrumpelungskuss hatte nach Abenteuer und verwegenen Gefühlen geschmeckt. Verdammt, wie konnte etwas, das sich so gut anfühlte, so falsch sein?

»Der weiß sehr genau, wie er sich seinen Fanclub hält«, hatte Johanna gesagt. »Ich frage mich nur weshalb. Was hat er davon, wenn ihn die halbe Stadt toll findet? Vermutlich nichts als männliche Eitelkeit.«

Ich war auf die Erklärung meiner Mutter gespannt – auch wenn ich mir keine großen Hoffnungen machte, dass sie mich irgendwie weiterbringen würde. Dennoch, Max Wolf war aus unerklärlichen Gründen ihr Lieblingsschwiegersohn, zumindest in der Vorstellung, und mich interessierte, was sie zu dieser neuerlichen Entwicklung zu sagen hatte. Nur wo war sie? Seit meiner Rückkehr hatte ich sie nicht gesehen. Dabei hatte ich sie überall im Kloster gesucht, sogar im Kräutergaren. Doch sie war wie vom Erdboden verschluckt, nur ihre Sachen lagen noch in ihrem Zimmer. Seltsam.

»Ihre Mutter?« Schwester Maria wurde knallrot im Gesicht und war mit einem Mal sehr hektisch. »Ihre Mutter ist mit Frau Schwarz und Frau Scherz in einem Gespräch.«

Ich traute meinen Ohren nicht. Meine Mutter freiwillig mit den beiden Krähen? Das verhieß nichts Gutes.

Sofort machte ich mich auf die Suche und wurde schließlich in einer kleinen Kammer neben der Klosterküche fündig, in der ich die Stimme meiner Mutter rumoren hörte. Ich drückte mein Ohr an die Tür und lauschte. Als ich verstand, worum es ging, traf mich der Schlag. Meine Mutter beichtete nicht ihre Jugendsünden oder ein dunkles Geheimnis, nein sie beriet Schwarz und Scherz, und wenn ich es richtig verstand, nahm sie gerade Kontakt zu einigen verstorbenen Verwandten auf.

»Ich spüre Ihre Mutter jetzt hier im Raum, Frau Schwarz. Sie sagt, dass sie sich ein wenig Sorgen macht, weil Sie so schmal sind und ganz verbittert aussehen.«

Schwarz antwortete aufgeregt: »Sie hat immer für mich gekocht und fand stets, dass ich zu dünn war. Fragen Sie meine Mutter, wie es ihr geht.«

»Es geht ihr sehr gut, sie ist so stolz auf Sie und wacht über alles, was Sie tun.«

Das war genug. Ich klopfte an die Tür und rief: »Mama, bist du da drinnen?«

Aus dem Inneren der Kammer vernahm ich hastiges Stühlerücken und zischende Laute. Dann öffnete sich die Tür einen Spaltbreit, und Schwarz und Scherz schoben sich, eine nach der anderen, durch die Tür hindurch, wobei sie es tunlichst vermieden, meinen neugierigen Blick zu erwidern. Stattdessen wuselten sie hastig davon, die Köpfe zusammengesteckt wie zwei alte Waschweiber.

»Hallo, Schätzchen«, sagte meine Mutter und öffnete

die Tür noch weiter. Sie überspielte die Situation, indem sie direkt zum Angriff blies. »Und, wie war das Treffen? Hast du Max gesehen? Seid ihr euch nähergekommen?«

Ein billiger Trick, um vom eigentlichen Thema abzulenken. Meine Mutter erwartete eine Standpauke, das wussten sie und ich – aber wieso den Fisch nicht ein wenig zappeln lassen?

»Ja, Max bin ich nähergekommen, sogar näher, als mir lieb ist. Ich habe mitgekriegt, wie er Susanne seine Liebe gestanden hat. Aber ich habe ein Date mit Jochen Winter. Der hat sich in Therapie begeben und ist geläutert. Und immerhin ist er ja ein richtiger Arzt.« Den letzten Kommentar hatte ich mir einfach nicht verkneifen können.

Verblüfft sah meine Mutter mich an. »Susanne? Nein, das ist doch Schnee von gestern! Du irrst dich – eine Mutter spürt das, und ein Medium erst recht.«

Da war das Stichwort. »Apropos Medium. Wie geht es denn Frau Schwarz und Frau Scherz?« Ich sah sie durchdringend an und versuchte einen Blick ins Innere der Kammer zu erhaschen.

Einen klitzekleinen Moment blinzelte meine Mutter, fing sich aber sofort wieder. Sie kannte mich gut genug, um zu wissen, dass ich sie ertappt hatte.

»Was ist denn dabei, wenn man sich eine Zweitmeinung einholt? Die beiden sind doch auch nur Menschen mit Sehnsüchten und Fragen.« Dann wechselte sie das Thema. »Jochen Winter also, ja? Und du glaubst, dass er sich wirklich geändert hat? Den fand doch Johanna immer so toll.«

Bevor ich zu meiner Gardinenpredigt ansetzen konnte, läutete die Glocke zur Mittagsmesse.

»Aufgeschoben ist nicht aufgehoben«, knurrte ich meine Mutter an, die meine Drohung mit einem zuckersüßen Lächeln erwiderte.

Ich machte mich auf den Weg in den Chor. Dort angekommen, badete ich meine Hände vorsichtshalber im Weihwasser und entschuldigte mich beim lieben Gott für meine Mutter, die ihm ins Handwerk pfuschte.

Die Messe begann mit einem Gebet, und ich merkte schnell, dass im Kloster alles seinen gewohnten Gang ging und es nicht weiter auffiel, wenn man mal einen Tag weg war. Zu sehr war der Alltag in feste Rhythmen eingeteilt, als dass der Einzelne eine Auswirkung gehabt hätte. Das Zahnrad bewegte sich gut geölt und ohne Stocken, und es passierte nie etwas Außergewöhnliches, weil sich der Tag immer gleich gestaltete – sogar das ganze Jahr. Dieselben Feiertage, dieselben Jahreszeiten und dieselben Bräuche, Tag für Tag, Monat für Monat, Jahr für Jahr. Das Kloster war das Paradies für Menschen, die Überraschungen hassten. Hier wusste man, woran man war, die ritualisierten Abläufe gaben Halt und Sicherheit. Ich konnte mir durchaus vorstellen, dass dieses Leben etwas Tröstliches mit sich brachte.

»Dem Herrn sei Dank. Amen.«

Präzise wie ein Schweizer Uhrwerk lief die Messe ab, mittlerweile waren diese Stunden der inneren Einkehr wie zu einer Meditation für mich geworden. Ich verstand zwar nichts von dem, was gesagt wurde, kannte die Gebete nicht, die von den anderen intoniert wurden, und kapierte die Gleichnisse aus der Bibel, die immer wieder zitiert wurden, erst recht nicht, aber während der Messe hatte ich, wie beim Arbeiten im Garten, stets Gelegenheit, in mich zu gehen und über mich und mein bisheriges Leben nachzudenken.

So geschah es, dass die Zeit immer schneller vorbeiging, auch heute. Ehe ich es mich versah, verließen die Schwestern, sich wie immer voreinander verbeugend, in

Zweiergruppen den Chor. Zwar war ich noch lange nicht bekehrt – und würde es wohl auch nie sein, denn meine Mutter hatte bereits in meiner Kindheit dafür gesorgt, dass ich mit genug Skepsis und Zweifeln gegenüber der Kirche aufwuchs –, aber ich merkte, wie ich manches Mal die Nonnen um ihren Glauben beneidete. Er machte vieles einfacher im Leben, zumindest gab er mehr Gelassenheit. Außerdem schien er unabhängiger zu machen, weil man sich auf alle Fälle akzeptiert und geliebt fühlte und nicht ständig sein Selbstwertgefühl durch andere Menschen aufpolieren musste. Gott war egal, ob einen Cellulite oder O-Beine plagten, schließlich war er der Schöpfer und musste seine Kinder schön finden.

Doch leider (oder eher: zum Glück) ließ sich der Glaube nicht erzwingen – jedenfalls nicht mehr in der heutigen Zeit –, ansonsten hätte aus mir vielleicht noch eine ganz passable Christin werden können. Trotz meines Unglaubens lernte ich in dieser Zeit in Schönbruchthal viel über die Religion und den Glauben, was ich bislang nicht verstanden hatte. Manche Zeremonien muteten wie ein gut geprobtes Theaterstück an, und die Bräuche und Traditionen strahlten eine eigentümliche Mystik aus, deren Bann man sich nicht einfach so entziehen konnte.

Doch warum ließ ich mich nicht bekehren? Warum war Gott für mich immer noch ein theoretisches Konstrukt? Mein Problem waren nicht die rechtschaffenen Frauen, die hier lebten und Gutes taten, oder der Glaube als solcher, für den ich mich bestimmt hätte begeistern können, sondern der politische Aspekt eines männerdominierten Systems. Die Schwestern in Schönbruchthal lebten nach den Grundsätzen der Bibel und ihrer menschenfreundlichen Botschaft in Demut und Armut fern der Eitelkeit oder Macht, was man von ihren Brüdern im Vatikan nicht behaupten konnte. Mir gefiel es, dass die katholische Kirche ihre Traditionen nicht bei jedem Windstoß änderte und so zur Verlässlichkeit beitrug. Dennoch war ich der Meinung, dass der Glaube bei aller Tradition lebendig bleiben musste und nicht starr bleiben durfte. Nicht umsonst bedeutete Tradition im besten Sinne, die Flamme weiterzugeben und nicht, die Asche aufzubewahren.

Ich verließ den Chor. Auf dem Gang wartete Schwester Konstantine auf mich, eine Novizin, die an ihrem weißen Gewand zu erkennen war. »Ich soll Sie zu Schwester Trifonia bringen«, strahlte sie mich an. Sie schien mit ihren leicht geröteten Wangen von Gott geradezu durchströmt, fast schon ein wenig high.

Ich schluckte. Was könnte ich verbrochen haben? War Schwester Trifonia nun doch nicht mehr davon überzeugt, dass ich es verdiente, hier im Kloster zu bleiben? Oder hatte sie gar – oh Schreck! – von den blasphemischen Machenschaften meiner Heidenmutter erfahren?

Nervös folgte ich Schwester Konstantine. Ich fragte mich, wie die Novizin wohl vor ihrem Eintritt ins Kloster geheißen hatte. Die Schwestern bekamen bei Klostereintritt einen neuen Namen. Einerseits eine seltsame Vorstellung, so als ob man sein vorheriges Leben, seine Identität auslöschen würde. Andererseits fiel es vielleicht leichter, sich dem neuen Leben völlig hinzugeben, wenn man buchstäblich alles, was vorher gewesen war, hinter sich ließ. Für die Familien musste das schwer sein, meine Mutter zumindest würde sich weigern, mich Schwester Hildegard zu nennen – und sie würde bestimmt jeden Tag im Kloster aufkreuzen, um mich umzustimmen.

Vor einer Benediktinerin lag ein langer Weg, bevor sie Nonne wurde. Zuerst gab es eine Schnupperzeit, dann ein Postulat, das sechs Monate dauerte. Danach wurde man

Novizin und als solche auch eingekleidet. Das dauerte zwei Jahre. Nach dem Noviziat folgte die zeitliche Profess, für die man ein Versprechen ablegen musste, um sich an die Gemeinschaft des Klosters zu binden. Der letzte Schritt war die feierliche Profess, in der sich die Novizinnen mit einem öffentlichen Bekenntnis für ihr gesamtes Leben an die klösterliche Gemeinschaft banden.

Ich packte die Gelegenheit beim Schopf. »Darf ich dir eine private Frage stellen?«, wagte ich mich vor. Da ich Konstantine auf mein Alter schätzte, duzte ich sie.

»Natürlich«, lächelte sie, und ihre hellen Augen blitzten dabei vergnügt.

»Wann wusstest du, dass du Nonne werden willst? Warst du dir immer sicher?«

Ich merkte, dass Konstantine diese Frage nicht zum ersten Mal gestellt wurde, denn sie antwortete prompt: »Bereits bei meiner ersten heiligen Kommunion war der Wunsch da. Ich habe Gottes Ruf schon früh gehört. Die Liebe zu ihm und der Wunsch, ihm zu dienen, meldeten sich immer wieder. Zum Glück war meine Familie verständnisvoll und unterstützte mich von Anfang an, auch wenn es meiner Mutter sehr schwerfiel. Aber sie kommt mich immer wieder besuchen und ist inzwischen stolz auf mich.«

Interessant, dass es Menschen gab, die von frühester Kindheit an wussten, was sie mit ihrem Leben anfangen wollten. Ich wusste manchmal nicht mal, was ich zu Mittag essen wollte, selbst wenn ich direkt vor dem Kühlschrank stand.

Vor einer schweren verzierten Holztür am Ende des Ganges hielt Schwester Konstantine an. Sie klopfte an, trat ein und meldete mich, um dann mit schnellem Schritt in ihren Unterricht zu eilen. Als Novizin wurde sie täglich in

Fächern wie Liturgie, Hausgebräuche, Theologie, Latein, Haus- und Ordensgeschichte und den Regeln des heiligen Benedikts unterrichtet.

»Treten Sie ein«, hörte ich die bestimmende, aber warme Stimme von Schwester Trifonia und kam ihrer Aufforderung sofort nach. Da ich keine Ahnung hatte, was in so einem Moment Usus in der katholischen Kirche war, machte ich vorsichtshalber einen Knicks.

Belustigt sah Schwester Trifonia mich an und bot mir einen Platz vor ihrem schweren alten Schreibtisch an, der sich unter der Last ganzer Aktenstapel fast bog. Mit zusammengepressten Knien und den Händen im Schoß setzte ich mich so sittsam wie möglich hin und fühlte mich wieder wie ein zwölfjähriges Mädchen.

»Wie ist es Ihnen ergangen auf der Reise in Ihre Vergangenheit? Konnten Sie etwas in die Gegenwart mitnehmen?« Sie sah mich aufmerksam an. In ihrem Blick lagen echtes Interesse und Wohlwollen.

»Ich …«, begann ich stockend, dann räusperte ich mich und sagte erneut: »Ich denke schon. Meine große Liebe war wohl doch nur eine Illusion.«

»Ja, ja, die Männer«, lächelte sie, als ob sie wüsste, wovon sie sprach. Auf meinen erstaunten Blick erwiderte sie: »Ich bin nicht als Nonne auf die Welt gekommen. Wir haben alle ein Vorleben, und auch ich war schon mehrfach Hals über Kopf verliebt. Auch unglücklich das ein oder andere Mal. Das kann einen schon aus der Bahn werfen.«

»Tja. Ich habe wohl an etwas geglaubt, das anscheinend nicht existiert.«

Schwester Trifonia sagte mitfühlend: »Wenn ich mich mit etwas gut auskenne, dann mit dem Glauben an etwas, das angeblich nicht existiert. Ich halte Sie nicht für eine verblendete Frau, die sich verrannt hat. Vielleicht braucht es einfach noch Zeit, bis die Antwort, die Sie suchen, sichtbar wird. Bis dahin habe ich Ihnen etwas zu lesen auf Ihr Zimmer gelegt.«

Oh lieber Himmel, bitte nicht noch eine Bibel, dachte ich.

»Was ist es denn?«

Schwester Trifonia lächelte. »Die Kräuterfibel von Hildegard von Bingen mit Anleitungen für Salben, Tees und Tinkturen. Haben Sie dafür Verwendung?«

Ich war ehrlich überrascht. »Äh … ja. Natürlich! Danke schön.«

»Im Garten sollen Sie natürlich weiterhin mitarbeiten – Schwester Cordula würde mir ansonsten an die Gurgel gehen, wenn ich Sie ihr wieder wegnähme.«

»Ora et labora«, zitierte ich einen der wenigen Sprüche, die ich kannte, obwohl wir beide wussten, dass ich es mit dem Beten nicht besonders hatte.

Ich verabschiedete mich von Schwester Trifonia und verließ ihr Büro. Kaum war ich aus der Tür und auf dem Weg zum Gästehaus, als mich die beiden Heuchelheiligen stellten. In einer unfassbar schlechten Darbietung gaben sie vor, sich die Gemälde früherer Äbtissinnen anzuschauen, tatsächlich jedoch wollten sie mich nur abpassen und ausfragen. Den beiden entging aber auch nichts.

»Ach, waren Sie bei Schwester Trifonia?«, fragte Frau Scherz, wobei ihre Augen vor Neugierde funkelten. So wie sie es fragte, schien sie davon auszugehen, dass ich in Schwierigkeiten war.

Ihre Betschwester wollte ihr in nichts nachstehen und lächelte falsch. »Hat es mit Ihrem Ausflug zu tun? Wir haben Sie ja bei der Messe vermisst.«

Wer's glaubt, wird selig! Gehörte Lügen nicht auch zu den Sünden? Einen kurzen Moment überlegte ich, ob ich sie über meinen Besuch bei Schwester Trifonia aufklären sollte, entschied mich aber, dass es anders viel lustiger war. Vertrauensvoll senkte ich die Stimme, was die beiden begierig näher rücken ließ. Erwartungsvoll sahen sie mich an.

»Ja, sie hat mich zu sich gerufen, aber ich darf unter keinen Umständen sagen, worum es sich handelt. Und Sie wissen ja, der liebe Gott sieht alles«, ließ ich die Nebelkrähen mit einem vielsagenden Blick nach oben stehen und eilte davon.

Ich schlenderte über verschlungene Wege über das Gelände. Mein Ziel war der kleine Tümpel, der von morastiger Erde umgeben war, wo Schwester Cordula und ich vor ein paar Tagen den Heilziest gesetzt hatten. Ich wollte sehen, ob die kleinen Triebe den Umzug gut überstanden hatten. Ein Bilderbuchsommertag erwartete mich in dem kleinen Wäldchen: Bienensummen, warme Sonnenstrahlen, die durch das Geäst der Bäume fielen, das frische Moos, der Geruch nach Heidelbeeren und ein weicher, federnder Waldboden. Genau das Richtige für ausgebrannte Städter.

Wie aufs Stichwort wurde die friedliche Atmosphäre von einer nervigen Melodie unterbrochen: *Sing Halleluja*. Mein Handy klingelte. Oh nein, lass das nicht wieder Max sein, der mir auf die Nerven geht! Doch es war Johanna, die wissen wollte, ob ich gut im Kloster angekommen war.

»Hat Jochen sich gemeldet?«, fragte sie neugierig und war schwer enttäuscht, als ich verneinte.

»Ist ja gerade mal einen Tag her, dass wir ein Treffen vereinbart haben – und das auch nur lose, ohne genauen Termin. Außerdem denke ich immer noch an Max, wenn auch vor allem deshalb, weil ich so wütend auf ihn bin.«

Johanna antwortete resigniert: »Wäre ja auch zu schön

gewesen, wenn du Max einfach so losgeworden wärst. Irgendwas scheint der Typ an sich zu haben, dass man ihm jahrelang verfallen ist! Was ist nur so toll an ihm?«

»Wenn ich das wüsste«, seufzte ich. »Seine nette Art kann es jedenfalls nicht sein.«

Ich war am Teich angekommen, und während mir Johanna eine sehr amüsante Anekdote von Lasse erzählte, der in der Krippe behauptet hatte, die weißen Tasten am Klavier seien nur für Hochzeiten, die schwarzen ausschließlich für Beerdigungen, untersuchte ich den Heilziest. Die Stauden waren gut angewachsen und schienen die Umgebung zu mögen, denn ich konnte schon einige neue Triebe erkennen.

Zufrieden machte ich mich wieder auf den Weg ins Kloster und lauschte dem Geplapper von Johanna, als ich plötzlich einen Mann an der Klostermauer bemerkte, der mir irgendwie bekannt vorkam.

»Ich glaub es nicht«, rief ich einen Tick zu laut. »Da steht Jochen Winter. Mit einer Kühltasche?!«

»Was?!«, rief Johanna aufgeregt. Für sie musste es wie eine Daily Soap sein, mit mir zu telefonieren. »Hat er dich gehört?«

Vermutlich, denn Jochen drehte sich in diesem Moment um, entdeckte mich und winkte erfreut.

»Johanna, ich muss auflegen!«, zischte ich ins Handy, obwohl sie protestierte und vorschlug, sie einfach zuhören zu lassen.

Genau. Und am besten schaltete ich auch noch meine Mutter dazu!

Jochen sah blendend aus – objektiv betrachtet sogar besser als Max. Beep, da war er wieder, der Gedanke an Max. Ich versetzte mir einen imaginären Stromschlag und wandte mich wieder Jochen zu. Leider war er immer noch nicht mein Typ, aber ich versuchte offen zu sein – immerhin war er nur meinetwegen hierhergekommen. Zumindest vermutete ich das.

»Hi«, sagte er und fuhr sich mit der Hand durch die dunklen Locken. »Ich weiß, es war anders abgemacht, aber …« Er verstummte.

»Aber?«

»Ich habe gehofft, dass du Überraschungen magst. Deswegen dachte ich, wir genehmigen uns vor dem gemeinsamen Abendessen schon mal einen improvisierten Lunch.« Er lächelte entwaffnend und hob die Kühltasche an, und selbst wenn ich insgeheim zugeben musste, dass ich mir dieses Picknick eigentlich lieber mit jemand anderem vorgestellt hätte, nickte ich.

»Oh ja. Ich mag Überraschungen sehr. Und Hunger habe ich auch. Schön, dass du da bist!«

Nach den Eskapaden und Sonderwünschen der letzten Tage wollte ich nicht im Klostergarten picknicken, direkt vor den Augen der Schwestern. Stattdessen gingen wir wieder zurück in den kühlen Wald und setzten uns auf eine Lichtung. Jochen legte eine Decke auf den Boden und bereitete darauf seine Leckereien aus. Er hatte frisches Baguette, Elsässer Flammkuchen, Parmaschinken, Krebspaste mit Zitrone, eingelegte Tomaten und selbst gemixten Hugo in der Kühltasche dabei. Als er dann auch noch die gesalzene Butter auspackte, war es um mich geschehen.

Annie Fischer, sagte ich mir. Dir ist doch wirklich nicht zu helfen. Dem Idioten Max trauerst du hinterher, und dann kommt dieses Prachtexemplar von einem Mann sogar zu dir auf die Insel und überrascht dich, und du weißt es nicht zu würdigen? Vielleicht lag es am Hugo, aber ich sah Jochen Winter zum ersten Mal mit anderen Augen.

Wer so sinnliches Essen mitbrachte, konnte nicht verkehrt sein!

»Ich finde, es hat sich gelohnt, meinen Dienst gegen die Idylle mit dir auf der Decke zu tauschen«, lächelte er zufrieden.

Das war kein Anmachergrinsen, sondern ein aufrichtiges Lächeln. Er schien es wirklich ernst zu meinen mit seiner Veränderung und zeigte Interesse an mir und meinem Leben. Jochen pflegte, anders als die meisten Chirurgen, zum Glück keine Profilneurose und sprach deshalb in seiner Freizeit nicht gern über seinen Job. Vielmehr wollte er wissen, wie es mir hier ergangen war. Während ich erzählte, war er sehr zurückhaltend, aber es war nicht von der Hand zu weisen, dass er mich immer einen Augenblick länger ansah und mich von der Seite betrachtete, wenn er sich unbeobachtet wähnte.

»Ich fasse also zusammen«, sagte er schließlich, als ich mit meinem Bericht geendet hatte, »du bist eigentlich wegen Max Wolf hier.«

»Na ja«, sagte ich, »nicht nur. Aber auch. So ein unmöglicher Typ! Er hat einfach kein Benehmen, und Feingefühl schon mal gar nicht. Denk mal an gestern Abend. Ich meine, so wie der drauf war, ging ja gar nicht.«

Zu meinem Erstaunen wurde Jochen immer stiller, und anstatt mit in die Kerbe gegen seinen Erzrivalen zu hauen, schwieg er schließlich ganz, während ich weiterzeterte.

»Fandst du sein Benehmen nicht auch unmöglich?«, fragte ich schließlich verunsichert.

Jochen schien zu überlegen. »Ich glaube, Max geht es gerade einfach nicht gut. Urplötzlich taucht Benni wieder in Freiburg auf. Da kommen bestimmt die Schuldgefühle hoch.«

»Wieso Schuldgefühle?«

»Ach, ich dachte, du weißt von der Sache? Ich war damals ja Zivi.« Weiter sprach er nicht.

Anscheinend schienen alle und jeder zu wissen, was es mit Max und diesem Unfall von Benni auf sich hatte – alle, nur ich nicht. Vielleicht hatte dieses Geheimnis auch etwas damit zu tun, dass Max sein Medizinstudium geschmissen und auf Veterinärmedizin umgesattelt hatte?

»Lass mich raten. Der gute Herr Wolf hat im Studium mit Morphium und Betäubungsmitteln aus dem Krankenhaus gedealt, wurde deshalb exmatrikuliert und zu einer Bewährungsstrafe verknackt, richtig?«

»Ach, lass uns lieber über etwas anderes reden – es ist doch so nett hier, warum sollen wir uns mit den alten Geschichten den schönen Nachmittag verderben? Ich möchte viel lieber über dich reden.«

Mist! Ich musste unbedingt recherchieren, was vorgefallen war. Vielleicht gab es eine Erklärung, warum Max so geworden oder, besser gesagt, geblieben war.

Im selben Moment erinnerte ich mich wieder daran, dass es mir egal sein konnte, warum Max war, wie er eben war. Sollte sich doch Susanne damit herumschlagen. Jochen gewann, je mehr Zeit man mit ihm verbrachte. Der Mann war humorvoll, konnte unterhaltsam erzählen und vor allem zuhören. Was wollte man bitte mehr?

Jochen starrte mich an. »Weißt du, Annie«, sagte er und strich mir zärtlich eine Haarsträhne aus dem Gesicht, »ich habe viele Fehler gemacht in meinem Leben. Aber ich habe mich geändert. Und ich will mich noch weiter verändern. Mit jemandem wie dir …« Er beugte sich etwas weiter zu mir und war mir nun so nah, dass ich seinen Hugo-Atem riechen konnte. Und sein Aftershave. Und das Waschmittel, das er benutzte.

»Mit jemandem wie dir habe ich eine Chance, gut zu

sein, mich komplett neu zu erfinden. Alles hinter mir zu lassen, wer ich war, *wie* ich war.«

Ich bewegte mich nicht vom Fleck, aber mein Herz klopfte wie verrückt. Jochen hatte sich so weit zu mir gebeugt, dass ich den Kuss schon zu spüren meinte, obwohl sich unsere Lippen noch gar nicht berührt hatten.

»Ich …«, hauchte er.

Aber weiter kam er nicht. Denn in diesem Moment fing Dr. Alban wieder zu singen an.

KAPITEL 14

Du sollst kein falsches Zeugnis von dir geben
wider deinem Nächsten.
Das 8. Gebot

»Sing Halleluja«, jubelte mein Handy.

Ein Blick auf das Display genügte: Es war meine Mutter. Bestimmt wollte sie mich wieder fragen, welches Kleid sie zu einer ihrer immer häufiger vorkommenden Verabredungen mit Mathias anziehen sollte.

Ich rückte von Jochen ab, der sich verlegen durch die Haare fuhr und so tat, als würde er grade etwas sehr Interessantes unter seinen Fingernägeln entdecken.

»Nein, Mama, ich kann jetzt nicht schauen, ob das rote oder schwarze Kleid deine Beine besser in Szene setzt«, begann ich das Gespräch, ohne ihre Begrüßung abzuwarten, kam auf die Beine und lief ein paar Schritte abseits.

»Kind, mir geht es plötzlich gar nicht gut«, hauchte sie in den Hörer. »Mir ist so komisch flau im Magen. Heute Morgen war mir schon so blümerant, aber seit dem Mittag ist es viel schlimmer geworden. Ich bin auf dem Weg in die Stadt zu Dr. Wolf senior. Der soll mich mal durchchecken. Kannst du Mathias Bescheid geben, dass es heute leider nichts wird?«

Meine Mutter sagte ein Date mit Mathias ab? Das war

ja ganz komisch. Am Anfang hatte ich nicht verstanden, was die beiden verbinden könnte. Aber Mathias war mir lieber als einer dieser Justin-Bieber-Verschnitte, die die Einverständniserklärung ihrer Eltern benötigten, um sich zum Date zu verabreden, also hatte ich meine Mutter gewähren lassen. Wenn ich ehrlich war, hatte ich auch nicht geglaubt, dass sie es mit ihm ernst meinte, sondern war davon ausgegangen, dass sie lediglich ihre beiden ärgsten Konkurrentinnen Scherz und Schwarz ärgern wollte. Doch mittlerweile mochte sie Mathias richtig gern. Zumindest war es mein Eindruck.

Was aber reizte ihn an meiner Mutter? Vielleicht sah er ja in ihr einen gefallenen Engel, um den es sich zu kümmern galt? Angeblich gab es katholische Männer, die darauf standen. Wenn dem so war, stand ihm eine Lebensaufgabe bevor, denn dass meine Mutter an die unbefleckte Empfängnis glaubte, war so wahrscheinlich wie die Konvertierung des Dalai Lama zum Islam.

Wie dem auch sei: Meine Mutter war kein Jammerlappen. Wenn sie das Date mit Mathias absagte, ging es ihr wirklich nicht gut. Ich fragte, ob ich etwas für sie tun könne, doch sie versicherte mir, quasi schon in der Praxis von Dr. Wolf senior angekommen zu sein. Ganz die brave Tochter versprach ich, den Postillon d'Amour zu spielen und Mathias zu informieren.

Als ich zur Picknickdecke zurückkehrte, war Jochen gerade dabei, sich und mir ein weiteres Glas Hugo nachzuschenken. »Hast du was dagegen, wenn ich noch ein bisschen bleibe?«, fragte er, wenn ich mich nicht täuschte, mit einer Spur Unsicherheit in der Stimme.

Hm, gute Frage. Es war ein sehr schöner Nachmittag gewesen, sogar beinahe gekrönt von einem Kuss, auch wenn ich noch nicht wusste, ob es das war, was ich wollte. Aber warum eigentlich nicht? Alles, was mich von Max, Susanne und dem gebrochenen Herzen ablenkte, war gut.

»Um sechs Uhr gibt es die Vesper, da muss ich wieder hinter die Mauer, aber bis dahin kannst du bleiben, wenn du magst.«

Ich ließ mich wieder auf der Picknickdecke nieder und stellte ihm ein paar Fragen zu seiner Arbeit. Er erzählte, doch immer wieder gab es einen dieser kurzen Momente, in denen Jochen mich fragend ansah, wie wenn er abtastete, ob er weitergehen durfte. Die Antwort wusste ich ehrlich gesagt selbst nicht. Aber zum ersten Mal, seit ich denken konnte, erwog ich, es einfach auszuprobieren, zu sehen, ob die Gefühle vielleicht mit dem Küssen kamen, ähnlich wie der Appetit manchmal beim Essen kommt.

»Schon komisch, da geht man jahrelang auf dieselbe Schule, sieht sich jeden Tag und nimmt sich kaum wahr, und plötzlich sieht man sich Jahre später mit ganz anderen Augen«, sinnierte Jochen und schaute unbemerkt, wie er dachte, auf meinen Mund.

Mich konnte er damals ja auch nicht wahrnehmen, dachte ich, ich ging allen nur bis zur Kniekehle! Und falls doch mal jemand aus Versehen runtersah, dachte er, ich sei ein Junge aus der Grundschule nebenan.

Es war seltsam: Wenn ich verliebt in Jochen gewesen wäre, hätte mich jede seiner Bemerkungen kirre gemacht, so aber konnte ich ziemlich distanziert jede Regung von ihm beobachten und analysieren. Jetzt rückte er näher. Er leckte sich über die Lippen. Seine Augen klebten geradezu an meinen fest. Er kam noch näher. Gleich würde er mich küssen – wenn es schon das erste Mal nicht geklappt hatte. Als Jochen schließlich seine Hand an meine Wange legte, mich zu sich herzog und vorsichtig die Lippen auf die meinen legte, spürte ich nicht viel. Nicht, weil der Kuss nicht in Ordnung war. Er war zärtlich, hatte aber genug Druck, um klarzumachen, dass hier kein Weichei küsste, sondern jemand, der sich damit auskannte. Es fühlte sich nicht schlecht an, immerhin wusste Jochen, was er tat, und Mundgeruch war auch kein Problem.

Ich schloss die Augen und versuchte, mich auf die sanften Berührungen von Jochen zu konzentrieren. Er war ein guter Küsser, keine Frage, dennoch verglich ich seine Bemühungen in Gedanken mit dem Kuss von Max. Der war eine Offenbarung gewesen, als ob man sein Leben lang Asti Spumante getrunken hatte und plötzlich ein Glas Champagner probierte: prickelnd, leicht und Verursacher von lauter Umdrehungen im Hirn. Jochen kam da trotz seiner Kusskompetenz nicht heran. All das schoss mir durch den Kopf, während er mich küsste.

Als ich die Lider aufschlug, schrie ich entsetzt auf und wich von Jochen zurück. Ich sah Max in seinem Rücken stehen! Mein Gott, ich wurde wahnsinnig, ich bekam Halluzinationen. Und jetzt sprach er mich auch noch an.

»Annie Fischer! Dass du dich immer noch hier versteckst. Liliput macht Urlaub im Kloster und knutscht dabei Jochen Winter?«

Ich halluzinierte nicht – ich war nicht verrückt. Max stand in lässigen Freizeitklamotten vor mir und sah mich mit einer Mischung aus Spott und Abscheu an. Vor ein paar Tagen hätte ich Schmerz hinzugefügt, aber das war, bevor ich wusste, dass Susanne die Auserwählte war.

Ich war wie vom Donner gerührt. In meinem Körper wüteten die Naturgewalten. Mein Magen rutschte mir irgendwo ins Becken, während mein Herz vor Begeisterung bis zum Hals hüpfte. Ich bekam nasse Hände und weiche Knie, Schüttelfrost und Hitzewallungen, alles gleichzeitig. Was in aller Welt suchte Max Wolf hier? Das war *mein* Kloster, *meine* Insel! Wie hatte er mich gefunden? Warum konnte er mich nicht endlich in Ruhe lassen?

Meine Stimme klang überraschend kühl, als ich meine Sprache wiederfand. »Ich brauche immer noch einen Platz, an dem ich meine Ruhe habe, und zwar genau vor Typen wie dir. Die Frage muss doch lauten, was du hier bitte zu suchen hast.«

Max schien die Frage unangenehm, er fing sich aber schnell wieder, während Jochen irritiert von mir zu Max und von Max zu mir schaute. »Schon mal was von ehrenamtlicher Tätigkeit gehört? Ich betreue die Tiere des Klosters und bin regelmäßig in Schönbruchthal, um nach dem Rechten zu sehen.«

Max Wolf arbeitete ehrenamtlich. Und die Erde war eine Scheibe.

»Wer's glaubt, wird selig. Du bist doch nur gekommen, um dein Bein an die Klostermauern zu halten und das Revier zu markieren.«

Wieder musste ich an den letzten Kuss vor der *Oma* und den Satz denken, den er mir zugeraunt hatte. Damit du weißt, auf wen du wirklich stehst. So ein Penner!

Max kniff die Augen zusammen. »Erinnerst du dich an das Bild in meiner Praxis? Du hast mich sogar darauf angesprochen.«

Mir fiel das Foto auf seinem Schreibtisch wieder ein. Oh nein! Es stimmte. Das war also der Grund, weshalb Max hier war. Das Bild war hier aufgenommen worden – aber er hatte mir etwas von einem Kloster in Bayern erzählt. Weshalb hatte er gelogen? Und warum hatte ich das nicht schon viel früher gemerkt?

Aber so schnell ließ ich mich nicht von ihm aus der Ruhe bringen. Gut, ich hatte keine gute Figur auf der

Hochzeit gemacht und auch nicht beim Abitreffen. Aber er war fies zu mir gewesen, was viel schlimmer wog. Mich küssen und eigentlich Susanne lieben, das war echt das Letzte. Da half auch ehrenamtliche Arbeit nichts. Durchtrieben, moralisch nicht tragbar, das war Max Wolf. Und leider, leider sexy …

Sein Anblick löste gegen meinen Willen schwere romantische Gefühle in mir aus, was ich tunlichst zu verstecken versuchte und im Überschwang der Gefühle Jochens Hand nahm. Allein der weiche Schwung von Max' Lippen ließ mich wieder an die warmen Küsse in all ihrer Intensität denken und frösteln. Seine Hände, die in besagter Nacht zielstrebig ihren Weg zu sämtlichen erogenen Zonen meines Körpers gefunden hatten, sah ich aus Gründen der allgemeinen Sicherheit gar nicht erst an. Die würden künftig nämlich nur noch eine Frau anfassen, und zwar Susanne.

»Ich hatte echt mal Respekt vor dir«, zischte Max, »aber du gehst offenbar echt über Leichen. Boah, Annie, du hast so einen Schleimer wie Jochen doch gar nicht nötig!«

Jochens Laune kannte offensichtlich Grenzen, und zwar genau dann, wenn es um eine Beleidigung von Max Wolf ging. »Mensch, Wolf, lass das!«, rief er erbost und sprang auf die Beine. »Du bist echt drüber! Merkst du überhaupt, wie peinlich du bist?«

Das ließ Max nicht auf sich sitzen. »Na, wie ist das Resteknutschen? Blöd, wenn man immer als Zweites dran ist, Winter, was?«

Auf Jochens Stirn zeigte sich eine Ader, die ich so noch nicht kannte. Ziemlich schnell pulsierend, verlieh sie ihm ein gefährliches Aussehen.

Ich rappelte mich ebenfalls hoch. Eine Schlägerei um mich, das fehlte mir gerade noch in meiner Vita.

»Ich hab schon bei Susannes Hochzeit und beim Abitreffen gemerkt, dass es dir nicht passt, wenn ich mit Annie zusammen bin«, sagte Jochen giftig in Max' Richtung. »Ist schon schwer, wenn dein Fanclub sich anderweitig umsieht. Ist das die verfrühte Midlife-Crisis, die Angst, nicht mehr gut anzukommen? Auf alle Fälle ist es ja wohl megapeinlich, dass du Annie jetzt schon ins Kloster verfolgst, du Kontrollfreak!«

Max sah ihn verständnislos an. Dann lachte er laut los. »Jetzt versteh ich. Du glaubst im Ernst, dass ich wegen Annie und dir hier bin?«

Wieso genau fand ich ihn noch mal gut? Eine komplizierte Vater-Tochter-Beziehung konnte nicht für alles als Erklärung herhalten.

Jochen fühlte sich sichtlich unwohl zwischen den Fronten, wollte aber auf keinen Fall das Feld räumen und hielt dem taxierenden Blick von Max stand.

Plötzlich piepte es. Es dauerte ein paar Sekunden, bis Jochen verstand, dass es sein Krankenhaus-Pieper war. Fluchend murmelte er, dass er sofort in der Klinik anrufen müsse. Er kramte sein Handy aus der Hosentasche und entfernte sich mit ein paar schnellen Schritten von Max, der Picknickdecke und mir.

»Was soll das, Annie?«, wollte Max von mir wissen. Er klang traurig. Verletzt. Wütend. Und er sah mich eindringlich an, geradezu hypnotisch.

Genug war genug. Langsam, aber sicher bröckelte mein mühsam errichteter Widerstand. Ob ich wollte oder nicht, ich war seinen Angriffen nicht gewachsen. Das Zittern in meinem Inneren wurde stärker, und bevor er bemerkte, dass ich im Begriff war, jeden Moment in Tränen auszubrechen, drehte ich mich wortlos um und stapfte in Richtung Klosterpforte davon.

Schon nach wenigen Metern konnte ich die Tränenbäche, die aus meinen Augen quellen wollten, nicht mehr zurückhalten. Mit einem Mal war mein altes Leben außerhalb der Klostermauern wieder real und präsenter, als mir lieb war. Ich hatte mich innerhalb von wenigen Sekunden in die kleine Annie Fischer verwandelt, die flennte, wenn man ihr auf die Füße trat, die weglief, wenn es ihr zu viel wurde. Es war, als hätte Max einen Schalter in meiner Seele betätigt, und alles, was ich mir während meiner Klosterzeit mühsam aufgebaut hatte, lag nur einen Wimpernschlag später in Schutt und Asche.

Hinter mir hörte ich Schritte, die sich schnell näherten.

»Warum rennst du denn einfach weg?«, blaffte Max mich an und verstummte im selben Augenblick, als er vor mich trat und mein verheultes Gesicht sah. So schnell, wie er innehielt, mich wortlos in den Arm nahm und an sich drückte, konnte sich nicht mal Dr. Jekyll in Mr. Hyde verwandeln. Vorsichtig streichelte er mir über den Kopf. »Hey, was ist denn los? Willst du reden?«

Instinktiv drückte ich mich von ihm weg. Doch Max hielt mich fester, als ich versuchte, mich aus seiner Umarmung zu lösen, die sich leider nach Geborgenheit und Prickeln anfühlte.

»Tut mir leid, falls ich zu hart war. Aber schließlich hast du dich nie auf eine SMS von mir gemeldet! Dann tauchst du ausgerechnet mit Jochen Winter bei Susanne auf, lässt mich ohne Erklärung bei der Hochzeit sitzen, flirtest mit ihm beim Abitreffen, und jetzt sehe ich dich mit ihm hier knutschen. Da muss ich doch nicht applaudieren, oder?«

Wie bitte? Ich traute meinen Ohren nicht. Wieso nur war er Tierarzt geworden? So, wie er Tatsachen verdrehte, sah ich ihn bereits als Anwalt in schwarzer Robe vor mir.

Schlagartig verwandelte sich mein Schmerz in Wut. »Ich weiß nicht, was der Auslöser für deine partielle Amnesie ist, aber *du* hast mich geküsst, obwohl deine minderjährige Freundin zuhause mit einer anderen wartete, um dich mit einem flotten Dreier zu überraschen. Damit nicht genug der Demütigung, *du* hast ihr gesagt, dass du nur bei mir bist, damit ich dir das Hochzeitsprogramm abnehme, das dir aufs Auge gedrückt worden ist. Klein-Annie ist ja doof genug! Der macht man schöne Augen, knutscht ein bisschen mit ihr rum, und schon ist die Arbeit erledigt. Wenn du so durchs Leben kommst, müsstest du eigentlich bereits den Nobelpreis für Tiermedizin gewonnen haben!«

Max ließ mich los und grinste breit – was mich nur wütender machte.

»Erstens gibt es keinen Nobelpreis für Tiermedizin, zweitens ist Vanessa bereits zwanzig, drittens hat sie das mit dem Dreier nur gesagt, um mich zu ärgern, und viertens, und das ist der eigentliche Punkt, bist du überhaupt nicht unschuldig oder auch nur einen Deut besser. Machst mit mir rum und bist eigentlich mit Jochen zusammen!«

Ich schnappte nach Luft. Das wurde ja immer besser.

Aber Max war noch nicht fertig. »Zuerst habe ich gedacht, er betrügt dich nach Strich und Faden, und habe Mitleid mit dir gehabt. Dann ging mir auf, dass wir uns ja geküsst haben müssen, als du schon mit ihm was laufen hattest. Später dämmerte mir, dass das alles nur Show gewesen sein könnte – und jetzt knutschst du mit ihm vor den Mauern von Schönbruchthal herum. Ehrlich gesagt, weiß ich überhaupt nicht mehr, was ich glauben soll. Ich weiß nur, dass du nicht mit jemandem wie Jochen zusammen sein solltest.«

»Aber er ist doch gar nicht mein Freund! Und er war es auch nie«, schrie ich aufgebracht. »Ich hab ihn als Begleitung für die Hochzeit engagiert, weil ich mich durch dich und das Telefonat mit deiner Teeniefreundin so erniedrigt gefühlt habe. Eine Kollegin hat ihn mir vermittelt, ohne zu wissen, dass wir auf einer Schule waren.«

Prima gemacht, Annie! Das, was ich mir vorgenommen hatte, Max niemals zu verraten, nicht mal unter Androhung von Folter, plauderte ich mir nichts, dir nichts aus. Aus mir wäre eine hervorragende Geheimagentin geworden.

»Warum hast du das nicht gleich gesagt?«

Ich sah auf. Täuschte ich mich, oder sah Max erleichtert aus?

»Jetzt macht alles Sinn.« Max trat näher an mich heran, zu nah für meinen Geschmack. Für einen Moment fühlte es sich an, als ob er mich küssen wollte. Doch er strich mir nur langsam eine Haarsträhne hinters Ohr und flüsterte: »Du hast so etwas doch gar nicht nötig, Annie. Du brauchst keinen Alibimann. Ab jetzt keine Lügen mehr, okay? Wir sehen uns.«

Damit drehte er sich um und ging weg.

Mein Herz klopfte immer noch bis zum Hals, als Jochen neben mich trat. Anscheinend konnte er sehen, dass ich geweint hatte.

»Was hast du ihr getan, du Arsch?«, rief er dem davongehenden Max hinterher. »Keine zwei Minuten mit Annie allein, und schon weint sie?«

Max ließ sich von der Beleidigung nicht beeindrucken, sondern marschierte weiter in Richtung Kloster.

Jochen schrie mit zorniger Stimme: »Wo du gehst und stehst, hinterlässt du verbrannte Erde! Was du mit Benni gemacht hast, war schon schlimm, aber jetzt auch noch

Annie? Was muss passieren, damit du endlich aufhörst, dich wie ein Arschloch zu verhalten?«

In diesem Moment geschah es. Max drehte sich um und rief seelenruhig zu uns hinüber: »Mit mir nicht, Winter, mit mir nicht. Dein Spiel habe ich längst durchschaut.«

Dann bog er um die Ecke und verschwand.

Entschlossen sah ich Jochen an. »Okay, wer A sagt, muss auch B sagen. Du erzählst mir jetzt, was damals passiert ist. Mit Benni, meine ich.«

Jochen merkte, wie ernst es mir war und dass ich mich nicht abspeisen lassen würde. Zögernd bat er mich wieder zur Picknickdecke, wobei er mich mehrmals schwören ließ, dass ich es nicht von ihm wusste, falls je jemand fragte.

»Wie du weißt, haben Max, Benni und ich gemeinsam studiert. Die beiden haben sich absichtlich nur dort beworben, und ich, na ja, ich wurde halt über die ZVS nach Heidelberg gelost. Max war wie schon an der Schule smart, beliebt bei den Frauen, begabt im Studium und sich seiner sehr sicher. Die Profs mochten ihn, weil er gut war und sich ’ne freche Klappe erlauben konnte, und bei den Chirurgen gehört das zum Berufsbild dazu. Benni war zwar nur durchschnittlich talentiert, aber sehr beliebt, weil er ein guter Typ war. Geradeheraus, zuverlässig und sehr großzügig. Ich hab nie verstanden, warum Benni mit Max so eng war. Max bekam die Frauenherzen geradezu hinterhergeschmissen, aber Benni war einer, der gönnen konnte. Außerdem hatte er ja eine Freundin, Katharina. Mensch, war der vielleicht in sie verknallt. Sogar verlobt hat er sich mit ihr. Max und Benni waren bekannt dafür zu feiern, und Katharina war sehr oft dabei. Keine Fete ohne die beiden, und während Max’ Motto war: Wer feiert, kann auch Einser-Examen schreiben, musste Benni sich immer mehr anstrengen und viel lernen. Irgendwann gab es Krach zwischen Max und Benni. Anscheinend sind die beiden nach dem Streit in Bennis Auto los, und da kam es zum Unfall.«

Gebannt hörte ich Jochen zu und konnte kaum glauben, was ich da hörte. »Warum gab es Krach zwischen den beiden?«

Jochen seufzte. »Katharina hat Benni gebeichtet, dass sie mit Max gevögelt hat.«

Oh Mann, das war ja schlimmer als jede Soap. Johanna hätte ihre wahre Freude daran.

Jochen fuhr fort: »Benni hat Max wohl im Auto mit den Vorwürfen konfrontiert und schließlich die Kontrolle über das Fahrzeug verloren. Ihn erwischte es ziemlich übel bei dem Unfall, Max nur leicht, obwohl er Beifahrer war. Aber anstatt Benni zu helfen, stand Max einfach nur paralysiert daneben und konnte nichts machen vor lauter Schock. Vorbeifahrende Autofahrer alarmierten schließlich den Notarzt, der Benni verarztete.«

Wow. Das klang … furchtbar.

»Wenn Max funktioniert hätte«, sagte Jochen leise, »würde Benni heute vielleicht nicht hinken, und vor allem wäre er nicht für zwei Monate ins Koma gefallen. Benni glaubte am Anfang sogar, dass Max ihm mit Absicht nicht geholfen hatte, weil er scharf auf Katharina war. Max schmiss das Studium und verließ Heidelberg. Bennis Familie verklagte ihn, aber er wurde freigesprochen. Allerdings hat Wolf senior ihm das nie verziehen. Er macht seinem Sohn bis heute schlimmste Vorwürfe. Er war auch derjenige, der Max sagte, dass er als Mediziner ungeeignet wäre.«

Mir wurde eiskalt, und ich begann zu frieren. Das war einfach nur furchtbar. Trotz all seiner Macken und Fehler konnte ich mir Max nicht als eiskalten Typen vorstellen, der seinen besten Freund hilflos liegen ließ. Seltsamerweise tat er mir plötzlich leid, und mit einem Mal verstand ich die Zerrissenheit und die Schuldgefühle, die er in sich trug.

»Weißt du denn, ob Bennis Anschuldigungen wahr waren?«

Jochen zuckte mit den Schultern. »Du meinst wegen Katharina? Max hat immer abgestritten, etwas mit ihr gehabt zu haben.«

Warum bloß kannte ich die Geschichte nicht?

Jochen wunderte es nicht. »Na ja, Max hat ja nie groß mit jemandem Kontakt gehalten. Seine Eltern werden natürlich nichts erzählt haben, und ich gehöre auch nicht zu den Tratschweibern.«

Langsam fügte sich das Puzzle zusammen. Nach dem Vorfall hatte Max das Studium geschmissen und war vermutlich hier ins Kloster gegangen, um mit sich ins Reine zu kommen. Oder um zu beichten, für seine Sünden den Ablass zu erhalten? War Max gläubig? Egal. Aus Dankbarkeit arbeitete er weiter als Tierarzt für das Kloster.

»Glaubst du denn, dass Max Benni absichtlich liegen ließ?«, fragte ich Jochen geradeheraus.

Er blickte ernst drein und schüttelte dann langsam den Kopf. »Nein, ehrlich gesagt nicht. Wir waren zwar noch nie beste Freunde, aber ich traue ihm das nicht zu. Wir haben immerhin fünf Semester zusammen studiert, und ich habe ihn öfter mit Patienten erlebt. Da war er unwahrscheinlich engagiert und einfühlsam, die haben ihn geliebt. Ich kann mich sogar noch an einen Fall erinnern, wo er sicher war, dass bei einem Patienten etwas übersehen worden war. Er nervte so lange den Oberarzt, bis der einer CT zustimmte. Max hatte tatsächlich recht und rettete dem Patienten das Leben. Sosehr er auch auf Partys stand und bei den Frauen nichts anbrennen ließ, bei seinen Patienten war er mit dem Herzen dabei und nahm auch in Kauf, Ärger zu bekommen, wenn er überzeugt war, dass etwas richtig ist.«

Das klang alles glaubwürdig – umso seltsamer war das Verhalten von Max. Wenn er wirklich frei der Sünde gewesen wäre, wieso hatte er sich dann nie verteidigt? Die Sache klargestellt? In mir keimte der Verdacht, dass es noch eine andere Wahrheit gab, die Max eventuell deckte.

Was mir nun auf jeden Fall klar war: Er hatte mehrere Seiten an sich, die auf den ersten Blick nicht zusammenpassten. Einerseits eine Oberflächlichkeit, die sich vor allem in seinem Verschleiß von Frauen offenbarte, andererseits die Sinnsuche bei den Schwestern. Das Einfühlungsvermögen bei seinen Patienten, von dem Jochen gesprochen hatte, kam mir auf jeden Fall bekannt vor, immerhin war Max bei der Behandlung von Kaspar und Hauser wie verwandelt gewesen.

Was für ein verrückter Tag. Da passierte wochen-, monate-, ach was: jahrelang nichts, und plötzlich ging an einem normalen Tag im August alles durcheinander.

Jochen befand, dass unser Date beendet war und ich erstmal Ruhe brauchte. Mir war klar, dass ich ihn total nett fand, mich aber leider nicht zwangsverlieben konnte. Wenn mir Max' Auftritt eines bewiesen hatte, dann dass er mich einfach umhaute.

Den Kopf voller Gedanken ging ich kurz darauf zur Vesper in den Chor und war froh, die eingängigen Gesänge der Nonnen zu hören, die mir Halt gaben und das Gefühl vermittelten, dass die Welt nicht ganz aus den Angeln gehoben worden war. Ob Nonnen auch solche aufwühlenden Tage erlebten? Wenn die eine die andere ärgerte und man sich nicht aus dem Weg gehen konnte? Wenn einem klar wurde, dass man die nervigen Charakterzüge der anderen Schwestern für immer ertragen musste? Immerhin hatte man sich nicht wie bei einer Heirat mit nur einem Menschen zu arrangieren, sondern gleich mit einem ganzen Kloster. Immerhin lebten hier an die fünfzig Frauen auf einem Fleck, und ein guter Teil menstruierte noch. Da es wissenschaftliche Theorien gab, dass Frauen, die zusammenlebten, den gleichen Monatszyklus bekamen, wollte ich nicht wissen, wie sich so eine potenzierte PMS auf engem Raum anfühlte.

Je länger ich da war, desto mehr bemerkte ich Freundschaften und Antipathien, wie sie in jeder Gruppe vorkamen. Auch hier gab es Tratsch und Klatsch, wenn auch sehr selten und unter dem Deckmäntelchen der Besorgnis. Schwester Cordula hatte mir erzählt, dass das eben die Herausforderung war: mit jedem klarzukommen, auch wenn er einem nicht passte. Mit den Menschen, die einem lagen, umzugehen war keine Kunst, aber diejenigen, die wir eigentlich nicht mochten, zu lieben, zu ertragen und uns an ihnen zu reiben war die eigentliche Aufgabe. »Man muss sich immer fragen, was stört mich am Gegenüber und warum, und vor allem, was sagt es über mich aus«, hatte sie zu bedenken gegeben.

In dieser Gemeinschaft, die ja auf Lebenszeit geknüpft war und immer in denselben Räumen stattfand, konnte man nicht einfach hinschmeißen, wegrennen oder die Menschen austauschen. Man war an sie gebunden, so wie einst die Ehe gedacht war. Das war es, was ich hier lernen konnte. Wie man eine Beziehung gestaltete, rettete, vielleicht manchmal auch ertrug, weil man wusste, dass sie auf ein ganzes Leben angelegt war.

Nach dem Gottesdienst fühlte ich mich ruhig und gesammelt. Beim Abendessen war ich in mich gekehrt, selbst als die Lästerschwestern auftauchten und sich aufgeregt zu mir setzten. »Sie hatten heute Besuch?«, fragte Schwarz geifernd.

Aha, daher wehte der Wind. Vielleicht meinten sie Max – bei meinem Glück aber hatten sie mich bestimmt mit Jochen knutschen sehen. Ja, ich sorgte dafür, dass im Kloster etwas geboten wurde, wenn meine Mutter schon nicht da war. Ich musste unbedingt in Hildegard von Bingens Kräuterfibel nachschauen, ob es ein Kraut gegen Neugierde gab, oder eines, das einen unsichtbar machte. Da ich nicht wusste, in welche Richtung das Verhör ging, nickte ich nur.

»War das Ihr Freund, den Sie im Wald geküsst haben? Sind Sie denn verlobt?«, gierte Scherz.

»Nein, das war ein ehemaliger Schulfreund, den ich heute spontan geküsst habe, aber leider finde ich ihn nicht gut«, sagte ich. Für alles andere fehlte mir die Energie.

Vielsagend sahen sich beide an. Gerade als sie mir eine salbungsvolle Predigt halten wollten, setzte sich Mathias an den Tisch. Das war meine Chance, um abzulenken.

»Ich soll Sie ganz herzlich von meiner Mutter grüßen. Sie ist leider unpässlich und kann deshalb Ihre Verabredung heute nicht wahrnehmen. Sie bat mich, Ihnen ihr Bedauern auszudrücken. Sie versucht morgen zu kommen und freut sich schon sehr«, trug ich richtig dick auf, schließlich sollten Schwarz und Scherz nicht umsonst lange Ohren bekommen.

Die beiden sahen sich entsetzt an, und als ihr Idol, der angebetete Mathias, erfreut erwiderte, wie sehr er sich auf meine entzückende Frau Mutter freue und dass er ihr die besten Genesungswünsche zukommen lasse, wurde die eine blass und die andere grün im Gesicht.

Da mir der Tag irgendwie auf den Magen geschlagen war, stand ich auf und sagte: »Ja, wie die Mutter, so die Tochter. Und nun entschuldigen Sie mich, ich hab noch ein paar Männerherzen zu brechen, und der Abend ist noch jung.«

KAPITEL 15

Lüge nicht und vermeide jede Form von Betrug.
Die Bibel, Sprüche 4,24

»Endlich gehst du ran! Ich mache mir Sorgen.«

Seit zwei Tagen versuchte ich meine Mutter zu erreichen, da sie überhaupt nicht gut geklungen hatte, als sie sich auf den Weg in die Stadt zu Dr. Wolf senior gemacht hatte.

Mit schwacher Stimme hauchte sie in den Hörer, was meine Sorge nicht gerade schwinden ließ: »Mir geht's immer noch entsetzlich. Muss mich die ganze Zeit übergeben. Die Nachbarn denken bestimmt schon, dass ich auf meine alten Tage Bulimie bekomme, so laut klingt das durchs Badfenster. Wusstest du, dass man durch die Nase kotzen kann? Das verätzt dir alles. Stell dir vor, ich habe es nicht einmal mehr zu Dr. Wolf geschafft. Ich bin einfach zu schwach.«

Wenn meine Mutter so schlecht beieinander war, dass sie es nicht einmal mehr zum Arzt schaffte, stand sie kurz vor der Intensivstation – auf alle Fälle benötigte sie Hilfe. Kurzerhand entschloss ich mich, zu ihr zu fahren. Im Kräutergarten, wo ich heute wieder gearbeitet hätte, sagte ich Schwester Cordula Bescheid und stieß erwartungsgemäß auf Verständnis.

Auch Schwester Trifonia gestattete, dass ich zu meiner

Mutter fuhr, allerdings knüpfte sie den Besuch an eine Bedingung: »Ich wollte Sie außerdem darum bitten, unsere alte Käserei herzurichten. Sie steht schon so lange leer, und wir wollen sie gern wieder nutzen. Entrümpelt ist sie schon, aber es wäre gut, wenn Sie die Wände streichen würden. Das wird Sie wieder zur Ruhe bringen.«

Einen alten Schuppen aufhübschen? Pah, eine meiner leichtesten Übungen. Das Malern machte mir da schon mehr Sorge. Schwester Trifonia fragte nicht, ob ich überhaupt je einen Pinsel in der Hand gehalten hatte. Für sie war die Sache beschlossen, und ich beugte mich ihrem Wunsch. Amen!

Als ich die Tür zum Haus meiner Mutter aufschloss, stieg mir der säuerliche Geruch in die Nase, der in der Luft hing. Mit angehaltenem Atem öffnete ich die Fenster und ging meine Mutter suchen, die wie ein Häuflein Elend in ihrem Zimmer lag. Ungeschminkt, die Haare untoupiert an den Kopf geklatscht und grünlich blass sah sie um Jahre älter aus. Anscheinend ging es ihr so schlecht, dass sie sogar ein Baumwollnachthemd trug anstatt eines ihrer knappen Teenie-Outfits. Sie war so erleichtert und froh, mich zu sehen, dass ich gerührt war. Ich strich ihr über die zerzausten Haare und versprach, mich um sie zu kümmern.

Als Erstes kochte ich einen Kamillentee und kramte zwei Beutelchen mit Elektrolyten aus meiner Tasche, die ich immer in meiner Notapotheke habe. Wichtig war, ihren Salz- und Zucker-Haushalt wieder in Gang zu bringen sowie zu schauen, dass sie genug Flüssigkeit bei sich behielt. Meine Mutter war schon lange genug auf der Erde, um einschätzen zu können, dass das keine normale Magen-Darm-Infektion sein konnte. So protestierte sie auch nicht, als ich Dr. Wolf senior, ihren Hausarzt, alarmierte.

Er kam in der Mittagspause vorbei. Seltsam, Max' Augen im Gesicht seines Vaters zu sehen. Ansonsten kam er mehr nach seiner Mutter, doch die bergseegrünen Augen, die mich um den Verstand bringen konnten, waren offenbar von väterlicher Seite gekommen. Mit der Geschichte zwischen Dr. Wolf und Max im Kopf, sah ich den Arzt plötzlich mit ganz anderen Augen. Er mochte zwar freundlich und besorgt um seine Patienten sein, der eigene Sohn hingegen schien seiner Gunst nie würdig.

»Wie geht es denn Max?«

Ich hatte mir die Frage nicht verkneifen können. Auch wenn ich mit Max ein, sagen wir, kompliziertes Verhältnis hatte, brachte mich das Verhalten seines Vaters an den Siedepunkt. Bei fremden Menschen den Retter spielen und dem eigenen Sohn eine Bürgschaft verweigern, die er als Existenzsicherung benötigte – das ging gar nicht.

Für einen Moment gefror Dr. Wolfs professionelles Lächeln, aber eine Sekunde später fing er sich und antwortete höflich-distanziert: »Danke, gut. Habt ihr noch Kontakt?«

Nickend murmelte ich: »Ab und zu. Also sagen wir zumindest so viel Kontakt, um zu wissen, dass er gern die Praxis übernehmen würde und nach einer Finanzierungsmöglichkeit sucht.« Dabei sah ich ihn durchdringend und auffordernd an.

Dr. Wolf senior war nicht blöd, immerhin hatte es zum Medizinstudium gereicht. Er fiel nicht auf meinen Trick herein. »Ja, das ist heute alles nicht mehr so einfach mit der Finanzierung und den gestiegenen Mieten.«

Na gut, wenn er subtil nicht verstand, dann eben mit

dem Vorschlaghammer. Ich nahm meinen ganzen Mut zusammen. »Wissen Sie eigentlich, wie viel es Max bedeuten würde, wenn Sie ihn unterstützen würden?«

Dr. Wolf murmelte in seinen nicht vorhandenen Bart: »Und wissen Sie, was es mir bedeuten würde, wenn der Junge Chirurg geworden wäre? Hamster impfen, Kanarienvögel therapieren. Was ist das denn bitte für ein Beruf? Chemotherapie für Katzen und …«

Ich unterbrach ihn: »Sie haben keine Ahnung, wie sehr sich Max nach Ihrer Anerkennung sehnt, oder? Sein ganzes Leben ist davon bestimmt!«

Dr. Wolf sah mich überrascht an. »Selbst wenn dem so ist, was geht Sie das bitte an?«

Mutter, die zwar noch geschwächt war, aber es sich selbst auf dem Sterbebett nicht nehmen lassen würde, ungebeten zu kommentieren, versuchte mit schwacher Stimme eine Lanze für mich zu brechen. »Sie will nur helfen. So war sie schon als Kind.«

So langsam wurde ich richtig sauer auf Dr. Wolf senior, aber ich zwang mich dazu, freundlich zu bleiben. Wie hieß es so schön? Sei hart in der Sache, aber sanft zur Person. »Sie sollten sich mal fragen, warum Sie so tun, als ob es *Sie* nichts angeht. Wenn es Max glücklich macht, Tiere zu heilen, sollte Sie das als Vater ebenfalls glücklich machen. Und wenn er sich morgen dazu entscheidet, dass er lieber Zugfahrpläne erstellen möchte, dann sollten Sie genauso hinter ihm stehen. Waren Sie eigentlich jemals bei Ihrem Sohn in der Praxis und haben ihm bei seiner Arbeit zugesehen? Wahrscheinlich nicht, denn dann würden Sie nicht zögern, die Bürgschaft für seine Praxis zu übernehmen!«

Na ja. Sanft und hart … Irgendwie hatte sich das jetzt nur hart angehört.

Ertappt blickte Dr. Wolf weg. Es schien, als ob er begriffen hätte, was ich ihm sagen wollte. Allerdings wechselte er schnell das Thema und wandte sich einfach meiner Mutter zu. Nachdem er sie ausgiebig befragt und untersucht hatte, überlegte er kurz und sagte dann: »Ich befürchte, es könnte sich um eine allergische Reaktion handeln. Haben Sie irgendetwas gegessen oder getrunken, das Sie nicht vertragen?«

Mutter schüttelte den Kopf. »Ich habe keine Lebensmittelunverträglichkeiten.«

»Aber Sie haben einen schweren allergischen Schock.«

Bei mir klingelte was. »Kann eine solche Reaktion nicht auch durch Lebensmittelzusätze und Konservierungsstoffe ausgelöst werden?«

Dr. Wolf nickte mir zu, dann wandte er sich wieder meiner Mutter zu. »Haben Sie etwas konsumiert, das Konservierungsstoffe enthält?«

Meine Mutter sagte: »Tja, wo fang ich da an …«

»Vielleicht etwas, das Sie sonst nicht zu sich nehmen – oder nicht in dieser Dosis?«

Sie zögerte. »Ja, ›Relaxia‹, davon habe ich täglich eine Flasche getrunken. Das sind diese Schönheitsdrinks, die es in der Rosengarten-Apotheke gibt.«

»Kann ich einen dieser Schönheitsdrinks mitnehmen?«, wollte Dr. Wolf wissen. »Sie sagten, Sie haben täglich eine Flasche getrunken. Haben Sie in der Vergangenheit schon irgendwelche Reaktionen auf das Produkt gezeigt?«

Mutter schüttelte entschieden den Kopf.

»Haben Sie in letzter Zeit vielleicht mehr als eine Flasche am Tag von diesem ›Relaxia‹ getrunken?«, bohrte Dr. Wolf nach.

Wie sich herausstellte, hatte sich Mutter in Vorbereitung auf ihr Date mit dem heiligen Mathias einen Tag lang nur von diesen Schleimiger Schönheitsdrinks aus der Apotheke ernährt, weshalb erstens nur der Drink als Übeltäter in Betracht kam und Dr. Wolf zweitens vermutete, dass die zugeführte Menge die Allergie ausgelöst haben könnte.

»Wie bei allem gilt, die Dosis macht das Gift«, erklärte er. »Es ist gut möglich, dass Ihre Mutter bei einer Flasche am Tag keine allergischen Reaktionen zeigt, trinkt sie jedoch mehr davon, wird sie krank.«

Dabei machte er ein so ernstes Gesicht, dass mir mulmig wurde.

Sofort rief ich Shakira an. »Weißt du, was in diesen Schönheitsdrinks vom Wagner drin ist? Meine Mutter hat sich einen Tag lang von dem Zeug ernährt und liegt jetzt im Bett.«

Shakira war sofort hellwach. »Das ist ja ein seltsamer Zufall. Frau Haberkorns Mann war eben hier und sagte, seine Frau habe so schlimm Magen-Darm wie noch nie, und der habe ich erst am Samstag noch fünf Flaschen verkauft. Die schwört auf das Zeug und behauptet, es würde sie um Jahre jünger aussehen lassen, obwohl ich, wenn ich ehrlich bin, null Unterschied sehen kann. Soll ich den Wagner anrufen?«

Auf keinen Fall. Am Ende war er gewarnt und vernichtete sein gepantschtes Zeug. Außerdem konnten wir noch nicht sicher sein, dass es wirklich dieses *Relaxia* war, das meine Mutter krank gemacht hatte.

Als Max' Vater zwei Stunden später mit den Schnelltestergebnissen seines Labors anrief, die eine erhöhte Konzentration von Styrol bestätigten, die Auslöser für die allergische Reaktion bei meiner Mutter gewesen war, fuhr ich in die Apotheke.

Shakira nahm mich zur Seite. »Metzler hat gerade wieder ein Personalgespräch mit Loretta. Gut, dass du da bist!«

Eigentlich war ich ja wegen etwas ganz anderem hier. »Ich will nur die Adresse vom Schleimiger raussuchen und herausfinden, wie und wo er das Zeugs herstellt. Mein Plan ist, ihm unangemeldet einen Besuch abzustatten, damit er keine Beweismittel zur Seite schaffen kann.«

Shakira war sofort Feuer und Flamme. »Lass uns nach Ladenschluss zusammen dahin fahren. Ja? Aber jetzt nutz die Chance, und geh zum Metzler, wenn du schon mal da bist, und mach endlich deinen Vertrag mit ihm fertig!«

Metzler und Loretta sahen mich an wie ein Gespenst, als ich in ihr kleines Privatgespräch platzte. Auf den ersten Blick sah ich, dass es sich bei den Unterlagen, die sie durchgingen, um den Nachfolge-Vertrag der Apotheke handelte.

Ich ging direkt auf meinen Chef los. »Herr Metzler, ich habe genug von Ihren Spielchen! Für wie blöd halten Sie mich eigentlich? Meinen Sie, ich bekomme nicht mit, dass Sie mir die Rosengarten-Apotheke nicht mehr geben wollen, sondern Loretta? Das ist also der Dank für all die Jahre, in denen ich mir den Hintern für Sie aufgerissen habe? Mich würde wirklich interessieren, warum Sie mich absägen. Nur weil ich ein paar Wochen Zwangsurlaub mache, in den Sie mich gezwungen haben zu gehen? Ich bin so enttäuscht von Ihnen!«

Metzler, der auf meinen Ausbruch nicht vorbereitet war, zuckte wie vom Blitz getroffen zusammen.

»Mit Ihnen bin ich fertig! Sie hören von meinem Anwalt – schließlich versprechen Sie mir seit Jahren die Apotheke in die Hand«, bäumte ich mich zur Furie auf.

Stotternd begann Metzler zu sprechen: »A…aber A… Annie, für Sie habe ich doch eine A…Abfindung, als Dank für all die Jahre! Es tut mir ja so leid für Sie und Ihre Mutter … Aber ich hatte ja keine Ahnung!«

»Wovon denn bitte?«

»Dass Ihre Mutter manisch-depressiv ist, wusste ich nicht, auch wenn natürlich einiges dafür spricht; ihr Auftreten und wie sie sich gibt von Zeit zu Zeit. Zum Beispiel ihre Phase mit den jungen Liebhabern. Hätte ich eigentlich merken müssen, dass da etwas nicht in Ordnung ist. Aber dass Sie es geerbt haben, tut mir in der Seele weh. Ich will Sie doch nur schützen und Sie nach dem Ausbruch der Krankheit nicht noch mit der Apotheke belasten.«

Ausbruch? Krankheit? Manische Depression? Mein Gehirn war nicht schnell genug, die Informationen zu verarbeiten, die auf mich einprasselten.

»Verstehen Sie doch, Annie, mir sind die Hände gebunden. Sie kennen die Bundesapothekerordnung und Paragraph 2, der besagt: ›Wenn ein Apotheker körperlich oder geistig nicht mehr in der Lage ist, den anspruchsvollen Beruf des Apothekers auszuüben, wird die Approbation entzogen.‹ Darunter fallen Alkohol, Depressionen und Schizophrenie, um nur einige Beispiele aufzuzählen. Mit Ihrer Krankheit darf ich Ihnen die Apotheke gar nicht geben. Da mach ich mich strafbar!«

Fassungslos starrte ich ihn an.

Loretta erhob sich und sagte kühl: »Ich lass Sie mal besser allein.«

Langsam dämmerte mir, was Metzler dachte – aber woher er den Mist hatte, hätte ich gern gewusst.

»All die Tabletten, die ohne Erklärung verschwunden sind, ausgerechnet Antidepressiva, und dann das hier.«

Er ging zum kleinen Monitor, der im Aufenthaltsraum stand und auf dem man die Übertragung aus dem Verkaufsraum sehen konnte, legte eine Videokassette in den Rekorder und spulte an eine Stelle, wo ich meiner Mutter einige Blister Tabletten zusteckte. Er hatte recht, es handelte sich dabei um Antidepressiva. Dafür gab es allerdings eine einfache Erklärung.

»Ja, das bin ich, wie ich meiner Mutter Ulianzopin mitgebe für Frau Holinder, die mit einer Grippe im Bett lag. Das Rezept war ein Privatrezept, das sie bereits bezahlt hatte. Allerdings war das Medikament damals nicht vorrätig, wir hatten es bestellt. Frau Holinder rief mich an und sagte mir, dass meine Mutter so nett sei, die Tabletten für sie abzuholen. Und ich stecke meiner Mutter die Tabletten zu, weil es ihr wahnsinnig peinlich war, mit einem Präparat gegen manisch-depressive Zustände gesehen zu werden. Sie sah ja schon immer anders aus, und das Letzte, was sie in einer verhältnismäßig kleinen Stadt wie Freiburg gebrauchen kann, sind solche Gerüchte. Was mich aber viel mehr interessiert: Wie kommen Sie darauf, dass *ich* psychisch labil bin? Nur wegen des bisschen Liebeskummers?«

Metzler wand sich wie ein Wurm, man merkte, wie unangenehm ihm das war. »Loretta sagte, es ginge Ihnen nicht gut. Ich weiß, dass solche psychischen Krankheiten fast immer vererbbar sind und Sie nach dem Zwischenfall auf der Hochzeit ja auch eine depressive Verstimmung hatten. Außerdem hat Loretta gesehen, wie Sie die Ulianzopin-Tabletten heimlich aus der Packung genommen haben.«

»Natürlich! Damit meine Mutter nur die Blister, nicht aber den ganzen Karton in ihre Handtasche stecken kann.«

Metzler seufzte. »Dann habe ich gehört, dass Sie sich neu orientieren, aber mich nicht im Stich lassen wollten, und dass Sie nicht wussten, wie Sie es mir sagen sollten.

Und da wollte ich Sie nicht unter Druck setzen und habe von mir aus einfach das getan, was Sie sich erhofften.«

»Und wer genau hat Ihnen erzählt, was ich will?« Ich versuchte ruhig zu bleiben, was mir jedoch nur bedingt gelang.

»Na, Loretta erzählte das am Telefon einer Freundin, und ich habe das Gespräch mitgehört. Was sollte Loretta denn für einen Grund haben, sich so etwas auszudenken?«

Ja, was wohl für einen? Entweder war Loretta dumm wie Brot oder eine hinterhältige Natter.

Ich holte tief Luft, machte eine kurze Pause, um nicht zu explodieren, und sprach betont leise und kontrolliert: »Lieber Herr Metzler, nichts von alledem stimmt. Ich hatte nie vor, die Rosengarten-Apotheke zu verlassen, ich bin nicht depressiv und benutze die Apotheke auch nicht als Selbstbedienungsladen. Ich kann immer noch nicht glauben, dass Sie mich aufgrund von Hörensagen fast aus dem Betrieb geschasst hätten, anstatt das mit mir direkt zu klären. Um ein Haar hätten Sie Loretta, die ich mir gleich vorknöpfen werde, die mir versprochene Apotheke verkauft. An Ihrer Stelle würde ich die Ulianzopin-Tabletten schon mal bereitlegen, denn wenn ich mit Loretta fertig bin, wird sie die brauchen, und zwar die ganze Schachtel!«

Wutentbrannt stürmte ich in den Verkaufsraum, um Loretta zu stellen, doch die war nirgendwo zu sehen.

Shakira kam mit einem Stapel zusammengehefteter Papiere in der Hand auf uns zu. »Loretta ist eben los, die Arme hat 'nen Migräneanfall. Herr Metzler, das soll ich Ihnen geben.«

Metzler nahm die Dokumente entgegen und wurde ganz blass beim Durchblättern. Nervös schaute er auf. »Das ist der Übernahmevertrag mit ihrer Unterschrift.«

Ohne zu fragen riss ich ihm die Papiere aus der Hand.

Tatsächlich. Da stand ihr Name schwarz auf weiß und, was viel schlimmer war, Metzlers Name ebenfalls. Anscheinend hatte er ihr den Vertrag schon unterschrieben ausgehändigt, und sie hatte nur ihren Namen druntersetzen müssen.

»Ist der etwa gültig? Das ist doch alles erstunken und erlogen!«

Metzler murmelte: »Ich ruf besser gleich mal meinen Anwalt an«, und Shakira blickte so intelligent drein wie ich vor einigen Minuten.

»Komm mit, ich erklär es dir auf dem Weg«, sagte ich und zerrte sie aus der Apotheke. Im Moment war nichts los, und Metzler würde für eine Stunde auch allein bedienen können.

Während wir zum Taxistand liefen, gab ich Shakira die Details zum Besten.

Sie war fassungslos. »Wer hat von Anfang an gesagt, dass die nicht koscher ist? Ha, hat mein Instinkt mich doch nicht getäuscht. Will die sich doch tatsächlich die Apotheke unter den Nagel reißen und macht einen auf beste Freundin, diese Schlange! Du hast ja wieder an das Gute im Menschen geglaubt. Wenn eine schon Loretta Schöne heißt, weißte ja wohl Bescheid. Und was, wenn die türmt, während wir beim Schleimiger sind?«

Wenn jemand so viel Dreistigkeit besaß wie Loretta, räumte er nicht einfach so das Feld. Immerhin besaß sie einen unterschriebenen Vertrag, und den würde sie bestimmt juristisch prüfen lassen. »Die haut nicht einfach ab, dazu geht's um zu viel«, sagte ich grimmig und ziemlich atemlos.

Der Taxifahrer hielt nach einigen Minuten vor einem grauen Altbaugebäude. Hier wohnte also der feine Herr Wagner. Keine schlechte Adresse. Das große Tor stand offen, und ein Weg führte in den Hinterhof, in dem sich einige Gebäude sowie eine verlassene Werkstatt befanden.

»Wo lang?«, zischte Shakira.

Ich zuckte mit den Achseln. Da fiel mir eine Glasflasche auf, die neben der Tür der Werkstatt auf dem Boden lag. Das war eine der *Relaxia*-Flaschen. Ich deutete mit dem Finger darauf, und vorsichtig pirschten wir uns an die Werkstatt heran und spähten durch eines der gesplitterten Fenster.

Drinnen war niemand zu sehen – aber es herrschte heilloses Chaos. Angelaufene, zum Teil zerbrochene Glasscheiben, die dringend ausgetauscht werden mussten, bröckelnder Putz an den Wänden und ein beißender Geruch, der einem in die Nase wehte. Es standen einige Werkbänke inmitten des Durcheinanders, auf denen sich weitere Glasflaschen türmten. Es gab keinen Zweifel: In dieser Müllhalde wurden die teuren Schönheitsdrinks hergestellt. Saftkartons eines sehr billigen Discounters stapelten sich bis unter die Decke. Lebensmittelfarben und neue Flaschenetiketten lagen auf einem Tisch in der Mitte des Raumes.

Mein Augenmerk richtete sich auf zwei kleine gelbe Fläschchen, die auf dem Fensterbrett standen, allem Anschein nach mit Chemikalien gefüllt. Zumindest waren mir die chemischen Formeln, die auf den Fläschchen standen, während des Pharmaziestudiums schon einmal begegnet. Es handelte sich um die polybromierten Stoffe Styrol und Acetophenon, die in der Kunststoffherstellung verwendet wurden. Wenn Styrol mit der Nahrung aufgenommen wurde, konnte es zu Symptomen wie Konzentrationsschwäche, Müdigkeit, Übelkeit, Schwindel, Kopfschmerzen und Erregungszuständen führen. Was Schleimiger dazu bewegte, das Zeug in seinen Saft zu geben, wusste ich nicht – es hatte in Lebensmitteln rein gar nichts zu suchen und war giftig. Bei Acetophenon konnte ich es mir schon eher denken. Offensichtlich benutzte er die Chemikalie als Aromazusatzstoff, denn der Geruch von Acetophenon ist süß und blumig. Meine Mutter hatte hochgradig allergisch auf die Stoffe reagiert.

Mit dem Handy machte ich ein paar Fotos und filmte das Tohuwabohu durch die geborstene Scheibe. Plötzlich schreckte ich zusammen – ein Geräusch, ein Rascheln! Ich sah erst ein, dann zwei Nager, die, durch mein Kameraklicken aufgescheucht, das Weite suchten. Na lecker.

Bevor ich es mich versah, zog Shakira mich ohne Vorwarnung um die Ecke. Ohne zu reden, zeigte sie aufgeregt in Richtung des Hoftors. Mir stockte der Atem. Einträchtig nebeneinander und heftig diskutierend, liefen Joachim Wagner und Loretta Schöne auf den Schuppen zu. Sie sprachen so laut, dass wir jedes Wort verstehen konnten. Loretta erzählte gerade von dem Vorfall in der Apotheke, was Wagner zum Fluchen brachte.

»Mist! Das gibt es doch nicht, dass die ausgerechnet heute da auftaucht. Zwei Wochen länger, und es wäre alles über die Bühne gegangen.«

Loretta zog triumphierend den Vertrag aus der Tasche und zeigte ihn Wagner. Der las, hielt dann inne, zog Loretta an sich und küsste sie lange und leidenschaftlich. Ich traute meinen Augen nicht. Iiiih, das waren Bonny und Clyde für Arme, aber so was von eklig! So langsam dämmerte mir, dass das alles von langer Hand geplant war. Als Pharmazievertreter erfuhr der Wagner natürlich aus erster Hand, welche Apotheken zur Übergabe standen, welche gut liefen und viel Stammkundschaft aufwiesen. Vielleicht hatte er Loretta bei einem seiner Kunden kennengelernt, die beiden verliebten sich – warum auch immer – ineinander und beschlossen, dass es echt schick wäre, eine eigene Apotheke zu besitzen, anstatt immer für die anderen zu buckeln. Nahmen wir an, Wagner wollte außerdem seine »Schönheitsdrinks« vertreiben, dann brauchte er natürlich eine seriöse Abnahmestelle, damit die Kunden ihm vertrauten und ihm das Gepantsche abnahmen – wie die Rosengarten-Apotheke.

Wagner kramte einen Schlüssel hervor und öffnete die Werkstatt oder besser gesagt: den Vorhof zur Hölle. Hastig zückte ich mein Handy und filmte um die Hausecke, wie die beiden in aller Seelenruhe zwei Kartons mit dem Gesöff aus der Werkstatt trugen. Offenbar wussten sie noch nicht, dass sie halb Freiburg vergiftet hatten – ansonsten hätten sie sich nicht so ruhig verhalten.

Wen rief man in so einem Fall an? Das Gesundheitsamt, den Wirtschaftskontrolldienst oder die Polizei? Ich entschloss mich, Max' Vater anzurufen, der ja immerhin die Proben getestet hatte und sicher wusste, was zu tun war. Er reagierte erstaunt, dass ich Adresse und Beweismaterial des Panschers liefern konnte, und versprach, sich sofort um die Angelegenheit zu kümmern, bevor noch mehr Menschen erkrankten.

Als die Luft rein war, riefen wir uns ein Taxi und fuhren zurück zur Rosengarten-Apotheke, wo Metzler gar nicht glauben wollte, was wir ihm berichteten.

»Damit Sie nicht wieder denken, ich würde halluzinieren, habe ich alles schön gefilmt und fotografiert, inklusive der kleinen Fläschchen mit wirkungsvollem Inhalt«, hielt ich ihm triumphierend mein Handy unter die Nase.

Völlig erledigt ließ er sich, als das Video vorbei war, auf einen Stuhl plumpsen. Dann nahm er unerwartet meine Hand und sah mich bekümmert an. »Annie, es tut mir so leid. Ich muss mich in aller Form bei Ihnen entschuldigen.

Wie konnte ich nur zweifeln? Ich wäre nie auf die Idee gekommen, dass Loretta so durchtrieben ist. Ich dachte, sie ist offen und ehrlich. Was ist nur mit meiner Menschenkenntnis los? Spätestens bei Wagners Schönheitsdrink hätte ich hellhörig werden müssen und kontrollieren sollen, was ich in meine Apotheke stelle. Aber Loretta wirkte so seriös und glaubhaft, dass ich ihr Wort als Garantie nahm.«

Auch wenn ich immer noch sauer auf ihn war, verstand ich doch, wie es so weit hatte kommen können. Auch ich war ja getäuscht worden. Nur Shakira mit ihrem »Gettoinstinkt«, wie sie ihn nannte, hatte den Braten gerochen.

Sie klopfte Metzler auf die Schulter. »Mich hat sie doch auch eingewickelt. Am Anfang hab ich der keine Sekunde getraut. Aber trösten Sie sich, Herr Metzler, wenn sie es geschafft hat, mein Vertrauen zu erschleichen, dann würde sie auch Obama den Ku-Klux-Klan als wohltätige Organisation unterjubeln können.«

»Der Wagner soll an seinen Chemikalien ersticken, und diese Loretta verfluche ich auf immer! Nie mehr soll sie in ihrem Beruf arbeiten können, so wahr ich hier stehe, äh, liege«, wetterte meine Mutter und ließ sich erschöpft wieder aufs Kissen zurücksinken.

Nachdem Metzler und ich uns ausgesprochen und versöhnt hatten, war ich direkt zu ihr gefahren, um nach ihr zu sehen. Sie war entsetzt gewesen, als ich ihr das Ausmaß des Betrugs geschildert hatte, und hatte einen Wust von Verwünschungen losgelassen. Das war zwar nett von ihr – aber auch vollkommen wirkungslos.

»Danke, Mama. Ich bin mir sicher, wenn das mit Loretta die Runde macht, wird sie so schnell nichts finden, und im besten Fall kriegen wir sie wegen Betrug und übler Nachrede oder so was dran. Der Wagner kann auch die

Branche wechseln, wenn der nicht sogar verknackt wird. Bin mal gespannt, was Metzlers Anwalt sagt.«

Das war meine Mutter auch. Sie sah wirklich mitgenommen aus, und ich setzte neues Teewasser für sie auf. Allerdings fand sie ihre Krankheit überhaupt nicht schlimm – im Gegenteil.

»Ich hab schon drei Kilo unten! Das Beste ist, mir wird schon schlecht, wenn ich nur an Essen denke«, sagte sie. »Bis ich Mathias treffe, sind bestimmt noch mal drei unten.«

Stimmt, das verpasste Rendezvous mit Mathias hatte ich vor lauter Aufregung komplett vergessen. Und damit auch die Frage, was Mutter von einem wie ihm wollte. Einem gottesfürchtigen Witwer? Das stimmte doch hinten und vorne nicht. Sie mochte ihn, ja, aber meinte sie es wirklich ernst?

»Bitte nimm es mir nicht übel, aber Mathias entspricht nicht gerade deinem Beuteschema, oder? Du hasst die Kirche, stehst auf junge knackige Männer und warst bislang nicht bereit, dich für einen Mann zu ändern, geschweige denn, eine Diät zu machen. Sagst du nicht immer: ›Wer mich nicht nimmt, wie ich bin, ist entweder blind oder blöd?‹ Und jetzt das. Erklär mal.«

Sie versuchte es – wenn auch nicht sehr schlüssig. Anscheinend fand sie es wahnsinnig spannend, außerhalb ihrer *comfort zone* zu daten – sie sagte wirklich *»comfort zone«*! Höchste Zeit, dass sie aufhörte mit Jugendlichen abzuhängen.

»Gegensätze ziehen sich an«, schloss sie ihre unglaublichen Ausführungen, »und außerdem erlebt Mathias seinen zweiten Frühling mit mir. Der will endlich Spaß im Leben und mal richtig die Sau rauslassen – und wer, wenn nicht ich, wäre da besser geeignet?«

Genau, und deshalb ging Mathias auch ins Kloster, Treffpunkt aller Hedonisten, wo man so sicher wie das Amen in der Kirche lauter spaßbereite Gespielinnen fand. Obwohl, wenn ich so darüber nachdachte, Schwarz und Scherz hätten bestimmt nichts gegen eine private Audienz mit Mathias gehabt, schließlich konnte man die Sünden quasi vor Ort beichten.

Da meine Mutter noch ziemlich lädiert war und ich ihr quasi das Leben gerettet hatte, fand ich es an der Zeit, nach ihrem Geheimnis zu bohren. Die ganze Zeit schon hatte ich das Gefühl gehabt, dass sie nicht nur meinetwegen in Schönbruchthal gewesen war. Nun wollte ich endlich die Wahrheit erfahren.

»Verrätst du mir endlich den wahren Grund für deinen Einzug ins Kloster? Du weißt, dass du mir nichts vormachen kannst«, sah ich sie forschend an.

Mutter schien kurz mit sich zu ringen und entschied sich schließlich für die Beichte. »Na ja, ich habe nach Johannes noch einen jungen Mann auf Facebook kennengelernt«, begann sie zögerlich zu erzählen.

»Wie jung denn genau, Mama?«

»Nicht viel jünger als Johannes, aber viel hübscher. Ich konnte es überhaupt nicht glauben, dass er mich daten wollte, und war völlig aus dem Häuschen. Wir trafen uns in einem teuren Restaurant, flirteten, was das Zeug hielt, gingen schließlich an der Hotelbar vom Colombi noch einen Absacker trinken und landeten schließlich auf einem Zimmer.«

Das klang ja zu schön, um wahr zu sein.

»Und dann?«, drängte ich ungeduldig.

»Als wir fertig waren, wollte er seine Bezahlung haben.«

O. Mein. Gott!

»Ich dachte erst, er meint es im Spaß und gab ihm als

Bezahlung einen Kuss. Als er mich angewidert von sich stieß und sagte, ich würde doch nicht im Ernst glauben, dass er freiwillig mit einer Alten wie mir ins Bett steigen würde, war mir klar, dass er keine Witze machte.«

Geschockt fragte ich: »Und hast du ihn bezahlt?«

Beschämt senkte sie den Kopf und nickte. »Ja, das war der Tiefpunkt und der Moment, in dem mir klar wurde, dass mein Verhalten einer Frau meines Alters nicht angemessen ist und ich mich endlich der Realität stellen muss.«

Da hatte ihr das Leben ja mal eine saftige Lektion erteilt. Kein Wunder, dass sie Abstand und die reinigende Kraft eines Klosters brauchte. Und Mathias war nach solch einer Misere der perfekte Neuanfang.

»Wie findest du denn Mathias?«, fragte meine Mutter.

Ein höchst erstaunlicher Vorgang und meines Erachtens ein Zeichen dafür, dass sie ihn wirklich mochte. Sonst würde meine Meinung nicht zählen.

»Ich finde ihn nett. Er ist zwar so anders als alle Männer, die ich an deiner Seite kennengelernt habe, und das Gegenteil von Papa, aber er ist herzlich und geradeaus und außerdem ein kleiner Popstar im Kloster. Er scheint auf fromme Frauen direkt magisch zu wirken. Schwarz und Scherz stalken ihn geradezu.«

Meine Mutter schien erfreut. »Ja, auf deren Gesicht freue ich mich am meisten, wenn ich wieder im Kloster auftauche und mit Mathias abziehe.«

Da es ihr wieder deutlich besser ging, machte ich mich bald darauf auf den Weg ins Kloster. Nach allem, was heute passiert war, sehnte ich mich nach einem Ort der Stille ganz weit weg von meinem Alltag, denn machten wir uns nichts vor: Im Moment stand Annie Fischer in Sachen Lebensplanung gar nicht gut da. Max würde mit Susanne glücklich werden, meine sicher geglaubte berufliche Zukunft war erstmal weg, wenn man Loretta ihre Machenschaften nicht nachweisen konnte, und die nächste Hochzeit würde ich als einziger Single besuchen, denn selbst meine Mutter wurde auf ihre alten Tage seriös. Mir blieben tatsächlich nur meine Katzen und die endlos vielen Patenkinder, deren Tante ich werden würde.

Ironischerweise war das die erste Voraussage meiner Mutter, die voll ins Schwarze traf.

KAPITEL 16

Herr, vergib ihnen,
denn sie wissen nicht, was sie tun.
Lukas 23,34

Am nächsten Morgen wachte ich gerädert und deprimiert auf. Begleitet von furchtbaren Träumen, hatte ich mich durch die Nacht gekämpft. Höhepunkt des Traums war die Neueröffnung der Rosengarten-Apotheke gewesen, und zwar von Max Wolf persönlich. Neben ihm hatten seine Ehefrauen Loretta und Susanne gestanden, beide hochschwanger, und das rote Band zur Apotheke durchschnitten, wo der schleimige Wagner hinter der Kasse stand und strahlend kleine Fläschchen mit Totenkopfzeichen verschenkte.

Mein deprimiertes Grundgefühl blieb, auch nachdem ich geduscht und Zähne geputzt hatte. Noch nie in meinem Leben hatte ich mich so sehr danach gesehnt, zu jemandem zu gehören. Bislang hatte ich diese Sehnsucht immer mit meinem Job kompensieren können, aber der war im Moment ja auch ein Desaster. Ich hätte nichts dagegen gehabt, mich in Luft aufzulösen, zumindest bis das Schlimmste vorüber war. Nun hatte ich mit Mutter Teresa doch ein bisschen mehr Gemeinsamkeiten als nur die Größe. Ich lebte im Kloster und mehr oder weniger nach dem Zölibat. Wenn mich nicht bald einer für den Friedensnobelpreis vorschlagen würde, würde ich sehr, sehr wütend werden.

Die Wahrheit war: Ich war am Boden. K. o. und ausgezählt nach der zweiten Runde. Und dabei hatte die Woche so gut angefangen. Erst gestern hatten sich zwei attraktive Männer beinahe um mich geprügelt, und mit einem von ihnen hatte ich sogar rumgeknutscht – auch wenn ich zugeben musste, dass mir der andere lieber gewesen wäre.

Den Gottesdienst erlebte ich eher in Trance, zu sehr dachte ich über mein verkorkstes Leben nach und überlegte, wie es dazu hatte kommen können. Nur kurz wurde ich unterbrochen vom Vibrieren einer eintrudelnden SMS, die zur Abwechslung von Jochen Winter stammte: »Was für ein verrücktes erstes Date. Bist du verrückt genug für ein zweites?«

Gute Frage. Im Moment musste ich eher aufpassen, nicht verrückt zu werden bei all diesem Chaos.

Am Ausgang des Chors wartete bereits Schwester Trifonia auf mich und fragte, ob es meiner Mutter besser gehe. Ich erzählte ihr, was sich während meines »Landgangs« ereignet hatte, und sie schlug entsetzt die Hände über dem Kopf zusammen.

»Mein liebes Mädchen – es scheint, Sie sind vom Pech verfolgt. Aber Arbeit ist ja die beste Medizin für geschundene Seelen – haben Sie immer noch Lust, heute Nachmittag die Käserei in Angriff zu nehmen?«

Wenn ich ehrlich war, war ich froh, eine Aufgabe zu haben, um mich nicht noch mehr in meine Gedanken hineinsteigern zu können, und so machte ich mich zügig an die Arbeit. Die alte Käserei war ein kleines zweistöckiges Gebäude, das etwas abseits vom Kloster hinter einer Reihe von Apfelbäumen stand. Das sandfarben getünchte Häuschen mit seinen kleinen Giebeln war ein echtes Schmuckstück. Das Gemisch aus Efeu und wildem Wein, das sich an einer Seite die Wände hochrankte, verstärkte den romantischen Eindruck, den es auf mich machte. Innen sah es ebenfalls sehr passabel aus. Gut, es fehlte der Anstrich, und ein paar Dinge mussten erneuert werden, aber zumindest hatten die Schwestern das Häuschen nicht verkommen lassen.

Nach nur vier Stunden hatte ich fast alle Wände weiß gestrichen. Ich begann, die letzte Wand mit Farbe zu bepinseln und bemerkte, wie schön die alte Käserei eigentlich war, jetzt, wo sie in neuem Glanz erstrahlte. Man hatte durch die bodentiefen Fenster einen wunderbaren Blick auf den Klostergarten und den See. Der Raum war groß und lichtdurchflutet und strahlte eine wohltuende Stille aus.

Nach meinen Malerarbeiten machte ich mich an den sehr gut erhaltenen Holzboden. Nachdem ich ihn gründlich gereinigt und mit einer Portion Bohnerwachs behandelt hatte, sah er aus wie neu und glänzte in einem satten Honiggelb. Stolz betrachtete ich mein Werk und stellte zufrieden fest, dass so ein schnell sichtbares Erfolgserlebnis genau das war, was mir jetzt half. Schwester Trifonia wusste einfach, was ein kaputtes Herz reparieren konnte – zumindest einigermaßen wieder instand setzen.

Zuletzt wollte ich die angrenzende Kammer ausräumen, besser gesagt zwei alte Holzregale. Auf den Brettern fand ich Stoffsäckchen mit getrockneten Kräutern, eine Schale mit Mörser und braune Glasflaschen, wie wir sie in der Apotheke für Tinkturen benutzten. Kein Zweifel, die Schwestern mussten die Käserei zwischenzeitlich zur Herstellung ihrer Tees und Tinkturen zweckentfremdet haben. Der dunkle kühle Raum, in dem ich mich befand, war dafür aber auch bestens geeignet. Schade, dass ich nicht auch so einen Rückzugsort hatte, in dem ich meine heilpflanzlichen Medikamente …

Die Erkenntnis traf mich wie ein Schlag. Oder war es eine Erleuchtung, wo ich mich ja im Kloster aufhielt? Vielleicht hatte jemand da oben meine vielen Messbesuche doch wohlwollend registriert und schickte mir göttliche Eingebung. Wie auch immer, als ich in der Kammer mit Blick auf die wunderschöne alte Käserei stand, den See und den Klostergarten vor dem Fenster, kam mir die Idee, in diesen Räumen meine eigene Apotheke eröffnen zu wollen. Mit allen herkömmlichen Arzneien, die der Markt hergab, aber mit der Besonderheit meiner selbst hergestellten rezeptfreien Heilkräutermedizin, die garantiert keine Nebenwirkungen aufwies. Die dafür erforderlichen Pflanzen würde ich hier vor Ort aus dem Garten beziehen und dem Kloster damit auch finanziell einen Zusatzverdienst verschaffen. Außerdem könnte ich selbst nach den Pflanzen schauen und meine beiden Leidenschaften, nämlich das Gärtnern und meinen Beruf als Apothekerin, perfekt kombinieren. Und das Kloster hatte eine Attraktion mehr, die es von den Tagestouristen zu bestaunen galt.

Das war *die* Idee.

Mit einem Schlag war mein verlorenes Gefühl verschwunden und machte einem Adrenalinrausch Platz. Jetzt musste ich nur noch Schwester Trifonia von meinem Plan überzeugen. Sie musste einfach Ja sagen. Und falls sie es nicht tat? Falls sie meinen Einfall unsinnig fand?

Es half nur eines. »Hallo, Gott. Äh … Wir kennen uns nicht so gut. Also, du mich schon. Aber ich kenn dich nicht. Ich weiß auch gar nicht, ob es dich gibt. Aber wenn es dich gibt, fände ich es cool, wenn du mir kurz zuhören würdest. Ich habe einige Mädels aus deinem Team auf Erden kennengelernt, die wirklich toll sind und hoffentlich bezeugen können, dass ich nicht ganz verkehrt bin. Vielleicht kannst du ja ein Auge zudrücken, dass ich nicht getauft und kein Mitglied in deinem Verein bin? Und vielleicht kannst du mir trotzdem helfen, so als Schnupperkurs quasi? Ich würde hier gern eine Klosterapotheke eröffnen, und ich brauche ein wenig Beistand von oben. Wenn das klappt, wäre ich ja auch viel öfter hier, und wir würden einander bestimmt näher kennenlernen. Jedenfalls, es wäre toll, wenn du bei Schwester Trifonia ein gutes Wort für mich einlegen könntest. Ich würde dem Kloster auch noch mal zehn Cent mehr pro Gramm bei der Kräuterabnahme zahlen. Ist das ein guter Deal? Äh, amen. Und danke. Oder so.«

Ich atmete einmal tief durch, dann machte ich mich auf den Weg zu Schwester Trifonia. Ich hatte keinen Wirtschaftsplan in der Tasche, keine Rechnungen zu Rentabilität und Gewinnerwartung, sondern nur eine verrückte Idee. Ich konnte nur hoffen, dass die Schwester die Frau war, für die ich sie hielt.

Ich lief am Kräutergarten vorbei, und ein warmes Gefühl breitete sich in meiner Magengegend aus – so ganz anders als der Moment, als ich zuletzt durch die Tür der Rosengarten-Apotheke getreten war. Wenn ich ehrlich war, hatte mich schon länger ein seltsames Gefühl überkommen, wenn ich an meine Rückkehr in die Apotheke gedacht hatte – aber ich hatte es falsch interpretiert. Irgendwie hatte mein Verhältnis zu Herrn Metzler nach meiner Zwangsbeurlaubung einen Knacks bekommen. Und es war, das musste ich mir eingestehen, spätestens durch sein Misstrauen mir gegenüber und die Überschreibung der Apotheke an Loretta, mehr zu Bruch gegangen, als ich anfangs gedacht hatte. Auf eine seltsame Weise spürte ich, dass das Kapitel der Rosengarten-Apotheke zu Ende war und ich etwas Neues beginnen musste, egal was Metzlers Anwalt bewirken würde. Die Entfernung zur Stadt betrug vom Kloster aus mit dem Auto und der Fähre etwas weniger als eine halbe Stunde. Das konnte ich jeden Tag in Kauf nehmen, wenn dafür mein Lebenstraum in Erfüllung ging, fand ich. Ich dachte an die Tees, die selbst gemachten Cremes und Salben und die Naturkosmetik, die ich herstellen wollte, und beschleunigte meinen Schritt.

Zehn Minuten später lächelte mich Schwester Trifonia zufrieden an. »Ich bin sehr froh, dass Sie Ihre Bestimmung gefunden haben. Eigentlich war ich mir sicher, dass Gott Ihnen helfen wird, das Richtige zu tun. Wir haben schon seit Jahren die Erlaubnis, eine Apotheke im Kloster zu führen, und jetzt haben wir endlich auch eine Apothekerin, die zu uns passt. Herzlich willkommen!« Offenbar erfreute sie sich diebisch an meinem verdutzten Gesichtsausdruck.

Langsam dämmerte es mir. All die Aufgaben im Garten, die Kräuterfibel von Hildegard von Bingen, das Herrichten der Käserei, waren kein Zufall gewesen, sondern strategisch ausgerichtete Denkanstöße. Kopfschüttelnd stotterte ich: »Dann haben Sie das alles vorher gewusst?«

Sie lachte lauthals los. »Nein, wissen kann nur ER, aber es heißt ja nicht umsonst, hilf dir selbst, dann hilft dir Gott. Die Idee, Sie als Apothekerin bei uns zu behalten, kam mir relativ schnell. Sie haben die alteingesessene Freiburger Rosengarten-Apotheke die letzten Jahre quasi allein geführt, sind approbierte Apothekerin, ein freundlicher und hilfsbereiter Mensch, und vor allem kennen Sie sich mit Heilkräutern aus. Sie sind ja ein schlaues Kind – ich habe einfach gebetet, dass der ein oder andere kleine Schubs Sie von selbst auf die Idee bringen wird. Schließlich ist es doch freier und selbstbestimmter, wenn man von allein zu der Idee gelangt.«

Da hatte sie allerdings recht. Beeindruckend, diese Frau, dass sie die Sache so geschickt eingefädelt hatte. Sie gab zu, dass ihr das Geld aus der Raummiete und dem Verkauf der Kräuter an mich nicht ungelegen kam. Kein Wunder, das war aber auch ein Riesengelände, das es in Schuss zu halten galt, ganz abgesehen von all den Schätzen, Figuren und Gemälden, die immer wieder restauriert werden mussten. Ich versprach, einen Wirtschaftsplan für die Apotheke zu entwerfen, den wir bei der Gemeinde einreichen konnten, und einen Bedarfsplan zu erstellen, wie viele und welche Pflanzen ich dem Kloster zu welchen Konditionen abnehmen wollte.

»Das sind wirklich sehr gute Nachrichten, Frau Fischer«, sagte Schwester Trifonia noch einmal, erhob sich aus ihrem Schreibtischstuhl und drückte mir die Hand, um das Geschäft zu besiegeln. »Und es wird sicher auch Dr. Wolf freuen.«

»Äh«, stammelte ich, »das glaube ich eher nicht.«

So ein Mist. An den hatte ich ja gar nicht mehr gedacht! Wenn ich hier auf der Insel eine Apotheke eröffnete, würde ich ja auch ihm in Zukunft häufiger über den Weg laufen. Wollte ich das? War ich dazu überhaupt in der Lage?

»Was soll das heißen?«, fragte Schwester Trifonia verwundert und ließ meine Hand los.

Ich seufzte tief und hoffte, dass die Schwester auch irgendeiner Schweigepflicht unterlag. »Sie erinnern sich doch daran, dass ich Ihnen von meiner unglücklichen Liebe zu einem Mann erzählt habe?«

Sie nickte.

»Ich bin seit sehr langer Zeit unglücklich in Max Wolf verliebt. Zwischendurch hatte ich ihn aus meinem Kopf vertrieben, aber in den letzten Wochen bin ich ihm wieder begegnet, und die alten Gefühle sind wiedergekehrt. Er liebt aber eine andere, deswegen versuche ich, in ihm nur einen guten Freund zu sehen.«

Schwester Trifonia lächelte mich herzlich an. »Jemandem ein guter Freund zu sein ist das Wertvollste, was es auf Erden gibt. Und wenn jemand in nächster Zeit einen guten Freund brauchen kann, dann ist das Max. Ich glaube, es ist nicht verkehrt, wenn Sie sich ein wenig um ihn kümmern, vor allem nächste Woche.« Sie lächelte vielsagend wie die Mona Lisa und geleitete mich zur Tür.

Wovon sprach die Nonne? Was war nächste Woche? Wollte er Susanne etwa einen Antrag machen und brauchte dabei Unterstützung? Aber die war doch noch verheiratet! Oder ging es etwa um die Übernahme der Tierarztpraxis? Gedankenverloren schlenderte ich in den Kräutergarten und überlegte, ob ich mich bei Max melden sollte. Eine Stimme in mir schrie: *Bist du bekloppt oder einfach nur masochistisch? Du willst einem Typen helfen, der dich nur verletzt hat? Susanne ist dafür da, sich um ihn zu kümmern!* Während eine andere flüsterte: *Es wäre eine erwachsene Tat und der Beweis, dass du über dich hinauswachsen kannst.*

Ich beschloss, dass mir die erwachsene Reaktion sehr gut zu Gesicht stehen würde, und wählte Max' Nummer.

Während es tutete, lauschte ich meinem galoppierenden Herzschlag. So viel zum Thema platonisch. Das war eine absolute Schnapsidee, schimpfte ich mich und wollte gerade auflegen, als er abnahm und sagte: »Sieh an, sieh an. Annie Fischer ist aus der Schmollecke gekommen und hat ihr Handy wiedergefunden?«

»Äh … ja. Genau.«

Das fing ja schon mal gut an. Vielleicht sollte ich aufhören, mich wie ein Vollidiot zu benehmen und einfach ganz cool und lässig sein? Herrgott, es war Max Wolf, *nur* Max Wolf! Ich schlug mir mit der Hand an die Stirn, was Max zum Glück nicht sehen konnte.

»Gut, dass du dich meldest, ich wollte dich eh noch anrufen«, plapperte Max weiter und unterbrach damit die peinliche Stille, die sich zwischen uns auszubreiten drohte. »Stell dir vor, wer heute früh in meiner Praxis stand, um sich mal anzusehen, was ich den ganzen Tag so treibe. Mein Vater! Als ich ihn gefragt habe, wie er auf die Idee gekommen ist, sagte er, er müsste sich schließlich gut informieren, wofür er eine Bürgschaft unterschreibt. Als ich mich bei ihm bedanken wollte, murmelte er nur, der Dank gebühre eigentlich dir.«

Das waren ja großartige Neuigkeiten! Ich freute mich aufrichtig für Max, auch wenn es gleichzeitig wehtat, ihn so glücklich zu hören und zu wissen, dass er sein weiteres Glück mit Susanne und nicht mir teilen würde.

»Wie stellt er sich an? Ist er schon gebissen worden?«, fragte ich bemüht fröhlich nach.

Max lachte laut los. »Nein, er macht sich ganz gut, vor allem aber merkt er, dass mein Job gar nicht so einfach ist.« Er legte eine kurze Pause ein und sagte dann leiser, beinahe zärtlich: »Danke, Annie Fischer. Das werde ich dir nie vergessen. Du bist eine echte Freundin.«

Und wieder war er da, der bittersüße Schmerz aus Freude und Trauer. Die Wahrheit war: Max und Susanne waren ein Paar. Annie Fischer würde sich damit abfinden müssen.

Max schien wieder einzufallen, dass ich ihn zuerst angerufen hatte. »Was wolltest du denn?«, fragte er neugierig.

Tja, was wollte ich? Ihm eine gute Freundin sein, wenn ich ihn schon nicht lieben durfte. Noch vor Kurzem wäre ich lieber gestorben, als Max anzurufen oder eine SMS zu schicken, und jetzt verhielt ich mich erwachsen. Nur das dumme Kribbeln im Bauch wollte nicht weggehen. Aber wenn man ein Problem erkannte, war das schon die halbe Miete. Und dass ich nicht von heute auf morgen meine Gefühle für ihn wegwischen konnte, war auch klar.

Ich erzählte ihm von meinem Plan, die Klosterapotheke zu übernehmen, beschrieb ihm die alte Käserei in ihrem neuen Gewand, erzählte von den Pflanzen, die im Kräutergarten wuchsen, und versicherte ihm, dass es auch zahlreiche Präparate für Tiere gab, die ich herstellen konnte.

»Herzlichen Glückwunsch, Annie«, rief Max, und er schien es ernst zu meinen. »Das müssen wir begießen. Wie wäre es heute Abend? Oder hast du schon was vor? Ich weiß ja nicht, was ihr Damen nach dem Zapfenstreich auf der Insel so treibt …«

Die Stunden bis zum Abend vergingen schnell, was vor allem daran lag, dass ich mich direkt an die Pläne für die Apotheke setzte. Mit Metzler hatte ich auch gleich telefoniert und ihm meinen Entschluss mitgeteilt. Zwar war er untröstlich, dass ich als Nachfolgerin der Rosengarten-Apotheke damit ausschied, gleichzeitig aber auch verständnisvoll. Das schlechte Gewissen troff aus jedem seiner Worte, und er vermittelte mir das Gefühl, dass er sich aufrichtig für mich freute, als ich von der Klosterapotheke erzählte. Sogar seine Hilfe bot er mir an.

Was Loretta anging, hatte sie sich krankschreiben lassen, und von Wagner fehlte jede Spur. Nachdem die Polizei ihn zur Fahndung ausgeschrieben hatte, war er untergetaucht, wahrscheinlich hatte er doch mitbekommen, dass man ihm auf den Fersen war. Bestimmt saß er jetzt in Österreich und gab den Skilehrer oder Bergführer für unbedarfte Touristen. Der Haftbefehl gegen ihn war schon ausgestellt. An Loretta war Metzlers Anwalt wegen der Betrugssache und der üblen Nachrede dran. Doch auch sie war wie vom Erdboden verschluckt.

Nach dem Abendbrot ging ich schließlich zu meinem Treffen mit Max. Wir hatten uns vor den Toren des Klosters verabredet, und er hatte versprochen, eine Flasche Weißwein mitzubringen, damit wir auf unsere neuen beruflichen Entwicklungen anstoßen konnten. Als Freunde, wie ich mir immer wieder einbläute. Als Freunde, und nichts weiter.

Ich hatte mich für ein schlichtes Outfit entschieden, alles andere erschien mir lächerlich (wir waren ja nur Freunde!). Dennoch achtete ich darauf, dass Haare und Make-up perfekt saßen. Die Art von Styling, bei dem man denkt: »Was für eine natürliche Schönheit.« In Wirklichkeit aber steckte harte Arbeit dahinter – wie bei den meisten Dingen, die auf den ersten Blick federleicht aussahen.

Max sah müde aus, was seiner Attraktivität leider keinen Abbruch tat. Schön für Susanne, und überhaupt: Wusste sie von unserer Verabredung? Obwohl, jetzt, wo die Fronten geklärt waren, dürfte sie damit ja kein Problem haben.

In meiner neuen Funktion als Annie, die Platonische, umarmte ich Max übertrieben jovial mit einem unbeholfenen Schulterklopfer hinterher, der ihn zum Lachen brachte. »Na Kumpel, altes Haus, alles klar?«, zog er mich auf. Immerhin lachte er, und seine Grübchen, die in keiner Zeichnung, die ich als Teenager von ihm angefertigt hatte, fehlen durften, kamen voll zur Geltung.

Wir liefen ein paar Schritte über das Außengelände in

Richtung Wald und versanken schnell in einer angeregten Diskussion darüber, wie Max die Tierarztpraxis führen würde. Einen Urlaubsdienst für Hunde- und Katzenbesitzer wollte er anbieten, außerdem einen Streichelzoo, in dem er ausgesetzte oder verwahrloste Tiere aufnahm. Außerdem plante er eine Kooperation mit einer Grundschule in der Nachbarschaft, mit deren Hilfe er den Schülern ermöglichen wollte, den Gassi-Führerschein bei ihm zu machen.

»Wollen wir uns hierher setzen?«, fragte er, als wir an einer Lichtung ankamen, wo ein massiver Tisch aus einem halbierten Baumstamm und zwei dazugehörige Bänke standen.

Ich stimmte zu, und wir nahmen Platz. Dann holte Max die Vorräte aus dem Rucksack: zwei Flaschen gekühlten Weißwein und einen Flachmann mit Obstler. Dazu reichte er einen deftigen Emmentaler und Weintrauben. Zugegeben, es war nicht ganz wie das Luxuspicknick von Jochen, aber es hatte durchaus seinen Reiz.

Max fragte mich über die Klosterapotheke aus, und gemeinsam spannen wir verrückte Ideen, wie wir die Tagestouristen in den kleinen Laden locken konnten.

»Du könntest ›Absolutionssaft‹ anbieten«, kicherte Max, »oder ›Besinnliches Bärlauchpesto‹!«

Der Alkohol tat sein Übriges zur guten Stimmung, und wir wurden von Stunde zu Stunde lockerer, sprachen über alte Zeiten, aber auch über aktuelle Geschehnisse, Politik und Weltgeschehen. Fast so, als ob es das Normalste der Welt wäre, dass wir beide hier waren. Natürlich behielt Max seine ihm eigene spöttische Distanz bei, und die Ironie war ihm wohl nicht mehr auszutreiben.

Die Zeit verging wieder einmal unfassbar schnell. Irgendwann schaute Max auf die Uhr und sagte: »Fast zehn schon? In ein paar Minuten schließen sie das Tor. Ich bringe dich zum Kloster.«

»Und wie kommst du zurück?«

Er grinste. »Ich bin stolzer Besitzer eines kleinen Motorboots, mit dem ich über den Binnsee fahre. Ständig auf die Fähre zu warten, wenn ich ins Kloster komme, das war mir irgendwann zu dumm.«

Die paar Meter waren schnell zurückgelegt – auch wenn ich feststellte, dass der Alkohol deutliche Spuren hinterlassen hatte. Ich lief zwar noch einigermaßen selbstständig, aber leicht schlingernd. Zum Glück ist mein guter Freund Max Wolf da, der mich stützt, dachte ich und ließ mich willig von ihm den Weg entlangführen.

Vor der Klosterpforte sah Max wehmütig zu den Mauern hoch. »Schönbruchthal war eine schwere, aber im Rückblick auch schöne Zeit für mich. Man fühlt sich so geborgen, findest du nicht? In welchem Zimmer bist du eigentlich im Gästehaus?«

»In Zimmer Magdalena«, antwortete ich und musste aufstoßen.

»Ah ja. Magdalena also.« Er sah mich mit einem Blick an, den ich nicht deuten konnte.

»Wieso guckst du so?«, fragte ich.

»Ach, nichts. Soll ich dich vielleicht auf dein Zimmer bringen?«

»Auf mein Zimmer? Wieso?«

Max lachte. »Na, richtig souverän stehst du nicht mehr. Mach mal die Augen zu, und tipp dir mit dem Finger auf die Nase.«

Ich tat, worum er mich gebeten hatte, und erwischte prompt mein linkes Auge. »Mist.«

»Komm, ich bring dich schnell hoch«, bot Max an, der noch beneidenswert nüchtern zu sein schien.

»Hm, ich weiß nicht. Wenn uns jemand zusammen sieht, fliege ich raus. Das ist dir schon klar, oder? Und ich will ja mit dem Kloster auch in Zukunft zusammenarbeiten, da steht für mich zu viel auf dem Spiel.«

Max wiegelte ab. »Was meinst du, was hier los ist, wenn du auf dem Weg ins Gästehaus Rambazamba machst, weil du die Gänge entlangtorkelst? Und falls uns wirklich jemand sieht, sagen wir, dass es einen Notfall bei den Tieren gab und du mich angerufen hast.«

Okay, das könnte klappen und wäre im Fall der Fälle eine plausible Erklärung. Dachte ich zumindest mit meinem ziemlich eingeschränkten Urteilsvermögen. »Na gut, aber wir müssen leise sein«, flüsterte ich und öffnete vorsichtig die Pforte.

Leise huschten wir über den Klosterhof Richtung Gästehaus. Vereinzelt brannten noch Lichter, im Gästehaus war das Flurlicht an, ansonsten alles dunkel. Die Stufen knarrten, aber zum Glück wusste ich, wo man nicht auftreten durfte, damit es nicht laut wurde.

Im Zimmer schloss ich als Erstes die Fensterläden und zog die Vorhänge zu, bevor ich die Nachttischlampe anschaltete. Kichernd wie zwei Teenager sahen Max und ich uns an.

»Voll verboten«, flüsterte ich. Mein Herz schlug wild, und mein Magen machte einen Purzelbaum. Kam das nur davon, weil ich mich wie eine Fünfzehnjährige fühlte?

Max grinste, ließ sich auf die Matratze sinken und sah sich um. »Komisches Gefühl, hier zu sein. Wie geht es dir eigentlich? Hast du die Antworten gefunden, die du gesucht hast?«

Hm, gute Frage. Teils ja, teils nein. Auf alle Fälle war ich noch nie so sehr in mich gegangen wie hier. Ich hatte mein Leben gedanklich ausgemistet, und das hatte mir verdammt gutgetan. Viele Dinge waren mir klarer geworden. Ich wusste, dass mein Job meine Berufung war, die Idee mit der neuen Apotheke erfüllte mich. Die Erkenntnis meines Aufenthalts im Kloster war, dass ich Liebe und eine erfüllte Beziehung nicht erzwingen konnte, Geduld haben musste und im Zweifel auch ohne Mann und Kinder glücklich werden konnte. Dass meine Mutter meine Familie war und mein Vater ein netter Mensch, aber als Papa nicht zu gebrauchen. Und dass Max Susanne liebte, aber wir beide Freunde werden konnten, wenn er mich bitte nicht so anschaute wie gerade. Wahrscheinlich war er sich überhaupt nicht bewusst, was er anrichtete. Bestimmt hatte er sich als Teenager diesen Blick angeeignet, und seither funktionierte der automatisch, ohne dass er ihn anschalten musste.

Ich nahm neben Max Platz. »Mir ist vieles klarer geworden, und ich bin zur Ruhe gekommen. Auf alle Fälle hilft es sehr, einen Schritt aus seinem Leben zu treten und zur Seite zu gehen, es einzufrieren und alles in Ruhe zu betrachten«, gab ich schließlich meine Antwort, sehr bedacht darauf, nicht daran zu denken, dass wir gerade nebeneinander auf einem Bett saßen.

»Witzig, genau so war es damals bei mir auch, wobei ich glaube, dass ich mehr am Boden lag. Ich will mir gar nicht ausmalen, was passiert wäre, wenn ich diesen Zufluchtsort nicht gefunden hätte. Eigentlich hielt ich mich hier ja versteckt, weil ich nicht wusste, wie ich mich verhalten sollte, vor allem Benni und seiner Familie gegenüber«, sagte Max leise, und an seinem Blick konnte ich sehen, wie er in die Vergangenheit abtauchte.

»Wie meinst du das?« Ich fragte ohne Umschweife, auch wenn es ein heikles Thema war, aber mein Gefühl sagte mir, dass er reden wollte.

»Ich war in einem Gewissenskonflikt, und am Ende entschied ich mich dafür, das Arschloch in den Augen aller zu bleiben, um nicht noch mehr kaputt zu machen.«

Wie war das denn gemeint? Er sprach in Rätseln. Vielleicht lag es am Schnaps, vielleicht an den Klostermauern, vielleicht aber auch einfach daran, dass er ein Geheimnis mit sich herumtrug, das irgendwann in ihm zu platzen drohte – auf alle Fälle sah er mich unsicher an, als ob er sich vergewissern wollte, wer da vor ihm saß und ob ich vertrauenswürdig genug war. Schließlich ließ er mich schwören, dass ich keiner Menschenseele etwas sagen würde.

Er seufzte tief. Dann begann er zu erzählen: »Bennis Verlobte Katharina hatte sich damals bereits seit einigen Wochen seltsam benommen. Ich bin ja nicht doof und merkte, dass sie anfing, mir verstohlene Blicke zuzuwerfen, sich aufzustylen, kürzere Röcke, tiefere Ausschnitte, gurrendes Lachen und zufällige Berührungen, kurzum, sie hatte sich in mich verknallt, obwohl sie mit Benni verlobt war und bei seiner Familie ein und aus ging, quasi als Tochter. Wenn ich ehrlich bin, hatte ich schon immer das Gefühl, dass sie vor allem Bennis Geld sehr anziehend fand. Sie war so 'ne Markenqueen und fand es schick, mit teuren Urlauben zu prahlen. Benni war mein bester Freund, ich hab nie wieder jemanden mit so einem großen Herzen kennengelernt. Katharina war seine große Liebe, sein Ein und Alles. Es hätte ihm das Herz gebrochen, hätte er geahnt, was sie abzog.«

Ich schwieg, weil ich Max nicht unterbrechen wollte. Er hingegen redete einfach weiter, ohne Punkt und Komma, als wäre ein Damm gebrochen.

»Zum Glück bemerkte er es nicht. Im Gegenteil: Er war froh, dass sie mich nett fand und nichts dagegen hatte, wenn wir zu dritt etwas unternahmen. Katharina studierte Pharmazie und war ein schlaues Mädchen. An jenem Abend, an dem alles geschah, wollte sie mich verführen.«

»Das Biest«, entfuhr es mir.

Doch Max sprach einfach weiter: »Sie lockte mich unter einem Vorwand in eines der oberen Zimmer, schloss ab, fing an sich auszuziehen und wollte rummachen. Sie erzählte, dass Benni es nicht so richtig bringen würde und sie es unbedingt mit mir probieren wollte. Ich würde es doch auch spüren, dieses Knistern zwischen uns. Wir müssten Benni ja nichts sagen und könnten nebenher vögeln. Blieb ja quasi in der Familie.«

Unglaublich. Sich in Max zu verknallen war das eine, aber den eigenen Verlobten auf eine so niederträchtige Art und Weise zu hintergehen ging gar nicht.

»Zwar umgab mich eine gewisse Reputation, was Mädchen anging, aber niemals hätte ich mit Bennis Freundin ein Techtelmechtel angefangen. Ich ließ sie abblitzen. Eines Tages fand Benni in Katharinas Zimmer ein Hemd und eine Unterhose von mir – keine Ahnung, wie die dorthin gekommen waren. Vermutlich hatte Katharina die mitgehen lassen, als wir mal bei mir waren. Benni rastete aus, weil er dachte, ich hätte was mit seiner Freundin, und stellte Katharina zur Rede. Die gab zu, dass sie in mich verknallt war, aber Benni dachte aufgrund der Wäsche, dass da was zwischen uns laufen würde. Und, na ja, Katharina tat auch so, als ob das stimmen würde, sie behauptete sogar, ich hätte sie verführt, obwohl sie es gar nicht gewollt hätte.«

Was für eine miese Natter! Das war echt harter Tobak.

»Völlig aufgebracht, fuhr Benni zu mir und lud mich auf eine Spritztour ein, ohne mir den wahren Grund für seinen Besuch zu sagen. Kaum saß ich auf dem Beifahrersitz, fuhr er wie ein Bekloppter los und begann mich mit den Vorwürfen zu konfrontieren. Ich gab zu, dass Katharina sich an mich rangemacht hatte, ich aber nicht darauf eingegangen war – was er mir nicht glaubte. ›Du kannst alle haben, aber es muss unbedingt meine Freundin sein? Wie kann man nur so krank sein‹, rief er immer wieder. Ich versuchte ihm zu erklären, dass ich Katharina nicht berührt hatte, aber das kaufte er mir nicht ab – na ja, mein Ruf bezüglich Frauen war damals auch nicht gerade der beste. In seiner Wut fuhr Benni so unvorsichtig, dass er in einer Kurve die Kontrolle über den Wagen verlor.«

Ich ahnte, was jetzt kam. Der Unfall. Der Tag, der alles verändern sollte in Max' Leben. Ich schluckte schwer und machte mich auf das Schlimmste gefasst.

»Wir knallten an einen Baum. Ich hatte seltsamerweise Glück, aber Benni erwischte es richtig. Und dann geschah, was mein Leben aus den Angeln hob. Anstatt zu handeln und erste Hilfe zu leisten, saß ich geschockt und regungslos da, nicht in der Lage, auch nur eine Bewegung auszuführen. Mein Gehirn gab meinen Händen den Befehl zu handeln, aber die reagierten nicht. Ich, der angehende Chirurg, war nicht in der Lage, meinem besten Freund zu helfen, der sich bei dem Aufprall schlimm verletzt hatte. Sein Bein war eingeklemmt, und ich konnte ihm nicht helfen. Versagt auf allen Ebenen. Zum Glück hielt bald darauf ein anderes Auto, das den Notarzt rief. Wenn ich früher gehandelt hätte, könnte Benni heute vielleicht normal laufen. Mit meinem Wissen hätte ich ganz anders Hilfe leisten können. Das habe ich mir bis heute nicht verziehen.«

»Wie entsetzlich«, rief ich aus und nahm instinktiv Max' Hand.

Er nickte. »Das war der Grund, weshalb ich nicht weiter Medizin studiert habe. Katharina wurde etwas verziehen, das sie gar nicht begangen hatte, ich hingegen war der Mann, der seinen besten Freund zuerst betrog und dann ins Koma hatte fallen lassen und ab diesem Moment zur Persona non grata mutierte. Absolute Kontaktsperre und keine Besuchsmöglichkeiten. Die Anwälte von Bennis Familie versuchten mich wegen unterlassener Hilfe dranzukriegen, was schlussendlich erfolglos blieb. Katharina blieb einfach bei ihrer Version.«

Völlig sprachlos sah ich ihn an. Alles hätte ich für möglich gehalten, aber das? Gegen diese Katharina war Cruella de Vil aus *101 Dalmatiner* das nette Mädchen von nebenan. Wie konnte sie damit durchkommen, vor allem damit leben?

»Schwester Trifonia hat angedeutet, dass nächste Woche ein wichtiges Ereignis ansteht. Was meinte sie denn damit?«, hakte ich nach.

Max fuhr sich nervös durch die Haare. »Katharina hat sich plötzlich nach all den Jahren gemeldet und will sich mit Benni und mir treffen. In zwei Tagen schon. Keine Ahnung, was das soll, aber auf alle Fälle bin ich nervös und weiß nicht, ob ich hingehen soll.«

Zu gut konnte ich mir vorstellen, welche Vorwürfe sich Max machte, dass Bennis Freundin sich in ihn verliebt hatte und er seinen besten Kumpel in Lebensgefahr nicht hatte retten können. »Aber wenn sie sich treffen möchte, ist das doch vielleicht ein Versuch, alles ins Lot zu bringen. Du musst unbedingt hingehen und Benni die Wahrheit sagen!«, platzte es aus mir heraus.

Max sah mich regungslos an.

»Ich meine, dieses Miststück darf damit nicht durchkommen. Ich bin mir sicher, dass Benni froh ist, wenn er seinen besten Freund zurückbekommt.«

Max schüttelte den Kopf. »Du hast doch gesehen, wie er beim Abitreffen auf mich reagiert hat. Wieso sollte jemand froh sein, mich als Freund zu haben? Schon mein Vater sagte immer, dass ich nichts tauge.«

Da war es wieder, das Trauma. Schön, was so 'ne verkorkste Erziehung anrichten konnte.

»Warum man froh sein sollte, dich als Freund zu haben? Weil du ein wahnsinnig wertvoller Mensch bist, der zwar oft den coolen Macker mimt, aber leider ein hundsmiserabler Schauspieler ist, denn immer wieder blitzen seine Verletzlichkeit und sein gutes Herz durch.«

Max sah mich mit einem Ausdruck an, den ich noch nie bei ihm gesehen hatte. »Meinst du das im Ernst?«, fragte er mit brüchiger Stimme.

Eigentlich eine Steilvorlage für einen blöden Spruch, aber alles an ihm sah so hoffnungsvoll aus, dass ich nur nickte und feierlich sagte: »Ja, ich schwöre.«

Bevor ich blinzeln konnte, zog er mich an sich und küsste mich mit einer Heftigkeit, dass ich verstehen konnte, wie er die Mädels reihenweise um den Verstand gebracht hatte. Atemlos drückte er mich aufs Bett und hielt meine Arme fest. Er küsste meinen Hals, mein Dekolleté und hielt kurz vor meinem Busen inne. Das lernte man also, wenn einem ausreichend Praxis und Anschauungsmaterial seit frühester Jugend zur Verfügung standen. Der Kerl braucht einen Waffenschein, dachte ich als Letztes.

Dann war es auch schon vorbei mit den klaren Gedanken, denn was er mit mir anstellte, ließ mein Inneres explodieren. So musste sich ein Drogencocktail der ganz besonderen Art anfühlen. Mein Hirn schüttete Hormone aus, von denen ich nicht gewusst hatte, dass sie existierten, und ich gab mich mit geschlossenen Augen seiner Leidenschaft hin. Ich vergaß alles um mich und ließ mich fallen.

Wir waren uns so nah, wie man sich nur nah sein konnte, einig in allem, in jeder Bewegung, jedem Blick, jedem Seufzen. Ein einzigartiger Rausch hatte von uns Besitz ergriffen, und ich wusste noch im Fliegen, dass der Aufprall schlimm werden würde.

KAPITEL 17

Ach Herr, ich habe gesündigt,
ja, ich habe gesündigt und erkenne meine Missetat.
Gebet Manasses 1,12

»Du hast *was*?!« Johanna schrie so laut ins Telefon, dass es in meinem Ohr klingelte.

»Kannst du mich besuchen kommen?«, bat ich mit zitternder Stimme, denn im Moment war ich ein seelisches Wrack, und mit meiner Art von Anliegen konnte ich schlecht zu einer der Nonnen gehen. Zwar mussten die mir verzeihen, aber was würden die bitte mit mir anstellen, wenn ich ihnen sagte, dass ich in ihrem Gästezimmer Sex mit Max gehabt hatte, der eine andere liebte, die aber noch verheiratet war, und zwar mit einer Kopie von ihm? Weihwasser würden die über mich schütten, und zwar literweise, und ehrlich gesagt, wusste ich auch nichts Besseres. Sodom und Gomorrha konnten einpacken gegen mein Lotterleben.

»Nichts lieber als das, aber Nils ist auf einer Tagung, und ich habe niemanden, der auf die Kleinen aufpassen kann. Das machst sonst du«, sagte Johanna. Da wir über Facetime miteinander sprachen, sah ich, wie sie das Gesicht zu einer Grimasse verzog, die mich wohl aufheitern sollte.

Leider war mir überhaupt nicht nach Scherzen zumute. Bislang war ich in meinem Zimmer geblieben – ich konnte unmöglich den Schwestern unter die Augen treten. Schwester Trifonia nahm an, ich wäre krank, und hatte mir ein Tablett mit Frühstück vor die Tür gestellt, was mein schlechtes Gewissen noch schlimmer werden ließ.

O Gott, was hatte ich mir nur gedacht dabei? Wo sollte das hinführen? Alles kaputt gemacht in einer einzigen Nacht! All mein In-mich-Gehen, Meditieren, Nachdenken, all die langweiligen Gottesdienste, alles für die Katz. Von wegen, Max und ich werden gute Freunde. Besser hätte ich mich kennen müssen, mir nicht trauen dürfen, wenn es um ihn ging. Sobald ich an ihn dachte, schoss mir die Schamesröte ins Gesicht, da er, Experte durch und durch, Dinge mit mir angestellt hatte, von denen ich bislang nur gelesen und die mir zu allem Übel auch noch gefallen hatten. Ja, der Vorhof zur Hölle stand offen – weit offen.

Johanna sagte mitfühlend: »Jetzt erzähl mal ganz in Ruhe. Ich hör dir zu.« Und das tat sie bestens. Als ich mir alles von der Seele geredet hatte, fragte sie: »Und wie seid ihr auseinandergegangen?«

Tja, das war das hässliche Ende einer eigentlich recht hübschen Geschichte. Nachdem wir langsam abgekühlt waren und die Realität wieder die Oberhand gewonnen hatte, war es aus mir herausgesprudelt: »Was haben wir nur gemacht? Was wird Susanne dazu sagen? Sagst du es ihr?«

Max hatte mich angesehen und gesagt: »Lass Susanne mal mein Problem sein. Das geht nur sie und mich an.«

Ich seufzte. »Und mit einem Mal war sie wieder da, diese Wand, diese Distanz, nur viel schlimmer, weil ich jetzt weiß, was eigentlich in ihm lodert. Ich komm mir einfach nur billig und dumm vor!«

Johanna sah mich milde an. »Süße, jede, die in Max so verliebt war wie du, und das seit Jahren, wäre schwach geworden. Geh nicht so hart mit dir ins Gericht. Er ist Susanne Rechenschaft schuldig, nicht du. Er muss sich erklären. Aber ehrlich gesagt, steige ich bei denen langsam nicht mehr durch. Wenn Susanne die große Liebe ist, kann die so groß nicht sein, oder hat er seine Libido nicht im Griff und vögelt rechts und links alles, was nicht bei drei auf dem Baum ist?«

Mein verstörter Blick machte ihr bewusst, was sie da eben von sich gegeben hatte. »Äh, damit meine ich natürlich nicht dich. Komm, du musst dringend an die frische Luft und raus aus diesem Zimmer, damit du auf andere Gedanken kommst.«

Das war keine Feststellung, sondern ein Befehl, dem ich mich schlecht widersetzen konnte. Im Sonnenschein sah die Welt vermutlich wirklich ein wenig anders aus, ich würde erkennen, dass sie sich weiter drehte und alles seinen gewohnten Gang ging.

Leider nur genau so lange, bis mich die zwei Eisheiligen vor der Zimmertür abpassten und frohlockend auf mich zusteuerten. »Na, gut geschlafen?«, grinste Scherz mit einer Zweideutigkeit, die ich ihr so nicht zugetraut hätte.

Bevor ich antworten konnte, ging Schwarz dazwischen: »Also, ich habe kein Auge zugetan, es war ja aber auch so laut heute Nacht. Hast du denn die Geräusche nicht gehört?«, fragte sie scheinheilig ihre Betschwester, die brüskiert den Kopf schüttelte.

Alles klar, Botschaft verstanden. Die beiden waren mir auf die Schliche gekommen. Bevor ich auch nur ein Wort zu meiner Verteidigung sagen konnte, kam Schwester Cordula auf mich zugeeilt, mit der Bitte, mich bei Schwester Trifonia zu melden.

Der Tag der Abrechnung. Er war gekommen.

»Hatten Sie heute Nacht Männerbesuch, mit dem Sie sich lauthals vergnügt haben?«, fragte Schwester Trifonia mit schneidender Stimme.

Ich stand wie eine Primanerin vor ihrem Schreibtisch, mit gesenktem Blick und hängenden Schultern. Mir war schlecht. Noch nie hatte ich in so einer peinlichen Situation gesteckt. Verlegen erzählte ich ihr, was passiert war. Natürlich ohne all die schmutzigen Details, die mich schon beim bloßen Drandenken erröten ließen – und ohne zu erwähnen, dass ausgerechnet Max mein nächtlicher Besucher gewesen war.

»Es tut mir leid, Schwester Trifonia. Ich habe mich unmöglich benommen. Ich weiß nicht, wie ich das wiedergutmachen kann.«

Schweigend spielte die Nonne mit ihrem Ring und schien zu überlegen, was sie dazu sagen sollte. »Mir gefällt nicht, dass Sie unsere Gastfreundschaft missbraucht haben. Wir halten uns an bestimmte Regeln in dieser Gemeinschaft, und die gelten auch für Gäste, die wir mit offenem Herzen aufnehmen. Ich kann das leider so nicht stehen lassen. Es muss eine Konsequenz haben, sonst verlieren die Regeln ihre Bedeutung.«

Elend fühlte ich mich, ihr Vertrauen so enttäuscht zu haben, und anscheinend sah man mir das an. Denn milder gestimmt fuhr sie fort: »Ich kenne Sie ein wenig und Max ebenfalls.«

Ich riss den Kopf hoch. Woher wusste sie das?

Sie lächelte. »Meine Liebe, halten Sie mich doch nicht für eine Närrin! Mir ist klar, dass Sie nicht einfach so Männerbesuch hatten, und glaube auch, dass nicht geplant war, was zwischen Ihnen und ihm passiert ist. Aber, Kind, Sie müssen sich schützen, sich und vor allem Ihr Herz.

Wenn es schlecht für Sie läuft, stehen Sie am Ende mit nichts da und haben sich völlig umsonst verwundbar gemacht.« Wieder schwieg sie eine Weile, dann sprach sie weiter: »Was ich allerdings noch weniger mag als das Brechen von Regeln, sind Denunzianten, die sich unter dem Mantel der Rechtschaffenheit verstecken, um mit dem Finger auf andere zu zeigen. Das widert mich an!«

Gut zu wissen, dass sie die beiden Petzen auch nicht leiden konnte.

»Ich schlage Ihnen Folgendes vor: Sie packen Ihre Sachen und verlassen morgen das Kloster. Ich werde Sie offiziell verabschieden und heute beim Abendgebet ein paar Gedanken zu Ihrem Fall vorlesen. Ich hoffe, Sie nehmen trotz allem etwas mit aus dieser Zeit bei uns. Trauen Sie sich! Lassen Sie den Glauben nicht so einfach fallen, wenn Sie meinen, dass Max für Sie bestimmt ist. Bekennen Sie Farbe, offenbaren Sie sich ohne Angst, ob Ihr Geständnis erfolgreich sein wird. Wenn wir lieben, können wir nicht verlieren oder uns lächerlich machen. Es gehört aber Mut dazu, zu sich und zu seinen Gefühlen zu stehen.«

Als sie das aussprach, kamen sie wieder zurück, die Klarheit und Ruhe meines Herzens. Sie hatte recht. Ich musste Max sagen, wie ich fühlte. Ich nahm die Hand von Schwester Trifonia, küsste ihren Ring und bedankte mich für alles.

Sie streichelte mir beruhigend über den Kopf. »Alles Gute für Sie und Gottes Segen. Und denken Sie daran, auch wenn Sie nicht gläubig sind: Der Glaube kann Berge versetzen, und an etwas glauben muss jeder Mensch.«

Ich nickte und ging zur Tür.

Da rief sie mir hinterher: »Und wegen des Apothekenvertrags melden Sie sich? Ich finde das immer noch eine gute Sache und freue mich, wenn wir in Zukunft zusammenarbeiten werden. Danke für Ihre Arbeit und Ideen.«

Mir fiel ein Stein vom Herzen, denn was die Apotheke betraf, hatte ich im Moment überhaupt nicht gewagt nachzufragen. Aber anscheinend durfte ich immer noch offizielle Apothekerin des Klosters werden.

Ich war froh, dass vorerst alles glimpflich abgelaufen war. Natürlich musste sie mich in irgendeiner Form bestrafen. Wehmütig nahm ich im Chor Platz und lauschte den monotonen, klaren Stimmen, die wie immer eine ganz besondere Kraft ausströmten, und merkte, dass mir der Abschied schwerer fiel als gedacht. Einige Rituale hatte ich liebgewonnen, und viele der Schwestern sowieso.

Den Tag verbrachte ich im Kräutergarten bei Schwester Cordula, die so nett war, mich nicht merken zu lassen, ob sie von der Angelegenheit wusste. In stiller Eintracht arbeiteten wir im Garten, banden die Brombeerbüsche hoch und stutzten den Rosmarin, und schneller, als ich dachte, war es Abend und damit wieder Zeit für den Gottesdienst.

Die Messe hielt dieses Mal Schwester Trifonia. Sie sprach über Judas und den Verrat, was dieser im Herzen anrichtete und über Verräter aussagte. Dabei sah sie immer wieder Schwarz und Scherz an, die hochrot anliefen und offenbar nicht wussten, wohin sie schauen sollten.

In den Fürbitten beteten wir für die Menschen, die lieber lernen sollten, mit sich ins Reine zu kommen, anstatt andere anzuzeigen. Und wir beteten für diejenigen, die den Mut und die Kraft haben sollten, ihren Weg zu gehen.

Nach der Vesper ging es zum Abendessen. Normalerweise bekamen wir Gäste nur die Nonnen, die Küchendienst hatten, zu Gesicht. Aber heute Abend ging plötzlich die Tür auf, Schwester Trifonia kam herein. Sie marschierte auf mich zu und sagte laut, dass sie es bedaure, dass ich morgen abreisen werde, sie sich aber bedanken wolle für meine Mithilfe und das Leben, das ich ins Kloster gebracht habe. »Danke auch für Ihr offenes Herz und Ihr Vertrauen. Ich freue mich schon auf die Zusammenarbeit in der Klosterapotheke.« Dann drückte sie mir die Hände und lächelte mich warm an. Diese Frau war einfach toll.

Schwarz und Scherz stockte sichtbar der Atem. Die dachten bestimmt, wenn jetzt schon in katholischen Klöstern keine Fleißbildchen mehr für den rechten Pfad und dessen Bewachung verteilt wurden, wo sollte man dann noch hin? Die Zeugen Jehovas waren schließlich voll, wenn man die Lehre von der Anzahl derer, die in den Himmel kamen, ernst nahm.

Ich verabschiedete mich von Schwester Trifonia, dann gab ich auch den beiden Lästerschwestern die Hand. »Ich wünsche Ihnen Liebe, ganz viel Liebe. Denn die scheinen Sie beide nicht oft erhalten zu haben. Sonst würden Sie sich mehr um Ihr eigenes Leben kümmern und anderen milder begegnen. Aber Sie als gute Christen wissen ja, es ist nie zu spät, sich zu ändern.«

Johanna war mit dem Auto gekommen, um mich am nächsten Morgen abzuholen. Meine Siebensachen waren schnell gepackt. Wehmütig machte ich ein paar Fotos mit meinem Handy und nahm Abschied von den sicheren Mauern, die in der letzten Zeit mein Zuhause, mein Halt und meine Zuflucht gewesen waren. Niemals hätte ich bei meiner Ankunft vor ein paar Wochen damit gerechnet, dass mir der Abschied schwerfallen würde, aber die Kraft, zu der ich hier gefunden hatte, die Ordnung meines Inneren und die Zuversicht, dass alles gut werden würde, waren mehr wert als alles, was ich mir je ausgemalt hatte, hier zu finden.

Ich strich Jesus über die Dornenkrone. »Na, mein Lieber? Du wirst wohl noch eine Weile hier herumhängen.

Danke für deinen Schutz, wir waren doch eine gute WG, oder?«

Johanna, getaufte Katholikin, kniff mich in die Seite. »So kannst du nicht mit Jesus reden, du Satansbraten!«

Ich widersprach: »Und ob ich das kann. Wir haben nämlich den gleichen Humor, da bin ich ganz sicher.«

»Na, dann kannste dich doch taufen lassen.«

Grinsend tätschelte ich ihre Schulter. »Jetzt wollen wir es nicht gleich übertreiben, oder ist das dein Plan? Meine arme Mutter, die gerade erst den Getränkeanschlag von Wagner überstanden hat, mit einem Herzinfarkt um die Ecke zu bringen?«

Johanna zog beleidigt eine Schnute. »Ich mein ja nur. Einerseits ziehst du hier ein und nutzt alles, aber dann den Schwanz einziehen, wenn es ans Bekennen geht.«

Mir war klar, sie würde es nicht verstehen. Zwar hatte ich die Gemeinschaft liebgewonnen, ihr viel zu verdanken und Trost in den Abläufen und Gesprächen gefunden, aber mein Verstand sträubte sich, an eine unbefleckte Empfängnis, die Dreifaltigkeit und Maria zu glauben. Vielleicht gab es Gott. Wer war ich, um sagen zu können: Gibt es ihn, oder gibt es ihn nicht? Meine Religion bestand darin, ein möglichst guter Mensch zu sein und jedem seinen Glauben zu lassen, solange er nicht darauf bestand, jeden Donnerstag eine Jungfrau, drei Hunde und ein Auto opfern zu müssen. Obwohl ich nicht mit dem Kreuz um den Hals herumlief, fühlte ich mich dennoch beschützt. Das Schicksal, das Leben, sie meinten es gut mit mir, und das war doch schon mal die halbe Miete. Das mit Gott konnte ja immer noch kommen. Vielleicht schickte er mir eine Heimsuchung, eine Marienerscheinung oder heilende Hände. Dann konnten wir noch mal darüber sprechen.

Während ich zum Auto lief, bekam ich eine SMS, und

zwar von Susanne: »Wir müssen reden. Im Kastanienstüble in einer Stunde?«

Mir fiel beinahe das Handy aus der Hand, so sehr begann ich zu zittern. Mein Herz schlug bis zum Hals, und mir war speiübel vor schlechtem Gewissen. Danke auch, Max Arsch Wolf! Gleich bei Susanne petzen gewesen, dein Gewissen erleichtern und damit schön den schwarzen Peter mir zuschieben!

Mühsam tippte ich »Okay, bis gleich« zurück und schimpfte mich im Stillen dafür, immer noch kein Testament aufgesetzt zu haben.

Johanna sah mich fragend an.

Ich erzählte ihr von der SMS. »Kommst du mit? Du musst mitkommen! Susanne war schon immer stärker und gemeiner als ich. Die hat ganz andere Tricks drauf, da muss man mit allem rechnen.«

Johanna zögerte erst, gab sich aufgrund meiner miesen Chancen aber einen Ruck. »Na gut. Aber nur, damit du da lebend wieder herauskommst.«

Schweigend stiegen wir ins Auto, setzten mit der Fähre über den Binnsee und fuhren, als wir das Festland wieder erreicht hatten, in Richtung Gasthaus. Beim *Kastanienstüble* handelte es sich um einen Biergarten, den es bereits seit dem 18. Jahrhundert gab. Man saß – wie der Name verriet – unter alten Kastanienbäumen mit einem wunderschönen weiten Blick in den Schwarzwald. Das Stüble lag auf halber Strecke in die Stadt und war ein beliebtes Ausflugsziel.

Als wir anhielten, war die Hölle los. Kein Wunder, ein warmer Sommertag und diese romantische Kulisse ließen die Bänke schnell voll werden. Wir bestellten zwei Rhabarbersaftschorlen, die in Maßkrügen gebracht wurden, und einen Kaiserschmarrn, weil Johanna so Hunger hatte. Ich hingegen stocherte nur lustlos darin herum und wartete auf meinen Fegefeuertermin. Um uns herum hockten verliebte Pärchen, laute Cliquen, Familien, die ihre Radtour für eine Pause unterbrachen, ein Freundinnentisch mit lautem Gegacker – in einem Biergarten kam eben alles zusammen. Auch Susanne, die langsam über den weißen Kies auf unseren Tisch zulief.

Reflexartig trat ich Johanna gegen das Schienbein, was sie sofort aufheulen ließ. »Spinnst du?«

Ich bedeutete ihr, sich unauffällig umzudrehen. »Susanne kommt.« Meine Hände krampften sich zusammen, genau wie mein Magen. O Gott. Konnte mal jemand die Messer, die aus den auf den Tischen stehenden Bierkrügen herausragten, weglegen? Kleine Sünden strafte der liebe Gott ja sofort, aber ich war mir nicht sicher, ob meine Sünde nicht eher eine große war.

Von ihrem Gesicht konnte ich nichts ablesen. Susanne sah Johanna erstaunt an – da sie uns aber bereits aus der Schule nur im Doppelpack kannte, nahm sie es wohl einfach hin. Sie rutschte neben Johanna in die Bank und sah mich forschend an.

Ich hielt ganze zwei Sekunden stand, dann platzte es aus mir heraus. »Es tut mir leid«, rief ich.

Wenn meine Nacht mit Max keine Bewusstseinsstörungen hinterlassen hatte und meine Schorle nicht am Gären war, hatte ich keine Halluzinationen – aber ich sah Susanne abwinken. »Nein, mir tut es leid.«

»Du willst wegen Max mit mir sprechen, oder?«, fragte ich zögerlich.

Susanne sah verwundert drein. »Ja, klar. Ich weiß, dass du mit ihm die Nacht verbracht hast.«

Okay. Stand sie unter Schock, der ihre Wahrnehmung verzerrte, oder hatte sie gar Tabletten genommen, um den

Schmerz zu ertragen? Kein Wunder, welcher Mann konnte bitte Max das Wasser reichen, dachte ich voller Sehnsucht an vorletzte Nacht. Am besten, ich nickte freundlich und hörte einfach zu, in diesem Zustand musste man sehr rücksichtsvoll mit Susanne umgehen. Mann, fühlte ich mich schlecht.

Sie atmete tief ein. »Was ich dir zu sagen versuche, ist, dass es mir leidtut, dir nie die Wahrheit über Max gesagt zu haben. Es war nicht okay, dir zu verheimlichen, dass er seit der Schule in dich verliebt ist. Ich wusste es und habe es dir nicht gesagt, obwohl wir damals befreundet waren – aber ich habe ihn eben auch geliebt.«

Mein erster Blick ging zu Johanna, um nachzusehen, ob sie hörte, was ich hörte. Nach ihrem aufgerissenen Mund zu urteilen, ja. Mit einem Schlag fing mein Herz an zu beben.

»Was redest du da? Ich habe mit Max eine Nacht verbracht und gehe fast ein vor schlechtem Gewissen, weil ihr doch heimlich zusammen seid und du seine große Liebe bist!«

Susanne stockte, dann legte sie deutlich ruhiger ihr Geständnis ab. »Wir sind überhaupt nicht zusammen. Weißt du noch, damals in der zehnten Klasse, als Max mit mir Schluss machte, um angeblich frei zu sein für den Austausch mit den Französinnen?«

Natürlich erinnerte ich mich. Schließlich war ich bei der Verbrennungsaktion seiner Briefe dabei gewesen und hatte doch heimlich eine Haarsträhne geklaut.

»Der wahre Grund für die Trennung warst du.«

Jetzt war ich wach – hellwach.

Susanne sprach langsamer, offensichtlich fiel es ihr schwer. »Damals gab es doch die gemeine Wette, dich zu küssen.«

Daran erinnerte ich mich nur zu gut.

»Es scheint, dass Max dabei mehr empfand, als wir alle dachten. Es begann damit, dass er kein wirkliches Interesse mehr an mir hatte. Er war abwesend, unkonzentriert und nicht einmal mehr richtig bei der Sache, wenn es darum ging, mir unter die Bluse zu gehen. Da er nicht rausrückte, was los war, wartete ich den Abend seines Geburtstags ab, wo er natürlich zu viel trank. Als wir allein waren, fragte ich ihn so lange aus, bis er zugab, dass er in eine andere verliebt war. Natürlich habe ich nicht aufgehört zu bohren, und bei seinem Alkoholpegel konnte ich ihm entlocken, dass du diejenige warst. Zuerst hielt ich es für einen Scherz, aber leider merkte ich, dass Max es ernst damit war. Am nächsten Morgen stritt er natürlich alles ab, er habe Unsinn im Suff geredet, nie im Leben wäre er in Annie Fischer verliebt – aber ich wusste, dass es stimmte. Zumal er ein paar Tage später mit mir Schluss machte. Den Jungs erzählte er die Story, dass er frei sein wollte für den Frankreichaustausch. Auf die Geschichte bin ich gern aufgesprungen, denn natürlich war mir das lieber als die Schmach, dass Max eine andere liebt. Vor allem meine Gefühle ließen das nicht zu. Ich muss dir ja nicht sagen, dass ich ihn immer noch wollte, und so nahm ich mir selbst das Versprechen ab, dir nie etwas zu sagen – auch Jahre später nicht. Zwar habe ich dir immer wieder aus schlechtem Gewissen gesagt, dass Max auf dich steht, aber ich wusste, dass du es nicht glauben würdest.«

Okay. Das war krass. Aber Hand aufs Herz: Ich weiß nicht, ob ich an ihrer Stelle nicht genauso gehandelt hätte. Was ich allerdings nicht verstand, war, weshalb Max nie einen ernsthaften Versuch bei mir gestartet hatte – wenn er mich angeblich immer so toll gefunden hatte.

»Wieso hat Max mich dann immer so doof behandelt?

Von Liebe habe ich da nicht viel gespürt«, fragte ich verwundert nach.

Susanne räusperte sich und wand sich verlegen. »Äh, also das kann daran liegen – und ich bin nicht stolz drauf –, dass ich ihm in meiner Enttäuschung gesagt habe, dass du auf Jochen Winter stehst und für Max nur schwärmst, um Jochen einfersüchtig zu machen. Außerdem würdest du dich nicht trauen, offen für Jochen zu schwärmen, weil deine beste Freundin Johanna auch in ihn verliebt war.«

Tja, wenn es um Max Wolf ging, ließen wir alle unsere Skrupel beiseite. Das mit der Teenagerliebe verstand ich nun, aber was meinte sie vorhin mit »Jahre später«? Neugierig unterbrach ich sie.

»Das ergibt keinen Sinn. Ich habe beim Abitreffen gehört, wie ihr beiden euch unterhalten habt, und da war die Rede davon, dass er dich schon immer geliebt hat. Du hast ihn gefragt, warum er dann nichts machen würde, und gesagt, du würdest das so nicht mehr mitmachen.«

Genau in dem Moment, als ich es aussprach, ging mir ein Licht auf. Susannes Antwort war nur noch die Bestätigung.

»Es ging um dich. Sein Verhalten war so auffällig eifersüchtig, was Jochen betraf, dass ich ihn darauf ansprach. Da ich die Einzige bin, die von seinen Gefühlen dir gegenüber weiß, hat er mich in letzter Zeit immer wieder angerufen, um mir sein Leid zu klagen. Ich konnte es irgendwann nicht mehr hören, und was ich überhaupt nicht verstehen konnte, war, warum er nichts unternahm, denn dass du in ihn verknallt bist, habe ich ihm vor Langem schon gesteckt. Außerdem bin ich dabei, meine Ehe zu retten. Boris wirft mir seit der Hochzeit vor, er wäre nur ein Ersatz für mich, weil ich das Original nicht haben kann, seither sind wir in Paartherapie. Wir machen gute

Fortschritte – aber es hilft natürlich nicht, wenn ich ständig von Max angerufen werde. Ich musste meinen Kontakt zu ihm vor meinem Mann verheimlichen, dabei will ich doch gar nichts mehr von Max! Als er mich verzweifelt anrief und gestand, dass er mit dir im Bett war, hatte ich genug. Deswegen sind wir hier.«

So langsam sickerten die Worte und deren Bedeutung zu mir durch. Max war überhaupt kein Arsch, der alles flachlegte, was nicht schnell genug weglaufen konnte. Moment, das stimmte so nicht, eher: Max hatte nicht in einer festen Liebesbeziehung gesteckt, als er mich immer wieder geküsst und mit mir rumgemacht hatte. Er hatte es vielmehr getan, weil er ernsthafte Gefühle für mich hatte. Ha! Vielleicht hatte ich es immer tief in mir gespürt und war deshalb nie von ihm losgekommen. Vielleicht war ja auch seine Beziehung, Affäre oder was auch immer das mit der kleinen Lolita bei Susannes Hochzeit gewesen war, ein Fake gewesen, wie Jochen als meine Begleitung.

»Und was war das mit Vanessa?«

Susanne seufzte. »Die fand er einfach richtig geil. Welcher Mann würde das nicht? Nicht, dass wir uns falsch verstehen: Max ist kein Heiliger, und die oberflächlichen Bettgeschichten hat er sicher gern mitgenommen, aber er ist eben auch kein Arsch und meiner Meinung nach durchaus fähig zu einer Beziehung. Aus irgendeinem Grund hat er Angst davor, und er verhält sich abweisend dir gegenüber.«

Johanna schaltete sich wieder ein. »Und für diesen Psychopathen lässt du den geläuterten Jochen Winter sitzen? Ich fass es nicht.«

Susanne hob erstaunt die Augenbrauen und sagte in Johannas Richtung: »Jochen Winter? Du stehst auf Jochen Winter, wenn es Max Wolf auf dieser Welt gibt? Mann, du schaust bestimmt auch Rosamunde-Pilcher-Filme statt Tatort, stimmt's?«

Ertappt blickte Johanna zur Seite und schwieg.

In meinem Kopf fuhren die Gedanken Kettenkarussell, und zwar richtig. Ich versuchte mich zu sortieren, aber irgendwie schien alles so unwirklich. Das war der Moment, auf den ich seit der ersten Periode hoffte, bangte, wartete. Schlappe zwanzig Jahre später traf er ein, und ich war überfordert, zumal ich nicht verstand, was Max davon abhielt, einfach zu mir zu gehen und mir seine Liebe zu gestehen.

»Und jetzt?«, hörte ich mich erstaunt fragen, denn eigentlich hatte ich es nur gedacht.

»Nimm die Beine in die Hand, und lauf so weit weg, wie du kannst«, flehte Johanna, ausgerechnet Johanna, der ich bei der Auswahl ihres Langweiler-Nils die Treue gehalten und sie in ihrer Wahl unterstützt hatte, obwohl ich das jetzt mit langweiligen Spieleabenden und Ausführungen über seine Krampfadern ausbaden durfte.

Susanne hingegen sagte genau das, was ich fühlte: »Du willst ihn, seit du denken kannst, und er dich. Das ist die romantischste Liebesgeschichte seit William und Kate. Und die langsamste, übrigens. Geh und schnapp dein Glück, und dann lass es nie wieder los!« Sie nahm meine Hand und drückte sie. »Ich hoffe, du nimmst es mir nicht übel, dass ich so lange geschwiegen habe. War nicht meine beste Idee, ich gebe es zu.«

»Wer weiß, ob ich es an deiner Stelle anders gemacht hätte, und vielleicht dachte das Schicksal, dass die Zeit davor noch nicht reif war.«

So war es im Leben. Timing war alles.

»Kannst du nicht schneller fahren? So schaffen wir das nie!«, blaffte ich Johanna an, die sich bestimmt dachte:

Das ist also der Dank, wenn man für die beste Freundin die Kinder wegorganisiert, um dabei zu sein, wenn sie vielleicht die größte Dummheit ihres Lebens begeht. »Tut mir leid, ich bin wahnsinnig aufgeregt«, entschuldigte ich mich im nächsten Moment.

»Ach so, gut, dass du es sagst, wäre mir sonst komplett entgangen«, grinste Johanna. »Jetzt atme mal tief durch und beruhige dich, was soll schon schiefgehen?«

Haha, der war gut. Wir waren als spontanes Himmelfahrtskommando unterwegs, damit ich Max bei seinem Treffen mit Benni und Katharina beistehen konnte. Warum auch immer, ich war, nachdem Susanne mir alles erzählt hatte, zur festen Überzeugung gelangt, dass ich unbedingt Max zur Seite stehen musste, als Zeichen meiner Liebe und Unterstützung. Von Susanne hatte ich die Details des Treffens erfahren, nur Max ahnte nichts von meinem Kommen.

»Hat sich deine Mutter eigentlich wieder beruhigt?«, wollte Johanna wissen.

Meine Mutter war mal wieder *die* Überraschung gewesen. Als ich sie von unterwegs angerufen und ihr alles von Max erzählt hatte, war nicht wie erwartet gekommen: Kind, er wird dich unglücklich machen. Nein, meine Mutter hatte allen Ernstes gesagt: »Ich habe immer gewusst, dass ihr beide füreinander bestimmt seid. Eine Mutter spürt das, ein Medium erst recht.«

Als ich ihrem Gedächtnis auf die Sprünge half, wie sie ihn verflucht hatte, als er mich nach dem legendären Kuss links liegen ließ, und wie sie immer wieder versuchte, mir andere Kandidaten schmackhaft zu machen, antwortete sie nur: »Ich wusste immer, dass er die Liebe deines Lebens ist, ich war mir nur nicht sicher, ob Max das merken wird. Mir war die Gefahr zu groß, dass du dann unglücklich wirst, deshalb der Plan B.«

Es hatte keinen Zweck gehabt zu diskutieren, und so hatte ich sie im Glauben gelassen, alles vorhergesehen zu haben.

Johanna hingegen erwies mir einen echten Freundschaftsdienst. Sie hatte erkannt, dass ich nicht von Max abzubringen war, und versuchte mich nun zu unterstützen, so gut es ging. Nach einer gefühlten Ewigkeit – die tatsächliche Fahrt dauerte knapp zwanzig Minuten – kamen wir endlich auf dem Schauinsland an, einem Berg, etwa zehn Kilometer von der Freiburger Stadtmitte entfernt. Auf einer Anhöhe unter dem Gipfel gab es ein Hotel, und dort im Kaminzimmer wollten sich Max, Benni und Katharina treffen. Beim Aussteigen aus dem Auto fiel mir die komplette Handtasche auf die Straße, weil meine Hände so zitterten.

Johanna, die mich seit der dritten Klasse kannte, umarmte mich aufmunternd. »Denk daran, wie du dich damals bei der Schulaufführung getraut hast zu singen und alle dich hinterher gefeiert haben. Mut zahlt sich immer aus, und wenn er nur dazu dient, dass du eine Antwort bekommst.«

»Meinst du?« Ich war immer noch nervös.

»Das wird bestimmt super. Max wird sich freuen, dich zu sehen«, munterte sie mich auf.

Verzweifelt schickte ich ein Stoßgebet zum Himmel. »Lieber Gott, das mit der Klosterapotheke hat schon mal super geklappt, danke dafür. Würdest du jetzt noch einmal deine Kontakte spielen lassen? Das mit Max ist eine verdammt wichtige Sache für mich. Danke, du bist der Beste! Amen.«

Johanna zog mich in das Hotel und suchte nach dem Kaminzimmer, in dem das Treffen laut Susanne stattfinden sollte, während ich langsam hinterherdackelte.

»Hier sind wir richtig«, rief sie, was sie sich hätte sparen können, denn ich sah Max und die anderen bereits von Weitem.

Und sie hatten auch mich gesehen.

Benni guckte verständnislos. »Was macht Annie Fischer hier?«

Eine hochgewachsene Frau mit langen blonden Haaren, die nur Katharina sein konnte, fragte: »Wer ist Annie Fischer?«

Und Max starrte mich an, als ob er seinen Augen nicht trauen könnte, schüttelte den Kopf und rief dann aufgebracht: »Sag mal, stalkst du mich jetzt etwa? Nur weil wir einmal gevögelt haben? Du spinnst ja wohl komplett, hier aufzutauchen. Woher weißt du überhaupt, dass ich hier bin?«

Wie war das noch gewesen? Max würde sich super freuen, mich zu sehen? Aber sicher doch. Mann, kam ich mir bescheuert vor. Mit hochrotem Kopf trat ich näher zu ihm heran, damit die anderen beiden nicht noch mehr mitbekamen.

»Äh, kann ich dich mal sprechen, also allein?«, sagte ich, und leider brach in diesem Moment meine Stimme, sodass ich total unsicher und piepsig klang.

Max verschränkte die Arme vor der Brust. Er war so abweisend und kühl, als ob er um sein Leben fürchtete. Okay, das würde nicht einfach werden. Da war es auch schon egal, wenn ich mich zum Vollhorst machte.

»Max, ich bin hier, um dir zu sagen, dass du nicht allein bist. Ich steh hinter dir und weiß, dass du unschuldig bist. Außerdem weiß ich von Susanne, dass du meine Gefühle erwiderst, und zwar schon lange.«

Max' Augen verengten sich zu Schlitzen. »Seid ihr Weiber jetzt alle durchgedreht? Was hat Susanne dir erzählt? Und was, zum Teufel noch mal, hast du hier zu suchen?«

Ich merkte, wie meine Knie weich wurden und mir das Schlucken schwerfiel. Johanna sah so aus, als ob sie gleich die Stehlampe in der Ecke packen würde, um sie Max über den Schädel zu ziehen.

»Dann stimmt das alles nicht?«, fragte ich mit letzter Kraft.

Max fixierte mich und sagte sehr langsam und deutlich: »Ich habe keine Ahnung, was sie dir gesagt hat, aber ich kann dir versichern, dass es nicht der Wahrheit entspricht. Und schmink dir endlich ab, dass ich dein Märchenprinz bin, der dich retten kommt!«

Bevor ich mich weiter zum Depp machen konnte, zog Johanna mich weg. Allerdings ging sie nicht, bevor sie Max den Mittelfinger gezeigt und ihm ein »Elendes Arschloch!« ins Gesicht geschleudert hatte.

Die ganze Fahrt nach Freiburg zurück heulte ich wie ein Schlosshund, und Johanna fluchte wie ein alter Seebär. Sie verfluchte Max, mich, sich, ihren Mann, das Leben, die Liebe. Und je mehr sie sich in Rage redete und Max' Missetaten aufzählte, die er begangen hatte, seit wir uns kannten, umso elender fühlte ich mich. Wie bescheuert musste man eigentlich sein, immer wieder auf denselben Typen reinzufallen? Max hatte vollkommen recht. Er war kein Prinz, er war noch nicht mal ein anständiger Kerl, es war an der Zeit, endlich erwachsen zu werden und der Wahrheit, auch wenn sie noch so bitter war, ins Gesicht zu blicken.

KAPITEL 18

Zufall ist vielleicht das Pseudonym Gottes,
wenn er nicht unterschreiben will.
Anatole France

»Wollen wir noch Garnelen für das Risotto kaufen?«, fragte Jochen und gab mir einen Kuss.

Es war viel passiert in den letzten zwei Monaten. Als ich nach der Zeit im Kloster nach Hause gekommen war, hatte ich als Erstes Max' doofe Schmalzlocke verbrannt, sämtliche Möbel in meiner Wohnung umgestellt und zum ersten Mal in meinem Leben goldene Strähnchen im Haar ausprobiert. Auf den obligatorischen Befreiungskurzhaarschnitt hatte ich jedoch verzichtet. Stattdessen hatte ich wieder damit begonnen, jeden Morgen laufen zu gehen und mich mit Feuereifer in die Eröffnung der neuen Apotheke gestürzt. Hilfe bekam ich dabei von Shakira, die bei Metzler gekündigt hatte, um bei mir einzusteigen. Es war so viel zu tun gewesen, und die Zeit war wie im Flug vergangen. Max verzichtete zum Glück darauf, mir weiterhin Nachrichten zu schicken. Ich hatte mich direkt nach meiner Rückkehr aus Schönbruchthal sogar dazu überreden lassen, Shakira zu einer dieser Veranstaltungen der Seitensprungagentur zu begleiten, nur um direkt wieder umzudrehen, nachdem ich die Hälfte der anwesenden Männer und Frauen als Kundschaft der Rosengarten-Apotheke identifiziert hatte. Auch so ein Problem in der Kleinstadt. Zum Glück arbeitete ich dort nicht mehr, Metzler hatte die Apotheke an die Tochter eines Studienfreundes verkauft, nachdem der Vertrag mit Loretta für ungültig erklärt worden war.

»Wieso hast du mir nicht erzählt, dass ich die Hälfte der Leute da kennen werde? In der Apotheke hast du dir nie etwas anmerken lassen«, hatte ich Shakira geschockt gefragt.

»Na, weil Diskretion oberstes Gebot ist und ich doppelt die Klappe halte. Einmal als Mitglied der Agentur und zum anderen als Verkäuferin in der Apotheke. Da darf ich ja auch nicht rumerzählen, wenn Herrn Müller ein Furunkel am Allerwertesten plagt.«

Leuchtete irgendwie ein.

»Aber glaubst du wirklich, dass dich das auf Dauer glücklich macht?«, hatte ich Shakira zweifelnd gefragt.

Sie hatte mit den Schultern gezuckt und gemurmelt: »Zumindest nicht unglücklich.«

Na gut. Jedem Tierchen sein Pläsierchen.

Was mein Leben anging, überließ ich zum ersten Mal meinem Verstand die Oberhand. Meine Lebensziele waren klar: eine Familie, die Apotheke und viele Freunde. Zielstrebig ging ich vor, zuerst meldete ich mich bei Jochen und traf mich mit ihm zu einem Rendezvous, dem viele weitere folgten. Man musste ihm hoch anrechnen, dass er sich nach dem Picknickdate immer wieder bei mir gemeldet hatte, und zwar auf eine sehr nette Art ohne Druck zu machen, obwohl ich so gut wie gar nichts tat. Anfangs war es wirklich eher mein Pragmatismus, der mir befahl auszugehen, aber je näher ich Jochen kennenlernte, desto mehr stellte sich ein warmes Wohlwollen in meinem Inneren ein. Kein hochexplosives Gefühl wie bei Max, kein Schmetterlingsüberfallkommando, keine wachsweichen Puddingknie, sondern gegenseitige Achtung, Verbundenheit und Anziehung. Ich fühlte mich bei Jochen geborgen und gut aufgehoben. Es gab keine Spielchen, keine Rätsel, kein Hin und Her. Stattdessen trumpfte er mit Verlässlichkeit, Perspektive und dem Gefühl, dass ich so geliebt wurde, wie ich war.

Max war seit dem Desaster auf dem Schauinsland abgetaucht und hatte sich nicht mehr bei mir gemeldet. Seine Praxis hatte er in Vertretung an eine Kollegin abgegeben, soweit ich es mitbekommen hatte, war er auf Weltreise. Und ganz ehrlich: Zu wissen, dass ich nicht zufällig in der Stadt auf ihn treffen konnte, machte vieles leichter. Das war sicher auch ein Grund, weshalb es mit Jochen gut lief. Keine Versuchung, keine Ablenkung, nur er und ich.

Durch ihn, der Benni abends in einer Kneipe getroffen hatte, hatte ich mitbekommen, dass Benni und Max sich ausgesöhnt hatten. So erfuhr ich auch, wie es überhaupt zu dem Treffen der drei gekommen war: Katharina war vor Kurzem Mutter geworden, und anscheinend hatte sich in ihr das schlechte Gewissen gemeldet, kein gutes Vorbild zu sein. Sie hatte sich von all ihren Sünden reinwaschen wollen und damit angefangen, die Lügen der Vergangenheit aus der Welt zu schaffen.

Es freute mich, dass die Wahrheit ans Licht gekommen war, ansonsten war ich durch mit dem Thema. Was mir bislang nie gelungen war, nämlich einfach nicht mehr an Max zu denken, ging plötzlich wie von allein – sicher auch, weil er nicht in der Stadt war. Aber vielleicht gab es ja auch eine seelische Schmerzgrenze, die der Körper irgendwann zum Schutz der eigenen geistigen Gesundheit verriegelt, und alles Verletzende im Unterbewussten musste draußen bleiben.

»Haben wir noch Parmesan?«, fragte Jochen, der eben am Fischstand die Garnelen besorgt hatte.

Der Samstagsmarkt auf dem Münsterplatz in Freiburg war ein Erlebnis für alle Sinne. Die Farben der feilgebotenen Waren, der Geruch von frischen Croissants, das Geklapper der Absätze auf dem Kopfsteinpflaster und die Sonnenstrahlen, die alles in ein warmes Licht tauchten – all das erinnerte mich an Südfrankreich und an Urlaub.

Jochen und ich stellten uns händchenhaltend am Käsestand an. Plötzlich tippte mir jemand auf die Schulter. Vor mir stand Susanne und sah mich erstaunt an. Sie war mit ihrem Mann Boris unterwegs und wirkte sehr vergnügt. Bevor ich sie begrüßen konnte, fragte sie mit Blick auf meine Begleitung: »Was ist denn da schiefgelaufen? Nichts gegen dich, Jochen, ich mag dich gern, aber eigentlich hätte ich mit jemand anderem an Annies Hand gerechnet.«

»Jochen weiß Bescheid, ich habe ihm alles erzählt mit Max«, beeilte ich mich zu sagen. »Aber der Spuk ist endlich vorbei.« Ich drückte Jochens Hand fester, und er erwiderte meine Geste mit einem zärtlichen Blick. Zum Glück war er ein souveräner Mann.

»Warum unterhaltet ihr beiden euch nicht kurz, während ich den Rest für unser Essen besorge?«, schlug er vor.

Das nannte ich erwachsen. Max hätte bei so einer Begegnung bestimmt Schaum vor dem Mund bekommen und wäre auf Susanne losgegangen. Boris stellte sich ebenfalls diskret zur Seite und studierte die unterschiedlichen Blauschimmelkäse.

»Also?«, sah sie mich neugierig an.

Ich begann mit meiner Erzählung, was nach dem Treffen mit ihr, Johanna und mir passiert war, und als ich bei der Abfuhr von Max und seiner Aussage, er sei nicht mein

Märchenprinz, ankam, wechselte ihre Gesichtsfarbe von Weiß zu Rot. Schon aus der Schule wusste ich, dass sie jeden Moment vor Wut platzen würde.

»Dieser Vollidiot! Macht alles kaputt. Hast du ihm geglaubt? Ich kann dir Mails zeigen, in denen er sich darüber aufregt, dass du beim Abitreffen mit Jochen geflirtet hast. Dieser elende Feigling! Macht sich lieber aus dem Staub, anstatt sich seinen Ängsten zu stellen.«

Die alte Annie hätte alle Mails sehen wollen und begonnen, erneut um Max und seine Liebe zu kämpfen. Die neue Annie tätschelte beruhigend Susannes Arm. »Ist doch egal. Selbst wenn es stimmt – was bringt es, wenn er sich nicht dazu bekennt? Ich kann nicht als alte Jungfer sterben und hoffen, dass er eines Tages zu Potte kommt, während er in der Zwischenzeit alles vögelt, was er zwischen die Finger kriegt. Ich bin darüber hinweg, ehrlich.«

Und das stimmte. Wenn man einmal verstanden hatte, dass Liebe trotz beidseitig vorhandener Gefühle nicht unbedingt mit einem Happy End enden musste, war man einen Schritt weiter. Zwar war mir das Feuer mit Jochen abhandengekommen, der Wahnsinn, die durchwachten Nächte, in denen ich mich fragend von einer auf die andere Seite gewälzt hatte, das Herzklopfen und die romantischen Tagträume. Dafür hatte ich meinen Seelenfrieden wieder; ein Gefühl, das ich lange Jahre vermisst hatte. Selbst während meiner Beziehung mit Robert hatte ich immer wieder heimlich Vergleiche mit Max angestellt, meiner ersten Liebe, überlegt und mir vorgestellt, was passieren würde, wenn er auftauchen und mir seine Zuneigung gestehen würde. Damals war es eine rein hypothetische Frage gewesen, schließlich war ich glücklich mit Robert gewesen, aber mir überhaupt vorzustellen, was wäre wenn, zeigte in der Retrospektive, wie tief die Sehnsucht nach Max gewesen war. Nach Robert war ich auf der Suche gewesen, bis jetzt, denn mit Jochen war es mir ernst, was vor allem daran lag, dass ich nicht mehr von einem Virus namens Max befallen war, und das fühlte sich sehr heilsam an.

Susanne wurde nachdenklich. »Lieber den Spatz in der Hand als die Taube auf dem Dach, was? Na, wer bin ich, der darüber urteilt«, sagte sie leise. »Tja, dann bekommt ihn wohl niemand, den Märchenprinzen auf dem weißen Pferd. Geht das Happy End mal auf die Ersatzbank.«

Ob das so schlimm war? Vielleicht lag ja genau darin das glückliche Ende.

»Und was ist mit dir und Boris?«, fragte ich.

Susanne sah sich um, ob er zuhörte. »Alles gut, ich habe ihn quasi neu kennengelernt, als Boris, nicht als Wiedergänger von Max, und ich habe diesmal nicht versucht, Gemeinsamkeiten mit meiner Jugendliebe zu suchen. Er ist ein toller Mann, und Dr. Wolf habe ich hoffentlich ein für alle Mal abgehakt.«

Jochen kam mit den voll bepackten Taschen zu uns, drückte mich an sich und gab mir einen Kuss aufs Haar. »Alles gut?« Er sah mich fragend an.

»Bestens«, lächelte ich und küsste ihn auf den Mund.

»Okay, merk dir die Stelle. Lass uns kochen und dann genau da weitermachen. Ich wollte schon immer mal so 'ne Nachtisch-Performance sehen, mit Schokolade aus dem Bauchnabel und so.«

Der Sex mit Jochen war gut. Nicht zu vergleichen mit Max, aber das Vergleichen hatte ich mir wie Susanne auch zum Glück abgewöhnt. Anstatt zu überlegen, was mir fehlte oder was bei jemand anderem besser war, war ich dankbar für das, was ich hatte, und erfreute mich daran. Jochen war außerdem weiß Gott kein Langweiler oder

Chorknabe, sondern ein erwachsener Mann, der wusste, was er wollte und was ihn anziehend machte.

»Was ich fast vergessen habe«, sagte er, »brauchst du noch etwas für deinen Stand morgen? Wollt ihr vielleicht Blumen?«

Morgen war Tag der offenen Tür in Schönbruchthal, an dem man das Kloster und einige Räume besichtigen durfte. Die Schwestern veranstalteten einen Festgottesdienst und einen kleinen Markt mit ihren Produkten, die man probieren und kaufen konnte. Als neue Inhaberin der Klosterapotheke wollte ich natürlich auch meine Erzeugnisse vorstellen, eine bessere Werbung gab es nicht.

Ich hakte mich bei Jochen ein. »Blumen klingen nach einer Spitzenidee. Damit werden wir einen tollen Auftritt hinlegen.«

Was ich nicht aussprach, war meine Zufriedenheit darüber, dass Max sicher nicht in Schönbruchthal auftauchen würde. Er lag vermutlich irgendwo an einem weißen karibischen Strand und ließ sich von einer seiner Verehrerinnen im Sand einbuddeln und Sangria mit Strohhalm reichen. Und von dort aus konnte er mir garantiert nicht gefährlich werden.

Shakira und ich waren am Vormittag im Kloster angekommen, um den Stand mit unseren Produkten zu befüllen. Wir reihten all die Tiegel, Tuben und Dosen auf, bei deren Verpackung wir uns große Mühe gegeben hatten. Gemäß unserem Namen »Klosterapotheke« hatte ich dickes Pergamentpapier mit der Silhouette des Klosters bedrucken lassen, zusammen mit den verschiedenen Heilkräutern, die in den Produkten enthalten waren. In mühevoller Kleinarbeit hatte ich die Stiche aus alten botanischen Büchern herausgesucht.

»Das ist wirklich bezaubernd geworden! Ich werde mir gleich ein paar Dinge kaufen«, sagte Schwester Cordula mit leuchtenden Augen, als sie an unseren Stand trat.

»So weit kommt es noch. Sie suchen sich bitte aus, was Sie haben wollen, und bekommen es selbstverständlich geschenkt.«

Sie zögerte. »Aber nein, das geht doch nicht!«

Beruhigend drückte ich ihr die Hand. »Dafür lass ich Sie dann im Garten die besonders verwurzelten Beete umgraben.«

Schwester Cordula grinste, suchte sich einige Tiegel aus und ging dann weiter.

Am Nachmittag füllte sich der Innenhof. Anfang September war das Wetter ein Traum, warm, aber nicht zu heiß, die Sonne stach nicht, sondern warf sanfte Schatten und goldenes Licht auf die Erde. Zusammen mit der Architektur des Klosters und der uralten gepflegten Anlage war die Atmosphäre beinahe märchenhaft. Überall brummte und summte es, ein freudiges Gewusel an allen Ständen. Es wurde Honig probiert, selbst gebackenes Brot angeschnitten und mit Marmelade beschmiert, Kerzen und Gebetbücher gekauft und kleine Marienbildchen bewundert. Shakira und ich kamen fast nicht hinterher, uns wurden die Produkte förmlich aus den Händen gerissen. Wie würde es erst in der Apotheke laufen? Immer noch wartete ich auf die Zulassung – ein rein formaler Akt, aber ohne sie würde ich nicht öffnen dürfen. Den Keller der Klosterapotheke hatte ich fliesen lassen, er würde in Zukunft mein Lager sein, und mir alles angeschafft, was man zum Herstellen der Cremes, Tees, Tinkturen und Pillen so brauchte. Es roch köstlich dort, der Duft der Kräuter machte richtiggehend süchtig.

»Krass, dass die alle das Pflanzenzeug haben wollen,

du Kräuterhexe«, wunderte sich Shakira. Sie war immer noch skeptisch, was nicht-chemische Präparate anging, konnte meinem »Unkraut« aber mehr und mehr abgewinnen – insbesondere dann, wenn es Umsatz bedeutete.

»Huhu! Da seid ihr ja!« Johanna winkte aufgeregt mit einer Hand über den Köpfen der Menge. Maja schob sie im Buggy vor sich her. Lasse lief an der Hand von Jochen, der gemeinsam mit Johanna gekommen war.

»Du hast deinen eigenen Stand beim Klosterfest, ist das nicht aufregend?« Die Wangen meiner Freundin glühten vor Begeisterung. »Zum Glück bist du Apothekerin geworden und kein Arzt, sonst müsstest du jetzt ein Zelt aufbauen, in dem du ominöse Wunderheilungen durchführen würdest.«

Jochen lachte. »Reicht doch, wenn ein Kurpfuscher in der Familie ist. Du kannst dich aber mit ›Frau Dr. Winter‹ ansprechen lassen, wenn es dir etwas bedeutet.«

Ich musste lächeln. Jochen und ich waren kurz davor zusammenzuziehen. Von dem netten Kunststand am Eingang des Marktes hatte er eine Vase mitgebracht, die absolut meinen Geschmack traf. »Für die neue Wohnung«, sagte er, übergab sie mir feierlich und beugte sich zu mir, um mir einen Kuss auf die Wange zu hauchen.

In diesem Moment sah ich ihn. Wie vom Blitz getroffen, zuckte ich zusammen. Max. In der Menschentraube war kurz sein Gesicht aufgetaucht, und diese verdammten grünen Augen hatten mich direkt anvisiert.

»Was ist los?«, fragte Jochen, dem nicht entgangen war, dass ich vor ihm zurückgewichen war.

»Ach, nichts«, sagte ich beiläufig.

»Onkel Jochen, kann ich ein Eis haben?«, krähte da Lasse, und Jochen gab mir mit einem entschuldigenden

Lächeln zu verstehen, dass er dem Wunsch des Kleinen nachkommen wollte.

»Ich habe Max gesehen«, raunte ich Johanna zu, als Jochen und Lasse abgezogen waren.

Hastig sah sie sich um. »Bist du sicher? Ich dachte, der ist auf Weltreise oder sogar ausgewandert. Zumindest würde ich ihm das raten.«

Natürlich war ich mir sicher. Diese Augen würde ich überall erkennen. »Ich geh mal aufs Klo«, entschuldigte ich mich. Ich wollte auf keinen Fall auf Max stoßen, denn ich war nicht darauf vorbereitet, ihn zu treffen, und einfach verschwinden ging auf dieser verfluchten Insel ja schlecht.

Mühsam quetschte ich mich durch die Menschenmenge, und nach einigen Minuten kam ich endlich zu dem kleinen dunklen Gang, der zu den Toiletten führte. Erleichtert ging ich auf die Tür zu, als ich hinter mir eine Stimme hörte.

»Falls du ein Mauseloch suchst, in dem du dich verstecken kannst, bist du hier falsch, Annie Fischer. Obwohl es bei deiner Größe einen Versuch wert wäre.«

Ich drehte mich langsam um, erblickte Max und war verloren. Innerhalb von Sekundenbruchteilen war ich wieder in seinem Bann. Da wurde man vernünftig, ließ sich auf eine erwachsene Beziehung ein, schloss mit seinen gefühlsduseligen Albernheiten ab, und dann brauchte es nur einen Satz, dazu ein vertrautes Grinsen im von der Sonne gebräunten Gesicht, und meine Hände begannen zu zittern. Was stimmte nicht mit mir, verdammt noch mal?!

»Du bist also wieder hier«, stellte ich fest und vermied, ihm ins Gesicht zu blicken.

»Kommt dir das ungelegen?«, fragte er und sah mich forschend an. Das Funkeln in den Augen hatte er nicht verloren, die Ironie auch nicht, aber irgendetwas war anders. Er schien aufgeräumter und sanfter, weniger spöttisch.

»Wieso sollte es?«, fragte ich so neutral wie möglich und schluckte den Kloß im Hals herunter. »Jochen und ich ziehen zusammen.«

»Ach ja. Eben habe ich ihn getroffen, und er hat es mir erzählt. Soll ich gratulieren oder dir mein Beileid aussprechen?«

Wie bitte? Das Blut schoss mir in die Wangen, und eine Welle der Wut bahnte sich ihren Weg nach oben. »Wieso denn Beileid?«, stieß ich heraus.

Max trat näher, was mich unwillkürlich einen Schritt zurückweichen ließ – seine Nähe war gefährlich für mich. Doch nun stand ich mit dem Rücken zur Wand und konnte nicht entkommen, als er noch näher kam und erst so kurz vor mir stehen blieb, dass sich unsere Hände beinahe berührten.

»Weil«, sprach er leise und strich mir eine Strähne aus dem Gesicht, »dir vielleicht einfach der Mut fehlt, für das Richtige zu kämpfen.«

Das war ja höchst interessant. »Du hast echt ein Problem, Max Wolf. Ehrlich, ich bin so was von fertig mit dir!«

Er kam noch näher. War das anatomisch überhaupt möglich? »Ich verstehe ja, dass du nicht mit mir reden willst. Ich war ziemlich ätzend damals im Hotel, aber hör mir einfach zu.«

Ich wandte den Blick ab, blieb aber stehen. Es war mir einfach nicht möglich, meinen Körper in Bewegung zu setzen, wenn Max in meiner Nähe stand.

»Als ich aus Freiburg wegging, wollte ich einfach nur fliehen, den ganzen Mist hinter mir lassen, nach all dem mit Benni, Katharina, meinem Vater, Susanne und vor allem: dir. Es gab keinen Plan, kein Ziel, keinen Zeitrahmen, nur die Sehnsucht, von vorn anzufangen. Zuerst habe ich nur gefeiert, es mir gut gehen lassen, alles verdrängt und nicht an zuhause oder die Vergangenheit gedacht. Aber man nimmt das alles mit, man kann einfach nicht entkommen. Es gibt immer wieder etwas, was dich an deine Wurzeln, deine Geschichte erinnert. Also auf zur nächsten Party, mehr Frauen, mehr Sex. Das waren alles bildschöne Mädchen, offen, frei, wild, entzückend.«

Äh, hatte der noch alle Tassen im Schrank? Ging's noch?

»Entschuldige, wenn ich deine Märchenstunde unterbreche, aber warum bitte erzählst du mir das?«

Max sah mich eindringlich an. »Weil am Ende keine so schön war wie du. Vielleicht sahen die objektiv besser aus, aber egal in welchem Land, egal wie viel ich trank, egal wie gut der Sex sich anfühlte, irgendwann kam ich immer an den Punkt, an dem ich sie verglichen habe, und zwar immer mit dir. Es fehlte die Verbindung, die ich schon immer zu dir spürte.«

Ach ja? Seit wann spürte er die denn? Seit er mich verführt und dann aussortiert hatte? Oder war es vorher gewesen, als er es mir mit Jochen beinahe versaut hätte?

Max sprach weiter: »Mir wurde klar, dass ich vor allem vor dir weggerannt bin. Ich spürte, dass du mich immer anders gesehen hast. So wie ich vielleicht auch bin, zumindest aber so, wie ich gern sein möchte. Und genau das war meine Angst, dass ich diesem Bild, das du von mir hast, nicht gerecht werden könnte, dass du enttäuscht sein würdest und all das, was du in mir siehst, einfach verpufft, und es dann niemanden mehr gibt, der an mich glaubt. Deswegen bin ich weggelaufen.«

Passierte das gerade wirklich, oder war ich in ein anderes Universum katapultiert worden? Alles, was ich mir jahrelang gewünscht hatte, sagte Max auf einmal.

»Während meiner Reise ist mir dann klar geworden, dass das keine Lösung ist. Du hast mir gefehlt. Du und die Sicherheit, dass ich ein anderer werden kann. Du machst mich zu einem besseren Menschen, Annie Fischer.«

Meine Knie begannen zu zittern, und mir wurde leicht schwindelig. Mein Mund war wie zugenäht, nicht in der Lage, etwas zu erwidern.

Max sah mich erwartungsvoll an. Zuerst zuckten meine Schultern, dann begannen sich meine Lippen langsam aus ihrer Schockstarre zu lösen. »Wie stellst du dir das vor? Soll ich jetzt alles stehen und liegen lassen, weil du nach all der Zeit, in der du mich von dir weggestoßen hast, mich hast auflaufen lassen, mir das Gefühl gegeben hast, ein Stalker zu sein, gemerkt hast, was du für mich empfindest? Denkst du, ich kann das Jochen, der mich auf Händen trägt und mich mit Respekt behandelt, antun?«

Max zuckte getroffen zusammen. »Annie, ich mache hier 'nen Seelenstriptease. Weißt du, wie schwer mir das fällt? Das habe ich noch nie zuvor gemacht! Ich weiß, dass ich scheiße war zu dir und du jetzt Jochen hast. Aber ich war einfach noch nicht so weit, vor zwei Monaten. Und Liebe ist doch keine Rechnung, die lässt sich nicht planen oder aufrechnen. Verdammt, ich bin verrückt nach dir, Annie, aber mehr, als dir mein Herz auf einem silbernen Tablett zu servieren, kann ich nicht machen. Obwohl …« Er zögerte. »Etwas gibt es doch, das ich tun kann.«

Er beugte sich zu mir hinunter. Ich wusste, was er vorhatte, er wollte mich küssen. Doch zum ersten Mal, seit ich denken konnte, ließ ich Max Wolf nicht einfach mit mir anstellen, was er gerade wollte.

Ich drehte den Kopf zur Seite und wich ihm aus. »Tu das nie wieder«, fauchte ich, und dann ließ ich ihn stehen.

KAPITEL 19

Wenn man zu Gott spricht, ist man religiös.
Wenn Gott mit einem spricht, ist man irre.
Dr. Gregory House

»Sitzt du?«, rief Shakira vom Tresen ins Hinterzimmer, wo ich gerade Pause machte.

Die Apotheke war vor ein paar Wochen eröffnet worden und lief hervorragend, all meine Erwartungen waren von Anfang an übertroffen worden. Was war ich froh, diesen Schritt gewagt zu haben.

Bevor ich antworten konnte, stand sie schon neben mir. »Rate mal, wer wieder aufgetaucht ist. Loretta Schöne!«

Das war allerdings eine Sensation. Loretta war nicht mehr gesehen worden, seitdem Metzler sie und Wagner angezeigt hatte. Die Staatsanwaltschaft hatte Anklage wegen Betrugs und übler Nachrede erhoben, nur leider stapelte sich in ihrem Briefkasten die Post, und auf das Klingeln der Polizisten öffnete niemand. Alle Rollläden waren heruntergelassen und das Handy ausgeschaltet.

»Was? Wo?«, rief ich aufgeregt und sprang auf.

Shakira hielt mir die Apotheker-Zeitung unter die Nase. Sie zeigte mit dem Finger auf eine kleine unauffällige Anzeige. Auf den Apothekertagen wurde ein Seminar angeboten zum Thema »Reklamation und Umgang mit schwierigen Kunden«. Als eine der Seminarleiterinnen wurde eine gewisse L. Schöne gelistet. Das konnte nur sie sein – vor allem bei der Programmgestaltung.

L. Schöne wollte über folgende Themen dozieren:

Attraktivität im Apothekenalltag

- Ganz in Weiß. Stylingvorschläge für die moderne Apothekerin
- Zwischen Laufsteg und Ladentheke: So machen Sie immer eine gute Figur
- Mit sanfter Stimme bezirzen. Wie verhalten gegenüber arroganten Ärzten?
- Kundenpflege de luxe: Wie Sie mit schwierigen Kunden umgehen und Ihr Äußeres dabei optimal einsetzen

»Das gibt es ja gar nicht!« Ich war fassungslos. Wie dreist konnte ein Mensch allein eigentlich sein? Ob Loretta tatsächlich auftauchte? Das Seminar fand am kommenden Wochenende statt, und zwar in Stuttgart. Die Anmeldefrist war zwar abgelaufen, aber immerhin gab es jetzt einen Anhaltspunkt, wo wir sie finden konnten.

»Da müssen wir hin«, warf Shakira in den Raum.

»Und dann? Rollen wir sie in einen Teppich und verstauen sie im Kofferraum bis zum Gerichtstermin? Sie ist ein freier Mensch und keine Schwerverbrecherin – so leid es mir tut, das sagen zu müssen. Erst wenn sie zum Gerichtstermin nicht erscheint, kann man sie polizeilich suchen lassen.« Einen Moment lang dachte ich nach. »Eigentlich wollen wir doch vor allem, dass dieses Miststück nicht das Gleiche in einer anderen Apotheke abzieht und eine gerechte Strafe bekommt. Die Strafe wird das Gericht verhängen – ich habe allerdings keine Ahnung, ob ihr dann auch ein Berufsverbot erteilt wird. Bei ihrem bisherigen Lebenswandel könnte sie ja mit einer Bewährung davonkommen.«

Was erhoffte ich mir davon, wenn ich sie in Stuttgart abfing und stellte? Eine Entschuldigung? Einen Ringkampf? Auf alle Fälle fühlte sich die Geschichte unabgeschlossen an, und bis zur Verhandlung wollte ich nicht warten. Das hier war eine persönliche Angelegenheit zwischen Loretta und mir.

Shakira nickte. »Du hast recht. Sie soll einen Denkzettel verpasst bekommen, und möglichst viele Apotheken müssen vor ihr gewarnt werden. Aber wie stellen wir das an?«

»Kannst du bitte noch mal frische Luft reinlassen? Ich habe nach wie vor Probleme beim Atmen«, bat Shakira genervt und rollte mit den Augen.

Der Grund für die Erstickungsgefahr saß neben mir und stieß mit ihrer auftoupierten Frisur am Autodach an. Meine Mutter hatte darauf bestanden mitzukommen – wer ihrem Kind etwas antat, durfte auf keinen Fall ungestraft davonkommen. Zu diesem Anlass hatte sie sich besonders aufgebrezelt und jedes einzelne Haar eingesprayt. Zumindest stank es so, was laut meiner Mutter nicht sein konnte, denn die Nase adaptierte nach fünf Minuten angeblich jeden Geruch. »Habe ich in einer Zeitschrift beim Friseur gelesen!«

Während Shakira und ich nach Luft schnappten, malte sich meine Mutter aus, was sie mit Loretta anstellen würde, wenn sie sie traf. »Am liebsten würde ich ihr die Lockenmähne abschneiden und viele kleine Voodoo-Puppen daraus basteln. Oder ich greife sie mit Schaum vor dem Mund an und behaupte später, das sei ein psychotischer Schub gewesen. Zu behaupten, ich sei ballaballa und würde Tabletten schlucken …«

Hilfe! Gab es eine Leine, an die ich meine Mutter anbinden konnte? Vielleicht sollten wir sie im Auto einsperren. Bei ihrem Temperament konnte ich für nichts garantieren. Shakira und ich wechselten kritische Blicke über den Rückspiegel.

»Mama, vielleicht überlässt du das Reden besser mir. Wir wollen ja nicht, dass du am Ende im Knast landest, oder?«, versuchte ich sie zu beruhigen.

»Willst du foltern oder rächen, erstmal mit der Fachfrau sprechen!«, kicherte sie als Antwort, was sie nicht gerade harmloser erscheinen ließ.

Shakira zeigte ihr unauffällig einen Vogel und schüttelte verständnislos den Kopf.

»Was sagt Mathias eigentlich dazu, dass du uns begleitest?«, wechselte ich das Thema.

Er und meine Mutter trafen sich mittlerweile regelmäßig und schienen tatsächlich verliebt ineinander zu sein. Eine wirklich krude Mischung, allein schon optisch, aber aus irgendeinem Grund verstanden sie sich prächtig. Mathias nahm seine Maria Magdalena mit Engelsgeduld, und meine Mutter liebte es, ganz altmodisch von ihm umgarnt zu werden – etwas, was sie so nicht kannte. Es war geradezu rührend anzusehen, wie sie sich freute, wenn er ihr die Tür aufhielt, in den Mantel half, diskret wegschaute, wenn sie niesen musste, und vor allem immer wieder Blumen mitbrachte.

»Er hat irgendwas von Vergebung und Nächstenliebe gesagt, aber dann habe ich mit dem einzigen Bibelzitat gekontert, das ich kenne.«

»Und das wäre?«, wollte Shakira wissen.

»Auge um Auge, Zahn um Zahn.« Sie seufzte. »Ein wunderbarer Mann, mein Mathias, wirklich wunderbar. Wenn er jetzt noch das Missionieren weglassen und aufhören würde, mich zur Taufe überreden zu wollen, wäre er perfekt.«

»Er will dich eben dabeihaben im Himmel, sonst ist es so langweilig da oben«, gab ich zu bedenken, was meine Mutter aber sofort mit einer ungeduldigen Geste wegwedelte.

»Im Himmel wartet seine verstorbene Frau, und auf so 'nen Zickenkrieg oder 'ne Ménage-à-trois habe ich keine Lust. Da muss ich eher schauen, dass ich ihn mit in die Hölle fahren lasse, dann hab ich ihn für mich.«

Ich wollte gerade etwas zu ihren blasphemischen Worten sagen, da krähte sie: »Wir müssen links abbiegen!«

Vor lauter Aufregung hatte ich das Navi überhört. Stuttgart war aber auch nicht die einfachste Autostadt für Ortsfremde. Langsam fuhren wir den Berg hinunter in Richtung Innenstadt. Zum Glück war es nicht mehr so heiß; im Sommer musste die Luft im Stuttgarter Kessel stehen.

Endlich am Ziel parkten wir vor dem Bürogebäude, in dem das Seminar stattfand. Aufgestellte Schilder zeigten uns den Weg zu Raum 201, wo laut Programmheft L. Schöne ihren Vortrag halten würde. Zum Glück war es im Saal dunkel und nur die Bühne beleuchtet.

»Lasst uns erstmal hinsetzen und sehen, ob sie überhaupt kommt. Auf jeden Fall soll sie uns nicht gleich sehen, am besten gehen wir in die letzte Reihe«, schlug ich nervös vor. Mit der Frisur meiner Mutter konnte man sich eh nicht nach vorn setzen, ohne von den Reihen dahinter gesteinigt zu werden.

Das Seminar begann mit der Begrüßung eines gewissen Dr. Schell. Er erläuterte das Grundthema und den Ablauf, erklärte, dass es eine Mittagspause und ein Kolloquium am Ende des Nachmittags gebe.

»Und nun bitte ich Frau Loretta Schöne zu uns, die die Einführung halten und sich dann gern Ihren Fragen stellen wird!«

Mein Herz klopfte wie verrückt. Shakira rutschte nervös auf dem Stuhl hin und her, und meine Mutter kramte plötzlich in ihrer Handtasche herum. Sie hatte doch wohl keine Waffe dabei? Bevor ich das kontrollieren konnte, kam unter Applaus Loretta Schöne auf die Bühne.

Moment, das war gar nicht Loretta – oder doch? Sie war es, nur waren die schwarzen Locken einem glatten rot gefärbten Bob mit Pony gewichen, was ihren Typ komplett veränderte – ihr aber natürlich ebenfalls stand. Sie wirkte damit verrucht, aber auf eine elegante Art. Gewohnt sicher und sich ihrer Wirkung bewusst, stolzierte sie auf schwarzen Peeptoes und in enganliegendem Bleistiftrock zur eleganten, aber leicht aufgeknöpften Bluse herein. Dr. Schell war offensichtlich ein Fan von ihr und wurde sofort mit einem ihrer Kopf-in-den-Nacken-werfen-Lachen und einem Armaufleger begrüßt.

Wie sie da so stand, als ob nichts vorgefallen wäre, wäre ich am liebsten aufgesprungen und auf die Bühne gerannt. Mutter schien es ähnlich zu gehen, ihre Füße wippten schnell hin und her. Sie hielt ihre Hand immer noch in der Handtasche versteckt und bewegte lautlos die Lippen.

»Was hast du da in deiner Tasche?«, fragte ich beunruhigt.

»Schttt! Meinen Karneol. Das ist mein Stein für Zauberkraft«, antwortete sie und bewegte die Lippen weiter.

»Du willst den Stein doch nicht etwa nach Loretta werfen? Das ist Körperverletzung.«

Abrupt hörte sie auf mit der lautlosen Beschwörung und drehte sich zu mir. »Nein, ich bin dabei, sie zu verfluchen, und ich wäre schon längst fertig, wenn du mich nicht andauernd stören würdest.«

Wenn es weiter nichts war … Damit konnte sie ruhig weitermachen. Meine Mutter verfluchte andauernd jemanden. Natürlich ohne Wirkung, auch wenn sie das anders sah. Aber nur weil sich jemand fünf Jahre nach ihrem »Zauber« beim Sport den Knöchel verstauchte, musste das noch lange nichts mit ihr zu tun haben.

Shakira zu meiner Linken wurde immer wütender, je länger Loretta ihre Show auf der Bühne abzog. Nach etwa anderthalb Stunden war ihr dürftiger Vortrag, der sich vor allem um ihre angeblichen »Tricks« gedreht hatte, die sie garantiert aus den Frauenzeitschriften des Landes zusammengeschnorrt hatte (Gurkenscheiben auflegen, Quarkmasken zubereiten, sich öfter mal was gönnen, nach achtzehn Uhr keine Kohlenhydrate) zu Ende, und es wurden Fragen aus dem Publikum zugelassen.

Shakira sprang auf und ließ sich das Mikrofon geben. »Frau Schöne, wir haben ein wenig zum Thema ›Schwierige Kunden‹ gehört. Was würden Sie denn raten, wenn es mit der Kollegin schlecht läuft, weil sie, sagen wir mal, Intrigen schürt und kriminelle Energien vorzuweisen hat?«

Ich hielt die Luft an.

Loretta erkannte Shakira zuerst nicht, so weit weg und im Halbdunkel, wie wir saßen, aber als ihr schwante, wer da fragte, und als meine Mutter extra aufstand, um ihr zuzuwinken, konnte man zusehen, wie ihre Gesichtsfarbe schwand, allerdings nur kurz. So schnell, wie sie sich fing, merkte man, dass sie mit allen Wassern gewaschen war. Professionell gab sie eine kurze und nichtssagende Antwort, aber ihr Entsetzen, als meine Mutter das Mikro an sich riss, konnte sie nicht verbergen.

»Frau Schöne, haben Sie am Vierten des nächsten Monats schon was vor?«

Loretta fühlte sich sichtlich unwohl, was ihre Körpersprache mit vor der Brust verschränkten Armen verriet – dafür brauchte man kein Seminar zu besuchen, das sah man auch so. Das Publikum drehte sich erstaunt zu uns um. Allen war klar, dass diese Frage nichts mit dem Seminar zu tun hatte, aber natürlich konnte sich niemand einen Reim darauf machen. Loretta zuckte mit den Achseln und wollte fortfahren, aber da kannte sie meine Mutter schlecht.

»Sie könnten Ihrer Vorladung vor Gericht Folge leisten und erscheinen. Die Anklage wegen versuchten Betrugs und übler Nachrede, weil Sie versucht haben, sich auf niederträchtigem Weg eine Apotheke in Freiburg zu ergaunern, dürfte Ihnen ja bekannt sein.«

Ein Raunen ging durch den Raum. Doch Loretta wäre nicht Loretta gewesen, wenn sie nicht ihr Haar schütteln, kehlig lachen und Zeichen mit der Hand machen würde, dass meine Mutter plemplem sei.

»Die Dame scheint mich zu verwechseln. Dann wollen wir mal weitermachen«, sagte sie und machte gleichzeitig einer der Organisatorinnen ein Zeichen, uns das Mikro abzuknöpfen.

Bevor jedoch irgendjemand auch nur einen Finger rühren konnte, war Shakira aufgesprungen. »Ach, Sie lassen also eine Kriminelle Ihr Seminar leiten? Das würde ich mir an Ihrer Stelle noch einmal überlegen. Die Medien lieben solche Geschichten! Vielleicht sollten Sie in Zukunft besser recherchieren, wen Sie sich da ins Haus holen. Rufen Sie doch mal in Freiburg bei Gericht an, und erkundigen Sie sich!«

Bevor es zum Eklat kam, zog ich Shakira und meine

Mutter aus dem Saal. Mein Plan war, Loretta hinter der Bühne abzufangen. Also verließen wir den Seminarraum, um uns vor der Tür zu positionieren.

Es dauerte keine fünf Minuten, da kam Loretta heraus, und natürlich nicht allein. Der schmierige Wagner war an ihrer Seite und zuckte zusammen, als er das Trio Infernale erblickte. Jetzt war ich an der Reihe.

»Weißt du, Loretta, ich hab ja schon viel erlebt, aber dein Talent als Schauspielerin ist noch um einiges größer, als ich dachte. Fühlt sich das gut an, wenn man jemandem ins Gesicht lacht, während man ihm in den Rücken sticht?«

Loretta zog entnervt das Gesicht zusammen. »Mann, jetzt mach mal nicht so ein Drama daraus! Ich muss auch sehen, wo ich bleibe. War ja nicht persönlich gemeint.«

Die hatte echt Nerven! Aber so musste man wohl ticken, wenn man krumme Dinger drehte. Ironischerweise war es nun der Schleimbeutel Wagner, der peinlich berührt war. Er murmelte eine Entschuldigung.

Loretta drehte sich daraufhin wütend zu ihm um. »Jetzt sei nicht so ein Waschlappen! Die Reuenummer kannst du dir fürs Gericht aufheben. Das Leben ist eben unfair, und wenn man sich nicht nimmt, was man will, tritt man auf der Stelle.«

»Oder landet im Knast«, grinste meine Mutter erfreut.

»Ach, dass die Vogelscheuche was zu sagen hat, war ja klar! Lieber gehe ich ins Gefängnis, als mir Ihr verknittertes Gesicht jeden Tag anschauen zu müssen. Und falls es Ihnen noch keiner gesagt hat: Sie sehen aus wie fünfzig und keinen Tag weniger. Jeder, der Sie jünger schätzt, lügt, und Ihre verzweifelte Jugendnummer ist einfach nur peinlich!«, gab sie meiner Mutter die volle Breitseite mit, wohl wissend, dass das ihr wunder Punkt war.

Doch falls Mutter getroffen war, ließ sie es sich nicht

anmerken. Langsam trat sie noch näher an Loretta heran und sagte leise, aber sehr deutlich: »Ab heute folgt dir das Unglück auf Schritt und Tritt, denn ich habe dich verflucht. Vielleicht glaubst du nicht daran – aber immer, wenn dir etwas Schlechtes passiert, wirst du an mich denken und dir überlegen, ob es doch an meiner Verwünschung liegt. Den Gedanken wirst du nie mehr los!« Damit drehte sie sich um und ging.

Loretta sah ihr mit offenem Mund hinterher und fing lauthals zu lachen an. »Oh Mann, die Alte ist wirklich verrückt!«

Ich machte Shakira ein Zeichen zum Abflug und wandte mich ein letztes Mal zu Loretta um. »Wir sehen uns dann vor Gericht wieder. Ich würde euch beiden raten, besser aufzutauchen. Ansonsten werde ich meine Mutter und ihre Zaubersprüche auf euch loslassen, und dann kann ich für nichts mehr garantieren …«

KAPITEL 20

Glück ist Liebe, nichts anderes.
Wer lieben kann, ist glücklich.
Hermann Hesse

»Schwester Cordula, ich freue mich so!« Glücklich ging ich auf die Nonne zu und umarmte sie.

Sie war offenbar ebenfalls froh, mich zu sehen, denn sie drückte mich fest an sich. »Das ist ja eine kleine Ewigkeit, die wir uns nicht gesehen haben. Wo waren Sie denn?«

»Ich brauchte mal ein paar Tage Auszeit, um in mich zu hören, weit weg von allem. Deshalb bin ich nach Schweden in das Ferienhäuschen von Freunden geflogen. Nichts als Wald, klare Seen und Heidelbeeren.«

Schwester Cordula sah mich wissend an. Sie besaß eine gute Menschenkenntnis und gehörte zu den Menschen, die wussten, wann jemand bereit war, sich zu öffnen. »Was auch immer Sie zurückgebracht hat, es ist ein schöner Moment. Gerade in den letzten drei Wochen ist unser Garten das Paradies auf Erden, und es gibt viel zu tun. Ich kann Ihre Hilfe gut gebrauchen.«

Sie wusste offensichtlich genau, dass diese Art von Arbeit Therapie für mich war. In der Apotheke musste ich erst wieder am Montag arbeiten, Shakira hatte die Stellung während meiner kleinen Auszeit gehalten. Zum Abschluss meiner Reise wollte ich das Wochenende im

Kloster dranhängen, als Einstimmung auf die Arbeit, aber auch, um mir meiner Gefühle wirklich ganz sicher zu werden.

Schwester Trifonia hatte mir dieses Mal ein anderes Zimmer gegeben, eines namens Ehrentrudis. Vielleicht wollte sie mir einen neuen Anstoß damit geben. Aber Jesus hing auch hier über der Tür, außerdem lagen die Bibel und Pater Anselms Weisheiten aus.

Es war ein bisschen wie nach Hause kommen, und nach kurzer Zeit fühlte ich mich, als ob ich nie weg gewesen wäre. Schon seltsam zu sehen, dass hier, während mein Leben so viele Wendungen genommen hatte, alles beim Alten geblieben war. Das Einzige, was sich tatsächlich verändert hatte, waren die Natur und die Gebete zu den kirchlichen Feiertagen, von denen es im Frühling ganz besonders viele gab. Die anderen Besucher waren dieses Mal eher unauffällig. Ein Pärchen in den Fünfzigern und ein junger Mann, der mit sich selbst beschäftigt und eher introvertiert wirkte. Im Gegensatz zu meinem letzten Besuch waren die anderen nicht auf Kontakt aus. Sie ließen einen in Ruhe – genau das, was ich brauchte.

Auf dem Weg zum Mittagessen traf ich Schwester Trifonia, die sich sehr freute, mich zu sehen. Kein Wunder, die Apotheke und unser Geschäft mit den Heilkräutern liefen prächtig und ließen ihr in finanzieller Hinsicht bestimmt ein paar graue Haare weniger wachsen. »Was führt Sie denn dieses Mal zu uns?«, fragte sie und lächelte vielsagend.

»Ich habe eine Trennung hinter mir und stehe vor einer Entscheidung, die entweder die beste oder schlimmste meines Lebens werden könnte«, erklärte ich.

Sie sah mich amüsiert an. »Sie wissen schon, dass Sie Entscheidungen meistens auch revidieren können?«

Vielleicht, aber noch mal eine heiß-kalte Gefühlsdusche würde ich nicht überstehen.

»Wollen Sie darüber sprechen?«, bot sie an, was ich insgeheim gehofft hatte.

Wir gingen ein Stück aus dem Kloster hinaus in Richtung Wald. Während des kleinen Spaziergangs lösten sich die Worte wie von allein; wer auch immer gesagt hat, dass Gehen therapeutische Wirkung hat, war weise, und all die Menschen, die Jakobswege und was es noch alles gab, abwanderten, konnten das sicher bestätigen.

Ich erzählte ihr von Jochen und Max, wie sich seit Max' Rückkehr immer wieder Zweifel in meinen Geist geschlichen hatten, ob Jochen wirklich der Richtige war. Er hingegen hatte angefangen, meiner Zuneigung ihm gegenüber zu misstrauen: was, wenn ich doch Max gut fand oder noch schlimmer, mit ihm anbändelte? Es war nicht so gewesen, dass ich Max oft gesehen hatte. Seit unserem letzten Zusammentreffen am Tag der offenen Tür waren wir uns nur ein paar Mal zufällig in der Stadt begegnet. Das war schräg gewesen. Wir kannten und wussten so viel voneinander, und doch war es beim flüchtigen Hallo geblieben. Dass sich mein Magen zusammengezogen hatte, wenn ich ihn sah, und ich Eifersucht gespürt hatte, wenn er in weiblicher Begleitung unterwegs gewesen war, hatte auch nicht gerade geholfen.

»Irgendwie war ich nicht mehr bei der Sache, was Jochen anging. Vielleicht war ich es auch vorher nie, aber seit Max sich mir offenbart hatte, war ich öfter abwesend, was Jochen spürte. Wie oft hörte ich ihn sagen: ›Na, wo bist du mit deinen Gedanken? Oder sollte ich fragen, bei wem?‹«

Mein Widerstand gegen das, was ich für Max empfand, geriet langsam ins Wanken, und nachdem Jochen den längst fälligen Schlussstrich gezogen hatte, war ich voller Angst vor dem gewesen, was kommen würde. Würde Max mich überhaupt noch wollen? Würden sich meine Mädchenträume in eine echte Liebe verwandeln? All die Jahre, die ich mich zum Deppen gemacht, gebangt und gehofft hatte, waren nicht spurlos an mir vorbeigegangen, und deshalb hatten sich Angst und Hoffnung einen Kampf geliefert, dem ich machtlos hatte zusehen müssen.

Schwester Trifonia hörte lange zu, dann fragte sie: »Was sagt denn Ihr Herz? Sie müssen es ja am Ende nicht erhören, der Verstand und die Erfahrung sprechen ja auch ein Wörtchen mit. Aber zu wissen, was es Ihnen mitteilt, wäre ein guter Anfang. Schieben Sie mal alle Wenn und Aber beiseite – was hören Sie?«

Tja, leider das, was ich seit der Pubertät hörte. »Max ist es, war es schon immer und wird es immer sein. Ich will mit ihm eine Familie gründen, gemeinsam alt werden. Die Anziehung zwischen uns wird immer da sein, und kein anderer Mann kann mich je so interessieren wie er. Das nennt man wohl Chemie.«

Schwester Trifonia lachte. »So, und wenn Sie jetzt die Angst sprechen lassen, was sagt die?«

Auch das war nichts, worüber ich lange nachdenken musste. »Was, wenn das alles nur Projektion ist? Wenn mich Max nicht mehr interessiert, wenn ich ihn erst einmal habe? Was, wenn er im Alltag langweilig ist, die Gemeinsamkeiten, die ich so gern beschwöre, am Ende nicht tragfähig sind oder, noch schlimmer, unser Verhältnis nicht ausgewogen sein wird? Was, wenn ich ihn gar nicht haben will, sondern nur Verlangen nach ihm habe? Und was soll, wenn es schiefgeht, bitte danach noch kommen?«

»Dann können Sie immer noch bei uns anfangen«, sagte Schwester Trifonia, und ich musste lachen. »Den Garten hätten Sie im Griff, und die Klosterapotheke könnten Sie auch von hier aus weiterführen.« Eine Weile dachte sie nach und überraschte mich schließlich mit folgenden Worten: »Ich glaube, dass Sie nicht wissen, ob Sie Leidenschaft oder Liebe empfinden. Sie befürchten, dass beides mit ihm nicht möglich sein wird. Kennen Sie Esther Perel? Die hat ein paar sehr interessante Ansichten zum Thema Verlangen in einer Langzeitbeziehung.«

Okay, ich wusste, dass es Nonnen gab, die auf Facebook waren, die bloggten und Websites betreuten, aber dass Schwester Trifonia im Netz Videos anschaute, die sich mit dem Verlangen beschäftigten, überraschte mich dann doch.

Gemeinsam gingen wir zum Kloster zurück, sie zum nächsten Gebet, ich zum Handy, um mir mal diese Esther Perel anzuschauen, die laut Wikipedia Psychologin, Therapeutin und Philosophin war und sich mit Paartherapie beschäftigte. Ihre Ansätze waren interessant. Sie stellte Liebe und Verlangen als Gegensätze einander gegenüber, die grundsätzlich schwer vereinbar waren, weil Liebe Sicherheit, Kennen, Verlässlichkeit, Intimität bedeutete, Verlangen hingegen Abenteuer, Distanz, Geheimnis, Überraschung und Spontaneität. Beides in einer Beziehung auf Dauer zu vereinen war deshalb so schwierig, weil es galt, unser Bedürfnis nach Sicherheit und unser Bedürfnis nach Abenteuer in ein und derselben Beziehung unterzubringen und diese Mischung ein Leben lang in Balance zu halten. Früher war die Ehe eine wirtschaftliche Institution, die Mann und Frau absicherte, den sozialen Status manchmal verbesserte und Kinder hervorbrachte. Heute verlangten wir von einer Person, dass sie uns gefühlsmäßig mit all dem versorgte, was früher ein gesamtes Dorf leistete. Die Online-Psychologin gab Ratschläge, wie man die beiden widersprüchlichen Seiten im Gleichgewicht und damit Verlangen und Liebe in Einklang hielt.

Langsam dämmerte mir, womit sich Paare, die lange zusammen waren, auseinandersetzen mussten. In einer dauerhaften Beziehung schwebte man quasi unentwegt in Gefahr, das Verlangen nach einander zu verlieren. Es war durchaus möglich, dies zu erhalten, man musste eben nur die richtige Nähe und Distanz halten. Je länger ich darüber nachdachte, desto mehr wurde mir bewusst, dass es in meinem Fall nicht so sehr der Zweifel war, irgendwann die Anziehung zu verlieren. Wahrscheinlich plagte ich mich eher mit der Nervosität herum, dass es jetzt ernst werden würde. Keine Ausflüchte, keine Träumerei, sondern tatsächlich das, was ich mir immer gewünscht hatte. Und natürlich die Angst, ich könnte scheitern. War es da nicht normal, dass einem die Muffe ging? Ich musste versuchen, die Vergangenheit ruhen zu lassen und mich zu freuen, meine Angst, verlassen zu werden, hinter mir zu lassen.

Doch das war leichter gesagt als getan. Da ich mit Max seit dem Klosterfest nicht mehr gesprochen hatte, wusste ich nicht, was er eigentlich wollte. Wusste er, dass Jochen und ich getrennt waren, sollte ich jetzt auf ihn zugehen? Oder hatte er mich längst abgehakt? Immerhin war seit seinem Liebesgeständnis an mich ein halbes Jahr vergangen. Hatte er bereits eine andere – oder viele andere? Ich beschloss, mich nicht nervös machen zu lassen. Wenn er es wirklich ernst meinte und wir füreinander bestimmt waren, würde sich alles fügen.

Die Sonne schien einladend durch mein Fenster, und es zog mich wieder nach draußen in die milde Frühlingsluft. Schon komisch, was sich innerhalb eines Jahres alles bei mir verändert hatte. Ein bisschen wehmütig ging ich über das Klostergelände. Irgendwie fühlte ich mich Max hier besonders nah und spürte ein Ziehen in der Magengegend, weil ich ihn so vermisste. Ich lief an den alten Stallungen vorbei, in denen die Kühe des Klosters gehalten wurden. Schwester Trifonia hatte mir gesagt, dass eine der Kühe gekalbt hatte, und ich wollte mir das Kleine einmal ansehen.

»Na, sieh mal einer an, wer sich hierher verirrt.«

Ich erstarrte. Dann schnellte ich mit einem Ruck herum. Hinter mir stand Max und sah mich offen an. Ich bekam eine Gänsehaut, und meine Härchen an den Armen richteten sich auf. Dieses Gefühl ging einfach nicht weg, und zum ersten Mal dachte ich, dass das gut so war.

»Ha… ha… hallo, Max«, stammelte ich.

»Was ist denn mit dir los, Annie Fischer? Steckst mal wieder in 'ner Lebenskrise, oder sitzt einfach nur die Frisur schlecht?«, neckte er mich, aber es schwang ein zärtlicher Ton mit.

Sofort fasste ich mir an meine Haare. »Wieso, was ist denn mit meinen Haaren?«

Max lachte dieses Lachen, das Timm Thaler als Miesepeter erscheinen ließ und mit dem er mich jedes Mal wieder rumkriegte. »Nichts, deine Haare sind wie immer, deine Unsicherheit aber anscheinend auch.«

Wie konnte es sein, dass er mir seine Liebe gestanden hatte, und nun ich die Unsichere war?

»Wieso hast du dich eigentlich nicht mehr gemeldet, nach diesem Abend?«, fragte ich, um schnell von meiner eigenen Unzulänglichkeit abzulenken.

»Weil ich wusste, dass du Zeit brauchen würdest, um herauszufinden, dass Jochen nicht der Richtige ist, und um den Mut zu haben, mir zu vertrauen. Würde mir genauso gehen nach all der Zeit, in der ich – sagen wir mal –

mich indifferent verhalten habe. Aber ich war mir sicher, dass du, wenn es sein soll, deinem kleinen Herzen am Ende einen Ruck geben würdest.«

Aha, der Herr schob alles aufs Schicksal. Damit konnte man es sich aber auch verdammt leicht machen.

»Und was, wenn ich meinem Herz keinen Ruck geben würde?«, wollte ich wissen.

Max sah mich ungläubig an, blickte schließlich auf die Stallungen und antwortete: »Dann bleiben mir immer noch Bertha, Traude und wie sie alle heißen. Ich kann ja eine Kuh Annie nennen.«

Widerwillig musste ich lachen. Max stimmte ein, wurde dann aber ernst und nahm meine Hand, was mich zusammenzucken ließ.

»Annie, ich muss dir nichts vormachen. Du kennst meine Schwächen, meine Macken. Ich habe dir gesagt, dass ich verrückt nach dir bin, und das wird sich nicht ändern. Meiner Treue kannst du dir sicher sein, aber ich werde nicht ein komplett Anderer werden. Du weißt, worauf du dich einlässt – die Sprüche, meine arrogante Art, manchmal, wenn ich unsicher bin, die Momente, in denen ich mich unsensibel verhalte, und die, in denen ich alle in den Wahnsinn treibe. Ich werde wahrscheinlich nicht anfangen, Schmonzetten mit dir zu schauen, werde nicht gemeinsame Tage beim Wellness verbringen oder stundenlang einfach nur mit dir reden.«

»Ich bin auch nicht auf der Suche nach einer besten Freundin. Ich möchte einen Mann«, unterbrach ich ihn, worauf er mich verdutzt anschaute.

»Annie Fischer, du schaffst es immer wieder, mich aus dem Konzept zu bringen. Genau das mag ich so an dir. Und vielleicht magst du ja das.«

Den letzten Satz flüsterte er, während er näher trat,

seinen Mund auf meinen Hals legte und anfing, ihn zu liebkosen.

»Max, nicht«, stöhnte ich, wehrte mich aber nicht.

Als seine Zunge an meinem Ohr entlangfuhr und mich in Ekstase versetzte, war es um mich geschehen. Er würde doch nicht schon wieder hier im Kloster, am Ende gar im Stall?

Doch, er würde. Und wie. Zum Glück war der nächste Beichtstuhl gleich um die Ecke.

ZWEI JAHRE SPÄTER

»Ich muss zur Arbeit. Hast du meine schwarzen Ballerinas gesehen?«, rief ich in Richtung Bad.

»Ja, die sehen zu meinem weißen Bademantel einfach zu gut aus. Tut mir leid, aber du musst andere anziehen«, kam als Antwort. Die Tür zum Schlafzimmer ging auf, und ein grinsender Max kam in den Raum. Er musterte mich von oben bis unten. »So willst du zur Arbeit? Also, dieser Fummel ist ein wenig transparent, findest du nicht. Da machst du mir wieder alle Senioren wuschig, die zum Blutdruckmessen kommen. Willst du dir nicht was Anständiges anziehen?«, gab er mir tadelnd einen Klaps auf den Po.

»Du weißt doch, dass ich den weißen Kittel drübertrage! Aber jetzt lenk nicht ab, sondern sag mir, wo ich die Ballerinas finde«, schoss ich zurück.

»Die brauchst du doch gar nicht. Jetzt, wo du den besten Mann der Stadt als Freund hast, ist es eh egal, was du trägst. Was Besseres als mich gibt es nicht auf dem Markt.« Er lockerte den Bademantelgürtel, um seiner These mehr Gewicht zu verleihen.

»Ja, wenn das so ist, gehe ich natürlich barfuß.« Es war zwecklos, Max war mir keine große Hilfe. Also überlegte ich, wo ich die Schuhe das letzte Mal getragen hatte. Richtig! In dem kleinen Feinschmecker-Restaurant im Elsass, in dem Max mir vor einigen Wochen einen Antrag gemacht hatte. Aber nur, damit ich endlich unter der Haube sei und unser ungeborenes Kind nicht in Sünde aufwachse, wie er der »Willst du meine Frau werden?«-Frage gleich charmant hinterhergeschickt hatte. »Ich meine, denk an das Risiko, das ich eingehe. Tausende von Frauen haben jetzt den Beweis, dass ich zeugungsfähig bin. Was meinst du, wie viele jetzt versuchen werden, mir ein Balg anzuhängen, nur weil wir mal im Bett waren?«, hatte er machomäßig behauptet. Dass er bei seinem Antrag eine Träne verdrückt, mit brüchiger Stimme gesprochen und meine Hände so fest gehalten hatte, dass ich rote Abdrücke bekam, ließ ich unerwähnt. Max hatte immer noch Schwierigkeiten, wenn es um Intimes ging, aber – und das war die Veränderung – er schaffte es immer öfter, schöne Sachen zu sagen, ohne gleich die Ironiekeule schwingen zu müssen oder es danach ins Lächerliche zu ziehen.

Dass ich, Annie Fischer, tatsächlich schwanger war, konnte ich immer noch nicht glauben. Meine Mutter noch weniger. Ihr Bedürfnis, mir immer wieder über den Bauch zu streicheln, hielt ich für geschickte Tarnung ihrerseits, um sicherzugehen, dass ich mir auch kein Sofakissen unter das Shirt gestopft hatte. Wir hatten es, wie man so schön sagt, darauf ankommen lassen. Natürlich ohne verlobt oder verheiratet zu sein, das hätte Max dann doch überfordert. Aber er war sich meiner sicher, und umgekehrt galt das auch. Natürlich gab es inzwischen einen gemeinsamen Alltag und die allgegenwärtige Routine, vor allem, seit er bei mir eingezogen war. Aber – und das war wichtig – die Chemie zwischen uns war nach wie vor vorhanden. Nicht in jedem Moment war ich kurz davor, über ihn herzufallen, also wenn er sich zum Beispiel ein Glas Milch einschenkte, aber diese Augenblicke, in denen er mich ansah, grinste und Taten folgen ließ, waren häufig.

Seine Eltern fand ich, ehrlich gesagt, schrecklich. Gegen seinen Vater war Mr. Spock ein Gefühlsdusel, und seine Mutter wurde, bestimmt auch bedingt durch seinen Vater, immer spleeniger. Max pflegte regelmäßigen Kontakt und versuchte seinen Frieden mit ihnen zu machen, der nur darin bestehen konnte, sie zu nehmen, wie sie waren, denn irgendwann ließen sich Menschen wahrscheinlich wirklich nicht mehr ändern. Das Einzige, was Hoffnung gab, war die Tatsache, dass sein Vater neuerdings auf den Hund gekommen war. Max hatte ihm bei einem seiner Praxisbesuche einen Scheidungslabrador vorgestellt, der freundlichste Hund der Welt, der prompt von Wolf senior adoptiert wurde. Plötzlich rief Max' Vater, der früher den Beruf des Sohnes als lächerlich empfunden hatte, ständig an, um jedes kleine Wehwehchen von Bonny zu diskutieren, und stand öfter unangemeldet in der Praxis, weil er das Gefühl hatte, mit dem Hund würde etwas nicht stimmen.

Max und ich hofften, dass die Ankunft unseres Mädchens seine Eltern noch zugänglicher machen würde. Shakira und Johanna würden die Patentanten werden, wobei ich mir bei Shakira noch nicht sicher war, ob sie gerade den Kopf für so eine Aufgabe hatte. Denn bei ihr hatte sich tatsächlich etwas in Sachen Liebe getan. Auf einem ihrer zahlreichen Dates tauchte plötzlich ein ziemlich attraktiver Mann auf, den bestimmt viele Frauen sofort mit auf ihr Hotelzimmer genommen hätten. Bei Shakira gab es nur ein Problem: Der Mann war kein Unbekannter. Es handelte sich um einen Kunden, der am Vortag in der Apotheke aufgetaucht war und ein Antibiotikum zur Behandlung von Tripper eingelöst hatte. Bevor er auch nur die Hose öffnen konnte, war Shakira geflüchtet und hatte seitdem alle Aktivitäten in der Seitensprungagentur eingestellt.

Seit sie nicht mehr in der Agentur war, wurde sie wieder offener Männern gegenüber. Im Augenblick wuchs ein zartes Pflänzchen vor sich hin. Sie war ein paar Mal mit Jochen Winter aus gewesen, natürlich nicht ohne mich hundert Mal am Tag zu fragen, ob ich es nicht komisch fände. Nein, fand ich nicht, in einer Kleinstadt waren die guten Kerle schnell vom Markt, und wenn einer Interesse hatte, musste man schnell schalten. Zumal Jochen wirklich einer von den guten Kerlen war.

Im Kloster ging alles seinen gewohnten Gang. Ich war regelmäßig mit Schwester Cordula und Schwester Trifonia im Gespräch, um die Kräuterlieferungen zu besprechen. Max bestand übrigens darauf, unser Mädchen in ein paar Monaten taufen zu lassen, und zwar bei den Schwestern. Wie brachte ich das nur meiner Mutter bei? Wobei, immerhin war sie nach wie vor mit Mathias zusammen, so schlimm konnte es also nicht werden.

»So, du hast gewonnen, ich ziehe Flip-Flops an«, rief ich Max zu.

Er kam zu mir und sah mit prüfendem Blick an mir herunter. »Ist eh viel gesünder in deinem Zustand. Und nun komm her, du süße Kugel, ich will dir einen Kuss geben.«

Das war der Moment, in dem ich ihm leicht vors Schienbein trat.

»Hey!«, protestierte er lachend.

»Das mit der Taufe kannst du dir abschminken, und ich nenne unsere Tochter Edeltraut. Wir sind ja noch nicht verheiratet, da kann ich das alles allein bestimmen«, neckte ich ihn, während ich meine Handtasche schnappte und zur Tür ging.

»Halt, wo willst du hin?«, hielt Max mich fest.

»Immer noch zur Arbeit, um mein transparentes Blüschen und den Schwangerschaftsbauch zu präsentieren. Heute habe ich Vorstellungsgespräche für meine Elternzeitvertretung.«

»Dann lass dir mal schön die polizeilichen Führungszeugnisse zeigen – nicht, dass wieder eine Loretta dabei ist.«

Sehr witzig. An Loretta hatte ich länger nicht mehr gedacht. Nach dem Prozess, der mit einer Geldstrafe und einem Jahr auf Bewährung für sie und zwei Jahren ohne Bewährung für Wagner geendet hatte, war die Sache für mich erledigt gewesen. Zumal der Prozess durch alle Medien gegangen war. Die schöne kriminelle Apothekerin war ein gefundenes Fressen gewesen und hatte Loretta so bekannt gemacht, dass sie nie wieder einen Job in einer Apotheke bekommen würde. Angeblich gab es Angebote für eine Realitysendung und ein Buch, aber bislang hatte ich nichts gehört oder gelesen und war sehr froh darüber.

Max gab mir einen Klaps auf den Hintern. »Und dass du dich auch schön hinsetzt zwischendurch«, sagte er.

Ich musste schmunzeln. »Max Wolf, so gern du doch ein Macho wärst, du bist und bleibst der beste Papa in spe, den man sich vorstellen kann!«

»So, so«, murmelte er, zog mich an sich und gab mir einen Kuss zum Abschied, der mich innerlich einen Meter wachsen ließ.

Wer hätte das gedacht. Annie Fischer war tatsächlich glücklich. Da sollte mal einer sagen, dass es das bisschen Sünde nicht wert gewesen wäre.

DANKSAGUNG

Ich danke

meinem Mann Hannes, der nicht nur freiwillig meine Manuskripte liest, sondern auch noch an den richtigen Stellen lacht – und das als Hamburger …

meinen Eltern und Oma Leo, die mir durch Kinderhüten Schreibzeit verschafft haben

Angelika Heyelmann, die nicht aufgibt, mich an die neue alte neue Rechtschreibung heranzuführen

Nicola Bartels für ihr Vertrauen in mich

meiner Lektorin Beatrice Lampe für die fruchtbare kreative Zusammenarbeit und ihre kompetente Unterstützung – vor allem aber, dass es so großen Spaß macht!

Lisa Bitzer, die mit mir eine Reise durch sämtliche Handlungsstränge hin und zurück gemacht hat und von der ich so viel lernen durfte

meiner Agentin und Freundin Tanja »Tanina« Heitmann, mit der ich so gerne Ideen wälze und die immer auf mich aufpasst

meinem Agenten Bastian Schlück, der mich nicht nur bestens berät, sondern stets die Nerven behält

und Alexander Kuzniak für den Wiener-Schmäh-Check im Roman.